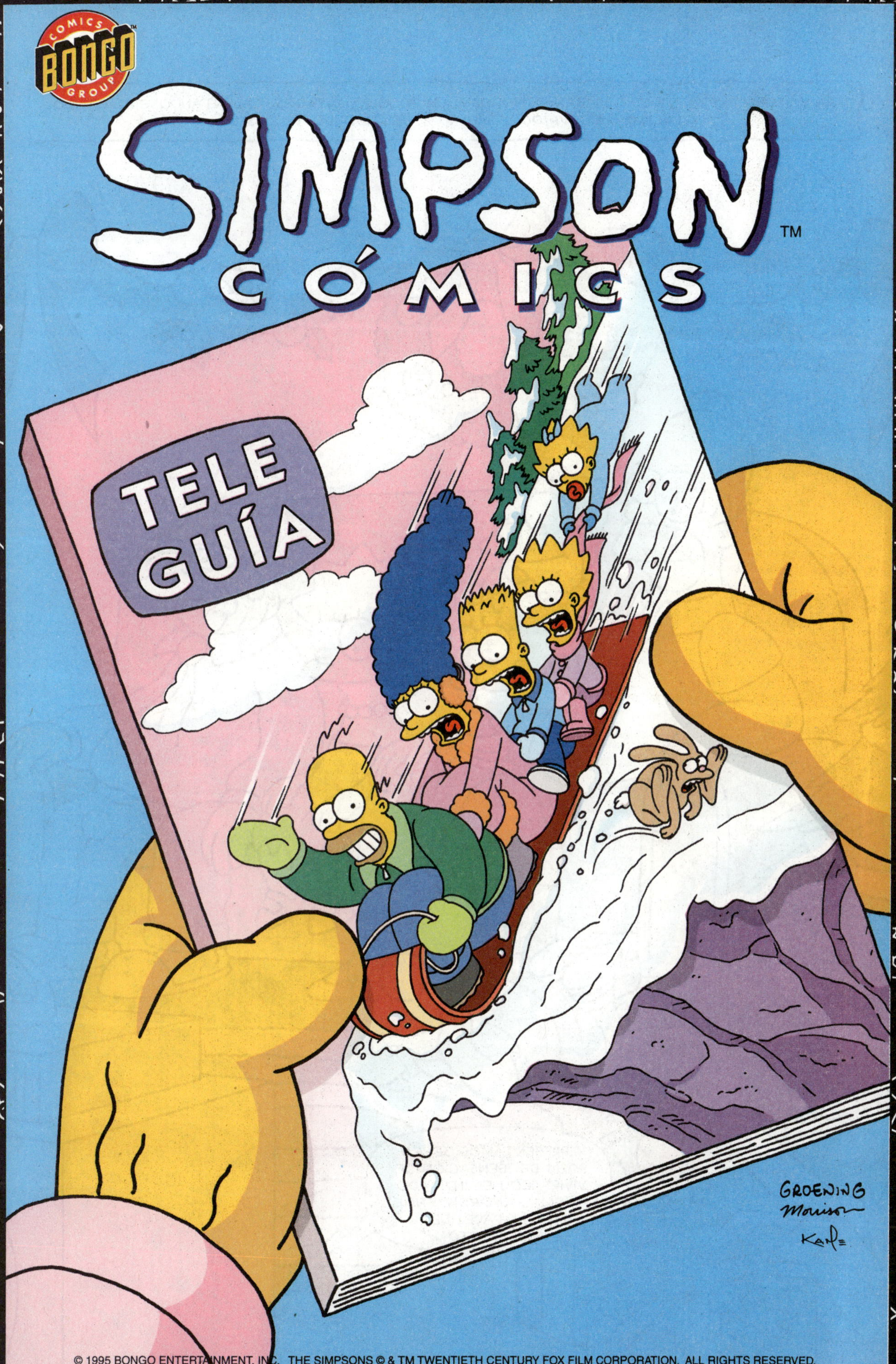
COMICS
BONGO
GROUP
SIMPSON™
CÓMICS
TELE
GUÍA
GROENING

ERA NOCHEBUENA Y TODOS ESTABAN CÓMODOS Y UN POCO ATONTADOS, CALENTÁNDOSE AL CÁLIDO, **CÁLIDO** Y **ESTÚPIDO** RESPLANDOR DEL QUERIDO TELEVISOR...
...PRESENTAMOS **BELÉN** 90210 DE "SENSACIÓN DE VIVIR", CON EL INVITADO ESPECIAL **ANDREW SHUE** EN EL PAPEL DE **JESUCRISTO**...

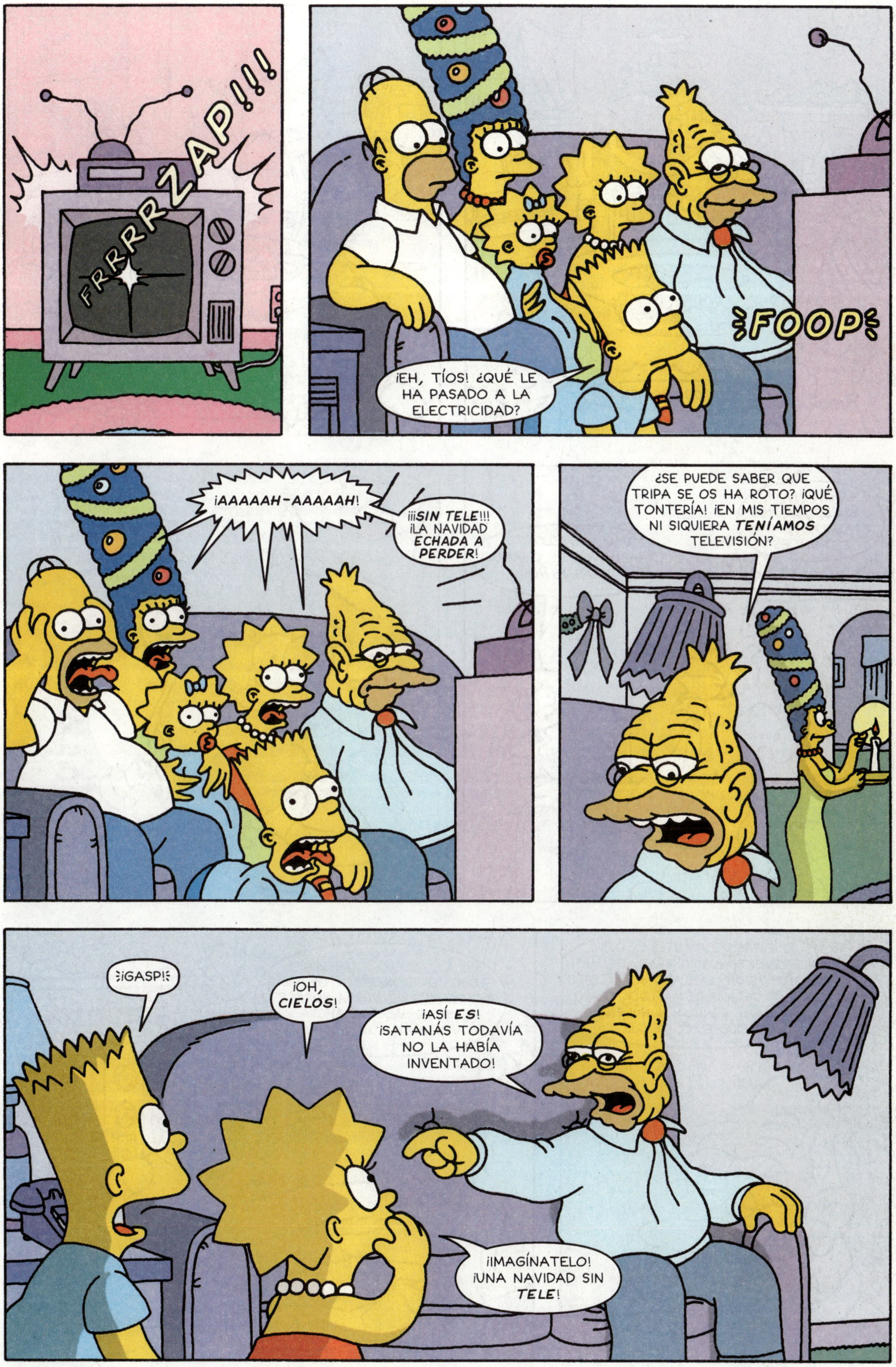
FRRRRZAP!!!
FOOP
¡EH, TÍOS! ¿QUÉ LE HA PASADO A LA ELECTRICIDAD?
¡AAAAAH-AAAAAH!
¡¡¡SIN TELE!!! ¡LA NAVIDAD ECHADA A PERDER!
¿SE PUEDE SABER QUE TRIPA SE OS HA ROTO? ¡QUÉ TONTERÍA! ¡EN MIS TIEMPOS NI SIQUIERA TENÍAMOS TELEVISIÓN?
¡GASP!
¡OH, CIELOS!
¡ASÍ ES! ¡SATANÁS TODAVÍA NO LA HABÍA INVENTADO!
¡IMAGÍNATELO! ¡UNA NAVIDAD SIN TELE!

¡OOOOOOOOOOH!
ESCALOFRÍO
CUÉNTANOS, ABUELO, ¿CÓMO ERAN LAS COSAS ENTONCES?
SÍ, ABUELO... ¡HÁBLANOS DE CUANDO ERAS NIÑO!
SÍ, ABUELO. CREO QUE LOS NIÑOS DEBERÍAN SABER CÓMO ERA LA VIDA ANTES DE LA TELEVISIÓN.
¡QUERRÁS DECIR ANTES DE QUE LA TELEVISIÓN NOS ROBARA LAS ALMAS! ¡DIABLO-VISIÓN, LA LLAMO YO! EXCEPTO POR EL PROGRAMA DE MATLOCK, CLARO. YA VERÁS, TENDREMOS NUESTRO MERECIDO EN EL INFIERNO.
SÍ, SÍ, ABUELO... ¡ARDEREMOS TODOS EN EL INFIERNO POR MIRAR DETECTIVES DE NUEVA YORK! ESO YA LO SABEMOS: AHORA CUÉNTANOS ALGO SOBRE TU INFANCIA.
MUY BIEN...

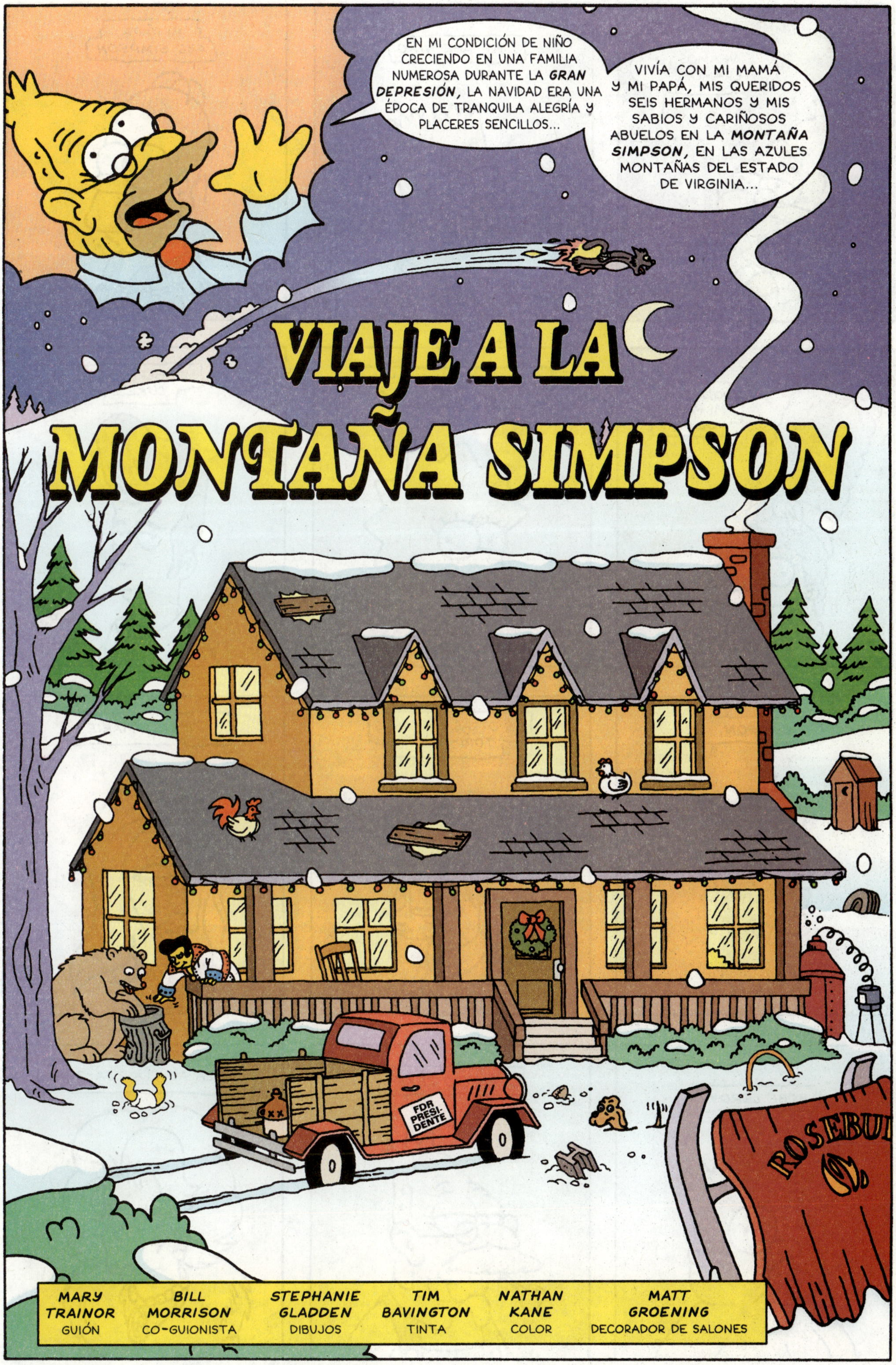

EN MI CONDICIÓN DE NIÑO CRECIENDO EN UNA FAMILIA NUMEROSA DURANTE LA GRAN DEPRESIÓN, LA NAVIDAD ERA UNA ÉPOCA DE TRANQUILA ALEGRÍA Y PLACERES SENCILLOS...
VIVÍA CON MI MAMÁ Y MI PAPÁ, MIS QUERIDOS SEIS HERMANOS Y MIS SABIOS Y CARIÑOSOS ABUELOS EN LA MONTAÑA SIMPSON, EN LAS AZULES MONTAÑAS DEL ESTADO DE VIRGINIA...
VIAJE A LA MONTAÑA SIMPSON
FDR PRESI-DENTE
ROSEBU
MARY TRAINOR GUIÓN
BILL MORRISON CO-GUIONISTA
STEPHANIE GLADDEN DIBUJOS
TIM BAVINGTON TINTA
NATHAN KANE COLOR
MATT GROENING DECORADOR DE SALONES

VEAMOS. ÉRAMOS...
...YO, ABE NIÑO.
MI PAPÁ, ABE SIMPSON.
MI MAMÁ, OLIDIA.
NUESTRA HERMANA MAYOR, RUBE ELLA.
MIS HERMANOS: LUKE...
...Y JASON.
MIS OTRAS HERMANAS: TORI-MAE...
... Y LISA MARIE.
BEBÉ LEROY.
EL ABUELO ZEKE...
...Y LA ABUELA ZZA-ZZA.

NUESTROS MODESTOS INGRESOS PROCEDÍAN DE UN ASERRADERO EN EL QUE TRABAJABA PAPÁ CON EL ABUELO ZAKE...
¡CUIDADO, PEDAZO DE ESTÚPIDO! VAS A CORTARTE LOS...
¡OOOH!
LA NUESTRA ERA UNA FAMILIA NUMEROSA PERO UNIDA Y LLENA DE AMOR...
¡RECÓRCHOLIS! OJALÁ INVENTARAN UNA COSA QUE MANTUVIERA A LOS NIÑOS SENTADOS EN UN SITIO... TAL VEZ ALGÚN TIPO DE CAJA QUE SE ILUMINARA Y EMITIERA SONIDOS...
ESTÁS MURMURANDO, MAMÁ. ¿TE ESTÁ DANDO UNO DE ESOS ATAQUES? ¿QUIERES QUE TE DÉ TU CALMANTE?
XXX

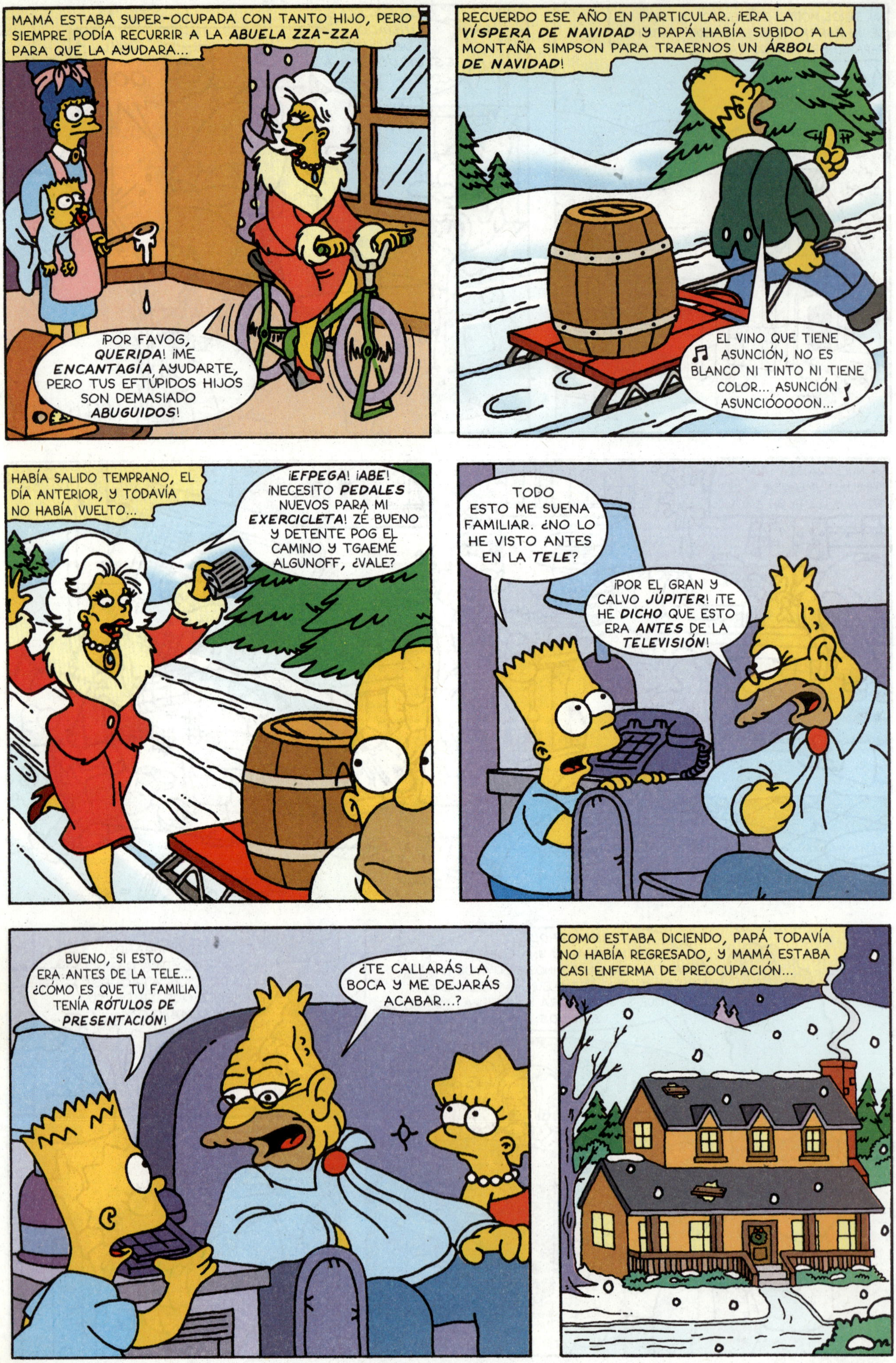
MAMÁ ESTABA SUPER-OCUPADA CON TANTO HIJO, PERO SIEMPRE PODÍA RECURRIR A LA ABUELA ZZA-ZZA PARA QUE LA AYUDARA...
¡POR FAVOG, QUERIDA! ¡ME ENCANTAGÍA AYUDARTE, PERO TUS EFTÚPIDOS HIJOS SON DEMASIADO ABUGUIDOS!
RECUERDO ESE AÑO EN PARTICULAR. ¡ERA LA VÍSPERA DE NAVIDAD Y PAPÁ HABÍA SUBIDO A LA MONTAÑA SIMPSON PARA TRAERNOS UN ÁRBOL DE NAVIDAD!
EL VINO QUE TIENE ASUNCIÓN, NO ES BLANCO NI TINTO NI TIENE COLOR... ASUNCIÓN ASUNCIÓOOOON...
HABÍA SALIDO TEMPRANO, EL DÍA ANTERIOR, Y TODAVÍA NO HABÍA VUELTO...
¡EFPEGA! ¡ABE! ¡NECESITO PEDALES NUEVOS PARA MI EXERCICLETA! ZÉ BUENO Y DETENTE POG EL CAMINO Y TGAEMÉ ALGUNOFF, ¿VALE?
TODO ESTO ME SUENA FAMILIAR. ¿NO LO HE VISTO ANTES EN LA TELE?
¡POR EL GRAN Y CALVO JÚPITER! ¡TE HE DICHO QUE ESTO ERA ANTES DE LA TELEVISIÓN!
BUENO, SI ESTO ERA ANTES DE LA TELE... ¿CÓMO ES QUE TU FAMILIA TENÍA RÓTULOS DE PRESENTACIÓN!
¿TE CALLARÁS LA BOCA Y ME DEJARÁS ACABAR...?
COMO ESTABA DICIENDO, PAPÁ TODAVÍA NO HABÍA REGRESADO, Y MAMÁ ESTABA CASI ENFERMA DE PREOCUPACIÓN...

¡SUPERTENSO Y DESAPARECIDO!
¿TE PERCATAS?
¡SÉ TÚ MISMO!
¡NO TE CORTES Y HAZ TODO LO QUE TE MOLE!
¡TÍO, ME DEJAS ESTUPEFACTO!
¡OH, DIOS! ¡ES NOCHEBUENA Y NO SABEMOS DÓNDE ESTÁ VUESTRO PAPÁ! ¡NO LE HEMOS VISTO DESDE AYER!

GREG, TÚ ERES EL MAYOR...
SOY ABE NIÑO, MAMÁ.
QUIERO QUE SALGAS, VAYAS A BUSCAR A TU PADRE Y LE TRAIGAS DE VUELTA, ¿ENTENDIDO?
MUY BIEN, MAMI...
VAMOS ,NIÑOS... HE HECHO PALITOS DE PESCADO Y JALEA. ¡COMEDLO MIENTRAS ESTÁ TIBIO!
¡OOOOOOH! ¡¡¡MI NARIZ!!!
DOINK!
¡ESTO LO HE VISTO EN LA TELE!
¡CIERRA EL PICO, HIJO! ¡TE REPITO QUE ESTO ERA ANTES DE LA TELE!
¿TU FAMILIA TENÍA UN CABALLO QUE HABLABA?
¡DEJAD QUE EL ABUELO CUENTE SU HISTORIA!
SIGUE, ABUELO.

Y, DE ESTE MODO, SALÍ EN BUSCA DE MI PADRE. PASÉ FRENTE A LA CASA DE LAS EXCÉNTRICAS HERMANAS BALDWICH...
TRUDGE
TRUDGE
TRUDGE
MIRA, ES ESA PURRIA DE ABE-NIÑO SIMPSON. CADA NOCHEBUENA SU PADRE SALE DE FRANCACHELA Y OLIDIA ENVÍA A ESE ESTÚPIDO NIÑO A BUSCARLE.
GENTE COMO ÉSTA LE DA MALA REPUTACIÓN AL HECHO DE BEBER.
SÍ, HERMANA. TENEMOS QUE TENER CUIDADO DE COMPARTIR NUESTRA RECETA SÓLO CON LA GENTE MÁS DISTINGUIDA DE LA CIUDAD...
...LOS QUE TIENEN EL ENCANTO Y LA EDUCACIÓN SUFICIENTES PARA SER ALCOHÓLICOS... Y NO SIMPLES BORRACHOS.
OH, MIRA HERMANA. AHÍ VIENE NUESTRO REVERENDO REED.
¿SACAMOS LOS VASOS DE CRISTAL BUENO DE OCHO ONZAS?
DURANTE LA GRAN DEPRESIÓN, MAMÁ Y LOS NIÑOS CONSEGUÍAN A VECES COMPLETAR NUESTROS MODESTOS INGRESOS FAMILIARES REALIZANDO GIRAS EN LAS QUE HACÍAN PLAYBACK INTERPRETANDO BURGUESA MÚSICA DE ROCK...
PUTTA-
PUTTA-
PUT!

HEMOS CONSEGUIDO UNA ENROLLADA ACTUACIÓN EN CHARLOTTESVILLE, KEITH...
SOY ABE-NIÑO, MAMÁ.
¡NO ME REPLIQUES, HIJO! Y NO VUELVAS A CASA SIN TRAER A PAPÁ, ¿ENTENDIDO?
SÍ, MAMÁ.
... CANTAMOS UNA CANCIÓN...
PUTTA-PUTTA-PUTTA!
¡VALE, YA ESTÁ BIEN! ¡TIEMPO! ¡SÉ QUE HE VISTO ESTO EN LA TELE!
¡RAYOS Y CENTELLAS NIÑO! ¡CUÁNTAS VECES TENGO QUE DECIRTE QUE ENTONCES NO HABÍA TELEVISIÓN!
¡YA BASTA, BART!
SIGUE Y ACABA TU HISTORIA, ABUELO.

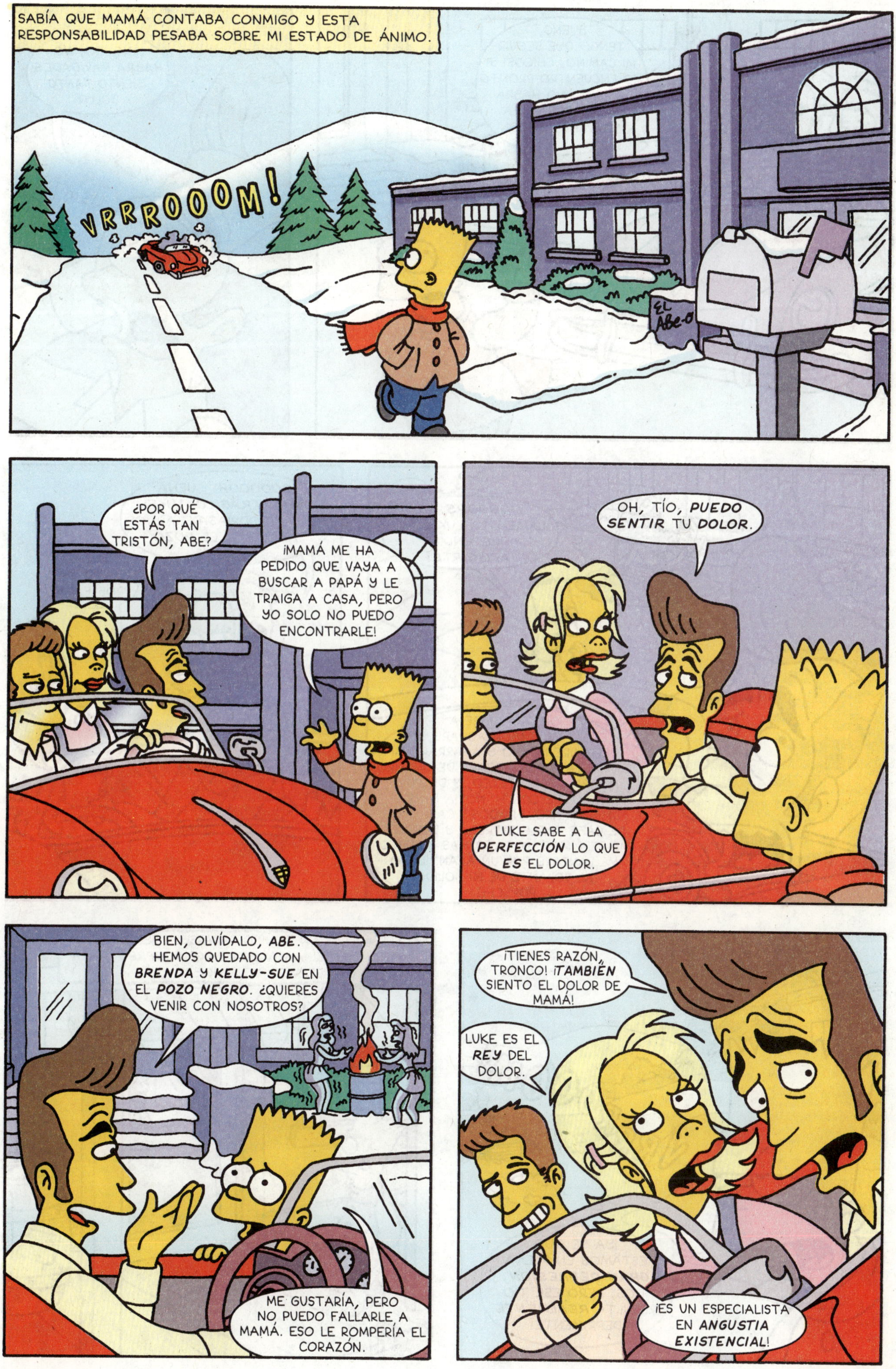
SABÍA QUE MAMÁ CONTABA CONMIGO Y ESTA RESPONSABILIDAD PESABA SOBRE MI ESTADO DE ÁNIMO.
VRRROOOM!
EL Abe-o
¿POR QUÉ ESTÁS TAN TRISTÓN, ABE?
¡MAMÁ ME HA PEDIDO QUE VAYA A BUSCAR A PAPÁ Y LE TRAIGA A CASA, PERO YO SOLO NO PUEDO ENCONTRARLE!
OH, TÍO, PUEDO SENTIR TU DOLOR.
LUKE SABE A LA PERFECCIÓN LO QUE ES EL DOLOR.
BIEN, OLVÍDALO, ABE. HEMOS QUEDADO CON BRENDA Y KELLY-SUE EN EL POZO NEGRO. ¿QUIERES VENIR CON NOSOTROS?
ME GUSTARÍA, PERO NO PUEDO FALLARLE A MAMÁ. ESO LE ROMPERÍA EL CORAZÓN.
¡TIENES RAZÓN, TRONCO! ¡TAMBIÉN SIENTO EL DOLOR DE MAMÁ!
LUKE ES EL REY DEL DOLOR.
¡ES UN ESPECIALISTA EN ANGUSTIA EXISTENCIAL!

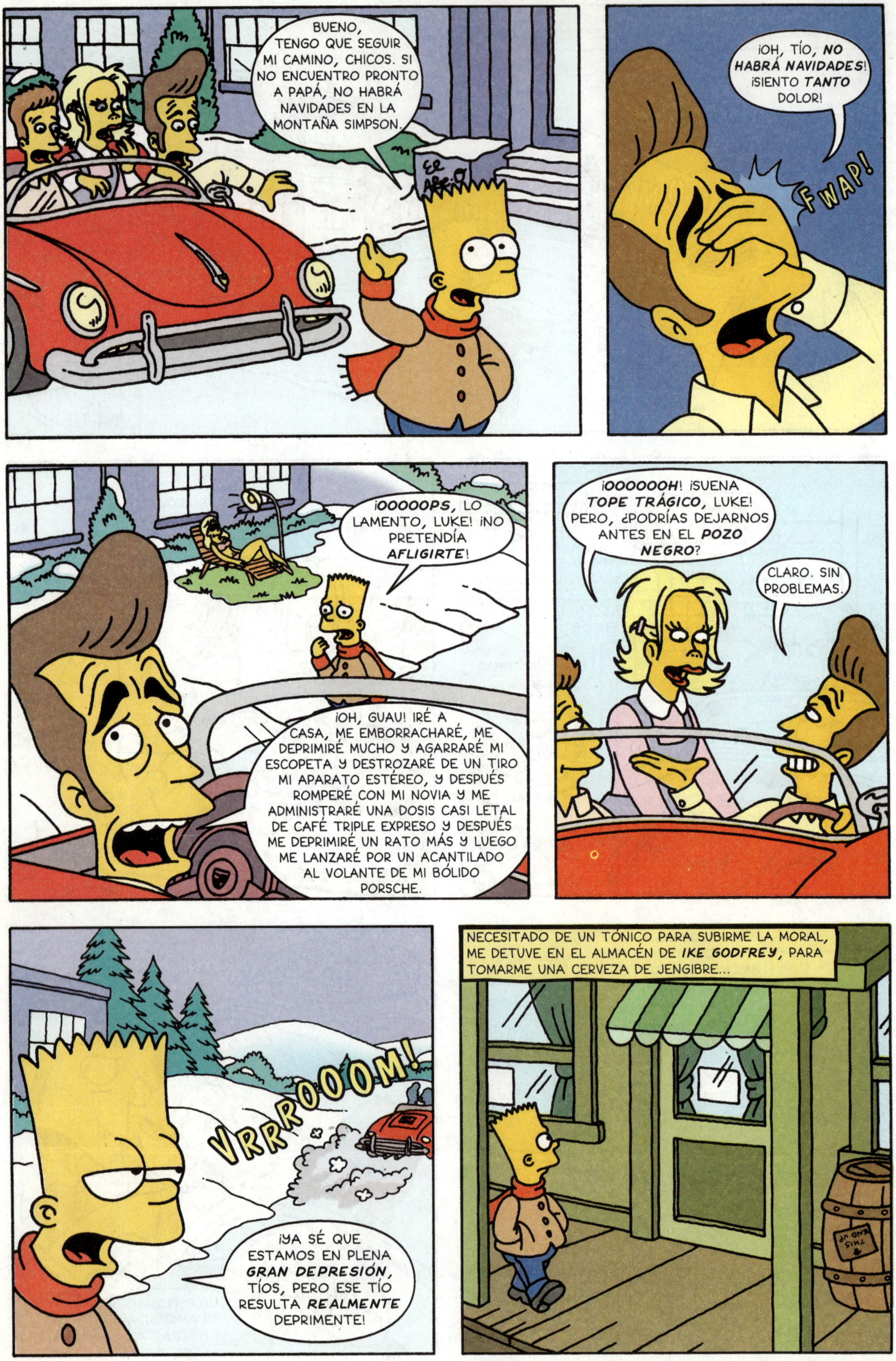
BUENO, TENGO QUE SEGUIR MI CAMINO, CHICOS. SI NO ENCUENTRO PRONTO A PAPÁ, NO HABRÁ NAVIDADES EN LA MONTAÑA SIMPSON.
¡OH, TÍO, **NO HABRÁ NAVIDADES**! ¡SIENTO **TANTO** DOLOR!
FWAP!
¡**OOOOOPS,** LO LAMENTO, LUKE! ¡NO PRETENDÍA **AFLIGIRTE**!
¡OH, GUAU! IRÉ A CASA, ME EMBORRACHARÉ, ME DEPRIMIRÉ MUCHO Y AGARRARÉ MI ESCOPETA Y DESTROZARÉ DE UN TIRO MI APARATO ESTÉREO, Y DESPUÉS ROMPERÉ CON MI NOVIA Y ME ADMINISTRARÉ UNA DOSIS CASI LETAL DE CAFÉ TRIPLE EXPRESO Y DESPUÉS ME DEPRIMIRÉ UN RATO MÁS Y LUEGO ME LANZARÉ POR UN ACANTILADO AL VOLANTE DE MI BÓLIDO PORSCHE.
¡**OOOOOOH**! ¡SUENA **TOPE TRÁGICO,** LUKE! PERO, ¿PODRÍAS DEJARNOS ANTES EN EL **POZO NEGRO**?
CLARO. SIN PROBLEMAS.
VRRROOOM!
¡YA SÉ QUE ESTAMOS EN PLENA **GRAN DEPRESIÓN,** TÍOS, PERO ESE TÍO RESULTA **REALMENTE** DEPRIMENTE!
NECESITADO DE UN TÓNICO PARA SUBIRME LA MORAL, ME DETUVE EN EL ALMACÉN DE **IKE GODFREY,** PARA TOMARME UNA CERVEZA DE JENGIBRE...

OH, HOLA, IKE... ¡CHICO, HAS HECHO GRANDES CAMBIOS EN EL LOCAL!
SÍ, ¡YA LO CREO! ¡LO HE MODERNIZADO POR COMPLETO!
¡HOLA-HOLITA, BART!
ME LLAMO ABE-NIÑO, SEÑOR.
VAMOS, VAMOS, HIJO. RESPETA A TUS MAYORES.
¿TE IMPORTARÍA SERVIRTE TÚ MISMO DE NUESTRA NUEVA MÁQUINA DE BATIDOS?
AUNQUE LOS CAMBIOS DE IKE HABÍAN DEJADO LA TIENDA IRRECONOCIBLE PARA MÍ, Y DE QUE SUS PRECIOS ERAN ASTRONÓMICAMENTE CAROS PARA 1937, ME SENTÍA CURIOSAMENTE FAMILIAR EN ESE MEDIO EXTRAÑO.
SLURP!
... UNA MINI-BOLA DE CORTEZAS DE CERDO, 1,29$. UN CARTÓN DE SEIS CERVEZAS DUFF, 3,25$. DOS PLATOS COMBINADOS CONGELADOS, 6,95...
¡QUE PASES UN BUEN DÍA!
?
¡ESTO ES TOTALMENTE INCREÍBLE, ABUELO, PERO AL MENOS NO SUENA A NADA QUE HAYA VISTO EN LA TELE!

NO SÉ QUÉ HABÍA EN ESE BATIDO, PERO DE PRONTO, TODOS LOS COLORES SE BORRARON DE MI VISIÓN...
¡THEODORE!
¡THEODORE... BEAVER! ¡CONTÉSTAME CUANDO TE LLAME, JOVENCITO!
¡PERO SI SOY ABE-NIÑO, MAMÁ!
¡CÁSPITA, BEAV! ¡NO LE CONTESTES A MAMÁ! ¿O ES QUE QUIERES QUE TE DÉ UNA PALIZA?
YA ESTÁ BIEN, WALLY... Y AHORA, BEAVER, VE A BUSCAR A TU PADRE. TENGO LECHE Y GALLETAS PARA TI EN CASA, CARIÑO.
SÍ, MAMÁ.
RAYOS, MAMÁ. ¡A VECES PUEDE SER TAN DESAGRADABLE!
VAMOS, WALLY.
¡UN MOMENTO, ABUELO! ESAS REPOSICIONES YA SON LO BASTANTE MALAS DE POR SÍ... ¿ES NECESARIO QUE LAS PASEMOS EN BLANCO Y NEGRO?
EN ESO TIENE RAZÓN. ¿NO PODRÍAS, AL MENOS, COLOREARLAS, COMO HACE ESE TAL TED FONDA?
¡ES TED TURNER, PAPÁ!
¿QUERÉIS ESTAR CALLADOS Y DEJAR QUE EL ABUELO ACABE SU HISTORIA?
SÍ, PERO EN COLOR, TÍO.

ESTABA EMPEZANDO A DESESPERAR DE LLEGAR A ENCONTRAR A PAPÁ.
Y LUEGO VI UNA SOLITARIA FIGURA EN UN PUENTE.
POR FAVOR, DIOS MÍO... ESTOY ARREPENTIDO DE HABER DESEADO NO HABER NACIDO. ¡CLARENCE, AYÚDAME! ¡LLÉVAME DE VUELTA. NO ME IMPORTA LO QUE ME OCURRA. ¡PERO DEVUÉLVEME AL LADO DE MI ESPOSA Y MIS HIJOS! ¡QUIERO VIVIR DE NUEVO!
¿PAPÁ? ¡MAMÁ DICE QUE TE QUIERE EN CASA!
LÁRGATE DE AQUÍ, BERT... ¡O TE VOLVERÉ A PEGAR! MÁRCHATE... ¿QUÉ? ¿ABE-NIÑO? ¿ME CONOCES, CHICO? ¡¿SABES QUIÉN SOY?!
MAMÁ DICE QUE TE ACOMPAÑE A CASA, PAPI.
¡LOS PEDALES DE ZZZA-ZZZZA! ¡ESTÁN AQUÍ, BERT! ¿QUÉ ME DICES DE ESTO? ¡FELIZ NAVIDAD!
¡YU-JÚUUUU!
¡FELIZ NAVIDAD, MONTAÑA SIMPSON! ¡FELIZ NAVIDAD, VIEJA Y MARAVILLOSA MONTAÑA!
¡OH, YA BASTA, ABUELO! ¡ESTO LO HE VISTO EN LA TELE UN MILLÓN DE VECES!
¡¡¡CÁLLATE, BART!!!

¿SABÉIS? LO QUE MÁS RECUERDO DEL HECHO DE CRECER EN UNA GRAN FAMILIA SON LOS LAZOS DE **AMOR** Y **COMPRENSIÓN** QUE NOS MANTENÍAN UNIDOS Y NOS DABAN CALOR DURANTE AQUELLAS LARGAS Y FRÍAS NOCHES DE INVIERNO EN LA MONTAÑA SIMPSON.
BUENAS NOCHES, RUBE ELLA.
BUENAS NOCHES, ABE BOY.
BUENAS NOCHES, LUKE.
¡¡POR LAS BARBAS DE SATANÁS!! ¡¡QUERÉIS HACER EL FAVOR DE IROS A DORMIR DE UNA VEZ, MALDITOS E INCORDIANTES CRÍOS!!
BUENAS NOCHES, JASON.
BUENAS NOCHES, TORI-MAE.
NO PODRÉ SOPORTAR ESTO MUCHO TIEMPO MÁS, ABE...
LO SÉ, **OLIDIA**, LO **SÉ**.
BUENAS NOCHES, LISA-MARIE.
BUENAS NOCHES, BABY-LEROY.

¡AY!
AACH! AACH!
¡OH, DIOS, FIJAROS! ¡EL RETRATO PERFECTO DE UNA FAMILIA EN EL HOGAR EN NOCHEBUENA!
A RIESGO DE PARECER UNA COLGADA DEPRESIVA O, PERO AÚN, A RIESGO DE SONAR COMO UNABOMBER.... NO PUEDO EVITAR PENSAR QUE LA TECNOLOGÍA Y LA INDUSTRIA DEL ESPECTÁCULO HAN MATADO UN POCO NUESTRAS ALMAS, NOS HAN ARRANCADO NUESTRA HUMANIDAD...
¡SÍ, Y TAMBIÉN HAN CRUZADO LOS CABLES DE LA MEMORIA DEL ABUELO!
ES OBRA DE SATANÁS, OS LO DIGO YO.
¡BIEN, AHORA VERÁN! ¡PODEMOS SER UNA FAMILIA SIN ESA ESTÚPIDA CAJA! ¡PROPONGO QUE COJAMOS EL TELEVISOR Y LO TIREMOS POR LA VENTANA!

AURMMMPFFFF
TRASTO INÚTIL Y APESTOSO, YO...
WOOOSH!
HUMMMMMMMMMM
¿UH?
FOOP
AAAAH...
¡OH, SHAZBOT!
... DIME, JESÚS. ¿QUÉ QUIERES PARA CENAR?
UH-UH. NO LO SÉ, JUDAS. ¿QUÉ OS ENROLLARÍA, *TÍOS*?
FIN

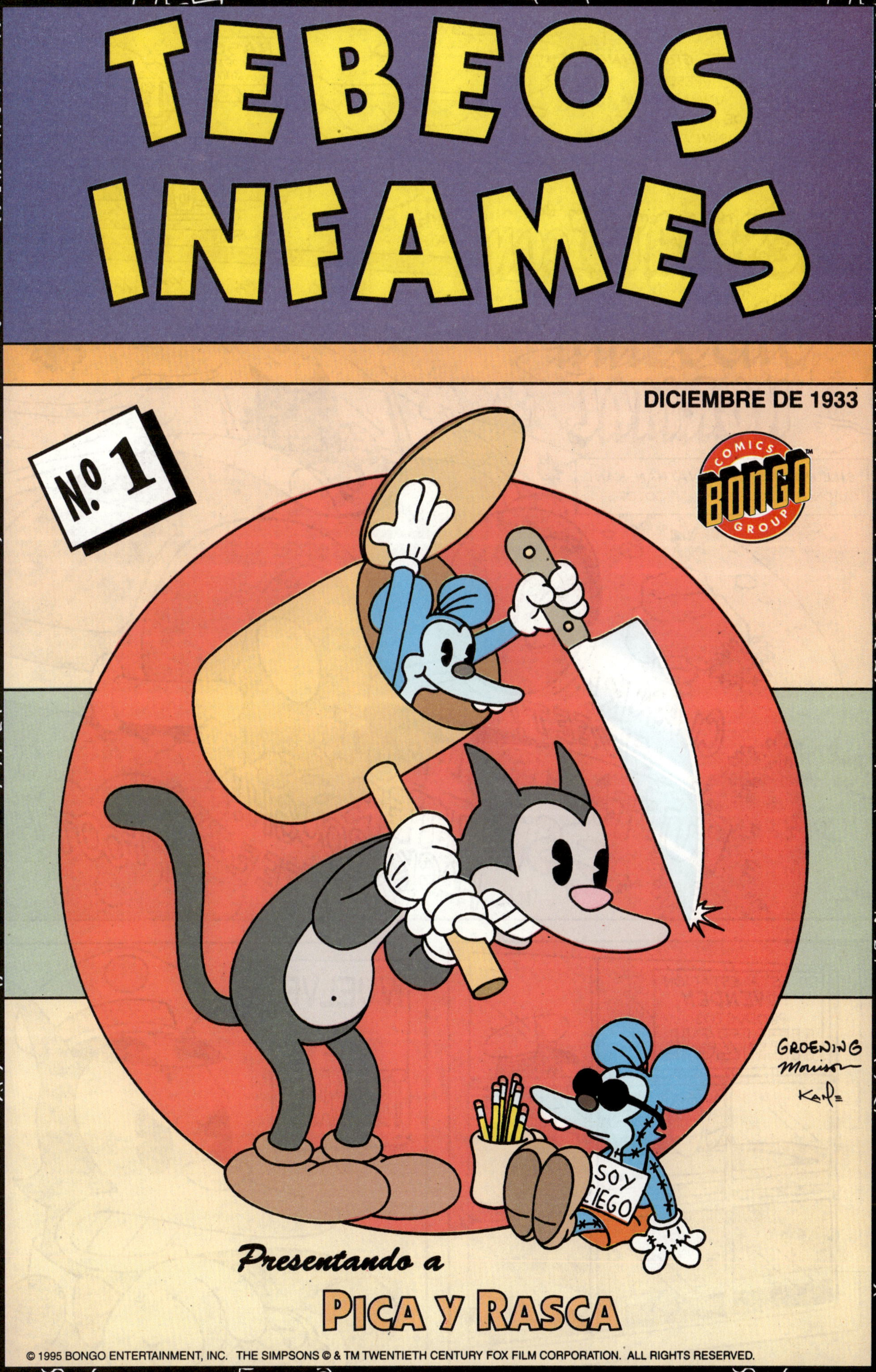
TEBEOS
INFAMES
DICIEMBRE DE 1933
Nº 1
COMICS
BONGO
GROUP
SOY
CIEGO
GROENING
Presentando a
PICA Y RASCA
© 1995 BONGO ENTERTAINMENT, INC. THE SIMPSONS © & TM TWENTIETH CENTURY FOX FILM CORPORATION. ALL RIGHTS RESERVED.

MATT GROENING PRESENTA ¡UNA HISTORIA DE PICA Y RASCA DE LOS NEFANDOS AÑOS TREINTA!
RASCA ESTACIÓN DE SERVICIO Y RESTAURANTE
¡COMA Y LLENE SU DEPÓSITO!
ASESINATO CON GASOLINA NORMAL
BILL MORRISON GUIÓN Y DIBUJOS
NATHAN KANE COLOR
CLANK!
FWEET!
PUTTA-PUT-PUT
SPUTTER
HACK-COUGH!
WHEEEEZE!
POOT!
EN ESTA ESTACIÓN SE VENDEN PRODUCTOS HENZOIL
MOUSEQUIRE
¡VUELVE AL TRABAJO!

SPUTTER PUT-A-PUT!
PFFFRP!
MOUSEQUIRE
HONK!
HONK! HONK!
GASOLINA
GASOLINA
PSSSSSSS
ABIERTO
WUBBA-DA! WUBBA-DA! WUBBA-DA!
SLAM!
RIP
SLICE
SHRED
THRASH
CRASH

GASOLINA
COUGH!
HACK!
WHEEZE!
CHOKE
CHOKE!
TOSS!
WUMP!
PING!

RUURRR-
RURR-
VROOOM!
¡AAAH!
¡¡AAAAAH!!
¡UAAHHHH!
AIRE
POINK!

TIE TIE TIE
¡EEEP!
CRANK-CRANK!
AIRE
AIRE
985
LIBRAS DE PRESIÓN
SSSSSSSSSS
SSSSSSSSSSS
TWING!
SSSSSSSSSSSS
BLAM!

¡JI, JI, JI!
POP!
THUK!
GASOLINA
SSSSSS

SSSSSSSSSS
RASCA
¡COMA Y SU DEPOS
SKREEECH!
KA-BOOOM!
Rasca le aconseja
¡DETÉNGASE por una TAZA de CAFÉ HIRVIENDO!
ESTACIÓN DE SERVICIO Y RESTAURANTE RASCA
SPLOOSH!
HOT
¡IIIIIHHHHHH!
¡JI, JI!
Rasca le aconseja
¡DETÉNGASE por una TAZA de CAFÉ HIRVIENDO!
¡FIN!

EL HOMBRE RADIACTIVO
¡TODO EL MUNDO SABE QUE EL HOMBRE RADIACTIVO ES EL PRINCIPAL PROTECTOR DE ZENITH! ¡PERO, EN OCASIONES, INCLUSO EL VENGADOR ATÓMICO PUEDE DOBLARSE BAJO EL PESO DE SUS INEXORABLES SUPER-TAREAS! ¡LA BÚSQUEDA DE TRANQUILIDAD DE NUESTRO HÉROE LE LLEVA A UNA MISTERIOSA CIVILIZACIÓN EN EL CORAZÓN DE UN SELVA TROPICAL! Y ALLÍ DE FORMA INESPERADA, SE ENCUENTRA CARA A CARA CON...
¡Las 1.001 CARAS del SIMIO RADIACTIVO!
¡OH, HOLA HOMBRE RADIACTIVO! ¿ESTÁ LISTO EL PRINCIPE GRRK-GRRK PARA NUESTRA ENTREVISTA EXCLUSIVA?
¡PLÁTANOS Y COCOS! ¡NO SÉ CÓMO, ME HE TRANSFORMADO EN UN SIRENO-GORILA CON COLA DE PESCADO!
¡PROTONES PALPITANTES! SE SUPONE QUE DEBERÍA AYUDAR A ESCONDER LA IDENTIDAD SECRETA DE MI PELUDO AMIGO ANTE SU ENTROMETIDA NOVIA REPORTERA... PERO ¿CÓMO?
¿Y POR QUÉ EXPERIMENTO ESTA EXTRAÑA SENSACIÓN DE DEJÀ VU?
PUBLICADO ORIGINALMENTE EN EL Nº 37 DE EL HOMBRE RADIACTIVO, JULIO DE 1957
UN DÍA TÍPICO EN ZENITH...
CEREBRITO ES TODO VUESTRO, CHICOS... ¡PONEDLE LAS ESPOSAS!
¡ESTO ES MUY FÁCIL DE DECIR, HOMBRE RADIACTIVO!
SÍ. ¿DÓNDE SE SUPONE QUE TENEMOS QUE PONÉRSELAS!
MÁS TARDE, MIENTRAS EL CRUZADO IRRADIADO PATRULLA POR LOS CIELOS...
¡CHICO, ME SIENTO AGOTADO!
¡ESE CAÑON DE RAYOS XENO DE CEREBRITO ME HA DADO UNA BUENA TUNDA!

¡DE HECHO, ÚLTIMAMENTE ME HE SENTIDO MUY CANSADO! NO ES EXTRAÑO... ¡LA VIDA DE UN SUPER-HÉROE CONSISTE EN UNA CRISIS DESPUÉS DE OTRA Y MI VIDA PARALELA DE "ACAUDALADO PLAY-BOY" TAMPOCO RESULTA TAN BUENA COMO LA PINTAN!
ENFRENTÉMONOS A LOS HECHOS... ¡ESTOY TRABAJANDO DEMASIADO! ¡NECESITO UNAS VACACIONES!
¡YA HABLO COMO EL VIEJO ENEMIGO DEL CAPITÁN CALAMAR, EL QUEJICA! ¡ESTOY ESTRESADO!
EN SU CUARTEL GENERAL SECRETO, EL HOMBRE RADIACTIVO HACE SUS PLANES DE VACACIONES MIENTRAS PREPARA LAS MALETAS PARA EL VIAJE...
¡QUÉ BIEN! ¡EL PRÍNCIPE GRRK-GRRK FUE MUY AMABLE AL INVITARME A VISITARLE! NADA DE NOVIAS REPORTERAS FISGONAS, NADA DE GENIOS CRIMINALES, NADA DE AYUDANTES ADOLESCENTES, NADA DE ESPECTADORES INOCENTES... DE HECHO (JE, JE) NADA DE SERES HUMANOS!
HUMMM... NO SÉ QUÉ ME IMPULSÓ A COMPRAR ESTA CAMISA. ¡PODRÍA REVELAR FÁCILMENTE MI IDENTIDAD SECRETA!
AL ABANDONAR LA FABULOSA CÚPULA DE CONTENCIÓN, EN LO ALTO DEL MONTE ZENITH, SIEMPRE ENVUELTO POR LA BRUMA...
¡OH, NO! ¡OTRA VEZ, NO!
¡CUANDO VUELVA, TENGO QUE CONSTRUIR UNA PUERTA PARA ESA COSA!
SMASH!
PRONTO, SOBREVOLANDO EL ATLÁNTICO...
¡OOOH!
LO SIENTO, SEÑOR... ¡LA VISIÓN DE ESE SUPERHÉROE ADELANTANDO A NUESTRO AVIÓN HA HECHO QUE SE ME CAYERA LA BANDEJA DE SU CENA!
¡Y ENCIMA ERA LA ÚLTIMA RACIÓN DE CROQUETAS DE POLLO CON REVOLTIJO DE FRÍJOLES Y QUIBOMBÓ! ¡MALDICIÓN!
CRASH!
¡GRACIAS, HOMBRE RADIACTIVO!
NO MUCHO DESPUÉS...
¡POR FIN HE LLEGADO AL CONTINENTE NEGRO! ¡ES CURIOSO, A MÍ NO ME PARECE TAN NEGRO!
A VER, ¿QUÉ DEBO HACER AHORA? SEGÚN LAS INSTRUCCIONES DE GRRK-GRRK...
HORAS MÁS TARDE...
¡AY! ¡ESTOS MAPAS DEL AUTOMÓVIL CLUB ME ESTÁN VOLVIENDO LOCO! ¡NO HAY FORMA DE PLEGARLOS CORRECTAMENTE!
¡CÁSPITA! ¡ESTO DEBE SER CIUDAD SIMIA! ¡FINALMENTE, HE LLEGADO!
¡ESPERO QUE TENGAN LAVABOS!

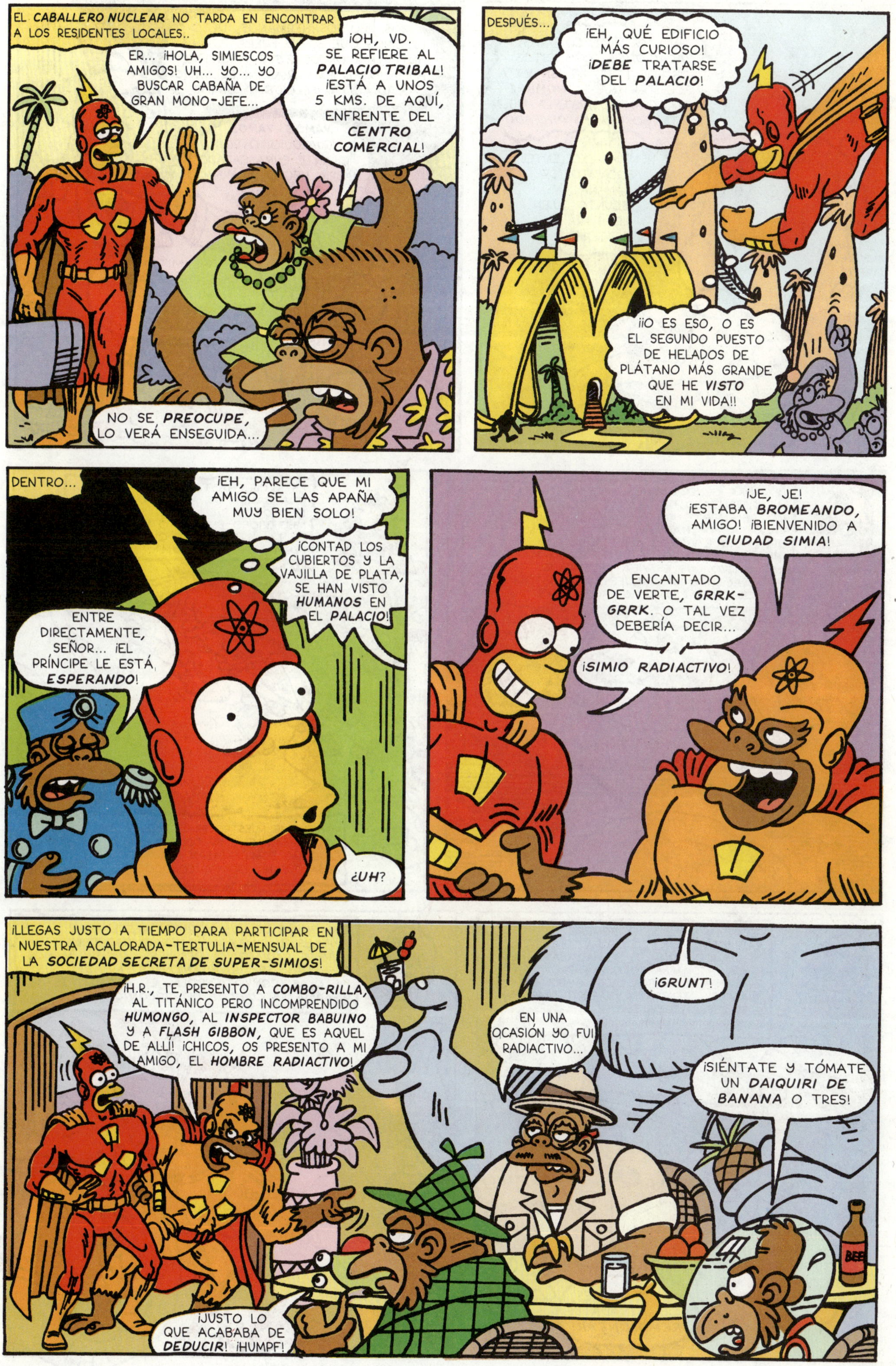
EL CABALLERO NUCLEAR NO TARDA EN ENCONTRAR A LOS RESIDENTES LOCALES..
ER... ¡HOLA, SIMIESCOS AMIGOS! UH... YO... YO BUSCAR CABAÑA DE GRAN MONO-JEFE...
¡OH, VD. SE REFIERE AL PALACIO TRIBAL! ¡ESTÁ A UNOS 5 KMS. DE AQUÍ, ENFRENTE DEL CENTRO COMERCIAL!
NO SE PREOCUPE, LO VERÁ ENSEGUIDA...
DESPUÉS...
¡EH, QUÉ EDIFICIO MÁS CURIOSO! ¡DEBE TRATARSE DEL PALACIO!
¡¡O ES ESO, O ES EL SEGUNDO PUESTO DE HELADOS DE PLÁTANO MÁS GRANDE QUE HE VISTO EN MI VIDA!!
DENTRO...
¡EH, PARECE QUE MI AMIGO SE LAS APAÑA MUY BIEN SOLO!
¡CONTAD LOS CUBIERTOS Y LA VAJILLA DE PLATA, SE HAN VISTO HUMANOS EN EL PALACIO!
ENTRE DIRECTAMENTE, SEÑOR... ¡EL PRÍNCIPE LE ESTÁ ESPERANDO!
¿UH?
¡JE, JE! ¡ESTABA BROMEANDO, AMIGO! ¡BIENVENIDO A CIUDAD SIMIA!
ENCANTADO DE VERTE, GRRK-GRRK. O TAL VEZ DEBERÍA DECIR...
¡SIMIO RADIACTIVO!
¡LLEGAS JUSTO A TIEMPO PARA PARTICIPAR EN NUESTRA ACALORADA-TERTULIA-MENSUAL DE LA SOCIEDAD SECRETA DE SUPER-SIMIOS!
¡H.R., TE PRESENTO A COMBO-RILLA, AL TITÁNICO PERO INCOMPRENDIDO HUMONGO, AL INSPECTOR BABUINO Y A FLASH GIBBON, QUE ES AQUEL DE ALLÍ! ¡CHICOS, OS PRESENTO A MI AMIGO, EL HOMBRE RADIACTIVO!
¡GRUNT!
EN UNA OCASIÓN YO FUI RADIACTIVO...
¡SIÉNTATE Y TÓMATE UN DAIQUIRI DE BANANA O TRES!
¡JUSTO LO QUE ACABABA DE DEDUCIR! ¡HUMPF!

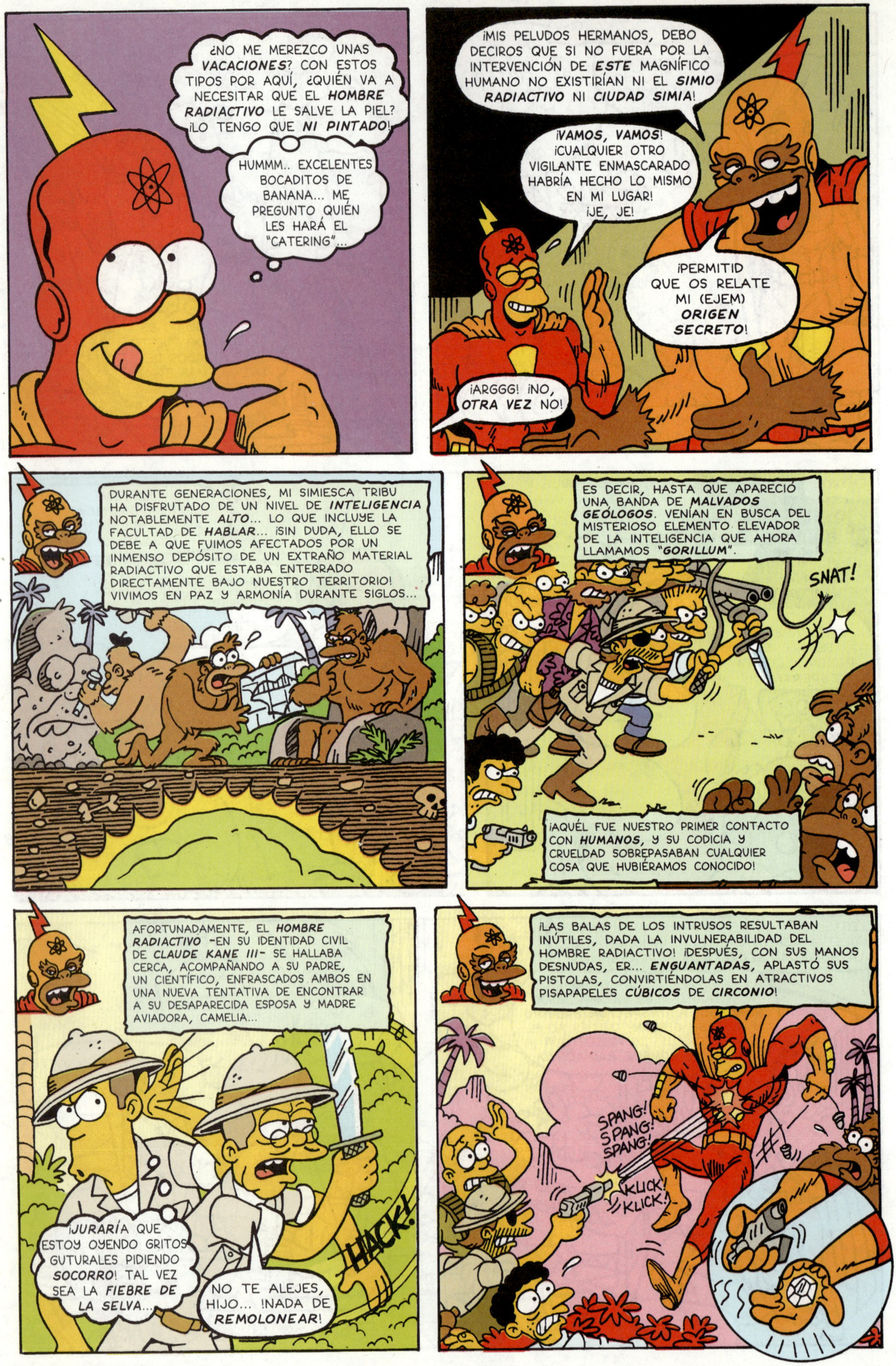
¿NO ME MEREZCO UNAS VACACIONES? CON ESTOS TIPOS POR AQUÍ, ¿QUIÉN VA A NECESITAR QUE EL HOMBRE RADIACTIVO LE SALVE LA PIEL? ¡LO TENGO QUE NI PINTADO!
HUMMM.. EXCELENTES BOCADITOS DE BANANA... ME PREGUNTO QUIÉN LES HARÁ EL "CATERING"...
¡MIS PELUDOS HERMANOS, DEBO DECIROS QUE SI NO FUERA POR LA INTERVENCIÓN DE ESTE MAGNÍFICO HUMANO NO EXISTIRÍAN NI EL SIMIO RADIACTIVO NI CIUDAD SIMIA!
¡VAMOS, VAMOS! ¡CUALQUIER OTRO VIGILANTE ENMASCARADO HABRÍA HECHO LO MISMO EN MI LUGAR! ¡JE, JE!
¡PERMITID QUE OS RELATE MI (EJEM) ORIGEN SECRETO!
¡ARGGG! ¡NO, OTRA VEZ NO!
DURANTE GENERACIONES, MI SIMIESCA TRIBU HA DISFRUTADO DE UN NIVEL DE INTELIGENCIA NOTABLEMENTE ALTO... LO QUE INCLUYE LA FACULTAD DE HABLAR... ¡SIN DUDA, ELLO SE DEBE A QUE FUIMOS AFECTADOS POR UN INMENSO DEPÓSITO DE UN EXTRAÑO MATERIAL RADIACTIVO QUE ESTABA ENTERRADO DIRECTAMENTE BAJO NUESTRO TERRITORIO! VIVIMOS EN PAZ Y ARMONÍA DURANTE SIGLOS...
ES DECIR, HASTA QUE APARECIÓ UNA BANDA DE MALVADOS GEÓLOGOS. VENÍAN EN BUSCA DEL MISTERIOSO ELEMENTO ELEVADOR DE LA INTELIGENCIA QUE AHORA LLAMAMOS "GORILLUM".
SNAT!
¡AQUÉL FUE NUESTRO PRIMER CONTACTO CON HUMANOS, Y SU CODICIA Y CRUELDAD SOBREPASABAN CUALQUIER COSA QUE HUBIÉRAMOS CONOCIDO!
AFORTUNADAMENTE, EL HOMBRE RADIACTIVO –EN SU IDENTIDAD CIVIL DE CLAUDE KANE III– SE HALLABA CERCA, ACOMPAÑANDO A SU PADRE, UN CIENTÍFICO, ENFRASCADOS AMBOS EN UNA NUEVA TENTATIVA DE ENCONTRAR A SU DESAPARECIDA ESPOSA Y MADRE AVIADORA, CAMELIA...
¡JURARÍA QUE ESTOY OYENDO GRITOS GUTURALES PIDIENDO SOCORRO! TAL VEZ SEA LA FIEBRE DE LA SELVA...
HACK!
NO TE ALEJES, HIJO... ¡NADA DE REMOLONEAR!
¡LAS BALAS DE LOS INTRUSOS RESULTABAN INÚTILES, DADA LA INVULNERABILIDAD DEL HOMBRE RADIACTIVO! ¡DESPUÉS, CON SUS MANOS DESNUDAS, ER... ENGUANTADAS, APLASTÓ SUS PISTOLAS, CONVIRTIÉNDOLAS EN ATRACTIVOS PISAPAPELES CÚBICOS DE CIRCONIO!
SPANG! SPANG! SPANG!
KLICK! KLICK!

¡DESESPERADO, EL JEFE DE LOS INTRUSOS HIZO ESTALLAR UNA MINI-BOMBA DE RAYOS-XENO! YO PODRÍA HABER RESULTADO HERIDO O MUERTO, PERO NUESTRO PROTECTOR SE LAS ARREGLÓ PARA CUBRIRME CON SU CUERPO DE LOS EFECTOS DESTRUCTIVOS DE LA EXPLOSIÓN... ¡O, AL MENOS, DE LA MAYOR PARTE DE ESOS EFECTOS!
¡ÉCHATE ATRÁS, AMIGO!
¡PARDIEZ! ¡ESTO PINCHA!
¡TRAS CAPTURARLOS, EL HOMBRE RADIACTIVO SE LLEVÓ A LOS CODICIOSOS GEO-PIRATAS DE VUELTA A SU ASÍ LLAMADA "CIVILIZACIÓN" PARA QUE RECIBIERAN EL CASTIGO QUE MERECÍAN!
¡TEN CUIDADO, GRRK-GRRK! ¡HASTA PRONTO, GORILAS! ¡PRÓXIMA PARADA: LA CÁRCEL DE ZENITH!
¡Y SI NO VUELVO INMEDIATAMENTE DESPUÉS, MI PAPI ME MATARÁ!
¡GRACIAS, HOMBRE RADIACTIVO! ¡ESTAMOS EN DEUDA CONTIGO PARA SIEMPRE!
QUÉ MUNDO... QUÉ MUNDO...
¡LOS RAYOS XENO QUE ATRAVESARON AL HOMBRE RADIACTIVO, FUERON AFECTADOS DE ALGUNA FORMA POR LOS RAYOS GORILLUM PRESENTES EN LA REGIÓN ANTES DE QUE MI CUERPO LOS ABSORBIERA! ¡POCO DESPUÉS, EMPECÉ A MOSTRAR EXTRAÑAS Y NUEVAS FACULTADES, TALES COMO INVULNERABILIDAD, SUPER-FUERZA Y CAPACIDAD DE VOLAR! ¡Y, ADEMÁS ME CRECIÓ UNA COSA MUY RARA UNA ESPECIE DE RAYO ENCIMA DE LA CABEZA!
COMO HOMENAJE A NUESTRO ENMASCARADO BENEFACTOR, ADOPTÉ UNA IDENTIDAD JUSTICIERA PROPIA... ¡¡¡EL SIMIO RADIACTIVO!!!
¡TRANQUILA, JOVENCITA! ¡YA ESTÁ A SALVO DE ESTE RINOCERONTE FURIOSO!
¡JI, JI! ¡GRACIAS, SIMIO RADIACTIVO!
¡GROINCK!
SWOOP!
¡TAMBIÉN USÉ MIS NUEVOS PODERES PARA AYUDAR A MEJORAR EL NIVEL DE VIDA DE NUESTRA TRIBU, ELEVANDO A CIUDAD SIMIA HASTA LA MODERNA UTOPÍA DE LA JUNGLA QUE CONTEMPLAS CON TUS PROPIOS OJOS!
¡Y TODO GRACIAS A TI, HOMBRE RADIACTIVO!
BUENO... YO...UH...
¡EH, YA BASTA DE TODO ESE ROLLO SOBRE LOS ORÍGENES SECRETOS!
¡HEMOS OÍDO ESA ESTÚPIDA HISTORIA UN MILLÓN DE VECES Y ESTAMOS HARTOS DE ELLA!
¡PARA QUE LO SEPAS, NOSOTROS TAMBIÉN TENEMOS ORÍGENES SECRETOS!
¡ESCUCHA EL MÍO, PARA VARIAR UN POCO! YO ERA UN PRECOZ Y JOVEN BABUINO, CRIADO EN LOS SUBURBIOS DE CIUDAD SIMIA...
UH-OH, ÉSTA VA A SER UNA NOCHE MUY LARGA...

ASÍ, CUANDO EL SOL SALE A LA MAÑANA SIGUIENTE...
¡HASTA EL MES QUE VIENE A LA MISMA HORA, ¿VALE, CHICOS? ¡HUMONGO TE TOCARÁ A TI LLEVAR LAS BEBIDAS!
OOOOOH...
¡¡GRUNT!!
¡CARAMBA, COMBO, HAS IGUALADO A ESE PARLOTEANTE SIMIO RADIACTIVO PUNTO POR PUNTO! ¿CÓMO TE LO HAS MONTADO?
¡AFORTUNADAMENTE, POSEO LA CAPACIDAD DE CONCENTRACIÓN DE UN BUITRE, LA MEMORIA DE UN ELEFANTE, LAS CUERDAS VOCALES DE UNA HIENA SARCÁSTICA Y LA VIS CÓMICA DE UN ACTOR DE COMPAÑÍA AMBULANTE!
TENGO QUE ADMITIRLO... ¡CUANDO SE TRATA DE TOCARLE LAS NARICES AL GORILA, ERES EL NÚMERO UNO!
¿QUÉ TE OCURRE, HOMBRE RADIACTIVO?
UHHH... NO ME ENCUENTRO BIEN... ME TEMO QUE HE BEBIDO DEMADIADOS DAIQUIRIS DE PLÁTANO...
TÓMATELO CON CALMA, AMIGO...
¡DESPUÉS DE TODO, ESTÁS AQUÍ DE VACACIONES! ¡YO SOY EL SUPER-PROTECTOR RESIDENTE DE CIUDAD SIMIA, DE MODO QUE TODO LO QUE TÚ TIENES QUE HACER ES DESCANSAR Y RELAJARTE!
¡ESO SUENA BIEN!
AH, NO HAY NADA COMO UN BUEN PURO MIENTRAS UNO PATINA HACIA LA OFICINA...
DESHAZ TUS MALETAS Y TÓMATE UN CAFÉ Y UN BUÑUELO. ESTA TARDE TENGO UNA CONFERENCIA DE PRENSA Y, DESPUÉS...
¡UUNHHH! ¡AHORA SOY YO EL QUE EMPIEZA A ENCONTRARSE MAL! URFFFF... CAMBIANDO... TODO PARECE MÁS PEQUEÑO... MÁS BRILLANTE...
¡ELECTRONES AMPLIADOS! ¡ES ASOMBROSO! ¡COLOSAL! ¡ES MÁS GRANDE DE LO QUE SE PODRÍA DESCRIBIR CON SIMPLES ADJETIVOS! EL SIMIO RADIACTIVO SE HA CONVERTIDO EN...
¡¡¡GIX SPTZL GLAHHH!!!

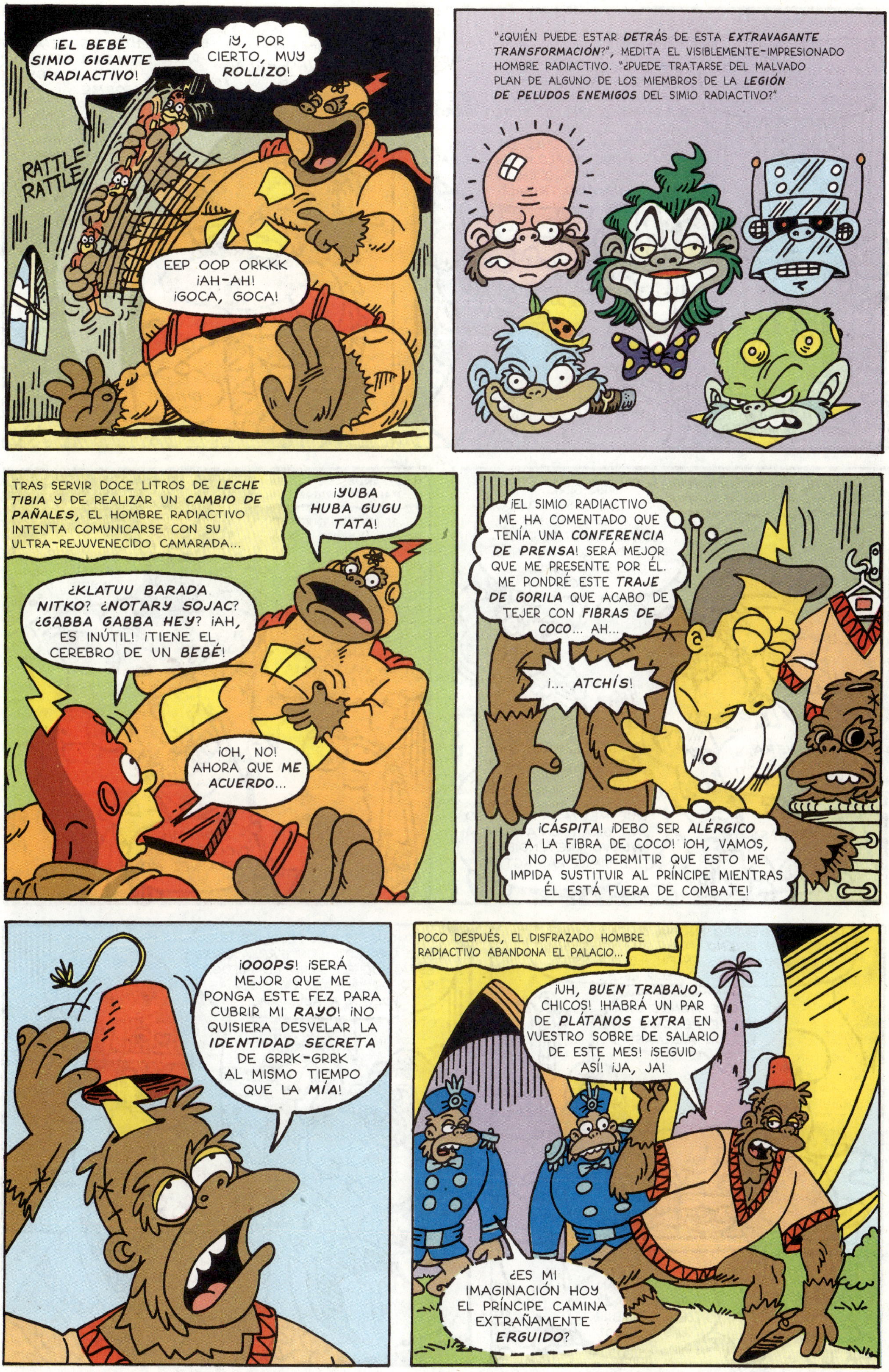
¡EL BEBÉ SIMIO GIGANTE RADIACTIVO!
¡Y, POR CIERTO, MUY ROLLIZO!
RATTLE RATTLE
EEP OOP ORKKK ¡AH-AH! ¡GOCA, GOCA!
"¿QUIÉN PUEDE ESTAR DETRÁS DE ESTA EXTRAVAGANTE TRANSFORMACIÓN?", MEDITA EL VISIBLEMENTE-IMPRESIONADO HOMBRE RADIACTIVO. "¿PUEDE TRATARSE DEL MALVADO PLAN DE ALGUNO DE LOS MIEMBROS DE LA LEGIÓN DE PELUDOS ENEMIGOS DEL SIMIO RADIACTIVO?"
TRAS SERVIR DOCE LITROS DE LECHE TIBIA Y DE REALIZAR UN CAMBIO DE PAÑALES, EL HOMBRE RADIACTIVO INTENTA COMUNICARSE CON SU ULTRA-REJUVENECIDO CAMARADA...
¡YUBA HUBA GUGU TATA!
¿KLATUU BARADA NITKO? ¿NOTARY SOJAC? ¿GABBA GABBA HEY? ¡AH, ES INÚTIL! ¡TIENE EL CEREBRO DE UN BEBÉ!
¡OH, NO! AHORA QUE ME ACUERDO...
¡EL SIMIO RADIACTIVO ME HA COMENTADO QUE TENÍA UNA CONFERENCIA DE PRENSA! SERÁ MEJOR QUE ME PRESENTE POR ÉL. ME PONDRÉ ESTE TRAJE DE GORILA QUE ACABO DE TEJER CON FIBRAS DE COCO... AH...
¡... ATCHÍS!
¡CÁSPITA! ¡DEBO SER ALÉRGICO A LA FIBRA DE COCO! ¡OH, VAMOS, NO PUEDO PERMITIR QUE ESTO ME IMPIDA SUSTITUIR AL PRÍNCIPE MIENTRAS ÉL ESTÁ FUERA DE COMBATE!
¡OOOPS! ¡SERÁ MEJOR QUE ME PONGA ESTE FEZ PARA CUBRIR MI RAYO! ¡NO QUISIERA DESVELAR LA IDENTIDAD SECRETA DE GRRK-GRRK AL MISMO TIEMPO QUE LA MÍA!
POCO DESPUÉS, EL DISFRAZADO HOMBRE RADIACTIVO ABANDONA EL PALACIO...
¡UH, BUEN TRABAJO, CHICOS! ¡HABRÁ UN PAR DE PLÁTANOS EXTRA EN VUESTRO SOBRE DE SALARIO DE ESTE MES! ¡SEGUID ASÍ! ¡JA, JA!
¿ES MI IMAGINACIÓN HOY EL PRÍNCIPE CAMINA EXTRAÑAMENTE ERGUIDO?

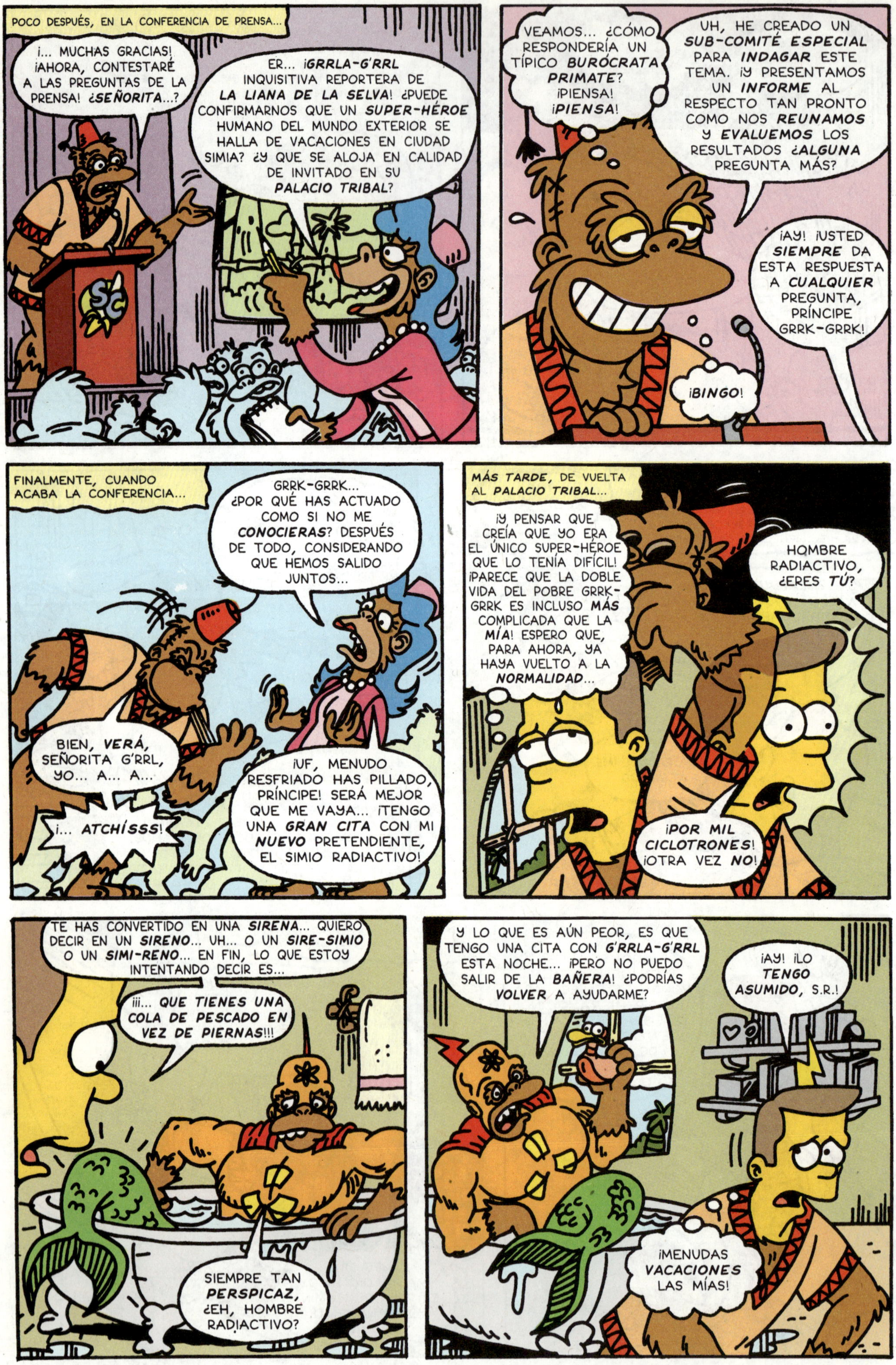
POCO DESPUÉS, EN LA CONFERENCIA DE PRENSA...
¡... MUCHAS GRACIAS! ¡AHORA, CONTESTARÉ A LAS PREGUNTAS DE LA PRENSA! ¿SEÑORITA...?
ER... ¡GRRLA-G'RRL INQUISITIVA REPORTERA DE LA LIANA DE LA SELVA! ¿PUEDE CONFIRMARNOS QUE UN SUPER-HÉROE HUMANO DEL MUNDO EXTERIOR SE HALLA DE VACACIONES EN CIUDAD SIMIA? ¿Y QUE SE ALOJA EN CALIDAD DE INVITADO EN SU PALACIO TRIBAL?
VEAMOS... ¿CÓMO RESPONDERÍA UN TÍPICO BURÓCRATA PRIMATE? ¡PIENSA! ¡PIENSA!
UH, HE CREADO UN SUB-COMITÉ ESPECIAL PARA INDAGAR ESTE TEMA. ¡Y PRESENTAMOS UN INFORME AL RESPECTO TAN PRONTO COMO NOS REUNAMOS Y EVALUEMOS LOS RESULTADOS ¿ALGUNA PREGUNTA MÁS?
¡AY! ¡USTED SIEMPRE DA ESTA RESPUESTA A CUALQUIER PREGUNTA, PRÍNCIPE GRRK-GRRK!
¡BINGO!
FINALMENTE, CUANDO ACABA LA CONFERENCIA...
GRRK-GRRK... ¿POR QUÉ HAS ACTUADO COMO SI NO ME CONOCIERAS? DESPUÉS DE TODO, CONSIDERANDO QUE HEMOS SALIDO JUNTOS...
BIEN, VERÁ, SEÑORITA G'RRL, YO... A... A...
¡... ATCHÍSSS!
¡UF, MENUDO RESFRIADO HAS PILLADO, PRÍNCIPE! SERÁ MEJOR QUE ME VAYA... ¡TENGO UNA GRAN CITA CON MI NUEVO PRETENDIENTE, EL SIMIO RADIACTIVO!
MÁS TARDE, DE VUELTA AL PALACIO TRIBAL...
¡Y PENSAR QUE CREÍA QUE YO ERA EL ÚNICO SUPER-HÉROE QUE LO TENÍA DIFÍCIL! ¡PARECE QUE LA DOBLE VIDA DEL POBRE GRRK-GRRK ES INCLUSO MÁS COMPLICADA QUE LA MÍA! ESPERO QUE, PARA AHORA, YA HAYA VUELTO A LA NORMALIDAD...
HOMBRE RADIACTIVO, ¿ERES TÚ?
¡POR MIL CICLOTRONES! ¡OTRA VEZ NO!
TE HAS CONVERTIDO EN UNA SIRENA... QUIERO DECIR EN UN SIRENO... UH... O UN SIRE-SIMIO O UN SIMI-RENO... EN FIN, LO QUE ESTOY INTENTANDO DECIR ES...
¡¡¡... QUE TIENES UNA COLA DE PESCADO EN VEZ DE PIERNAS!!!
SIEMPRE TAN PERSPICAZ, ¿EH, HOMBRE RADIACTIVO?
Y LO QUE ES AÚN PEOR, ES QUE TENGO UNA CITA CON G'RRLA-G'RRL ESTA NOCHE... ¡PERO NO PUEDO SALIR DE LA BAÑERA! ¿PODRÍAS VOLVER A AYUDARME?
¡AY! ¡LO TENGO ASUMIDO, S.R.!
¡MENUDAS VACACIONES LAS MÍAS!

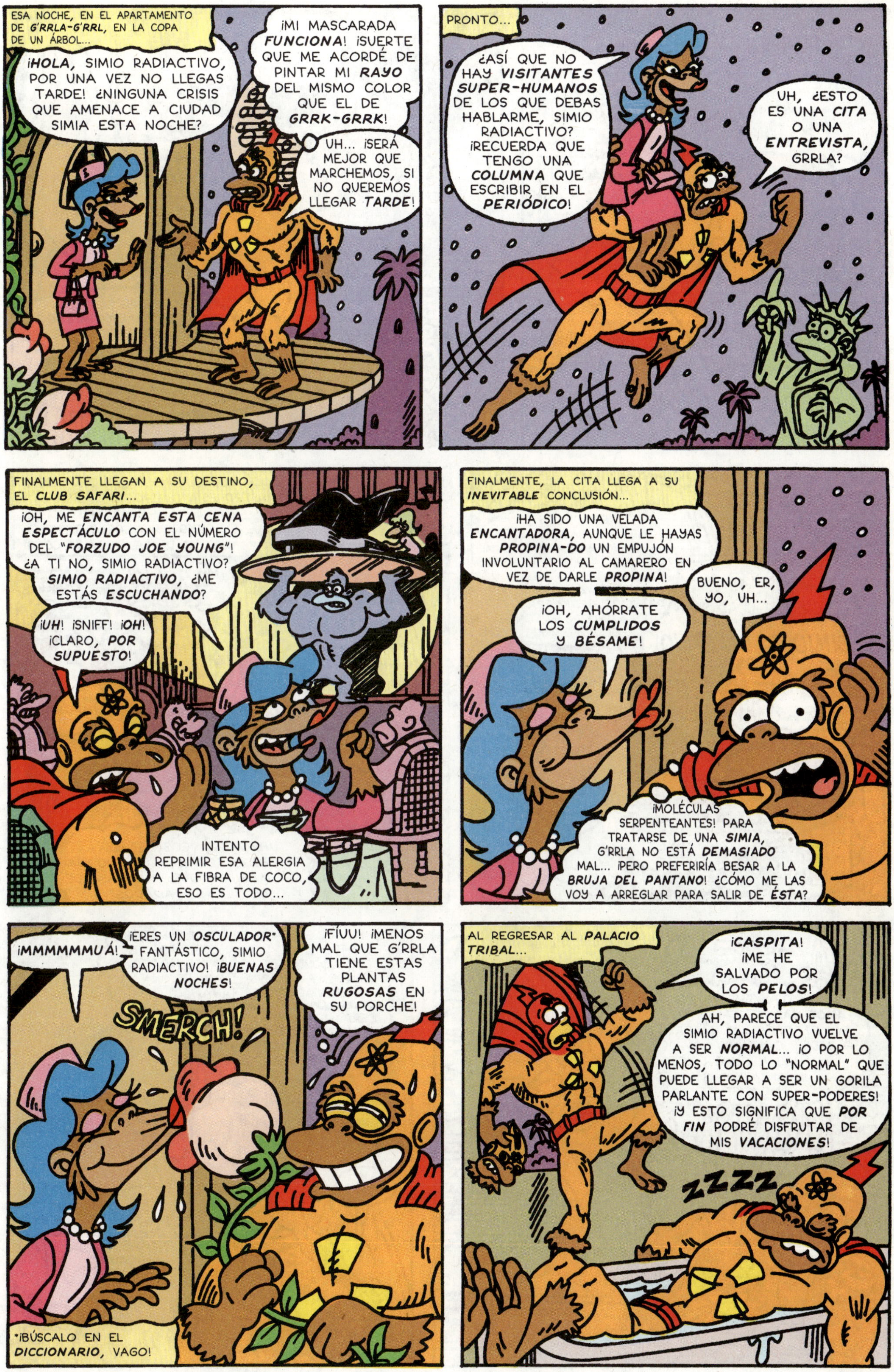
ESA NOCHE, EN EL APARTAMENTO DE G'RRLA-G'RRL, EN LA COPA DE UN ÁRBOL...
¡HOLA, SIMIO RADIACTIVO, POR UNA VEZ NO LLEGAS TARDE! ¿NINGUNA CRISIS QUE AMENACE A CIUDAD SIMIA ESTA NOCHE?
¡MI MASCARADA FUNCIONA! ¡SUERTE QUE ME ACORDÉ DE PINTAR MI RAYO DEL MISMO COLOR QUE EL DE GRRK-GRRK!
UH... ¡SERÁ MEJOR QUE MARCHEMOS, SI NO QUEREMOS LLEGAR TARDE!
PRONTO...
¿ASÍ QUE NO HAY VISITANTES SUPER-HUMANOS DE LOS QUE DEBAS HABLARME, SIMIO RADIACTIVO? ¡RECUERDA QUE TENGO UNA COLUMNA QUE ESCRIBIR EN EL PERIÓDICO!
UH, ¿ESTO ES UNA CITA O UNA ENTREVISTA, GRRLA?
FINALMENTE LLEGAN A SU DESTINO, EL CLUB SAFARI...
¡OH, ME ENCANTA ESTA CENA ESPECTÁCULO CON EL NÚMERO DEL "FORZUDO JOE YOUNG"! ¿A TI NO, SIMIO RADIACTIVO? SIMIO RADIACTIVO, ¿ME ESTÁS ESCUCHANDO?
¡UH! ¡SNIFF! ¡OH! ¡CLARO, POR SUPUESTO!
INTENTO REPRIMIR ESA ALERGIA A LA FIBRA DE COCO, ESO ES TODO...
FINALMENTE, LA CITA LLEGA A SU INEVITABLE CONCLUSIÓN...
¡HA SIDO UNA VELADA ENCANTADORA, AUNQUE LE HAYAS PROPINA-DO UN EMPUJÓN INVOLUNTARIO AL CAMARERO EN VEZ DE DARLE PROPINA!
BUENO, ER, YO, UH...
¡OH, AHÓRRATE LOS CUMPLIDOS Y BÉSAME!
¡MOLÉCULAS SERPENTEANTES! PARA TRATARSE DE UNA SIMIA, G'RRLA NO ESTÁ DEMASIADO MAL... ¡PERO PREFERIRÍA BESAR A LA BRUJA DEL PANTANO! ¿CÓMO ME LAS VOY A ARREGLAR PARA SALIR DE ÉSTA?
¡MMMMMMUÁ!
¡ERES UN OSCULADOR* FANTÁSTICO, SIMIO RADIACTIVO! ¡BUENAS NOCHES!
SMERCH!
¡FIUU! ¡MENOS MAL QUE G'RRLA TIENE ESTAS PLANTAS RUGOSAS EN SU PORCHE!
*¡BÚSCALO EN EL DICCIONARIO, VAGO!
AL REGRESAR AL PALACIO TRIBAL...
¡CASPITA! ¡ME HE SALVADO POR LOS PELOS!
AH, PARECE QUE EL SIMIO RADIACTIVO VUELVE A SER NORMAL... ¡O POR LO MENOS, TODO LO "NORMAL" QUE PUEDE LLEGAR A SER UN GORILA PARLANTE CON SUPER-PODERES! ¡Y ESTO SIGNIFICA QUE POR FIN PODRÉ DISFRUTAR DE MIS VACACIONES!
ZZZZ

A LA MAÑANA SIGUIENTE...
¡SOCORRO, HOMBRE RADIACTIVO! ¡SOCORRO!
¡YA, YA, CHICO-GRRK!
TENGO UNA SENSACIÓN RARÍSIMA...
¡... ME HE CONVERTIDO EN UNA MARIONETA!
¿EXPLICA ESO LA MUÑECA GIGANTESCA QUE SALE DE LA :EXTREMECIMIENTO: PARTE BAJA DE TU TORSO?
¡NO TE PREOCUPES POR ESO! ¡AHORA MISMO, EL SIMIO RADIACTIVO TIENE UN COMPROMISO EN EL CENTRO COMERCIAL QUE HAY AL OTRO LADO DE LA CALLE! ¡YA SABES LO QUE TIENES QUE HACER!
MÁS TARDE, EN EL CENTRO COMERCIAL...
FANS, CONOCED AL PROTECTOR DE CIUDAD SIMIA...
EL SIMIO RADIACTIVO!
Y ENTONCES LE DIJE QUE IBA A CONOCER AL SIMIO RADIACTIVO, Y ME DIJO "¿DE VERDAD?", DE MODO QUE CONTESTÉ "BUENO, NO ES TAN MONO COMO EL PRÍNCIPE GRRK-GRRK, PERO ES MONO." Y ENTONCES ELLA ME DIJO...
HUMMM-HUMMM... :SNIFF:
DE PRONTO, UNA FIGURA FAMILIAR SE ABRE PASO A EMPUJONES...
¡SOY EL MAYOR FAN DEL H.R, Y USTED ES UN IMPOSTOR! ¡SI HASTA MI DISFRAZ ES MÁS AUTÉNTICO QUE EL SUYO! ¡Y SU PELO TIENE EL ASPECTO DE LA FIBRA DE COCO!
¡ES VERDAD!
¡ES UN IMPOSTOR!
¡UN SUPER-IMPOSTOR!
¡UH-OH! ¡LA COSA SE ESTÁ PONIENDO FEA! ¿¡¿Y QUÉ PODRÍA SER MÁS FEO QUE UNA MASA DE GORILAS ENFADADOS?!?
SNACKS
¡ESTÁN EMPEZANDO A AMOTINARSE! ¡ÑAM! ¡TENGO QUE SOMETERLES SIN HACERLE DAÑO A NADIE! ¡GLUP! ¡ME COMERÉ ESTOS PLÁTANOS A SUPER-VELOCIDAD Y LANZARÉ LAS PIELES A LA GENTE...!
¡EH, ¿VAS A PAGAR LOS PLÁTANOS, AMIGO ENCAPUCHADO?
¡NO ME HA GUSTADO TENER QUE HACER ESTO, PERO ELLOS ME HAN OBLIGADO! ¡SU GROTESCA CONDUCTA ES UN RECORDATORIO DE QUE LA PALABRA "FAN" ES UNA ABREVIACIÓN DE "FANÁTICO"!
¡SERÁ MEJOR QUE VUELVA Y COMPRUEBE CÓMO ESTÁ EL SIMIO RADIACTIVO!
¡AY!
¡OG!
¡EEEP!
¡UAAH!
SLIP!
SLIDE!

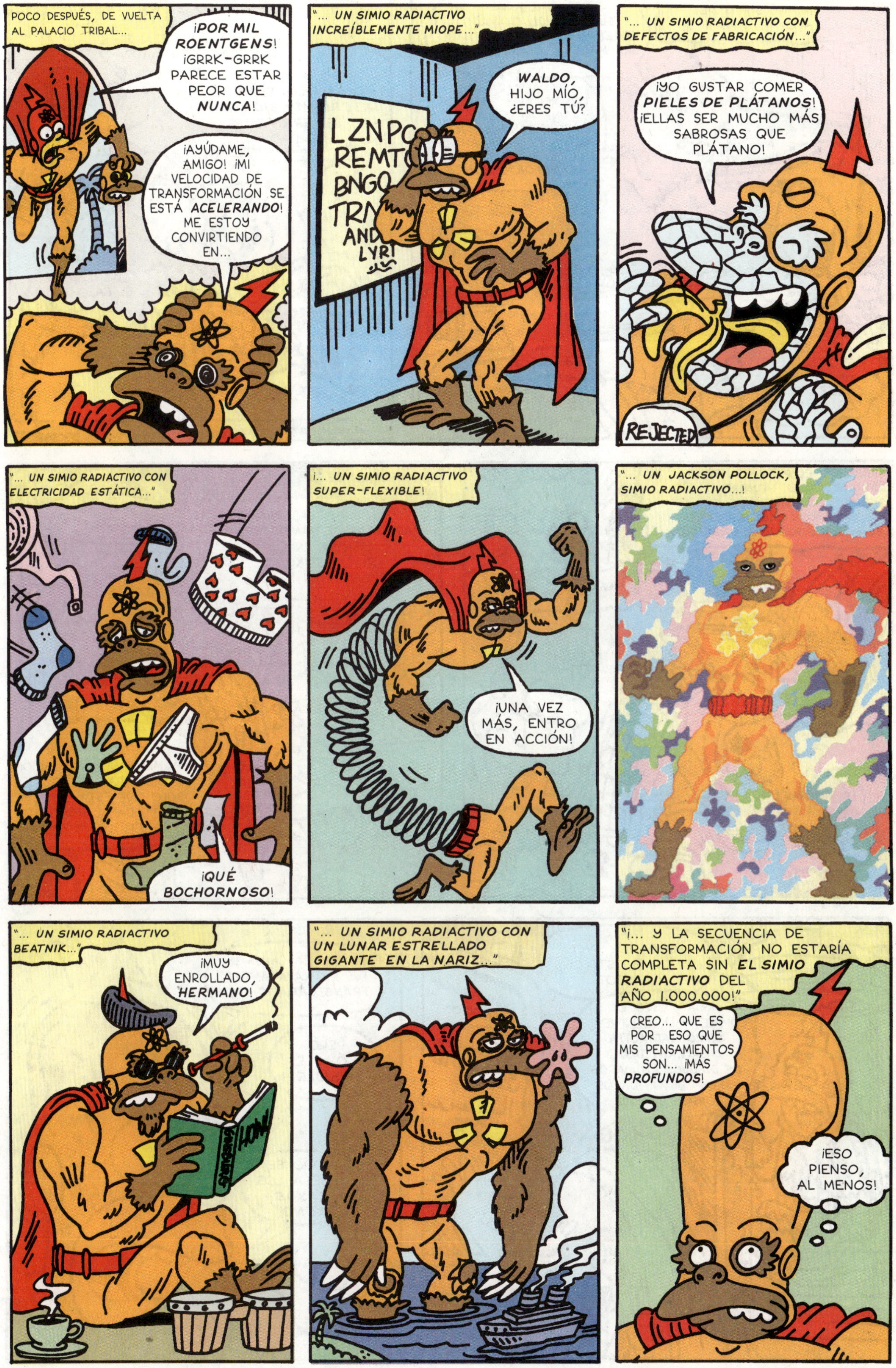
POCO DESPUÉS, DE VUELTA AL PALACIO TRIBAL...
¡POR MIL ROENTGENS! ¡GRRK-GRRK PARECE ESTAR PEOR QUE NUNCA!
¡AYÚDAME, AMIGO! ¡MI VELOCIDAD DE TRANSFORMACIÓN SE ESTÁ ACELERANDO! ME ESTOY CONVIRTIENDO EN...
"... UN SIMIO RADIACTIVO INCREÍBLEMENTE MIOPE..."
WALDO, HIJO MÍO, ¿ERES TÚ?
"... UN SIMIO RADIACTIVO CON DEFECTOS DE FABRICACIÓN..."
¡YO GUSTAR COMER PIELES DE PLÁTANOS! ¡ELLAS SER MUCHO MÁS SABROSAS QUE PLÁTANO!
REJECTED
"... UN SIMIO RADIACTIVO CON ELECTRICIDAD ESTÁTICA..."
¡QUÉ BOCHORNOSO!
¡... UN SIMIO RADIACTIVO SUPER-FLEXIBLE!
¡UNA VEZ MÁS, ENTRO EN ACCIÓN!
"... UN JACKSON POLLOCK, SIMIO RADIACTIVO...!
"... UN SIMIO RADIACTIVO BEATNIK..."
¡MUY ENROLLADO, HERMANO!
"... UN SIMIO RADIACTIVO CON UN LUNAR ESTRELLADO GIGANTE EN LA NARIZ..."
"¡... Y LA SECUENCIA DE TRANSFORMACIÓN NO ESTARÍA COMPLETA SIN EL SIMIO RADIACTIVO DEL AÑO 1.000.000!"
CREO... QUE ES POR ESO QUE MIS PENSAMIENTOS SON... ¡MÁS PROFUNDOS!
¡ESO PIENSO, AL MENOS!

RÁPIDAMENTE, EL SIMIO DEL FUTURO ELABORA UN PLAN...
¡GRACIAS A MI SUPER-EVOLUCIONADO CEREBRO SIMIO, HE DISEÑADO UNA MÁQUINA DIAGNOSTIKÓN!
¡ANALIZARÁ MI CONDICIÓN Y SUGERIRÁ UNA MANERA DE CONTRARRESTAR ESTAS EXTRAVAGANTES Y GROTESCAS TRANSFORMACIONES!
PUEDO DECIR ALGO EN SU FAVOR... ¡TIENE UNA BUENA CABEZA SOBRE LOS HOMBROS!
¡OH, NO! YA HA CAMBIADO, CONVIRTIÉNDOSE EN... DIME, ¿QUÉ DIANTRES ERES AHORA?
¡SOY UN ADORABLE PERO PERVERSO DIABLILLO-SIMIO INTERDIMENSIONAL! ¡JE, JE! ¡IRRITANTE, ¿VERDAD?
BIEN, DADO EL CASO TODO QUEDA EN MIS MANOS...
SIGUIENDO EL PLAN DEL SIMIO RADIACTIVO, EL HOMBRE RADIACTIVO CONSTRUYE EL DIAGNOSTIKÓN CON INCREÍBLE RAPIDEZ Y REGULAR PRECISIÓN...
EN CUESTIÓN DE MINUTOS...
¡FIUUU! ¡AHÍ VAS, SIMIO RADIACTIVO DE PAN DE MOLDE!! ¡ENTRA EN EL DIAGNOSTIKÓN Y PONGÁMOS EN MARCHA!
TENDRÁS QUE PERDONARME MI MOMENTÁNEA VACILACIÓN HOMBRE RADIACTIVO... ¡ES SÓLO QUE ESTA COSA ME RECUERDA AL HORNO DE JUEGUETE DE MI SOBRINA!
PRONTO...
¿QUÉ NOS DICE EL DIAGNOSTIKÓN, AMIGO?
¡GUAU, ESTO ES COMPLETAMENTE INCREÍBLE SIMIO RADIACTIVO CAVERNÍCULO DE DIBUJOS ANIMADOS! SEGÚN ESTOS DATOS COMPUTERIZADOS...
¡YO SOY LA CAUSA DE TUS EXTRAVAGANTES TRANSFORMACIONES!
PERO ¿CÓMO ES POSIBLE?
¡TODO SE DEBE A LOS RAYOS XENO!

ANTES DE VENIR DE VACACIONES A CIUDAD SIMIA, LUCHÉ CONTRA MI VIEJO ENEMIGO, **CEREBRITO, EL MAGNÍFICO**, Y CONTRA SU **CAÑÓN DE RAYOS XENO**.
¡JE! ¡HACE **COSQUILLAS**!
¡APARENTEMENTE, MI CUERPO ABSORBIÓ Y RETUVO UNA TREMENDA CANTIDAD DE **RAYOS XENO**, QUE AHORA EMPIEZA A LIBERARSE, A UN RITMO QUE DEPENDE DE MI NIVEL DE **ACTIVIDAD**!
¡EL DIAGNOSTIKÓN DICE QUE ESTOS RAYOS XENO SON LO QUE ESTÁ PROVOCANDO TUS **CAMBIOS**! ¡DE HECHO, NO RESULTA SORPRENDENTE, CONSIDERANDO CÓMO OBTUVISTE TUS PODERES!
PODERES... ¿QUIÉN NECESITA **PODERES**...?
¿... CUANDO TIENES UNA **GRAN, ENORME PISTOLA**... Y HOMBROS A **JUEGO**? ¡**IMAGEN**, ESO Y NO LOS PODERES ES LO QUE CUENTA EN UN SUPER-HÉROE!
¡NEUTRONES RECHINANTES!
¡ESTE MATÓN CON CABEZA DE UVA ES ¡HORROR! LA MÁS **HORROROSA** ENCARNACIÓN DEL SIMIO RADIACTIVO QUE EXISTE!
¡AHORA QUE YA COMPRENDO LA **CAUSA** DE SU PROBLEMA, ES EL MOMENTO DE RECTIFICARLO ANTES DE QUE **EMPEOREN** LAS COSAS!
Y...
¡AJÁ! ¡ESTE CERCANO VOLCÁN ACTIVO, **EL MONTE WELSINGER**, ME PROPORCIONARÁ LO QUE NECESITO!
RUMBLE!
¡LA **LAVA CALIENTE** ESTIMULARÁ MIS MOLÉCULAS PARA QUE **LIBEREN** LOS RAYOS XENO QUE SE HAN ALMACENADO! ¡HUMMM, **VIGORIZANTE**!
¡OJALÁ HUBIERA PENSANDO EN TRAERME EL **PATITO DE GOMA** DE GRRK-GRRRK! CLARO QUE, POSIBLEMENTE, SE HUBIERA FUNDIDO...

POCO DESPUÉS...
¡LO HAS LOGRADO, HOMBRE RADIACTIVO, ME HAS CURADO! VUELVO A SER YO MISMO... ¡DE FORMA PERMANENTE!
¡BUENO, ESTO SUPONE UNA ENORME MEJORA CON RESPECTO A TU ÚLTIMA VERSIÓN!
¿TE IMAGINAS SI LOS SUPER-HÉROES DE VERDAD TUVIERAN EL ASPECTO DE ESE ENORME Y ESTÚPIDO CRETINO?
¡NO SEAS RIDÍCULO! ¡ESO NUNCA OCURRIRÁ!
DING! DONG!
¡LLAMAN A LA PUERTA! ¡YO ABRIRÉ!
¿QUÉ HACES AQUÍ, SIMIO RADIACTIVO? ¿... Y QUIÉN ES TU ENMASCARADO COMPAÑERO? GL'MA GR'LLA, INQUISITIVA REPORTERA DE MODAS Y YO VENÍAMOS A VER CÓMO IBA EL RESFRIADO DEL POBRE PRÍNCIPE GRRK-GRRK. PERO YA QUE VOSOTROS DOS ESTÁIS AQUÍ... ¡JI, JI!
¡ENCANTADA DE CONOCERTE!
UH, GRRK-GRRK ESTÁ DESCANSANDO, ¿NO ES ASÍ HOMBRE RADIACTIVO?
SÍ, ASÍ ES
¡OOH, ESTA DOBLE CITA HA SIDO UNA IDEA MARAVILLOSA!
¡PERO SIGO SIN ENTENDER POR QUÉ ME RESULTAS TAN FAMILIAR, HOMBRE RADIACTIVO!
¿QUIÉN SABE? ¡TAL VEZ ERES LA GORILA DE MIS SUEÑOS! ¡JE, JE!
¡HORROR! ¡TENGO QUE ACABAR ESTAS VACACIONES! ¡SÓLO ASÍ PODRÉ DESCANSAR!
FIN

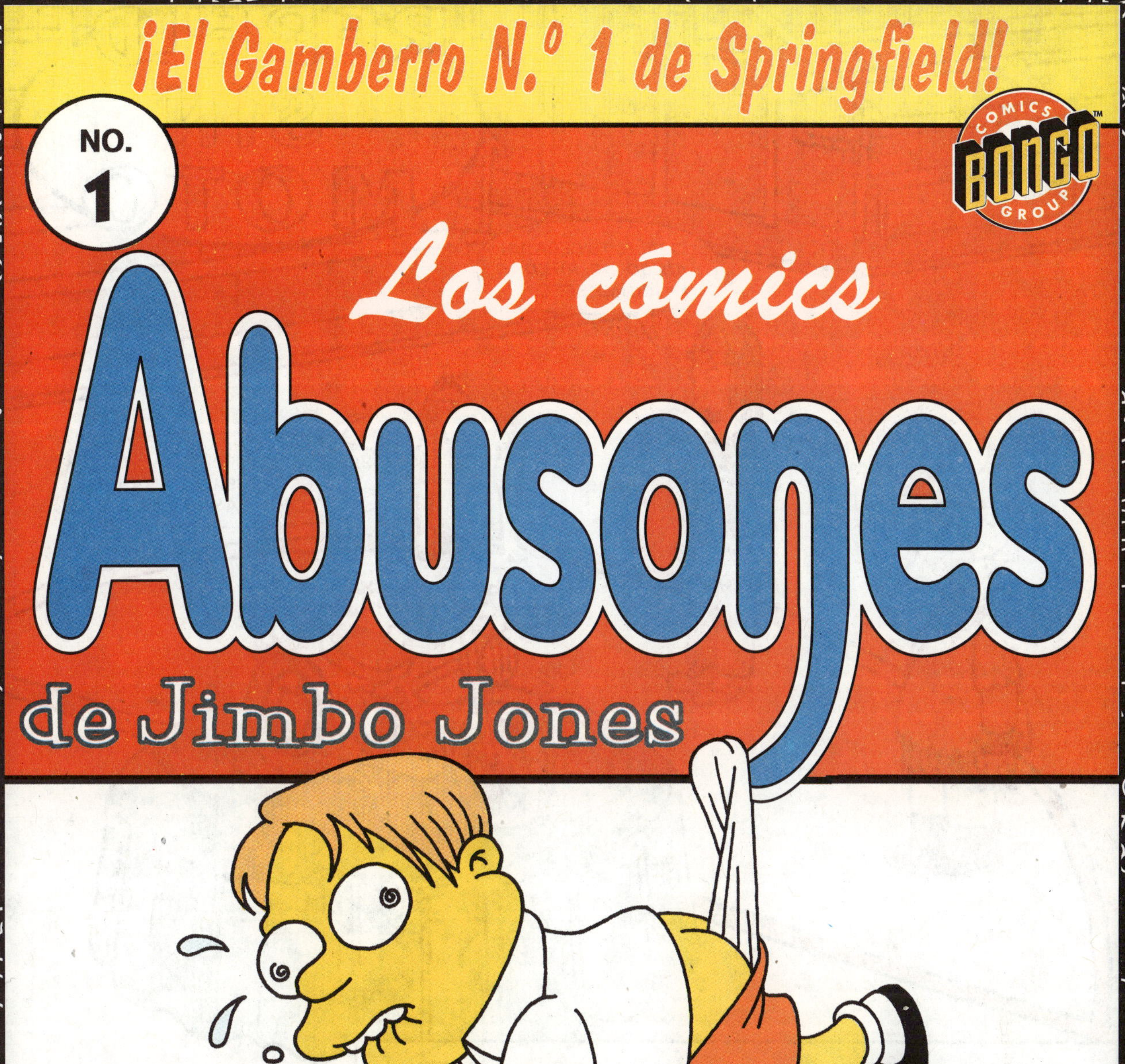
¡El Gamberro N.º 1 de Springfield!
NO. 1
BONGO COMICS GROUP
Los cómics
Abusones
de Jimbo Jones
UNA VEZ MÁS, MIS PARTES *INNOMBRABLES* QUEDAN AL DESCUBIERTO.
GROENING

RÉBELDE SIN MOTO
¡OJALÁ TUVIERA UN JUEGO DE RUEDAS COMO ÉSTE!
¡GUAU, TRONCOS! ¡MIRAD QUÉ MOTO DE TRIAL!
¡YEAH! ¡SI TUVIERA UNA MOTO COMO ÉSTA, SERÍA TAN DURO COMO JAY LENO!
BARRY DUTTER GUIÓN
SHAUN CASHMAN DIBUJOS
NATHAN KANE COLOR
MATT GROENING GAMBERRETE
¡YA PODÉIS OLVIDAR ESOS TUBOS DE ESCAPE, CHICOS!
¡ESTA MOTO ES EL PREMIO DEL FESTIVAL ANUAL DE ARTE Y REPOSTERÍA DE LA ESCUELA DE SPRINGFIELD!
¡LA ÚNICA MANERA DE QUE PUDIERAIS LLEGAR A MONTAR EN ESTA PRECIOSIDAD SERÍA QUE VOSOTROS TRES, MALEANTES, APRENDIERAIS A EXPRESAROS CREATIVAMENTE!
ART FEST
¡Y AHORA, LARGO DE AQUÍ! ¡Y QUE NO OS PILLE DÁNDOLE A ALGUIEN ALGUNO DE VUESTROS BAÑOS DE BARRO INVOLUNTARIOS!
¡ESOS DESGRACIADOS SUPONEN UNA PÉRDIDA DE TIEMPO! ¡NUNCA APRENDERÁN NADA!
POR CIERTO... ¿POR QUÉ SE HA DECIDIDO A OFRECER UNA MOTO DE TRIAL COMO PREMIO DE UN FESTIVAL DE ARTE Y ARTESANÍA?
¡QUERÍAMOS QUE PARTICIPARAN TODOS LOS CHICOS, NO SÓLO LOS COLGADOS DEL ARTE!

¡ESE DESGRACIADO DE SKINNER! ¡ME ENCANTARÍA DESPELLEJARLE!
¡TAL VEZ HAYA UNA MANERA DE QUE PUEDAS VENGARTE DE ÉL, JIMBO!
¿¡TE REFIERES A SECUESTRAR DE NUEVO A SU MAMÁ?
NO... ¡ALGO INCLUSO MEJOR!
¡PODRÍAS ROBAR ESA MOTO!
SÍ... ¡ESO SÍ QUE LE DARÍA EL GOLPE DE GRACIA, TÍO!
¡TENÉIS RAZÓN! ¡LO HARÉ!
¿PUEDES HACERLE EL PUENTE A LA MOTO, JIMBO?
¡CREO QUE SÍ!
PERO NECESITO QUE VOSOTROS CREÉIS ALGÚN TIPO DE, ¡DISTRACCIÓN!
¡YA ESTÁ HECHO! ¡SI HAY NIÑOS CON PANTALONES CORTOS POR AQUÍ, NOSOTROS NOS ENCARGAREMOS DE QUITÁRSELOS!
DESPUÉS...
¡NACÍ PARA SER UN REBELDE, Y SOY MALO HASTA LA MÉDULA!
VRRROOOM!
¡ADELANTE, JIMBO!
¡TRAS MESES DE CONCIENZUDO TRABAJO, HE ACABADO! MI MAQUETA HECHA A MANO DE LA NAVE DE L. RON HUBBARD, CAMPO DE BATALLA: TIERRA... ¡CONSTRUIDA ÍNTEGRAMENTE CON MONDADIENTES!
¡TAL VEZ ESTA MUESTRA DE MI EXTREMA HABILIDAD ARTÍSTICA ME HARÁ GANAR FINALMENTE EL RESPETO DE MIS COMPAÑEROS DE CLASE!
¡CUIDADO! ¡MI MAQUETA!

¡SUPONGO QUE DEBO CONSIDERARME AFORTUNADO POR EL HECHO DE QUE TAN SÓLO HAYA RESULTADO AGREDIDA MI ESCULTURA!
¡JA-JA!
¡POR LO MENOS NO HE SIDO EL SUJETO PASIVO DE UN DOLOROSO Y HUMILLANTE ESTIRÓN DE CALZONCILLOS!
¡GRACIAS POR RECORDÁRMELO, TRONCO!
¡AY DE MÍ! ¡SOY EL CAUSANTE DE MI PROPIA DESGRACIA!
¡GUAU! ¡EL ESTIRÓN MÓVIL! ¡ESTO ES ALGO QUE NO HABÍA SIDO INTENTADO HASTA AHORA!
¡SI TE GUSTA EL PASEO SALVAJE DE JIMBO, ESPERA A VER TODO EL DAÑO QUE PUEDO CAUSAR YO CON MI PROYECTO DE ARTE!
¡NO ESTOY SEGURO DE QUE UNOS CUANTOS PETARDOS ATADOS PUEDAN SER CONSIDERADOS UN PROYECTO ARTÍSTICO!
¡ES UN TRABAJO INACABADO!
¡EH! ¡ESTOS PETA-FUEGOS SON MÍOS!
¡LO SIENTO, PERDEDOR! ¡SANTA RITA RITA RITA, LO QUE SE DA...!
¡HE DISEÑADO UN PASTEL ESPECIAL QUE CONMEMORA LA INFLUENCIA DEL JAZZ EN AMÉRICA, CREANDO DE ESTA MANERA UNA DELICIA CULINARIA QUE ES, AL MISMO TIEMPO, UNA OBRA DE ARTE!
¡PERO TEMO QUE MIS ESFUERZOS PARA LLEVAR UN POCO DE CULTURA A LA ESCUELA PRIMERA DE SPRINGFIELD SERÁN, EN VANO!

¡UHHH, AQUÍ TIENES UNAS VELITAS PARA TU PASTEL, CABEZA DE ESTRELLA!
¡NOOO!
KABOOM
¡JA, JA!
¡ACH! ¡NO PIENSO LIMPIAR ESTE DESASTRE!
¡SOY ALÉRGICO A LA ESCARCHA DE PASTEL!
SPLAT!
¡JA, JA!
SPLAT!
¡AAAAAAARGGGGG!
¡PARECE QUE LOS ESTUDIANTES ESTÁN ENTUSIASMADOS CON LA COMPETICIÓN!
¡ESTO ES BUENO! ¡ÚLTIMAMENTE, ME HABÍA DESALENTADO!
¡GRACIAS POR LA MOTO, SACO DE BASURA!
¿QUÉ DEMONIOS?
ZIP!
¡ME ESTOY EXPRESANDO CREATIVAMENTE, TÍO!
¡PAGARÁS POR LO QUE HAS HECHO, JIMBO JONES!
AUNQUE SEA LO ÚLTIMO QUE HAGA...
¡¡TE COGERÉ!!

LA ÚNICA COSA **MÁS ENROLLADA** QUE HACER NOVILLOS... ¡ES HACER NOVILLOS EN **MOTO**!
BOINK!
¡GUAU! ¡UN **OVNI**!
VALE, AQUÍ TIENE SUS DOS DELICIOSAS **KRUSTY BURGERS**, UNA RACIÓN DE **SABROSAS PATATAS FRITAS**, TRES **AROS DE CEBOLLA** DE RECHUPETE Y UNA SUCULENTA **TARTA DE MANZANA**...
¡**PACIENCIA**, ESTÓMAGO! ¡MUY PRONTO, **TODO** ESTO SERÁ TUYO...!
¡A ESTO LE FALTA UN POCO DE **KETCHUP**!
¡**AAAGH**!
¡MI PRECIOSA **COMIDA RÁPIDA**... REBOSANTE DE **GRASA** Y **SAL**!
¡HA **DESAPARECIDO**!
¡VUELVE Y PÁGAME ESE **BATIDO DE FRESA**, JOVEN **RUFIÁN**!
AH, TU MADRE LLEVA UN... UH... AH... ¡UN **SOMBRERO**, SUPONGO!
¡**LLAMANDO A TODAS LAS UNIDADES**!
¡TENEMOS UNA DENUNCIA SOBRE UN **ADOLESCENTE** EN PLENO **FRENESÍ** MOTERO DE **DESTRUCCIÓN Y PEQUEÑAS RATERÍAS**!
¡NO ES **MI** PROBLEMA!
¡¿QUÉ DE... ?!
¡YA HAS COMIDO BASTANTES ROSQUILLAS POR HOY, **GORDETE**!
YOINK!
¡**GRAN ERROR**, CHICO! ¡LO HAS CONVERTIDO EN UN ASUNTO **PERSONAL**!

¡MI PRIMERA PERSECUCIÓN A TODA PASTILLA! ¡MI VIEJO ESTARÍA ORGULLOSO DE MÍ!
¡TENGO QUE LLEGAR A SHELBYVILLE Y ESTARÉ A SALVO!
WEEOOO!! WEEOOO!!
¡HE LOGRADO CRUZAR LA LÍNEA DEL TÉRMINO MUNICIPAL!
¡AHORA NO PUEDES TOCARME, CERDO!
BIENVENIDOS A SHELBYVILL
¡EH, YA BASTA DE BURLARTE DE MI GORDURA!
¡PUEDO IR DONDE ME APETEZCA! ¡UH-OH, ME HE QUEDADO SIN GASOLINA!
E F
¡AHORA YA NO PARECES UN SUPER-MOTERO, NENE!
UHHH, TRONCO... ¿PODRÍAS LLEVARME DE VUELTA A LA CIUDAD EN TU COCHE?
¡ENCANTADO!
ESPERO QUE TODO ESTO TE HAYA ENSEÑADO UNA LECCIÓN, HIJO... ¡QUE ES UN ERROR ROBARLE UNA ROSQUILLA A UN POLICÍA!
GUARDARÉ LA MOTO PARA MI CHICO... QUIERO DECIR, ¡CHICO, VAMOS A NECESITAR LA MOTO COMO, UH, PRUEBA!
UNA SEMANA DESPUÉS...
¡MÍRELE, EDNA! ¡PARECE QUE REALMENTE ESTÁ APRENDIENDO!
¡HEMOS GANADO! MEDIANTE SEVERAS MEDIDAS DISCIPLINARIAS... ¡Y NO CON MIMOS Y CON PSICO-CHARLATANERÍA DE MODA!
¡HA SIDO UN ESTUDIANTE EJEMPLAR DURANTE TODA LA SEMANA! TAL VEZ SE HAYA REFORMADO DE VERDAD.
HE ESTADO ESTUDIANDO LA TABLA DE MEDIDAS Y...
¡AHORA SÉ CUÁNTO AZÚCAR DEBO PONER EN EL DEPÓSITO DE GASOLINA DEL COCHE DE SKINNER!
AZÚCAR
FIN.

¿LE HAN ADVERTIDO ALGUNOS AUTO-LLAMADOS "DOCTORES CON EXPERIENCIA" CONTRA NUESTRAS OFERTAS? ¡IGNORE A ESOS CARÍSIMOS MATASANOS! HÁGASE UN FAVOR Y VENGA A VISITAR LA...

CLÍNICA QUIRÚRGICA DEL DR. NICK RIVIERA. DONDE ESTÁ LA ACCIÓN.

¡HEY, CALVOROTA!

Todo el mundo sabe que la confianza en uno mismo sólo se consigue con una buena mata de pelo. En la clínica del Dr. Nick, todos nuestros implantes están hechos a mano con los más selectos ingredientes, usando una receta familiar transmitida oralmente durante generaciones. Recuerde que el mito del "calvo viril" no es más que una estupidez, así que apresúrese hacia la clínica del Dr. Nick... donde todos los días son Navidad para su pelo.

ADVERTENCIA: LOS IMPLANTES PUEDEN CONTENER MSG.*

¡¡¡50% DE DESCUENTOS PARA NIÑOS Y ANIMALES DOMÉSTICOS!!!

¿TIENE CINCO DEDOS EN VEZ DE LOS 4 NORMALES?

Por supuesto, esto le hizo popular en las fiestas de los años 80, pero en los 90 las deformidades ya no molan. ¡Es el momento de que el Dr. Nick corte por lo sano con el problema! Sólo con mencionar este anuncio le regalaremos... ¡la anestesia!

¿Por qué malgastar largas y tediosas horas haciendo ejercicio sólo para librarse de esos michelines y esas caderas gordezuelas? El Dr. Nick tiene tres palabras mágicas para usted: lipo, lipo, lipo. ¡Y nosotros no hacemos la liposucción como en otras clínicas, nosotros lipo-esculpimos empleando los más avanzados instrumentos, entre los que se incluyen bombas engrasadoras automáticas y sistemas anti-rechazo!

¿NO PUEDE PERMITIRSE PAGAR NUESTRAS TARIFAS? ¡NO ES PROBLEMA!

Nuestro equipo de eficientes expertos le "solucionarán" el papeleo... de forma que el seguro lo cubra todo. Así que venga ya, le informaremos sin compromiso. Cuando esté aquí, pregunte por nuestras "Ofertas de la Semana" y nuestro "Programa para Pacientes Frecuentes"+, con el que recompensamos la lealtad de nuestros pacientes con operaciones gratis. El Dr. Nick++ lleva tres décadas haciendo milagros con su mágico y pequeño bisturí. Y recuerde que Dr. Nick es mucho más que una clínica... ¡También tenemos el título de auto-escuela! En la clínica+++ del Dr. Nick encontrará las mejores gangas del sector... ¡o no se llama Nuck Rivieta!

CUPÓN

IMPLANTE GRATIS

Con la compra de 2 o más implantes (Oferta válida de Domingo a Martes, sólo entre las 2 y las 3 horas de la madrugada).
La clínica cierra los domingos y los lunes.

CUPÓN

BUSQUE ESTOS Y OTROS SELECTOS PRODUCTOS DEL DR. NICK EN SU TIENDA LOCAL

El Kit "Hágalo usted mismo" del Dr. Nick Riviera consta de instrucciones**, botella de wkisky, espejito, bala, cortaplumas, aguja, hilo y gasa húmeda.

Y PARA LOS NIÑOS...

Sucedáneo de la silicona del Dr. Nick "No-puedo-creer-que-el-gobierno-la-haya-prohibido"

LETRA PEQUEÑA
* Pendiente de aprobación por las Autoridades Sanitarias +Condición nula en los Estados Unidos ++No es un médico de verdad, sólo interpreta a uno en anuncios de TV. +++Pronto con licencia oficial. **Tarifa extra si se quiere con las instrucciones impresas en inglés.

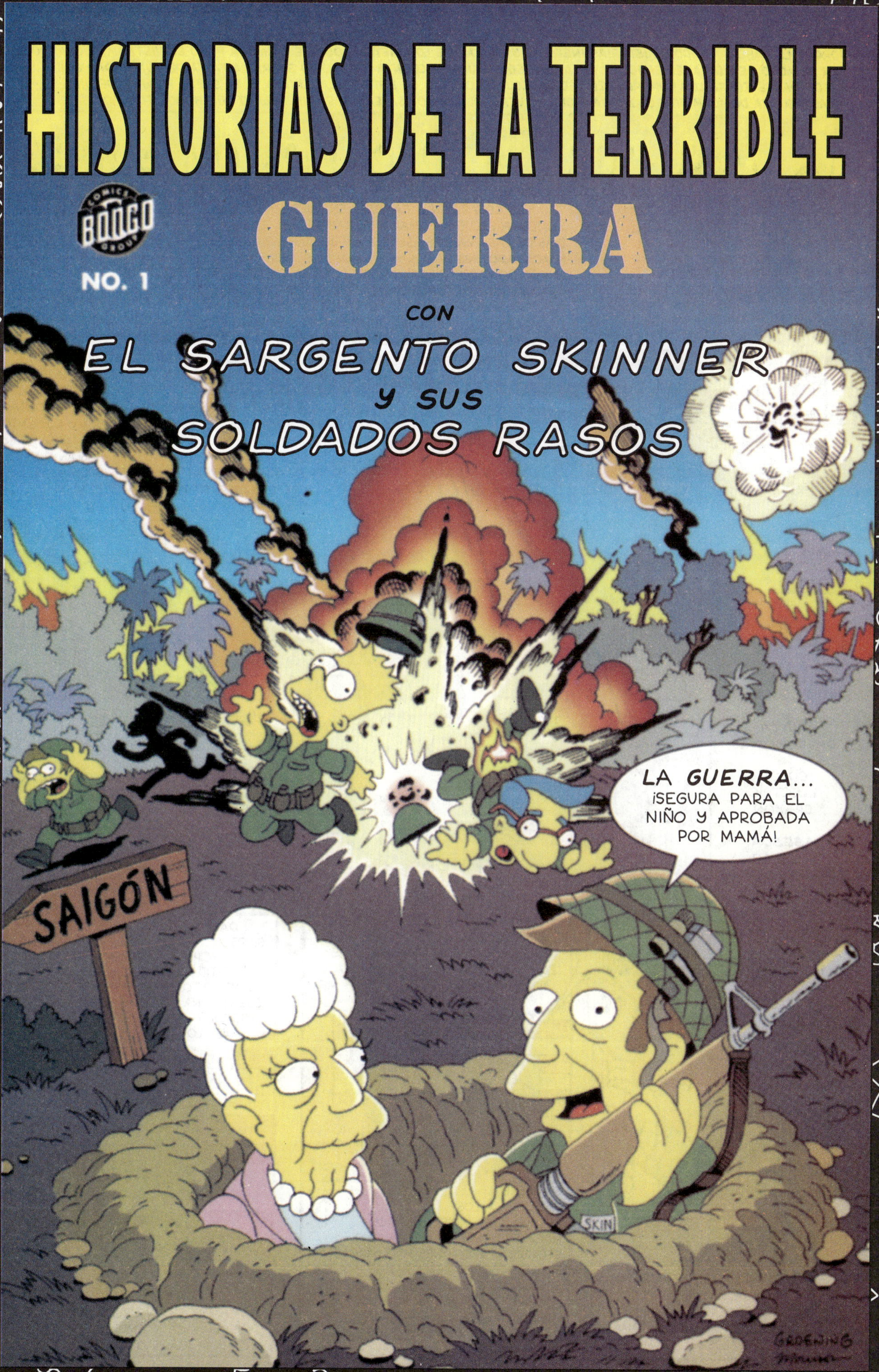
HISTORIAS DE LA TERRIBLE
GUERRA
BONGO COMICS GROUP
NO. 1
CON
EL SARGENTO SKINNER
Y SUS
SOLDADOS RASOS
LA GUERRA... ¡SEGURA PARA EL NIÑO Y APROBADA POR MAMÁ!
SAIGÓN
SKIN
GROENING

PORQUE LO HABÉIS PEDIDO... ¡HISTORIAS INÉDITAS Y FALSAS DE LOS SIETE AÑOS QUE SKINNER PASÓ EN VIETNAM, LUCHANDO POR EL MODO DE VIDA AMERICANO! EN ESTA ENTREGA, SKINNER CUENTA UN RELATO SOBRE LA FALTA DE HUMANIDAD QUE PUEDE DARSE ENTRE LOS HOMBRES, EL ASEO ADECUADO CUANDO SE ESTÁ EN LA JUNGLA, Y EL SABOR PICANTE DE UNA HAMBURGUESA DEBIDAMENTE COCINADA. ¡TODA LA VERDAD! ¡SIN MOJIGATERÍAS! EN UN RELATO QUE HEMOS TITULADO...
¡SIN MANO DURA, EL SOLDADO NO MADURA!
LAS COSAS VAN A CAMBIAR EN NUESTRA QUERIDA ESCUELA PRIMARIA DE SPRINGFIELD. ¡LOS DÍAS DE LAS GRANDES ESCUELAS GUBERNAMENTALES HAN ACABADO! ¡NO HABRÁ MÁS LIMOSNAS! POR TANTO, VOY A ELIMINAR EL PROGRAMA DE COMIDAS CALIENTES. SI HAY ALUMNOS ECONÓMICAMENTE NECESITADOS QUE PRECISAN AYUDA PARA COMER, SE LES DISTRIBUIRÁN SEMILLAS Y SE LES DEJARÁ UN TROZO DE TIERRA JUNTO A LOS COLUMPIOS.
¡LOS GAMBERROS Y LOS INÚTILES NO TIENEN SITIO EN NUESTRA ESCUELA! ¡ANIMADO CON ESTE ESPÍRITU, PONDRÉ EN MARCHA UN PROGRAMA DE "TRES FALLOS Y A LA CALLE" PARA LOS QUE REINCIDAN EN LANZAR BOLITAS MOJADAS DE PAPEL, LOS QUE PEGUEN EMPUJONES Y ELEMENTOS POR EL ESTILO! PERO USTEDES SE PREGUNTARÁN: "¿Y QUÉ HAY DE LA DISCIPLINA COTIDIANA PARA LOS QUE HABLAN O MIRAN EL RELOJ OCASIONALMENTE EN CLASE? ¿QUÉ HAY DEL REFUERZO POSITIVO, SKINNER?" BIEN...
ABRIÉNDONOS PASO A GOLPES HACIA UNA NUEVA AMÉRICA
GUIÓN SCOTT M. GIMPLE
LÁPIZ LUIS ESCOBAR
TINTA DAVID MOWRY
COLOR ELECTRIC CRAYON
ASESOR MILITAR MATT GROENING
¡... CONTEMPLEN LA FUTURA DISCIPLINA EN SPRINGFIELD!
QUIERO DARLES PERSONALMENTE LAS GRACIAS AL JEFE WIGGUM Y AL DEPARTAMENTO DE POLICÍA DE SPRINGFIELD POR DONAR ESTA ESPLÉNDIDA Y ROBUSTA PALA COMO PARTE DE SU PROGRAMA ANTI-CRIMEN "ZÚRRALOS SIN MIRAMIENTOS."
HUMMM, DIRECTOR SKINNER, DEBO DECIRLE QUE ESTE ASUNTO DE ZURRAR ME PREOCUPA. PEGAR A UN NIÑO POR CUALQUIER RAZÓN ME PARECE UN ERROR.
SI QUIERE CASTIGAR A LOS ESTUDIANTES INDISCIPLINADOS, HÁGALES DESMENUZAR GOMAS O ESCRIBIR REDACCIONES MUY LARGAS SOBRE ÁRBOLES. INTENTAMOS MOLDEAR SUS MENTES, NO SUS TRASEROS. ADEMÁS, SI LOS NIÑOS SON ZURRADOS POR CADA REGLA QUE INFRINJAN, BART ACABARÁ CON DAÑOS FÍSICOS PERMANENTES.
DAÑOS PERMANENTES, SEÑORA SIMPSON... ¿O CARÁCTER PERMANENTE? LA DISCIPLINA RARAMENTE RESULTA DIVERTIDA Y NUNCA ES AGRADABLE. APRENDÍ ESTO EN VIETNAM. DEJE QUE LE CUENTE UNA PEQUEÑA HISTORIA SOBRE DISCIPLINA. TAL VEZ ESTO LE AYUDE A VER LO IMPORTANTE QUE ES.
¡OCURRIÓ EN VIETNAM, EN 1967! ¡YO ERA UN SARGENTO NOVATO, AL MANDO DE UN GRUPO DE JÓVENES SOLDADOS NO MUY DIFERENTES A BART O AL JOVEN MUNTZ!

¡... ERAN GAMBERROS QUE NECESITABAN CAMBIAR DE DIRECCIÓN, PASAR DEL CAMINO ERRADO A LA AUTOPISTA DE LOS INTEGRADOS!
¡AHORA ACLARA Y REPITE, RECLUTA!
¡PARA ENTONCES YO YA SABÍA QUE LA GUERRA APESTA, PERO ME ASEGURABA DE QUE LOS SOLDADOS DE MI COMPAÑÍA NO OLIERAN MAL!
¡ENSEÑÉ A LUCHAR A MIS CHICOS!
¡LES PASABA REVISTAS DE ASEO PERSONAL!
¡NO TOLERARÉ UÑAS TIZNADAS EN ESTE EJÉRCITO!
PARA MANTENER SUS MENTES EN FORMA, LES HACÍA TESTS DE VOCABULARIO.
A VER... ¿QUIÉN DE ENTRE VOSOTROS, ESTÚPIDOS, PUEDE USAR APROPIADAMENTE EL TÉRMINO GÉNERO?
UH, ES UN TIPO DISTINTIVO O CATEGORÍA, ESPECIALMENTE EN LO QUE HACE A COMPOSICIÓN LITERARIA.
LOS CASTIGOS SE ADMINISTRABAN DE UNA FORMA TAN REGULAR COMO LAS RACIONES...
PLOP!
...MI LEMA ERA: ¡SIN MANO DURA, EL SOLDADO NO MADURA!
¡LOS CONVERTÍA EN SOLDADOS! PERO, MIS CHICOS NO LO VEÍAN DE LA MISMA MANERA...
SHINEX
PATATAS FRITAS AHORA
¿LIMPIAR GRANADAS? ¡YO TENGO QUE DESINFECTAR EL CAMPO DE MINAS ESTA NOCHE!
¡DE TODAS LAS PATRULLAS DE ESTE EJÉRCITO HE TENIDO QUE IR A PARAR A LA DEL REPEINADO SARGENTO SEYMOUR!
ESTOY HARTO DE SACARLES EL BRILLO A LAS GRANADAS.

ESTABA ESCRIBIENDO A MAMÁ CUANDO OÍ HABLAR A LOS CHICOS...
HEE HEE! SNICKER! HAW HAW!
OS DIGO QUE ESTE SKINNER ES UN GILIPOLLAS DE PRIMERA CLASE. ¡ESTAMOS EN PLENA GUERRA Y ÉL SE OCUPA DE HACERNOS ENCERAR LAS RODILLAS!
¡SERÁ MEJOR QUE EL ENEMIGO VIGILE! ¡SI SKINNER LES CAPTURA, ES CAPAZ DE CORTARLES EL PELO!
HA HA HAW! HA HA HA!
DERROTADO, VOLVÍ A MI TIENDA Y LIMPIÉ MIS BOTAS AL VAPOR. LOS NIÑOS PROSEGUÍAN CON SU JARANA, CUANDO UNO DE LOS SOLDADOS VIO ALGO ENTRE LOS ARBUSTOS CERCANOS.
¡EH, COLEGAS! ¡MIRAD!
LA FAMOSA SALSA DE KRUSTY
¡ÑAM, ES AZUL!
¡CONDIMENTOS DEL LEJANO HOGAR! PERO, ¿CÓMO ES POSIBLE?
¡LLEVABA MESES SIN VER UNA BOTELLA DE SALSA KRUSTY!
¿HAY MÁS?
¡HAY MÁS!
¡LOS CHICOS SE INTERNARON EN LA SELVA EN BUSCA DE LAS SABROSAS SALSAS Y KETCHUPS PARA BOCADILLOS, ALEJÁNDOSE MUCHO DEL CAMPAMENTO EN SU LOCA CARRERA!

¡MIENTRAS ASEABA MIS CALCETINES, TUVE UNA REVELACIÓN! ¡DECIDÍ QUE TENÍA QUE DECIRLES A MIS CHICOS QUE EL ASEO ESTÁ A LA ALTURA DE LA SANTIDAD! ¡UN SOLDADO DEBE SER AL MISMO TIEMPO UN TIRADOR DE PRIMERA Y UN EXCELENTE LIMPIADOR DE LETRINAS! PERO CUANDO VOLVÍ A LA BARBACOA DESCUBRÍ QUE HABÍAN...
DESAPA-RECIDO
NO ME LLEVÓ MUCHO TIEMPO IMAGINAR LO QUE HABÍA OCURRIDO...
HABÍA RECIBIDO UN INFORME SECRETO MIMEOGRAFIADO SOBRE EL ***CAMPO DE PRISIONEROS DE CE-YUNG,*** A CUARENTA TACONAZOS DE LA BASE. SABÍA QUE, SI LOS CHICOS HABÍAN SIDO CAPTURADOS, ESTARÍAN ALLÍ.
¡TENÍA RAZÓN!
ME ARRASTRÉ SILENCIOSAMENTE POR LA SELVA, USANDO MI PEINE PARA BORRAR MIS HUELLAS, LISTO PARA PONER EN PRÁCTICA MI PLAN...
EH, ¿HUELES ALGO?
SÍ, PERO ¿QUÉ ES?
CREO QUE SE TRATA DE... ***¡OLD SPICE!***
¡MIRAD!
RUSTLE!
RUSTLE!
SHIFT!

¡USANDO OBJETOS DE MI BIEN EQUIPADO "NECESER" DE ASEO CREÉ UN PELOTÓN ENTERO! ¡LAS BARRAS DE DESODORANTE ANTITRANSPIRANTE CON LOS QUE RODEÉ EL CAMPAMENTO, LE ENVIARON AL ENEMIGO EL OLOR DE UNA ABRUMADORA FUERZA ACERCÁNDOSE!
DENTÍFRICO
¡LOS ÁRBOLES EN LOS QUE COLGUÉ MI CORTADOR DE UÑAS, MI CEPILLO DENTAL Y MI SISTEMA PARA QUITAR LA CERA DE LAS OREJAS CREARON EL SONIDO DE LA MARCHA DE MI FALSO PELOTÓN!
¡LOS QUE INTENTARON HUIR CAYERON EN LAS ZANJAS PARA LETRINAS QUE HABÍA CAVADO ALREDEDOR DEL CAMPAMENTO!
¡LOS FRANCOTIRADORES QUEDARON CEGADOS POR EL BRILLO DE MI CASCO ULTRA-LIMPIO! HABÍA CONQUISTADO EL CAMPAMENTO YO SÓLO EMPLEANDO LAS TÉCNICAS QUE TAN TENAZMENTE HABÍA INTENTADO IMBUIRLES A MIS CHICOS.
PRONTO, TRANSFORMAMOS EL RECINTO DE PRISIONEROS DE GUERRA EN UN VERDADERO CAMPAMENTO CORRECCIONAL.
No practicaré la ideología comunista
No practicaré la ideología comunista
No practicaré la ideología comunista
No practicaré la ideología comunista
No practicaré
UH, ¿SEÑOR?
¿SÍ?
SEÑOR, QUERÍA DARLE LAS GRACIAS EN NOMBRE DE LOS CHICOS POR LO QUE HA HECHO. SU ASEO MILITAR HA SALVADO NUESTROS LAMENTABLES TRASEROS.
UH, ¿PODRÍA PRESTARME SU PEINE, SEÑOR? NO QUISIERA TENER UN ASPECTO DESALIÑADO.
ADELANTE, SOLDADO. COGE MI PEINE. Y ASEGÚRATE DE USAR EL DESINFECTANTE QUE ENCONTRARÁS EN MI MOCHILA.

¡AUDIE MURPHY NO TIENE NADA QUE ENVIDIARTE, SEYMOUR! ¿QUIÉN IBA A DECIRLO?
SPRINGFIELD ELEMENTARY
¡POR EL AMOR DE AGNEW, **AL SUELO**! ¡**NOS ATACAN**!
SPLAT
¡LEVÁNTESE, SKINNER, MIEDOSO! ¡ACTÚA COMO SI UNA **GALLINA** HUBIERA PUESTO SOBRE SU PRECIOSO LOGOTIPO! ¡NO ES MÁS QUE UN **HUEVO PEQUEÑO**!
¡UN HUEVO PERFECTO! ¡**QUÉ HORROR, QUÉ HORROR, QUÉ HORROR**!
¡ALTO, SIMPSON!
NO TIENE NADA CONTRA MÍ, TÍO. YO NO LO HE HECHO, NADIE ME HA VISTO, NO PUEDE PROBAR NADA CONTRA MÍ.
¡EH, TIENE YEMA ENCIMA!
¡SIMPSON! ¡PRIMERO TE DEDICAS A **VANDALIZAR** EL LOGOTIPO DE LA ESCUELA Y AHORA VIENES A HACERTE EL GRACIOSO.
¡NO HACES MÁS QUE EMPEORAR TU SITUACIÓN!
¡NO, SEYMOUR, ME REFIERO A QUE TIENE **HUEVO** EN SU CHAQUETA DEPORTIVA! TAN DESASEADO... ¡Y ENCIMA DELANTE DE LOS **PADRES**!
¡DIOS SANTO! ¡ME HAN DADO! ¡ESTOY MANCHADO!
Y ASÍ SON LAS COSAS... LA BATALLA SIGUE ENTRE LOS **IMPOLUTOS** Y LOS **TIZNADOS**, LOS LIMPIOS Y LOS SUCIOS: ¡EL **SARGENTO** Y EL **RECLUTA**!
FIN.

LA DOBLE CITA DE KRUSTY Y MR. TEENY
NO HAGA EL PRIMO FUME PUROS CHIMP
PONEOS LO MÁS GUAPAS POSIBLE PARA EL ESTRENO DE ESTA NOCHE, CHICAS... ¡MI CARRERA DEPENDE DE ELLO!
VARIETY de Springfield
¡KRUSTY, EL REY!
BAR
OS RECOGERÉ A LAS OCHO. ¡CHAO, NENAS!
NO ME IMPORTA, MR. TEENY. PONTE LO QUE QUIERAS.
MONO ESTÚPIDO.
PONTE LO QUE LLEVABAS LA NOCHE QUE NADASTE EN LA PONCHERA DE SINATRA.
RECUERDA LAS 3 REGLAS PARA ESTA NOCHE, MR. TEENY: 1) ¡NO LE HAGAS SOMBRA A KRUSTY! 2) NO MOLESTES A LAS ACOMPAÑANTES DE KRUSTY! 3) ¡NO TE COMAS LAS FLORES DE KRUSTY!
GUIÓN: JAIME ANGELL
LÁPIZ: LUIS ESCOBAR
COLOR: DOUG WHALEY
ASISTENTE DE MR. TEENY: MATT GROENING
ESBOZOS: CARY SCHRAMM
ACABADOS: TIM BAVINGTON

20.30 H. APARTAMENTOS FIESTA...
¡COGE LAS FLORES Y PÁSAMELAS CUANDO SALGA CON LAS CHICAS! ¡QUIERO DARLES UNA SORPRESA!
MINUTOS MÁS TARDE...
¡PSST! ¡PÁSAMELAS!
PARA QUE SEPÁIS LO MUCHO QUE SIGNIFICÁIS PARA MÍ, HE...
HUY?!
¡PEDAZO DE...
¿NO ENCUENTRAS SUPERENROLLADO A MR. TEENY?
¡ESTÁ DE MUERTE!
... DIABLILLO! JE, JE, JE.

¡¿QUÉ DEMONIOS...?!
¡POR AQUÍ, PRECIOSAS!
¡QUITA DE EN MEDIO, MISTER TEENY! ¡¡LAS DAMAS PRIMERO!!
HEY?!
¡AHÍ VOY, CHICAS!

¡ESTO YA PASA DE LA RAYA! ¡¡NO VOY A DEJARME TOMAR EL PELO POR UN CHIMPANCE!!
PRNDL
KACHUCK!
LURCH!

SPLANK!
SNAP!
CLEMENTS
LYNX

NO PASAR
CONCIENCIA DE LA TELEADICCIÓN
CONCIENCIA DE LA TELEADICCIÓN

ESTRENO PINTO, PINTO, TE LO QUITO...
ESTRENO PINTO, PINTO, TE LO QUITO...
SCREEEEEE!!!
VARIETY de Springfield
¡TENNY TRIUNFA!
UN MONO MUY MONO
¡ENFERMERA!
¡CREO QUE VOY A NECESITAR *MUCHOS* MÁS *ANALGÉSICOS*!
VAGUE
NO TE RECUPERES PRONTO
TU AMIGO TEENY
FIN

COMICS BONGO GROUP
SIMPSON
CÓMICS
TM
PARACAIDAS DE RESERVA
GROENING
© 1996 BONGO ENTERTAINMENT, INC. THE SIMPSONS © & TM TWENTIETH CENTURY FOX FILM CORPORATION. ALL RIGHTS RESERVED.

AZAFATAS EN EL CIELO
POR FAVOR... SOY UN HOMBRE INOCENTE. LE JURO POR EL GENEROSO VIENTRE DE GANESHA QUE PUEDO EXPLICARLE MIS ACCIONES.
DEMASIADO TARDE, SEÑOR NAHASAPEE-LOQUESEA.
GUIÓN LONA WILLIAMS & JEFF ROSENTHAL
LÁPIZ PHIL ORTIZ
TINTA TIM HARKINS
COLOR NATHAN KANE
PILOTO AUTOMÁTICO MATT GROENING
CONDUCIR PRUEBA TEÓRICA

¡AAAAAAGHHH!
RECLAMAC
SLAM!
RECLAMACIONES
¡POR FAVOR! NECESITO PAGAR MI MULTA PARA PODER SACAR EL CEPO DE MI "CARRITO DE REFRESCOS EL BADULAQUE".
BAM BAM
PROMETO NO VOLVER A VENDER NUNCA MÁS BEBIDAS HELADAS EN LA ZONA DE CARGA DE EMERGENCIA DEL HOSPITAL.
ABRIMOS A LAS NUEVE.
HORA DEL PÚBLICO
HORA REAL
MIENTRAS...
CABINA FOTOGRÁFICA
ESPERO QUEDAR BIEN EN AL MENOS UNA DE LAS FOTOS.
WHIIRRR!
SNIP!
¡QUÉ SUERTE! HA QUEDADO BIEN EN UNA.
SPRINGFIELD TRÁFICO DMV
RECIBIRÁ SU NUEVO PERMISO DE CONDUCIR EN UN PLAZO DE 4 A 6 MESES. Y AHORA... ¡LARGO DE AQUÍ!

QUÉ DÍA MÁS LARGO.
Y QUE LO DIGAS. POR LO MENOS HE TENIDO QUE ATENDER A **OCHO** PERSONAS.
CUÉNTESELO A OPRAH, A NOSOTRAS NO NOS IMPORTA
ELECCIÓN PROFESIONAL: NORMAL O MENTOLADO
UN NUEVO RÉCORD. NO SÉ **CÓMO** PODEMOS HACERLO, ESPECIALMENTE TENIENDO EN CUENTA QUE SÓLO DISPONEMOS DE **CUATRO** DESCANSOS.
PATTY... SELMA... TENGO BUENAS Y MALAS NOTICIAS. LAS BUENAS SON QUE LOS JEFES HAN DECIDIDO CONCEDERLES UN AUMENTO A TODOS LOS EMPLEADOS...
TAL VEZ PODAMOS COMPRAR ESE HUMIDIFICADOR DE RICHARD DEAN ANDERSON QUE TANTO DESEÁBAMOS.
CUÉNTESELO A OPRAH, A NOSOTRAS NO NOS IMPORTA
O TAL VEZ PODAMOS FINALMENTE APUNTARNOS AL SERVICIO DE CITAS "**RECLUSOS SOLITARIOS**".
UH, LAS MALAS SON QUE LOS FONDOS PARA PAGAR ESOS AUMENTOS TIENEN QUE SALIR **DE ALGUNA PARTE**, Y QUE ESA "ALGUNA PARTE" SOIS VOSOTRAS DOS.
FINIQUITO PATTY
FINIQUITO SELMA
¡¿QUÉ?!
AHÍ TENÉIS A **MILLARD**. PUEDE SER PROGRAMADO PARA TOMAR FOTOS TODO EL DÍA SIN NECESIDAD DE UN DESCANSO PARA FUMAR.
CABINA FOTOGRÁ
RECLAMACIONES
Y, PATTY, LOS ESTUDIOS DEMUESTRAN QUE UN ROSTRO QUE INSPIRA CONFIANZA Y UN GRAN RECEPTÁCULO PARA PAPELES PUEDEN REEMPLAZARTE SIN PROBLEMAS.

MOMENTOS DESPUÉS...
BUENO, MIRÉMOSLO POR EL LADO BUENO. POR LO MENOS NOS HEMOS QUEDADO EN EL PARO JUNTAS.
TIENES RAZÓN. TOMÉMONOS UN PITILLO A NUESTRA SALUD...
¡REDEMONIOS, ESTÁ VACÍO! ¿CUÁNTOS CIGARRILLOS HAS FUMADO HOY, SELMA?
LOS CIENTO TREINTA Y CINCO DE COSTUMBRE, DESDE EL DESAYUNO.
QUÉ RARO. DEBERÍAN QUEDAR DOS.
¡HRUMPF! PRIMERO PERDEMOS NUESTRO EMPLEO Y AHORA NOS QUEDAMOS SIN CIGARRILLOS.
BUENO, POR LO MENOS YA HEMOS ACABADO LA MALA RACHA. RECUERDA QUE LA ABUELA SIEMPRE DECÍA QUE LAS DESGRACIAS VENÍAN DE DOS EN DOS.
TRES, PATTY. DECÍA DOS PORQUE NO PODÍA HACER EL SONIDO DE LA "T" POR CULPA DE LA DENTADURA POSTIZA.
AL FIN EN CASA.

HAT TRICK.
HRRUM.

ESA MISMA TARDE...
¡EL FUGITIVO! ¡EL FUGITIVO AÚN SIGUE VIVO! ¡NINGÚN POLI PUEDE HACERLE CAUTIVO!
¡CANTA, HOMER!
SI TODOS SABEMOS QUE ÉL NO LO HIZO, ¿POR QUÉ MIRAMOS EL PROGRAMA?
PORQUE ESTAMOS ESPERANDO LA CONFRONTACIÓN FINAL ENTRE ÉL Y EL TÍO DE LA PATA DE PALO.
ESTA NOCHE: EL SILENCIO DEL FU
ESTÁN LLAMANDO, HOMER. ¿PUEDES IR A ABRIR?
CREÍ QUE TU PROGRAMA FAVORITO ERA "CASA DE HUEVOS GRANDE".
DING DONG!
¡PERO MARGE, ÉSTE ES MI PROGRAMA FAVORITO!
¡ÉSTE LO DAN EN EL CANAL OCHO! ¡EL FUGITIVO ES MI PROGRAMA FAVORITO DE TELE-6!
PUES YO CREÍA QUE ERA "HACED SITIO PARA LOS BOMBONES".
ÉSE LO DAN A LAS NUEVE. ¡EL FUGITIVO ES MI PROGRAMA FAVORITO DE TELE-6 QUE DAN AHORA!
VALE, MUY BIEN. LO QUE DIGAS.
¡SANTO CIELO! ¿ESTÁIS BIEN?
AHÓRRATE LAS FORMALIDADES, HERMANITA. ESTAMOS PERFECTAMENTE.
SÓLO NECESITAMOS UN LUGAR DONDE RESIDIR POR UN TIEMPO, ALGUNOS PITILLOS Y UN SOFÁ DESDE EL QUE VER McGYVER. NI SIQUIERA NOTARÉIS QUE ESTAMOS AQUÍ.

ESA NOCHE...
GRACIAS POR COMPARTIR TU HABITACIÓN CONMIGO, BART.
¿ESTÁS DE BROMA? NO PODÍA DEJAR QUE COMPARTIERAS TU HABITACIÓN CON LA TÍA SELMA, PORQUE EN ESE CASO, YO TENDRÍA QUE HABER COMPARTIDO LA MÍA CON... ¡GLUP! LA TÍA PATTY.
EN LA HABITACIÓN DE LISA...
CIERRA LA LUZ, PATTY. EL DE HOY HA SIDO UN DÍA MUY LARGO.
AH, DORMIR, Y TAL VEZ SOÑAR CON CHUCK WOOLERY.
NO APAGAR. LOS ÁRBOLES MORIRÍAN
A LA MAÑANA SIGUIENTE...
¡MIRA, MAMÁ! ¡LA TÍA PATTY Y LA TÍA SELMA HAN MATADO MIS ARBOLITOS! ¡SE SUPONÍA QUE LOS TENÍA QUE VENDER COMO UN TRABAJO ESCOLAR EL DÍA DE LA TIERRA!
LO SIENTO, LISA. ESTOY SEGURA QUE NO LO HICIERON APOSTA.
TOMA, CIELO. YO TE LOS COMPRO.. PODRÉ APROVECHAR LA TIERRA... PARA... ALGO.
YOINK!
¡LO SIENTO, MARGE! ¡QUIÉN VA A SEVILLA, PIERDE SU SILLA!
¡GLUMPFFFF!
¡AY, CARAMBA!

EL HOMBRE RADIACTIVO
¡ME LO HAN DESTROZADO!
LO SIENTO MUCHO BART. TE COMPRARÉ OTRO.
EL HOMBRE RADIACTIVO
PERO SI ES LA CLÁSICA Y ULTRA-RARA EDICIÓN DE EL HOMBRE RADIACTIVO EN LA TIERRA DEL INVIERNO NUCLEAR-CERO ABSOLUTO.
TUVE QUE IR A PLATTSBURGH PARA CONSEGUIRLO. ¡NO QUEDA OTRO EJEMPLAR EN TODO EL PLANETA!
EL HOMBRE RADIACTIVO
MIENTRAS, EN PLATTSBURGH...
TOP SECRET ¡NO ABRIR!
CUIDADO: ¡LA IRA DE DIOS!
HR-TIN-O CANTIDAD: 1.000
HR-TIN-O CANTIDAD: 1.000
HR-TIN-O CANTIDAD: 1.000
¡UUUUP!
HR-TIN-O CANTIDAD: 1.000
HR-TIN-O CANTIDAD: 1.000
EL HOMBRE RADIACTIVO
MÁS TARDE...
ES LA HORA DE VUESTRO DESAYUNO, ARBOLITOS.
F
BRR... DEMASIADO FRÍA.
C
F
POCO DESPUÉS...
¡YU-JÚUUUU! ¡EL DESAYUNO ESTÁ LISTO!

¿DÓNDE ESTÁ MI MONOPATÍN?
¿DÓNDE ESTÁ MI CERVEZA?
FWAM!
OOOH, ESTE RELAJADOR DEL RABADILLO ES JUSTO LO QUE ME RECETÓ EL MÉDICO.
ALGUIEN DEBIERA DECIRLE AL "COME-ROSQUILLAS" QUE SE HAN ACABADO LAS CERVEZAS.
¡NOOOOO!
¡OH!

AL DÍA SIGUIENTE...
¡... ASÍ QUE, EN RESUMEN O SE VAN ELLAS O NOS VAMOS NOSOTROS! ¿CUENTO CON VUESTRO APOYO, NIÑOS?
¡AMÉN, PAPÁ!
¡PUEDES ESTAR SEGURO, HOMER!
LO ADMITO, SON DETESTABLES Y DESCORTESES. PERO TAMBIÉN SON MIS HERMANAS. NO SÉ QUÉ HACER.
ACK... ¡ACK!
¿UH? ¿PATTY? ¿SELMA? TENDRÍAMOS QUE HABLAR.
POR SUPUESTO. ¡ESE PERRO VUESTRO APESTA!
ME REFERÍA A QUE TENDRÍAMOS QUE HABLAR DE VOSOTRAS. YA SABÉIS, TENDRÍAIS QUE ENCONTRAR TRABAJO, BUSCAROS UN PISO...
¡YA BASTA! ¡SE VAN A LA CALLE!
¿PUEDES DEJARNOS EN PAZ? McGYVER ESTÁ EN UNA MINA ABANDONADA, SIN MÁS RECURSOS QUE SU INGENIO, HILO DENTAL Y UN TUBO DE EDULCORANTE DESNATADO.
CLICK!

ESCUCHAD. SERÉ BREVE. TENÉIS QUE VOLVER A INCORPORAROS A LA FUERZA LABORAL.
UN NUEVO TRABAJO DEBERÍA IMPLICAR HACER ALGO QUE OS GUSTE HACER. DE MODO QUE ACABAD LA FRASE "ME GUSTA..."
FUMAR.
TRABAJAR PARA TRÁFICO.
TAL VEZ DEBIÉRAMOS MIRAR HACIA EL FUTURO. PROBAD CON ESTO: "EL AÑO QUE VIENE ME GUSTARÍA ESTAR..."
FUMANDO.
... TRABAJANDO PARA TRÁFICO.
VALE, MUY BIEN. A VECES ES BUENO SALIR UN RATITO DE CASA.
WELCOME
YA SABÉIS, ACLARARSE LAS IDEAS, RESPIRAR UN POCO DE AIRE FRESCO...
¡... Y SALIR DE LA CASA POR UN RATITO!

DESPUÉS...
OH, SÍ. **MUCHO** MEJOR.
REVITALIZANTE.
TAL VEZ LO QUE LA ABUELA INTENTABA DECIR ERA QUE "LA MALA SUERTE SIEMPRE VIENE EN **MÚLTIPLOS** DE TRES".
C.M. BURNS
AEROPUERTO DE VUELOS CHARTER
COMO PUEDEN VER, A MI **IZQUIERDA**, Y A MI **DERECHA**, HAY UN **PIQUETE**. POR FAVOR, VUELVAN A SU COCHE Y USEN LA SALIDA QUE SE HALLA EN LA PARTE TRASERA.
TIENEN **CINCO SEGUNDOS** PARA ENCONTRAR LA **SALIDA** ANTES DE QUE LAS ATAQUEMOS, A USTEDES Y A SU VEHÍCULO, CON LAS PANCARTAS.
PUERTA 10
QUEREMOS QUE NOS LLAMEN INGENIEROS DE CONFORT DE VUELO
REQUISITOS DE ALTURA INJUSTOS
ESCUCHE, **SEÑORITA AMABLE,** NECESITAMOS AGUA PARA EL COCHE.
QUEREMOS QUE NOS LLAMEN INGENIEROS DE CONFORT DE VUELO
¡Y LA NECESITAMOS **AHORA**!
REQUISITOS DE ALTURA INJUSTOS

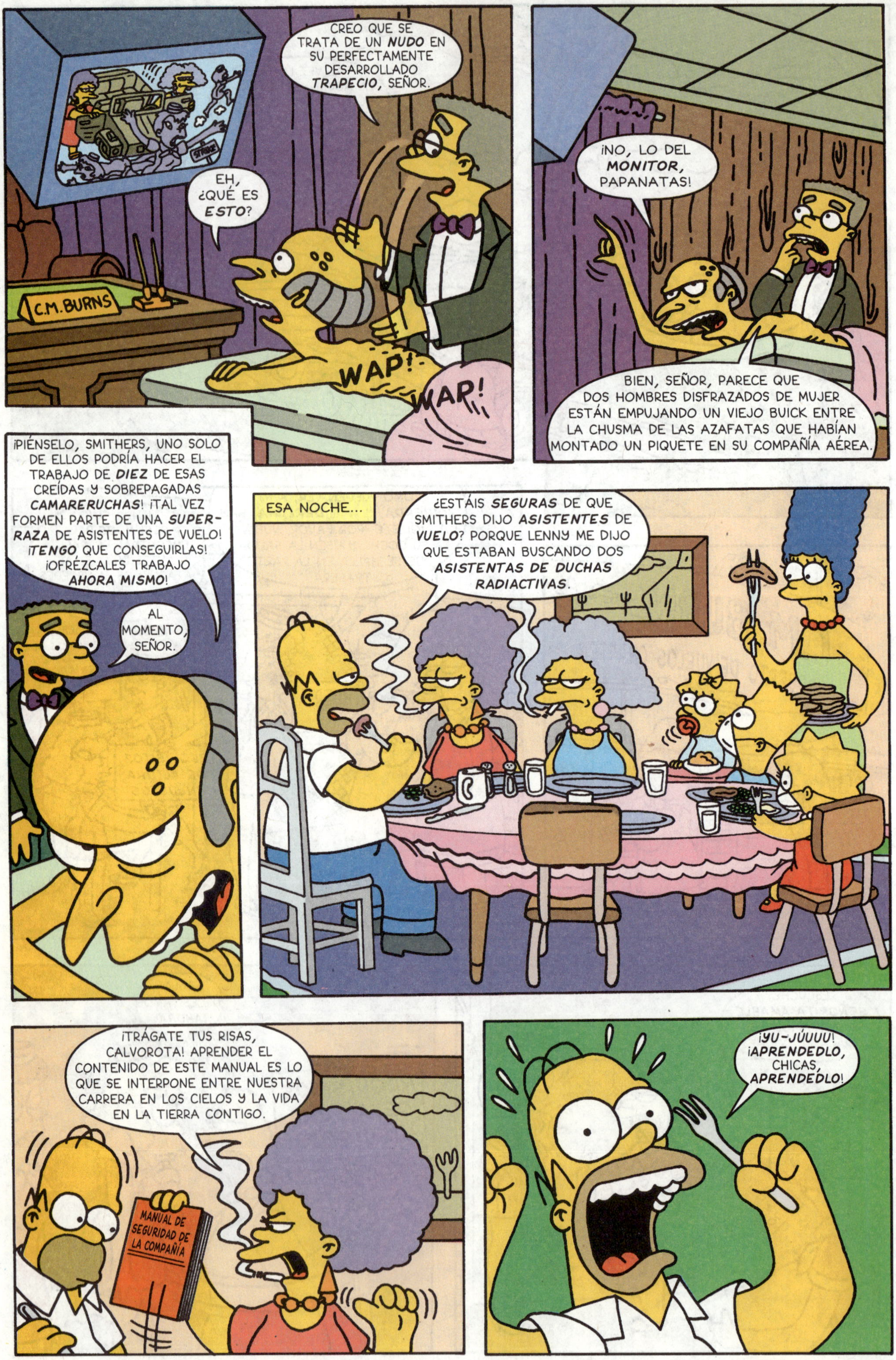
CREO QUE SE TRATA DE UN *NUDO* EN SU PERFECTAMENTE DESARROLLADO *TRAPECIO*, SEÑOR.
EH, ¿QUÉ ES *ESTO*?
C.M.BURNS
WAP!
WAP!
¡NO, LO DEL *MONITOR*, PAPANATAS!
BIEN, SEÑOR, PARECE QUE DOS HOMBRES DISFRAZADOS DE MUJER ESTÁN EMPUJANDO UN VIEJO BUICK ENTRE LA CHUSMA DE LAS AZAFATAS QUE HABÍAN MONTADO UN PIQUETE EN SU COMPAÑÍA AÉREA.
¡PIÉNSELO, SMITHERS, UNO SOLO DE ELLOS PODRÍA HACER EL TRABAJO DE *DIEZ* DE ESAS CREÍDAS Y SOBREPAGADAS *CAMARERUCHAS*! ¡TAL VEZ FORMEN PARTE DE UNA *SUPERRAZA* DE ASISTENTES DE VUELO! ¡*TENGO* QUE CONSEGUIRLAS! ¡OFRÉZCALES TRABAJO *AHORA MISMO*!
AL MOMENTO, SEÑOR.
ESA NOCHE...
¿ESTÁIS *SEGURAS* DE QUE SMITHERS DIJO *ASISTENTES* DE *VUELO*? PORQUE LENNY ME DIJO QUE ESTABAN BUSCANDO DOS *ASISTENTAS DE DUCHAS RADIACTIVAS*.
¡TRÁGATE TUS RISAS, CALVOROTA! APRENDER EL CONTENIDO DE ESTE MANUAL ES LO QUE SE INTERPONE ENTRE NUESTRA CARRERA EN LOS CIELOS Y LA VIDA EN LA TIERRA CONTIGO.
MANUAL DE SEGURIDAD DE LA COMPAÑÍA
¡YU-JÚUUU! ¡*APRENDEDLO*, CHICAS, *APRENDEDLO*!

ESA MISMA NOCHE...
QUIERO AGRADECEROS A TODOS POR AYUDAR AL ENTRENAMIENTO DE MIS HERMANAS.
ME GUSTA CUMPLIR CON MIS OBLIGACIONES DE VECINITO.
"LO PRIMERO QUE DEBE HACER UNA ASISTENTA DE VUELO ES DARLES LA BIENVENIDA A BORDO A LOS PASAJEROS."
MANUAL DE SEGURIDAD DE LA COMPAÑÍA
¡VENGA, TÍO! ¡ADENTRO CON LOS OTROS MONOS!
¡AMABLEMENTE!
TOMA UN PLÁTANO.
PAT PAT
TAL VEZ DEBIÉRAMOS EMPEZAR CON ALGO QUE EXIGIERA MENOS INTERACCIÓN CON LOS PASAJEROS.
"ASEGURARSE DE QUE TODOS LOS EQUIPAJES DE MANO ESTÁN BIEN GUARDADOS."
¡DAME... ESTO!
¡PERO SI LO ESTOY SOSTENIENDO! ¡NO LE PUEDE PASAR NADA!
¡AQUÍ ESTÁ SEGURO!
CRUMPF!
HRUMM.

VALE, AQUÍ DICE "INCLUSO EN MEDIO DE UNA TURBULENCIA, EL PASAJERO, TIENE DERECHO A UNA BEBIDA FRÍA O CALIENTE."
ZONA DE AGUANTE
¡AAAAAAY! ¡FUEGOOO!
¡AAAAH! ¡ME CONSUMO EN EL FUEGO ETERNO!
¡REVERENDO, ¿NO CREE QUE DEBERÍA MODERAR SU LENGUAJE EN PRESENCIA DE LOS NIÑOS?!
CLICK!
MÁS TARDE...
AQUÍ DICE QUE "TODOS LOS ASISTENTES DE VUELO DEBEN CONOCER LAS TÉCNICAS DE REANIMACIÓN".
¿AH, SÍ? ¡BUENO, PUES YO CREO QUE EL ABUELO LO TIENE CLARO!
¡JE, JE! ¡VALE! ¡YO SÓLO PIENSO SALVAR A LOS QUE SEAN GUAPOS!
¿HOLA? ¡... NO SIENTO MI COLUMNA VERTEBRAL! ¿HOLA?
HORAS DESPUÉS...
ADIÓS.
HASTA LUEGUITO.
NOS VEMOS.
NO SE PERDERÁN NADA SI NO LAS VEO EL DOMINGO, SEÑORAS.
HASTA LA VISTA.
¿EL DEPARTAMENTO DE RECLAMACIÓN DE EQUIPAJES?
¡LO HEMOS CONSEGUIDO! ¡AHORA YA SÓLO NOS QUEDA PASAR EL EXAMEN ESCRITO DE MAÑANA.
¡ESTÁ CHUPADO!

AL DÍA SIGUIENTE...
LO HAN HECHO MUY BIEN EN LOS EXÁMEÑES, HERMANAS BOUVIER. LAS DOS SÓLO HAN FALLADO UNA PREGUNTA.
¿Y QUÉ PREGUNTA ERA?
LA RELATIVA A LA PÉRDIDA DE PRESIÓN EN LA CABINA. ¡LOS NIÑOS TAMBIÉN TIENEN DERECHO A LAS MASCARILLAS DE OXÍGENO!
VIVIR PARA APRENDER.
¡BUENO, SUBAN A BORDO Y BUENA SUERTE!
¡TODOS LOS NERVIOS DE MI CUERPO ESTÁN ARDIENDO! ¡ARDIENDO, TE LO DIGO, ARDIENDO!
NO SÉ CUÁNTO TIEMPO PUEDE LLEVAR ESTO, PATTY.
ES UNA TORTURA. ¡UNA PURA TORTURA!
PROHIBIDO FUMAR
¡ASISTENTAS DE VUELO, PREPARADAS PARA EL DESPEGUE!
¿CUÁNDO VA A DESCONECTAR ESTE LETRERO EL CAPITÁN?

POCO DESPUÉS...
FUERA-FUERA-FUERA-FUERA-FUERA...
PROHIBIDO FUMAR
¡VAMOS, PRECIOSO, MAMÁ NECESITA UNA DOSIS DE ESA DULCE NI-CO-TI-NA!
UH, DISCULPE, PERO LLEVAMOS DOS HORAS VOLANDO Y TODAVÍA NO NOS HAN SERVIDO UNA TAZA DE CAFÉ.
¡DIABLOS, NI SIQUIERA NOS HAN OFRECIDO CACAHUETES!
LAMENTO TERRIBLEMENTE EL RETRASO. ¿A QUIÉN LE APETECEN UNOS FRESCOS CACAHUETES FRITOS CON MIEL?
SHA-DOINK!
¡ALERTA, PASAJEROS!
BIEN, ¿QUIÉN QUIERE UN REFRESCO PARA ACOMPAÑAR?
COLA
MUY BIEN. SI NOS NECESITAN, ESTAREMOS HABLANDO CON EL CAPITÁN.
CABINA DE MANDO
VAMOS, SELMA. O EL PILOTO HACE ATERRIZAR ESTE TRASTO, O LE RETORCERÉ LA NARIZ HASTA DEJÁRSELA SEÑALANDO AL CIELO.

¡EH, CAPITÁN DICK! ¿CUÁNDO PIENSA APAGAR EL LETRERO DE NO FUMAR?
NO PUEDO DESCONECTARLO. ESTÁ PROHIBIDO FUMAR EN ESTE TIPO DE VUELOS.
¡¡¿QUÉ?!!
¡PIENSA ALGO! ¡NECESITO UNA COLILLA, Y LA NECESITO AHORA!
¡VALE, CÁLMATE! CREO QUE TENGO UN PLAN.
HUM... ¿JEFE? HAY, UH... UN HOMBRE EN EL AVIÓN Y... ¡ESTÁ AMENAZANDO CON HACER ESTALLAR UN ARTEFACTO SI NO ATERRIZAMOS YA!
¿AH, SÍ? A MÍ, NADIE ME SECUESTRA UN VUELO.
AUTO PILOT
¡VAMOS, PHIL! ¡PON EL PILOTO AUTOMÁTICO Y VAMOS A PATEAR EL CULO DE ESE TERRORISTA DOMÉSTICO!
¡MUY BIEN, SELMA, CIERRA ESA PUERTA! ¡LLEVEMOS A ESTE PÁJARO A SU NIDO.
ESTO MANTENDRÁ A RAYA A ESOS CHALADOS.
POR FAVOR... ¡NO TIREN MÁS COSAS! ¡DE VERDAD... ESTAMOS LLENOS!
¿QUÉ DEMO...?

¿ESTÁS SEGURA DE QUE PUEDES HACER ATERRIZAR EL AVIÓN, PATTY?
NO HAY NADA QUE NO PUEDA HACER, SI ESO SIGNIFICA QUE EL TABACO LLENARÁ PRONTO MIS PULMONES.
¡ATENCIÓN, PASAJEROS! ABRÓCHENSE LOS CINTURONES. ESTE VA A SER UN ATERRIZAJE ACCIDENTADO.
SKREEEET!
CENTRO DE AUTÓMATAS CAPITAL CITY ~ UNA EMPESA DE LAS INDUSTRIAS BURNS ~
KER-SMASH!
OBSERVARÁN QUE ESTÁ APAGADO EL LETRERO DE PROHIBIDO FUMAR.
ESPERAMOS VERLES PRONTO DE NUEVO A BORDO.
¡COJÁMOSLAS!
¡CORRE, SELMA, CORRE!

ESA MISMA TARDE...
ESTOY SEGURA DE QUE ENCONTRARÉIS UNA VOCACIÓN QUE OS LLENE Y NO OS OBLIGUE A NO FUMAR.
ME TEMO QUE NUESTROS SUEÑOS DE ENCONTRAR UN EMPLEO PERFECTO SE HAN ESTRELLADO CON EL AVIÓN.
RING RING
MATADERO MUNICIPAL: USTED TRAE LOS CERDOS, NOSOTROS LOS ABRIMOS EN CANAL.
CABINA FOTOGRÁFICA
REGISTRATION
EXCLAMA
NO BEBAS Y CONDUC
LO SIENTO, DAVE, PERO ESTO NO ES POSIBLE.
MATADERO DE CERDOS. USTED LOS ENGORDA, Y NOSOTROS LOS DEJAMOS SECOS.
¡¿QUÉ?! UH, ESCUCHE, NO LE OIGO MUY BIEN. ¡ESTO ES UNA CASA DE LOCOS! A LOS PRESIDENTES SE LES HAN CRUZADO LOS CABLES, Y NADIE CONTESTA AL TELÉFONO EN EL CENTRO DE AUTÓMATAS...
... POR FAVOR... ¡QUE PATTY Y SELMA VUELVAN, RÁPIDO!

DESPUÉS, EN TRÁFICO...
BULLE
HORA DEL PÚBLICO
HORA REAL
... ME DIJERON QUE ME PUSIERA EN LA COLA MARCADA CON AZUL, Y LA SEÑORA DE LA VENTANILLA ME PREGUNTÓ DÓNDE ESTABA MI FORMULARIO DE LA COLA ROJA...
RECLAMA
SHA-WAM!
LÁSTIMA QUE LA ABUELA NO *TRABAJARA* NUNCA EN TRÁFICO.
BIENVENIDA DE NUEVO AL TRABAJO, SELMA CON CARIÑO Patty
BIENVENIDA DE NUEVO AL TRABAJO, PATTY CON CARIÑO Selma
... PERO NO HAY NINGUNA ROJA Y HE ESTADO EN ESA COLA DURANTE DOS HORAS...
RECLAMACIONES
LE HUBIERA *ENCANTADO*. ES EL *MANANTIAL* DE LA MALA *SUERTE*.
¡Y SI NO, PREGÚNTASELO A NUESTROS *CLIENTES*!
¡JE, JE!
FIN

COMICS BONGO GROUP
¡EL CÓMIC FAVORITO DE BART SIMPSON!
NOV. 1952
EL HOMBRE RADIACTIVO
MATT GROENING
¡PRESENTANDO AL MÁS GRANDE DE LOS HÉROES! NO TE PIERDAS...
"¡EL ORIGEN DEL HOMBRE RADIACTIVO!"
© 1993 BONGO ENTERTAINMENT, INC. THE SIMPSONS © & TM TWENTIETH CENTURY FOX FILM CORPORATION. ALL RIGHTS RESERVED.

EN EL DESIERTO REINA LA CALMA... UNA LIEBRE OLFATEA A SU ALREDEDOR... UN ADORMECIDO LAGARTO VENENOSO SE BRONCEA SOBRE UNA ENORME ROCA... UNA PAREJA DE MARMOTAS RETOZA JUGUETONAMENTE... ¡DE PRONTO, LA TIERRA RETUMBA! ¡UN CEGADOR RESPLANDOR BLANCO BORRA A TODOS LOS SERES VIVIENTES EN MILLAS A LA REDONDA! PARECE EL SOL SALIENDO... EL SOL DE UNA NUEVA ERA... UNA SOBERBIA ERA... ¡¡LA ERA ATÓMICA!! SIN DUDA, ALGUNAS APESTOSAS SABANDIJAS HAN RESULTADO ATOMIZADAS... ¡PERO ÉSTE ES EL PRECIO QUE DEBEMOS PAGAR POR CONTROLAR EL PODER DEL ÁTOMO! Y CON ESTE NUEVO PODER ATÓMICO LLEGA UN NUEVO HÉROE -UN NUEVO DEFENSOR DE LA LIBERTAD AMERICANA- UN NUEVO ENEMIGO DE LA SUBVERSIÓN Y DE LA DELINCUENCIA JUVENIL... SÍ, SE TRATA DE
"El ORIGEN del HOMBRE RADIACTIVO"
UNA PRODUCCIÓN DE MATT GROENING
STEVE VANCE GUIÓN, ESBOZOS
BILL MORRISON ACABADOS
CINDY VANCE CO-ARGUMENTISTA, COLOR

BAILE A BENEFICIO DE LOS HUÉRFANOS EN LA PODEROSA CIUDAD DE ZENITH... EL ACONTECIMIENTO SOCIAL DEL AÑO.
¡TODA LA ALTA SOCIEDAD ESTÁ AQUÍ ESTA NOCHE! EH, ¿QUIÉN ES ESTE CABALLERO TAN APUESTO? ¡HA LLEGADO SOLO!
786
¡ES EL JOVEN CLAUDE KANE III! ES TODO UN PLAY-BOY... ¡PROBABLEMENTE NO HA PODIDO DECIDIR A QUÉ CHICA INVITAR ESTA NOCHE!
PERO, EN EL BAILE, LA ATENCIÓN DE CLAUDE ESTÁ CENTRADA EN UNA CHICA... LA ENCANTADORA REPORTERA RADIOFÓNICA GLORIA GRAND.
¡SABES LO QUE SIENTO POR TI, GLORIA! ¿POR QUÉ NO QUIERES SALIR CONMIGO?
HUÉRFANO
¡OUAAAH! ¡PORQUE NUNCA LLEGARÁS A SER NADA, CLAUDE! ¡NO ERES MÁS QUE UN FRÍVOLO MIEMBRO DE LA JET-SET!
CLAUDE LLEGA TARDE A CASA Y ENCUENTRA A SU PADRE, EL FAMOSO FÍSICO DR. CLAUDE KANE II, ESPERÁNDOLE...
¿OTRA VEZ DE BAILE POR AHÍ, HIJO? ¡ES LA TERCERA NOCHE SEGUIDA! ¿CUÁNDO SENTARÁS LA CABEZA Y HARÁS ALGO DE PROVECHO?
OH, PAPÁ... ¡SÓLO HACE CINCO AÑOS QUE ACABÉ LOS ESTUDIOS! ¿ES QUE NO TENGO DERECHO A VIVIR UN POCO!
EL DR. KANE SE VA A LA CAMA, DEJANDO A CLAUDE SOLO CON SUS PROPIOS PENSAMIENTOS...
¡CÁSPITA! ¡TANTO GLORIA COMO PAPÁ PIENSAN QUE SOY UN PARÁSITO INÚTIL! TAL VEZ TENGAN RAZÓN... TAL VEZ DEBIERA HACER ALGO MÁS CON MI VIDA. PERO ¿QUÉ?
AL DÍA SIGUIENTE, CLAUDE PASA POR LA EMISORA DE RADIO WZEN, DONDE TRABAJA GLORIA...
¿QUÉ TAL SI SALIMOS A CENAR Y A VER UN ESPECTÁCULO ESTA NOCHE, GLORIA?
LO SIENTO, CLAUDE... YO... ER... ¡TENGO QUE TRABAJAR! VOY A IR A LOS LABORATORIOS BLATHER A CUBRIR LA NOTICIA DE LA NUEVA MEGABOMBA DE TU PADRE.
VAYA... ¡AHORA MI PROPIO PADRE ME QUITA A MI CHICA!
WZEN
ED, DESPUÉS DE TODO ME HARÉ CARGO DE ESE REPORTAJE EN LOS LABORATORIOS BLATHER.

ESA NOCHE, EN UN ELEGANTE NIGHTCLUB, CLAUDE OYE POR CASUALIDAD PARTE DE UNA CONVERSACIÓN SOSPECHOSA...
... Y DESPUÉS DE NEUTRALIZAR AL DR. KANE, NOSOTROZ COBRAR EL DINERO DEL DOCTOR CANGREJO...
¡... UND ESCAPAR A RÍO POR MAR!
TINK
HUMMM... HAN MENCIONADO A PAPÁ... ¡Y HAN HABLADO DE DINERO! ESTO ME RECUERDA QUE ESTA SEMANA PAPÁ NO ME HA PASADO MI ASIGNACIÓN. TAL VEZ ME ACERQUE AL LABORATORIO PARA RECOGERLA.
POCO DESPUÉS, EL RÁPIDO BÓLIDO DE KANE DEJA ATRÁS LA CIUDAD...
¡ESTA CARRETERA NO ME RESULTA FAMILIAR! TAL VEZ ME HE PERDIDO EN LA OSCURIDAD...
MIENTRAS EN EL LABORATORIO...
¡MANOS ARRIBA TODO EL MUNDO!
BASH
¿Q-QUÉ QUIEREN?
¡FAMOS A DETONAR SU MEGA-BOMBA, DR. KANE! ¡DESPUÉS ROBAR SU CUADERNO DE PRUEBAS SUPERSECRETO Y DARLO A NUEZTROS CIENTÍFICOS CAMARADAS DE DETRÁZ DEL TELÓN DE ACERO!
¡¡GASP!! ¡QUÉ ACENTOS MÁS RAROS! ¡LAS NOTAS SECRETAS DEL DR. KANE LES DARÁN A LOS ROJOS LA INFORMACIÓN QUE NECESITAN PARA CONSTRUIR SU PROPIA MEGA-BOMBA!
MIENTRAS...
CARRETERA CORTADA
¡¿QUÉ DEMO...?! ¡NO PUEDO SEGUIR! ¡TENDRÉ QUE VOLVER ATRÁS!
PERO CUANDO CLAUDE DA LA VUELTA...
¡UH, OH! ¡ME HE SALIDO DE LA CARRETERA! ¡TENGO EL NEUMÁTICO CLAVADO EN LA ARENA!
WHIRRRR

CLAUDE OTEA EL HORIZONTE Y DIVISA UNA SERIE DE EDIFICIOS...
¡FÍUUU! TAL VEZ PUEDA CONSEGUIR AYUDA EN AQUEL PINTORESCO PUEBLECITO.
PERO, CUANDO SE ACERCA...
¡HOLA! ¿NO HAY NADIE?
QUÉ RARO... ¡NINGUNA SEÑAL DE VIDA! ¡ES COMO U-UN PUEBLO FANTASMA!
PELIGRO ¡CAMPO DE PRUEBAS NUCLEARES! ¡ALÉJENSE!
DEBIDO A LA OSCURIDAD, CLAUDE NO VE UN IMPORTANTE LETRERO...
MIENTRAS, EN EL LABORATORIO...
¡YA ESTÁ! ¡HE INIZIADO LA CUENTA ATRÁZ!
¡LA MEGA-BOMBA EFTALLAR EN CINCO MINUTOZ!
¡NO OS SALDRÉIS CON LA VUESTRA...!
CLAUDE CONTINÚA SU BÚSQUEDA...
¡LA TORRE! ¡TAL VEZ, DESDE ARRIBA, PUEDA VER DÓNDE ESTOY!
CAFE
INDIAN FUDGE
DINER
EL BARTO
AUTO
UNOS MINUTOS MÁS TARDE, CLAUDE LLEGA A LA TORRE, MIENTRAS, SIN QUE ÉL LO SEPA, CONTINÚA LA CUENTA ATRÁS...
TIEMPO HASTA LA DETONACIÓN
1 MINUTO 55 SEGUNDOS
¡FÍUUU! ¡ESTABA MÁS LEJOS DE LO QUE PARECÍA! ¡AHORA DEBO SUBIR A LO ALTO!

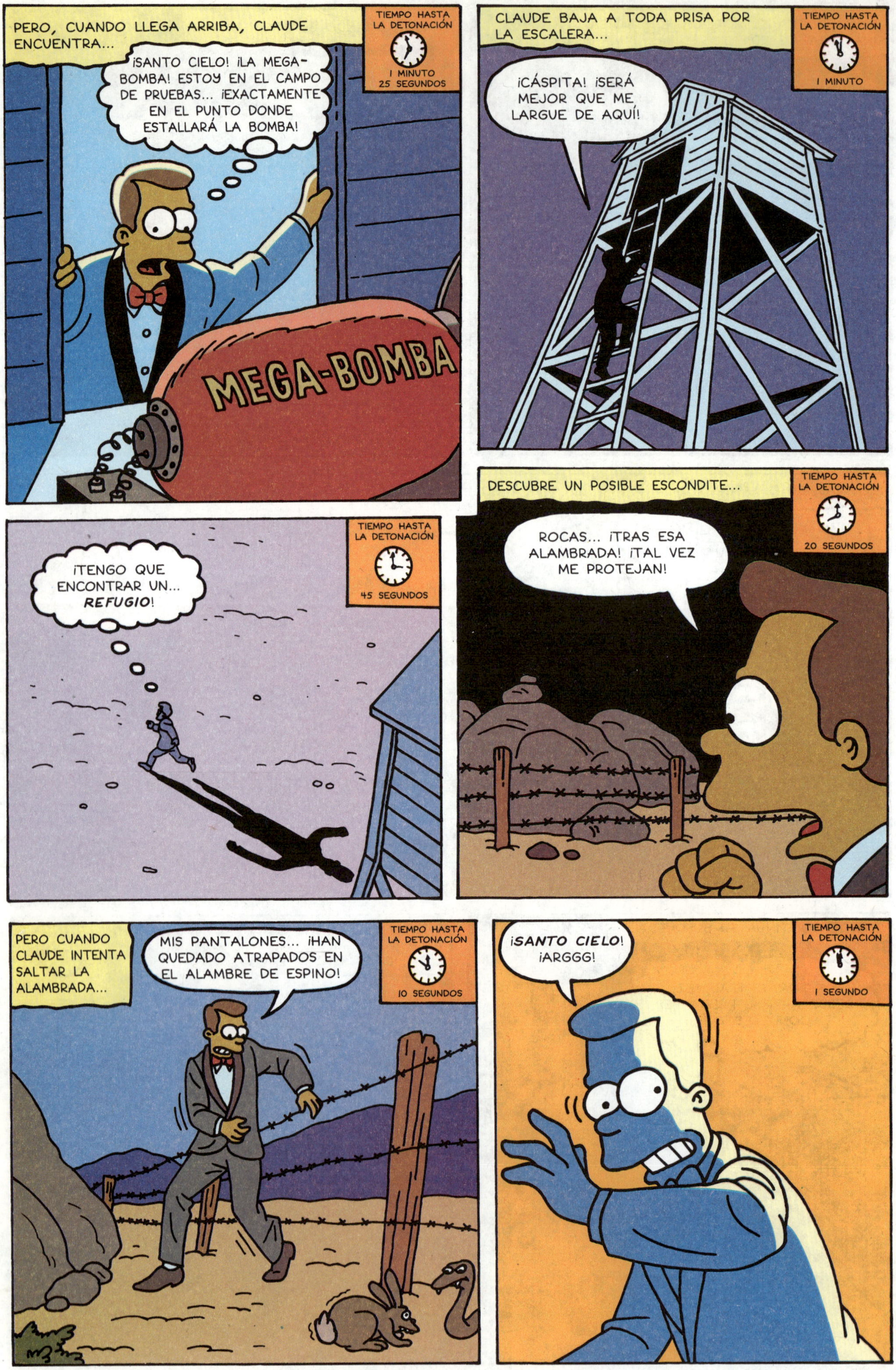
PERO, CUANDO LLEGA ARRIBA, CLAUDE ENCUENTRA...
¡SANTO CIELO! ¡LA MEGA-BOMBA! ESTOY EN EL CAMPO DE PRUEBAS... ¡EXACTAMENTE EN EL PUNTO DONDE ESTALLARÁ LA BOMBA!
TIEMPO HASTA LA DETONACIÓN
1 MINUTO 25 SEGUNDOS
MEGA-BOMBA
CLAUDE BAJA A TODA PRISA POR LA ESCALERA...
TIEMPO HASTA LA DETONACIÓN
1 MINUTO
¡CÁSPITA! ¡SERÁ MEJOR QUE ME LARGUE DE AQUÍ!
TIEMPO HASTA LA DETONACIÓN
45 SEGUNDOS
¡TENGO QUE ENCONTRAR UN... *REFUGIO*!
DESCUBRE UN POSIBLE ESCONDITE...
TIEMPO HASTA LA DETONACIÓN
20 SEGUNDOS
ROCAS... ¡TRAS ESA ALAMBRADA! ¡TAL VEZ ME PROTEJAN!
PERO CUANDO CLAUDE INTENTA SALTAR LA ALAMBRADA...
MIS PANTALONES... ¡HAN QUEDADO ATRAPADOS EN EL ALAMBRE DE ESPINO!
TIEMPO HASTA LA DETONACIÓN
10 SEGUNDOS
¡*SANTO CIELO*! ¡ARGGG!
TIEMPO HASTA LA DETONACIÓN
1 SEGUNDO

¡¡AARRRRRRGH!!
VADABOOOM!

CUANDO EL HUMO DE LA TERRIBLE EXPLOSIÓN EMPIEZA A DISIPARSE, NO SE VE NINGUNA SEÑAL DE VIDA...
¿... O SÍ?
¡E-ESTOY VIVO! ¡PERO ¿CÓMO?! ¡LA EXPLOSIÓN DEBERÍA HABERME PULVERIZADO!
¡MALDICIÓN! ¡EL SMOKING QUE LLEVABA ERA NUEVO!
¿EH? MI SOMBRA... ¿QUÉ ES ESO QUE TENGO EN LA CABEZA?
¡GASP! ¡DEBE TRATARSE DE UN TROZO DE METRALLA DE LA EXPLOSIÓN! ¡SE ME HA INCRUSTADO EN LA CABEZA!
ME SIENTO TAN... ¡RARO! ¡UN HORMIGUEO ME RECORRE EL CUERPO!
¡SERÁ MEJOR QUE ENCUENTRE EL LABORATORIO!
FINALMENTE, CLAUDE LLEGA A SU COCHE ABANDONADO...
¡SI AL MENOS PUDIERA SACAR EL COCHE DE LA ARENA!
DEBO... INTENTARLO...

¿PERO
¡UN EXTR
HA PENET
EN MI CUERPO
¡SIENTO UNA ENERGÍA PURA Y LIMPIA! ¡HORROR!
¿ME HE CONVERTIDO EN UN... UN... HOMBRE RADIACTIVO?
CLAUDE BAJA EL COCHE, Y EN ESE MOMENTO HACE OTRO DESCUBRIMIENTO SENSACIONAL...
CARRE
CERRAD
¡RECÁSPITA! ¡PUEDO VOLAR!
¡LA MEGA-BOMBA DE PAPÁ! ¡DE ALGÚN MODO ME HA CONFERIDO PODERES Y FACULTADES MUY SUPERIORES A LOS DEL RESTO DE HOMBRES Y MUJERES MORTALES!
¡GUAUU! ¡ESTO ES DIVERTIDO!
CLAUDE NO TARDA EN LLEGAR A LOS LABORATORIOS BLATHER...
¡ESPERA A QUE SE LO CUENTE A PAPÁ! ¡Y GLORIA QUEDARÁ IMPRESIONADA!
BAJARÉ EN PICADO Y...
SEGUNDOS DESPUÉS, DENTRO DEL LABORATORIO...
¿QUÉ HA ZIDO EFTO?
KRASH
¡PROCEDE DEL EXTERIOR! ¡ZERÁ MEJOR QUE INFESTIGUEMOS QUÉ HA OCURRIDO!

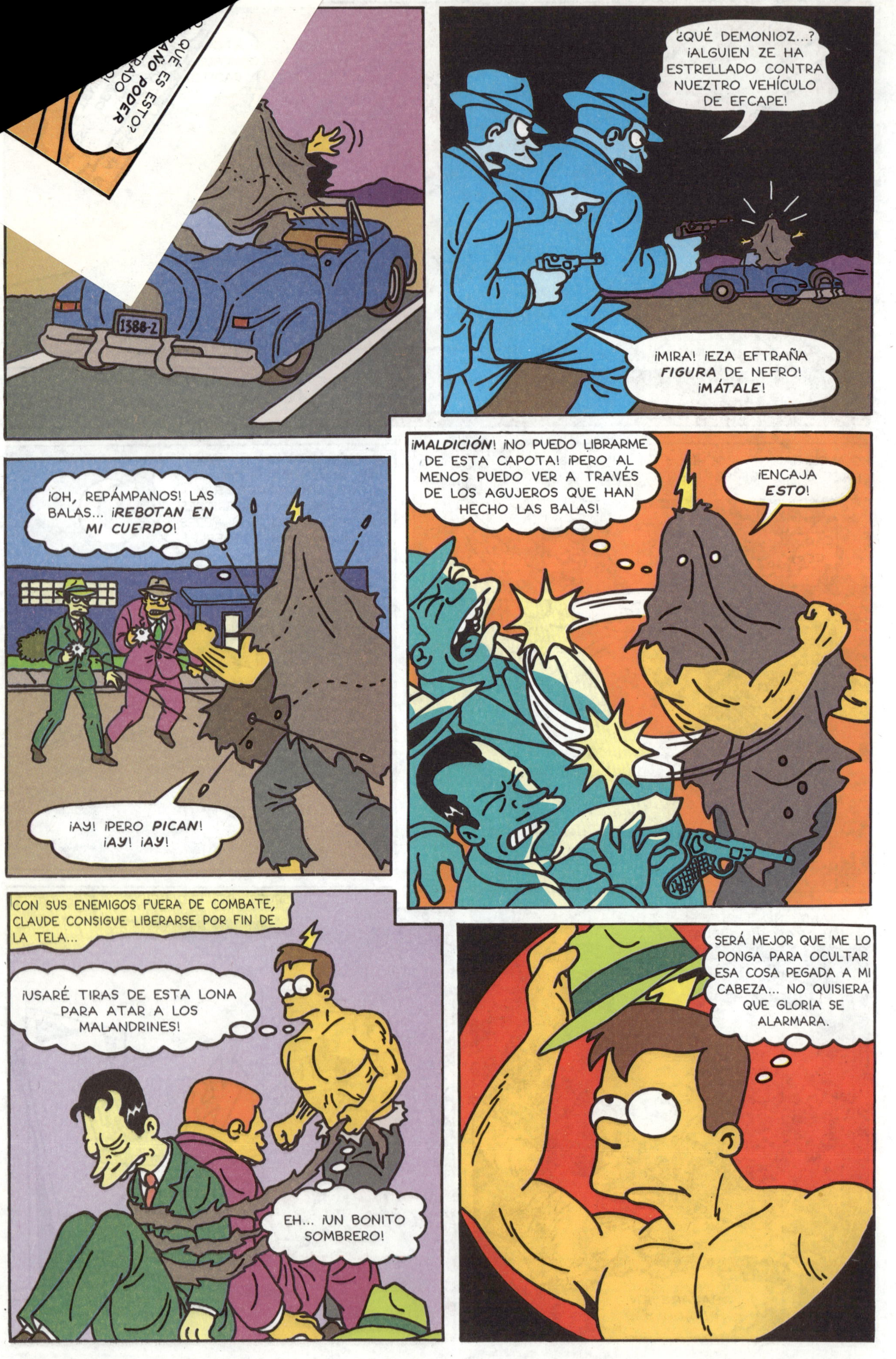

¿QUÉ DEMONIOZ...? ¡ALGUIEN ZE HA ESTRELLADO CONTRA NUEZTRO VEHÍCULO DE EFCAPE!
¡MIRA! ¡EZA EFTRAÑA FIGURA DE NEFRO! ¡MÁTALE!
¡OH, REPÁMPANOS! LAS BALAS... ¡REBOTAN EN MI CUERPO!
¡AY! ¡PERO PICAN! ¡AY! ¡AY!
¡MALDICIÓN! ¡NO PUEDO LIBRARME DE ESTA CAPOTA! ¡PERO AL MENOS PUEDO VER A TRAVÉS DE LOS AGUJEROS QUE HAN HECHO LAS BALAS!
¡ENCAJA ESTO!
CON SUS ENEMIGOS FUERA DE COMBATE, CLAUDE CONSIGUE LIBERARSE POR FIN DE LA TELA...
¡USARÉ TIRAS DE ESTA LONA PARA ATAR A LOS MALANDRINES!
EH... ¡UN BONITO SOMBRERO!
SERÁ MEJOR QUE ME LO PONGA PARA OCULTAR ESA COSA PEGADA A MI CABEZA... NO QUISIERA QUE GLORIA SE ALARMARA.

CLAUDE CORRE HACIA EL LABORATORIO, Y ENCUENTRA AL DR. KANE Y A GLORIA...
¡PAPÁ! ¡GLORIA! ¿ESTÁIS BIEN?
CLAUDE... ¿QUÉ HACES AQUÍ? ¿Y DE DÓNDE HAS SACADO ESTE RIDÍCULO SOMBRERO?
¿QUÉ TE HA OCURRIDO, HIJO?
YO... ER... ¡HE TENIDO UN PROBLEMA CON EL COCHE, PAPÁ! ¡OS DESATARÉ EN UN MOMENTÍN!
LOS ESPÍAS... HAN SIDO CAPTURADOS. PERO ¿POR QUIÉN?
¡FRANCAMENTE, CLAUDE, SIEMPRE PENSÉ QUE ERAS UN COBARDE SIN REDAÑOS! ¿HAS SIDO TÚ QUIEN HA HECHO ESTO?
BUENO, YO...
FI ALGUNA VEZ DEFCUBRO LA IDENTIDAD DE EZE HOMBRE VEFTIDO DE NEGRO, NO ZÓLO LE MATARÉ A ÉL, ZINO TAMBIÉN A SU FAMILIA, SUS AMIGOS, FU PERRO... ¡TODOZ ZUS ZERES QUERIDOZ!
¡GLUP! NO TENGO PERRO, PERO SI REVELO QUE FUI EL QUE CAPTURÓ A LOS ESPÍAS, INTENTARÁN VENGARSE YENDO A POR PAPÁ... ¡O A POR GLORIA! ¡TENGO QUE PENSAR DEPRISA!
YO... ER... ¡NO SÉ QUIÉN LO HA HECHO! ¡ESTABAN ASÍ CUANDO LES ENCONTRÉ!
¡LO SUPONÍA!
¡QUÉ DESGRACIADO!
BUENO, QUIENQUIERA QUE APRESARA A ESTOS APESTOSOS VILLANOS ROJOS, NOS HA HECHO UN GRAN SERVICIO... ¡Y TAMBIÉN A LA NACIÓN!
ESA NOCHE, EN CASA...
¡CON ESTOS GRANDES PODERES, TAL VEZ PUEDA LLEGAR A SER ALGUIEN, TAL COMO DESEAN PAPÁ Y GLORIA!
PERO, PARA PROTEGERLES, NECESITO UN DISFRAZ... ALGO AUDAZ... PODEROSO... ¡CON POTENCIAL FUTURO DE MERCHANDISING!

Y DE ESTA MANERA NACIÓ EL LLAMATIVAMENTE VESTIDO PALADÍN DE LA JUSTICIA, DEFENSOR DE LOS ESTADOS UNIDOS DE AMÉRICA, ENEMIGO DEL INCONFORMISMO... ¡EL HOMBRE RADIACTIVO!

¡CÁSPITA! ¡E... ESTOY PARALIZADO! ¡NO PUEDO... MOVERME!
¡JA, JA, JA! ¡EL HOMBRE RADIACTIVO ESTÁ INDEFENSO ANTE EL PODER DE MI RAYO TRITURADOR DE ÁTOMOS!
BZAK!
UN ESPANTOSO NUEVO PELIGRO AMENAZA A LA JUVENTUD DE NUESTRA NACIÓN... UNA AMENAZA QUE CAUSA DECADENCIA MORAL, DEGRADACIÓN MENTAL Y DELINCUENCIA JUVENIL... ¡LA AMENAZA DE LOS PERVERSOS TEBEOS! SÓLO EL HOMBRE RADIACTIVO PUEDE SALVAR A AMÉRICA DE...
LOS CÓMICS COMUNISTAS DEL
DR. CANGREJO
EL HOMBRE RADIACTIVO SE ABRE PASO VIOLENTAMENTE HACIA LA GUARDIA DEL CONOCIDO GANG DE ESPÍAS DEL FEZ ROJO...
¡GASP! ¡EL HOMBRE RADIACTIVO!
¡APLASTADLE!
¡AY! ¡UY! ¡ME REVIENTA CUANDO HACEN ESTO!
¡LAS BALAS REBOTAN! ¡ESTAMOS PERDIDOS!

¿DÓNDE ESTÁ TU JEFE, CHICO FEZ? ¿DÓNDE ESTÁ EL DOCTOR CANGREJO?
¡AAAAH!
¡HABLA, RATA COMUNISTA!
SI QUIERES QUE HABLE, ¿POR QUÉ ME DEJAS INCONSCIENTE A GOLP...? ¡ARGG!
DESPUÉS DE QUE LA POLICÍA SE HAYA LLEVADO A LA CÁRCEL A TODA LA BANDA...
¡MALDITA SEA! ¡EL DOCTOR CANGREJO ME HA VUELTO A DAR EL ESQUINAZO!
ME GUSTARÍA TENER UN REFUGIO SECRETO, COMO TODOS ESTOS RUFIANES. EN MUCHAS OCASIONES, ME SERÍA DE UTILIDAD.
TAL VEZ DEBIERA CONSTRUIRLO YO MISMO... EH, ¿QUÉ ES ESTO?
¡UNA MAQUETA ARQUITECTÓNICA! ALGUIEN LA HA DEJADO AQUÍ... SUPONGO QUE PARA TIRARALA.
ESTO PODRÍA SER UNA GRAN BASE SECRETA... ¡Y TAMBIÉN SÉ DÓNDE ESTÁ EL EMPLAZAMIENTO PERFECTO!
¿DÓNDE ESTÁ LA MAQUETA DE MI NUEVA CREACIÓN, LA CÚPULA GEODÉSICA? ¡LA HE DEJADO AQUÍ HACE UN MOMENTO Y ALGUIEN LA HA ROBADO!
J. WESTMINSTER ARQUITECTO GENIAL
¡MALDICIÓN! ¡HOY EN DÍA NO TE PUEDES FIAR DE NADIE!

EL HOMBRE RADIACTIVO VUELA HACIA EL PICO DEL MONTE ZENITH, PERENNEMENTE CUBIERTO POR LA NIEBLA...
NADIE VIENE NUNCA AQUÍ, DEBIDO A QUE ESTÁ CERCA DE UN CAMPO DE PRUEBAS NUCLEARES. TENDRÉ TODA LA INTIMIDAD QUE DESEO.
EL HOMBRE RADIACTIVO EMPIEZA LA CONSTRUCCIÓN MOVIÉNDOSE CON ASOMBROSA RAPIDEZ...
PRONTO...
YA ESTÁ... ¡ACABADO! CREO QUE LO LLAMARÉ... ¡LA CÚPULA DE CONTENCIÓN!
Y AHORA ENTRARÉ Y... ¡OOP! ¡HE OLVIDADO HACER UNA PUERTA!
¡TENDRÉ QUE IMPROVISAR!
SMASH!
Y AHORA, A ACABAR DE ARREGLAR LOS MUEBLES.
DESPUÉS...
ESTO ES DE PRIMERA. AHORA SÓLO ME FALTA SACAR UN NUEVE NEGRO...
¡... LA BANDA DEL FEZ ROJO ESTÁ A LA SOMBRA, GRACIAS AL HOMBRE RADIACTIVO! Y AHORA, RADIO WZEN, LES OFRECE EL PROGRAMA DE GLORIA GRAND, PRESENTADO POR GLORIA GRAND.
COSAS QUE HACER:
1. ACABAR CON LA CONSPIRACIÓN COMUNISTA MUNDIAL.
2. ERRADICAR EL CRIMEN.
3. DESCUBRIR UNA MANERA SEGURA DE QUITARME EL RAYO DE LA CABEZA.
4. RECOGER EL SMOKING DE LA LAVANDERÍA.

HOLA, DAMAS Y CABALLEROS, CHICOS Y CHICAS. HOY QUIERO HABLAROS DE UNA NUEVA Y CRECIENTE AMENAZA QUE SE CIERNE SOBRE NUESTRA HERMOSA CIUDAD... ¡LA DELINCUENCIA JUVENIL!
WZEN
PARA HABLAR DE LAS CAUSAS DE LA DELINCUENCIA JUVENIL, TENEMOS CON NOSOTROS AL EDITOR J. BELLWETHER.
LA CAUSA ES MUY SENCILLA, SEÑORITA GLORIA... ¡LOS INFAMES TEBEOS PUBLICADOS POR WILLIAM G. MAIMES! SUS HISTORIETAS ESTÁN LLENAS DE CRÍMENES, HORROR Y CONDUCTAS DESORDENADAS. ESTÁN MINANDO LA MORAL DE NUESTROS NIÑOS.
WZEN
CONVOCO A TODOS LOS PADRES DE AMÉRICA PARA QUE TIREN ESTOS MALVADOS TEBEOS Y, EN VEZ DE ELLOS, LES COMPREN A SUS HIJOS ALGO TAN SANO COMO LA REVISTA "HARTLEY", LAS HISTORIETAS PARA ADOLESCENTES FAVORITAS DE LOS AMERICANOS. ESTO RESOLVERÍA EL PROBLEMA DE LA NOCHE A LA MAÑANA.
Hartley
CREO QUE VOLARÉ A LA CIUDAD Y LE PREGUNTARÉ A GLORIA SI QUIERE SALIR A CENAR CONMIGO.
PERO, ¿NO ESTARÁ USTED ECHÁNDOLE LA CULPA DE LA DELINCUENCIA JUVENIL A MAIMES SÓLO POR QUE SUS TEBEOS SE VENDEN MÁS QUE LOS SUYOS? LA POBREZA, LA INJUSTICIA Y LA INDIFERENCIA PATERNA JUEGAN UN PAPEL MUCHO MAYOR...
POCO MÁS TARDE, EL HOMBRE RADIACTIVO ATERRIZA EN LO ALTO DE LA TORRE WZEN.
¡ESA GLORIA ES UNA BLANDENGUE! ¡LOS ADOLESCENTES DE HOY EN DÍA NO TIENEN NADA QUE UNA BUENA CÁRCEL NO PUEDA CURAR!
MOMENTOS MÁS TARDE, TRAS CAMBIAR A SU IDENTIDAD SECRETA DE CLAUDE KANE...
NADIE A LA VISTA... BIEN. NO QUISIERA QUE ALGUIEN SE PREGUNTARA QUÉ HACÍA CLAUDE KANE EN EL TECHO.

DE CAMINO AL DESPACHO DE GLORIA...
¡HOMBRE, SI ES EL FABULOSO Y ACAUDALADO CLAUDE KANE III! ¿ME RECUERDAS?
POR SUPUESTO... GRETCHEN GRILLE, REPORTERA DE SOCIEDAD. ¿CÓMO ESTÁS?
CREÍ QUE ERAS UN CABALLERO, CLAUDE. ¿NO TE QUITAS EL SOMBRERO EN PRESENCIA DE UNA DAMA?
¡GLUP! SI ME QUITO EL SOMBRERO, VERÁ EL RAYO QUE LLEVO ENCASTADO EN LA CABEZA Y SABRÁ QUE SOY EL HOMBRE RADIACTIVO.
ER... LO SIENTO, GRETCHEN, PERO MI DOCTOR ME ACONSEJÓ QUE NO ME LO SACARA. SOY MUY SUSCEPTIBLE A LOS RESFRIADOS DE CABEZA.
¡NO ME SORPRENDE!
¡EN UNA CABEZA TAN VACÍA COMO LA TUYA DEBE HABER MUCHAS CORRIENTES DE AIRE!
¡FÍUU! ¡NO CREO QUE SOSPECHE NADA!
DESPUÉS...
UN GRAN PROGRAMA, GLORIA. ¿QUÉ TAL SI SALIMOS A CENAR ESTA NOCHE?
ON THE AIR
OH, CLAUDE... ¿ES QUE NO PIENSAS RENDIRTE NUNCA?
¡AVANCE INFORMATIVO! ¡EL DOCTOR CANGREJO, EL NOTORIO Y AVEZADO ESPÍA COMUNISTA, ACABA DE LANZARLE UN DESAFÍO AL HOMBRE RADIACTIVO!
¡EN UNA NOTA RECIBIDA EN EL CUARTEL GENERAL DE LA POLICÍA HACE TAN SÓLO UNOS MINUTOS, EL DOCTOR CANGREJO AFIRMA QUE "ESTA NOCHE HUMILLARÁ AL LACAYO IMPERIALISTA, EL HOMBRE RADIACTIVO!
DICE QUE VA A LLEVAR A CABO "UN ROBO SIN PRECEDENTES"... ¡EL MAYOR ROBO A MANO ARMADA DE LA HISTORIA DE ZENITH!
¡CÁSPITA!

¡TENGO QUE DETENER AL DOCTOR CANGREJO! ¡ESTÁ EN JUEGO EL BUEN NOMBRE DEL IMPERIALISMO!
YA QUE TIENES LA NOCHE LIBRE, CLAUDE... ¿POR QUÉ NO HACES ALGO MERITORIO PARA VARIAR...?
ÉSTE ES ROD RUNTLEDGE. ES VECINO MÍO, Y VIVE CON SU TÍA. ES HUÉRFANO... SUS PADRES Y SU HERMANO GEMELO DODD DESAPARECIERON EN UN ACCIDENTE DE AVIACIÓN EN UNA REMOTA SELVA SUDAMERICANA.
¡GLUP! IGUAL QUE MAMÁ, LA FAMOSA AVIADORA... ¡DESAPARECIÓ EN AQUEL VUELO-ALREDEDOR-DEL-MUNDO CUANDO YO ERA UN NIÑO!
ME TEMO QUE ROD CORRE EL PELIGRO DE CONVERTIRSE EN UN DELINCUENTE JUVENIL. HA ESTADO HACIENDO NOVILLOS Y PEINÁNDOSE CON BRILLANTINA. NECESITA UN HOMBRE QUE EJERZA UNA BUENA INFLUENCIA SOBRE ÉL.
¡ME GUSTARÍA AYUDARLE, PERO ESTA NOCHE EL HOMBRE RADIACTIVO TIENE TRABAJO!
LOS SIENTO, GLORIA. OTRO DÍA, QUIZÁS. YO... ER... TENGO QUE PLANCHARME LAS POLAINAS.
¡INCREÍBLE!
MÁS TARDE, CLAUDE MEDITA SOBRE EL SIGNIFICADO DEL DESAFÍO DEL DR. CANGREJO.
HUMMMM... UN ROBO SIN PRECEDENTES... EL MAYOR ROBO A MANO ARMADA DE LA HISTORIA...
¡UN MOMENTO! ¡CREO QUE YA LO TENGO!
SNAP!
DESPUÉS...
Finger's
CASA DE
ARTÍCULOS GIGANTES
¡ESTA COMPAÑÍA FABRICA ARTÍCULOS GIGANTES DE PROPAGANDA PARA LAS EXPOSICIONES LOCALES!

ACABAN DE FABRICAR UN DISCO DE ORO GIGANTE EN HONOR AL ÚLTIMO ÉXITO MILLONARIO DE FRANKIE COSTANZA... ¡Y ESTÁ HECHO DE ORO DE VERDAD!
LA COMPAÑÍA ZENITH RECORDS LO USARÁ A MODO DE DECORADO CUANDO MAÑANA LE ENTREGUEN A FRANKIE SU DISCO DE ORO DE TAMAÑO NORMAL... ¡POR TANTO, APUESTO A QUE EL DOCTOR CANGREJO PLANEA ROBARLO ESTA NOCHE!
¿PERO CÓMO PODRÁ CARGAR CON UN OBJETO TAN GRANDE?
LECHE
HUMM... HAY UN CAMIÓN CISTERNA APARCADO EN EL MUELLE DE CARGA. ME PREGUNTO...
¡SERÁ MEJOR QUE ECHE UNA OJEADA!
¡TENÍA RAZÓN! ¡ES EL DOCTOR CANGREJO!
¡DAOS PRISA! UNA VEZ EZTÉ PUEZTA LA TUBERÍA, PODRÉ EMPEZAR A FUNDIR EL ORO CON MI RAYO DEZINTEGRADOR ATÓMICO. ¡DEZPUÉS BOMBEAREMOZ EL ORO AL CAMIÓN CIZTERNA Y NOZ MARCHAREMOZ!
¡UN PLAN BRILLANTE, JEFE! ¡POR ALGO LE LLAMAN EL GENIO DEL MAL!
Zenith
FRANKIE COSTANZA
SHAVE-O

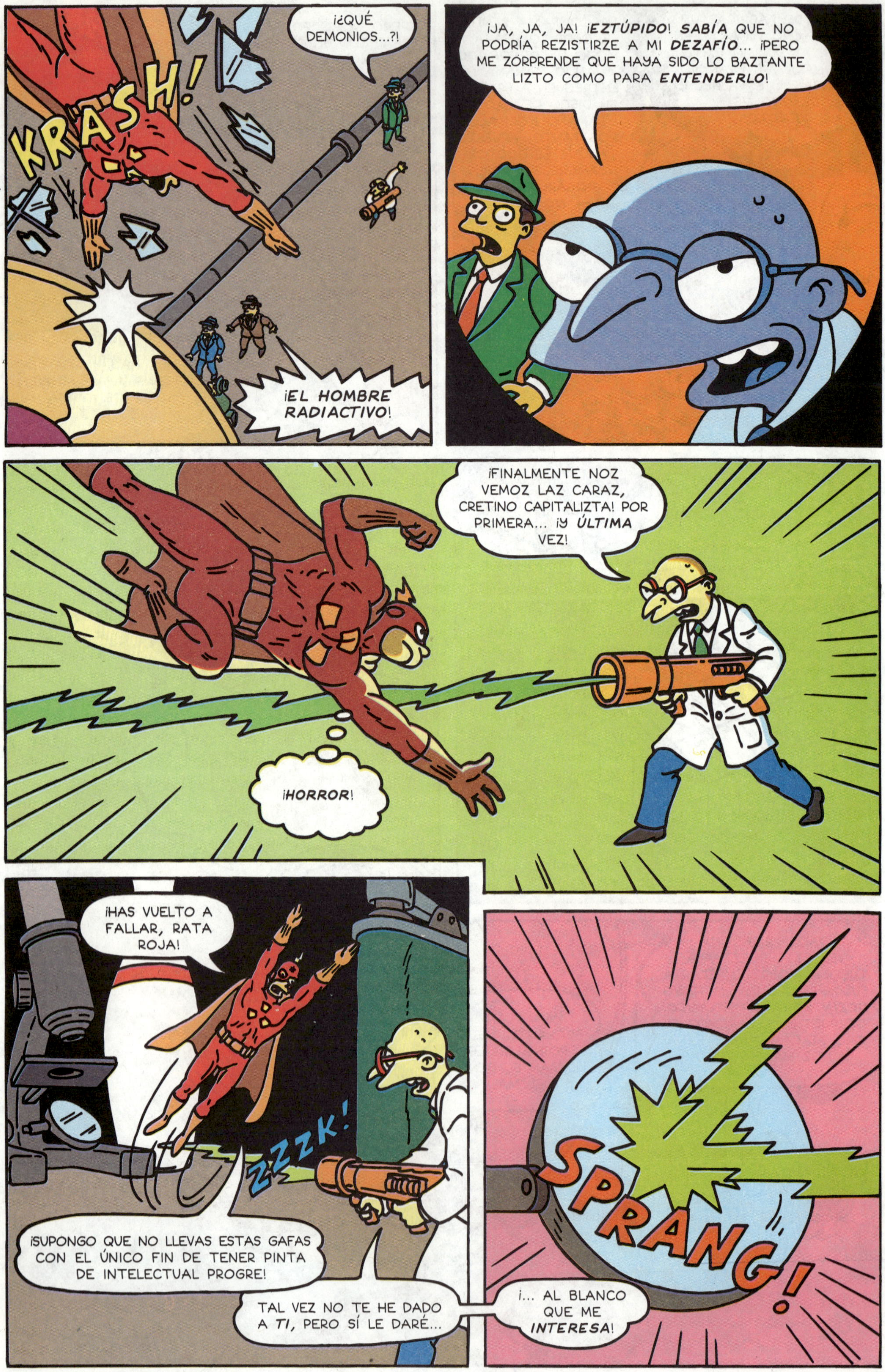
¡¿QUÉ DEMONIOS...?!
KRASH!
¡EL HOMBRE RADIACTIVO!
¡JA, JA, JA! ¡EZTÚPIDO! SABÍA QUE NO PODRÍA REZISTIRZE A MI DEZAFÍO... ¡PERO ME ZORPRENDE QUE HAYA SIDO LO BAZTANTE LIZTO COMO PARA ENTENDERLO!
¡FINALMENTE NOZ VEMOZ LAZ CARAZ, CRETINO CAPITALIZTA! POR PRIMERA... ¡Y ÚLTIMA VEZ!
¡HORROR!
¡HAS VUELTO A FALLAR, RATA ROJA!
ZZZK!
¡SUPONGO QUE NO LLEVAS ESTAS GAFAS CON EL ÚNICO FIN DE TENER PINTA DE INTELECTUAL PROGRE!
TAL VEZ NO TE HE DADO A TI, PERO SÍ LE DARÉ...
¡... AL BLANCO QUE ME INTERESA!
SPRANG!

¡AYYY! ¡EL RAYO HA REBOTADO EN EL ESPEJO DE ESE MICROSCOPIO Y ME HA DADO!
¡UUHN! ESTOY ATURDIDO... NO PUEDO CONTROLAR MI VUELO...
THONK!
¡JA! ¡EL DISCO CAE SOBRE LOS SICARIOS DEL DOCTOR CANGREJO!
¡AAAAAAH!
Zenith
SPLAT!
Zenith
¡LES HA GOLPEADO A TODOS! A ESO LE LLAMO YO UN DISCO QUE DA EL GOLPE!
Y AHORA, A POR EL DR. CANGREJO...
¡¿QUÉ DEMONIOS...?! ¡HA DESAPARECIDO! MALDITO CRUSTÁCEO COBARDE... ¡NO SE ATREVE A ENFRENTARSE A MÍ SIN SUS MALANDRINES!

EL HOMBRE RADIACTIVO SE LANZA HACIA EL CIELO PARA PERSEGUIR A SU ENEMIGO, PERO...
¡MALDICIÓN! ¡NI RASTRO DE ÉL! ¡UN MOMENTO! ¿QUÉ ES ESTO?
HUMMM... ¡SE ESTÁ COMETIENDO OTRO DELITO!
¡ES EL HOMBRE RADIACTIVO! ¡HUYAMOS!
TOMA, CHICO... ¡ARRÉGLATELAS COMO PUEDAS!
¡ES ROD RUNTLEDGE, EL VECINO DE GLORIA!
BASTANTE TARDE PARA ESTAR EN LA CALLE, ¿NO, HIJO? DIRÍA QUE NO ESTÁS HACIENDO NADA BUENO.
¡GLUP!
¿SABES? CRUZAR LA CALLE SIN USAR EL PASO CEBRA ES UN DELITO SERIO... ¡Y TAMBIÉN ES PELIGROSO!
Y, HABLANDO DE PELIGROS, ESTA TELE ES DEMASIADO GRANDE Y PESADA PARA TI... ¡PODRÍAS HACERTE DAÑO!
¿
VAMOS... TE ECHARÉ UNA MANO.
¡UFFF!
AUNQUE NO SÉ PARA QUÉ QUIERES ESTE TRASTO... ¡LAS NUEVAS PELÍCULAS EN 3-D CONVERTIRÁN A LA TELEVISIÓN EN ALGO ANTICUADO!
DESPUÉS, EN EL EDIFICIO DE APARTAMENTOS DE ROD...
¡CIELOS! ¡GLORIA!
KRASH!
¡AGG! ¡EL HOMBRE RADIACTIVO!

¡SOY GLORIA GRAND, DE LA EMISORA WZEN! ¿PODRÍA ENTREVISTARLE? ¡SERÍA LA EXCLUSIVA DEL AÑO!
¡ME GUSTARÍA COMPLACERLA, SEÑORITA GRAND, PERO AHORA MISMO ESTOY OCUPADO IMPIDIENDO QUE ROD RUNTLEDGE SE CONVIERTA EN UN DELINCUENTE JUVENIL! TAL VEZ EN OTRA OCASIÓN.
POCO DESPUÉS, GLORIA QUEDA SOLA EN SU APARTAMENTO...
¡AY! ¡QUÉ HOMBRE! ¿POR QUÉ NUNCA ME PIDE PARA SALIR ALGUIEN COMO EL HOMBRE RADIACTIVO, EN VEZ DE ESE CABEZA DE CHORLITO DE CLAUDE KANE?
EN EL APARTAMENTO VECINO...
¡HOLA, TÍA JUNE! ¡YA HE VUELTO!
¡ROD! ¿DÓNDE DEMONIOS HAS ESTADO? ¿Y QUIÉN ES ESE AMIGO TUYO CON ROPA INTERIOR DE FRANELA ROJA?
¡SOY EL HOMBRE RADIACTIVO, SEÑORA! ¿DÓNDE QUIERE QUE LE PONGA LA TELE?
OH, PÓNGAMELA AL LADO DE LA RADIO QUE ROD ME TRAJO LA SEMANA PASADA. IRÉ A PREPARARLES UN POCO DE CACAO.
DESPUÉS...
HUMM... ¡MALVAVISCOS! A VER... ¿QUÉ ES ESO QUE TIENES AHÍ, ROD?
OH, NADA... ¡SÓLO UNOS TEBEOS!
OH, ¿PUEDO VERLOS? ¡NO HAY NADA QUE ME GUSTE MÁS QUE ESAS HILARANTES AVENTURAS DE HARTLEY, EL ADOLESCENTE TÍPICO FAVORITO DE AMÉRICA!
¡AG!

¡ESTO ES *TERRIBLE*!
¿QUÉ EDITOR DE CÓMICS QUE SE RESPETE PODRÍA IMPRIMIR ESTAS ***ESPELUZNANTES IMÁGENES*** PARA QUE LAS VEAN NIÑOS?
ESCABROSO
HISTORIAS DE
MUGRE
NO.15 JAN.
EL QUE LA HACE NO LA PAGA
PELIGRO
NO.42 JAN
EL FARO
PERFORACIÓN
GORE
NO.27 NOV
PUÑALADAS
CÓMICS
TIJERAS DE SEGURIDAD

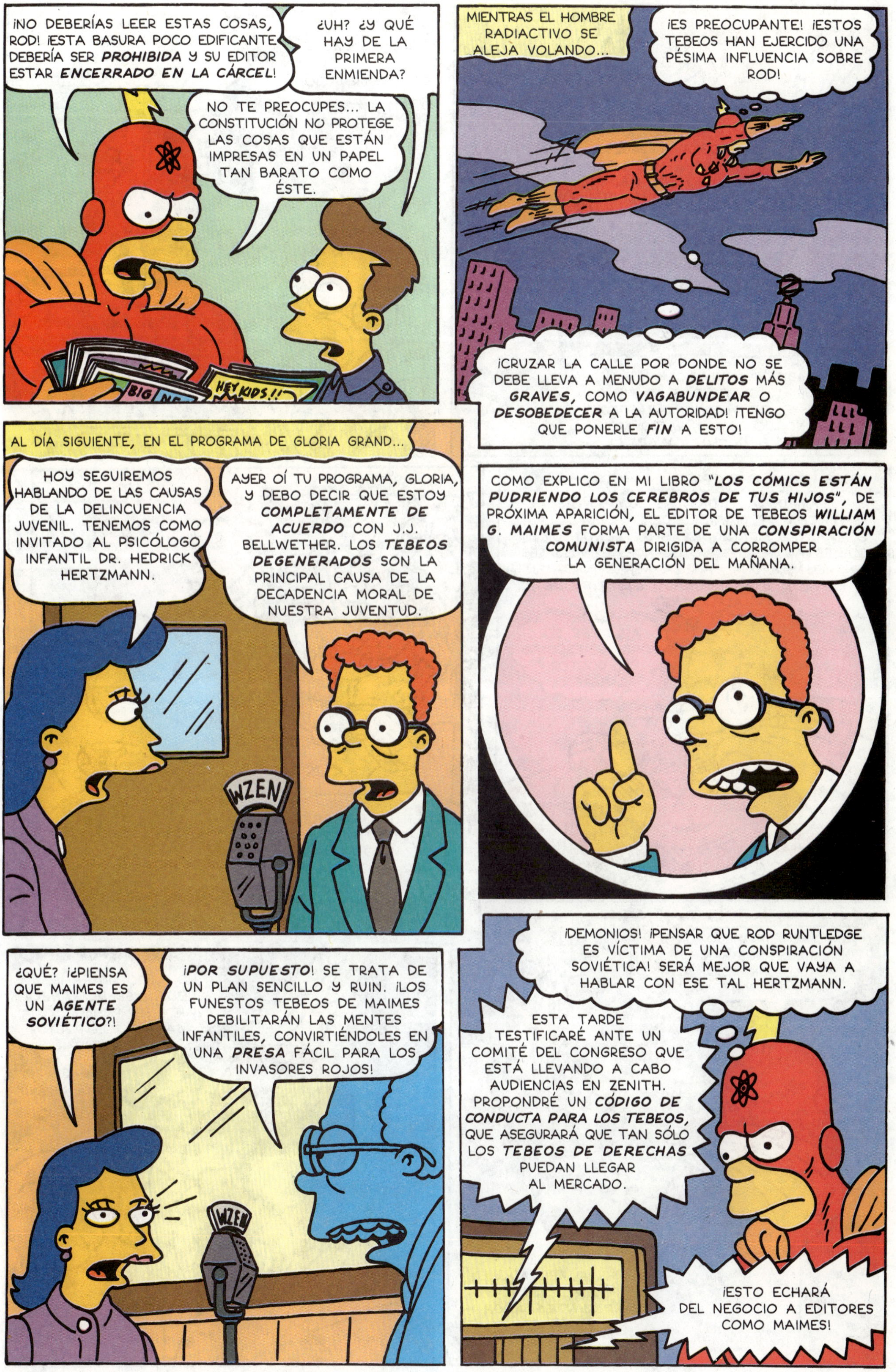
¡NO DEBERÍAS LEER ESTAS COSAS, ROD! ¡ESTA BASURA POCO EDIFICANTE DEBERÍA SER PROHIBIDA Y SU EDITOR ESTAR ENCERRADO EN LA CÁRCEL!
¿UH? ¿Y QUÉ HAY DE LA PRIMERA ENMIENDA?
NO TE PREOCUPES... LA CONSTITUCIÓN NO PROTEGE LAS COSAS QUE ESTÁN IMPRESAS EN UN PAPEL TAN BARATO COMO ÉSTE.
HEY KIDS!!
MIENTRAS EL HOMBRE RADIACTIVO SE ALEJA VOLANDO...
¡ES PREOCUPANTE! ¡ESTOS TEBEOS HAN EJERCIDO UNA PÉSIMA INFLUENCIA SOBRE ROD!
¡CRUZAR LA CALLE POR DONDE NO SE DEBE LLEVA A MENUDO A DELITOS MÁS GRAVES, COMO VAGABUNDEAR O DESOBEDECER A LA AUTORIDAD! ¡TENGO QUE PONERLE FIN A ESTO!
AL DÍA SIGUIENTE, EN EL PROGRAMA DE GLORIA GRAND...
HOY SEGUIREMOS HABLANDO DE LAS CAUSAS DE LA DELINCUENCIA JUVENIL. TENEMOS COMO INVITADO AL PSICÓLOGO INFANTIL DR. HEDRICK HERTZMANN.
AYER OÍ TU PROGRAMA, GLORIA, Y DEBO DECIR QUE ESTOY COMPLETAMENTE DE ACUERDO CON J.J. BELLWETHER. LOS TEBEOS DEGENERADOS SON LA PRINCIPAL CAUSA DE LA DECADENCIA MORAL DE NUESTRA JUVENTUD.
WZEN
COMO EXPLICO EN MI LIBRO "LOS CÓMICS ESTÁN PUDRIENDO LOS CEREBROS DE TUS HIJOS", DE PRÓXIMA APARICIÓN, EL EDITOR DE TEBEOS WILLIAM G. MAIMES FORMA PARTE DE UNA CONSPIRACIÓN COMUNISTA DIRIGIDA A CORROMPER LA GENERACIÓN DEL MAÑANA.
¿QUÉ? ¡¿PIENSA QUE MAIMES ES UN AGENTE SOVIÉTICO?!
¡POR SUPUESTO! SE TRATA DE UN PLAN SENCILLO Y RUIN. ¡LOS FUNESTOS TEBEOS DE MAIMES DEBILITARÁN LAS MENTES INFANTILES, CONVIRTIÉNDOLES EN UNA PRESA FÁCIL PARA LOS INVASORES ROJOS!
¡DEMONIOS! ¡PENSAR QUE ROD RUNTLEDGE ES VÍCTIMA DE UNA CONSPIRACIÓN SOVIÉTICA! SERÁ MEJOR QUE VAYA A HABLAR CON ESE TAL HERTZMANN.
ESTA TARDE TESTIFICARÉ ANTE UN COMITÉ DEL CONGRESO QUE ESTÁ LLEVANDO A CABO AUDIENCIAS EN ZENITH. PROPONDRÉ UN CÓDIGO DE CONDUCTA PARA LOS TEBEOS, QUE ASEGURARÁ QUE TAN SÓLO LOS TEBEOS DE DERECHAS PUEDAN LLEGAR AL MERCADO.
¡ESTO ECHARÁ DEL NEGOCIO A EDITORES COMO MAIMES!

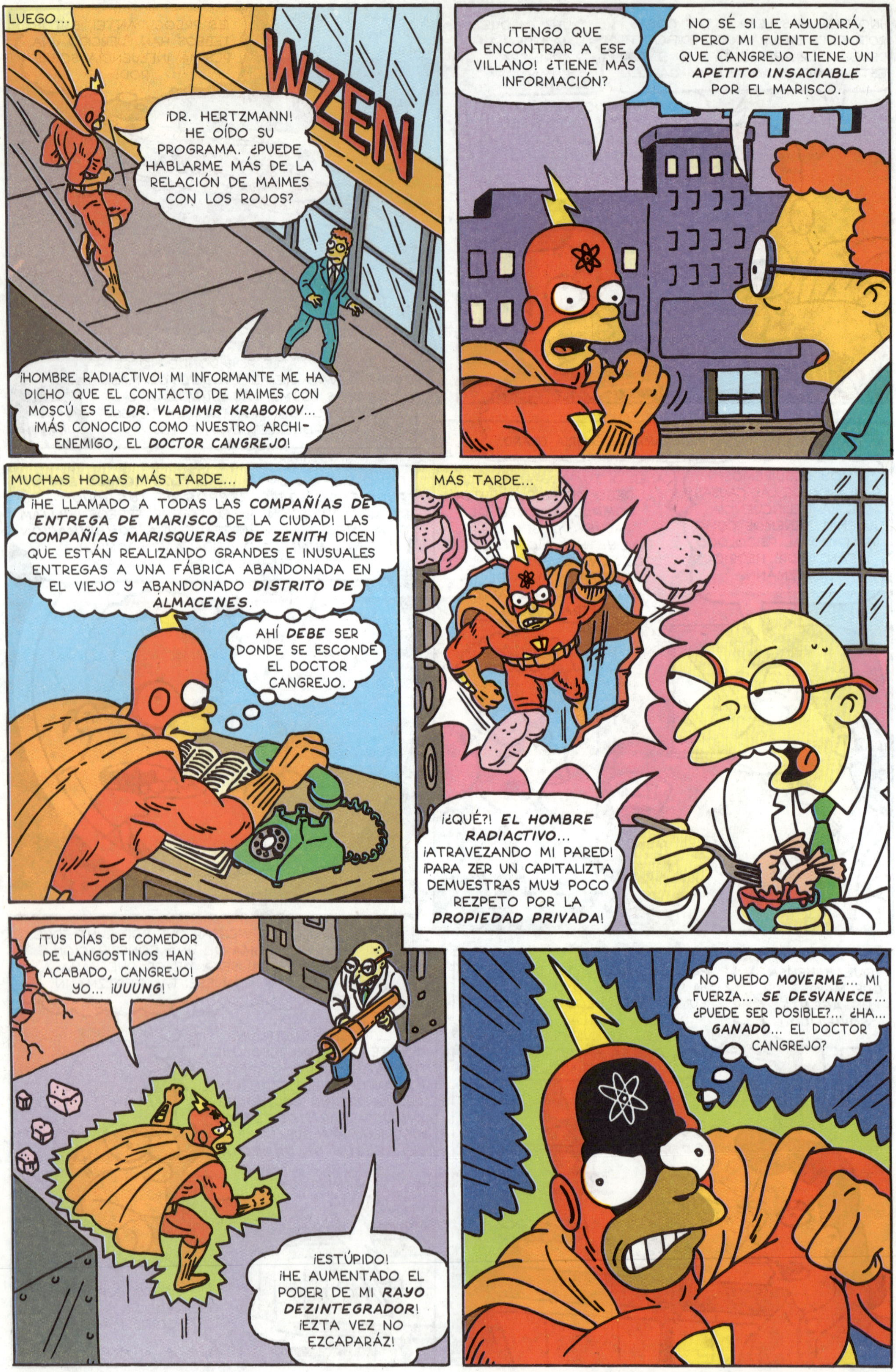
LUEGO...
¡DR. HERTZMANN! HE OÍDO SU PROGRAMA. ¿PUEDE HABLARME MÁS DE LA RELACIÓN DE MAIMES CON LOS ROJOS?
WZEN
¡HOMBRE RADIACTIVO! MI INFORMANTE ME HA DICHO QUE EL CONTACTO DE MAIMES CON MOSCÚ ES EL DR. VLADIMIR KRABOKOV... ¡MÁS CONOCIDO COMO NUESTRO ARCHIENEMIGO, EL DOCTOR CANGREJO!
¡TENGO QUE ENCONTRAR A ESE VILLANO! ¿TIENE MÁS INFORMACIÓN?
NO SÉ SI LE AYUDARÁ, PERO MI FUENTE DIJO QUE CANGREJO TIENE UN APETITO INSACIABLE POR EL MARISCO.
MUCHAS HORAS MÁS TARDE...
¡HE LLAMADO A TODAS LAS COMPAÑÍAS DE ENTREGA DE MARISCO DE LA CIUDAD! LAS COMPAÑÍAS MARISQUERAS DE ZENITH DICEN QUE ESTÁN REALIZANDO GRANDES E INUSUALES ENTREGAS A UNA FÁBRICA ABANDONADA EN EL VIEJO Y ABANDONADO DISTRITO DE ALMACENES.
AHÍ DEBE SER DONDE SE ESCONDE EL DOCTOR CANGREJO.
MÁS TARDE...
¡¿QUÉ?! EL HOMBRE RADIACTIVO... ¡ATRAVEZANDO MI PARED! ¡PARA ZER UN CAPITALIZTA DEMUESTRAS MUY POCO REZPETO POR LA PROPIEDAD PRIVADA!
¡TUS DÍAS DE COMEDOR DE LANGOSTINOS HAN ACABADO, CANGREJO! YO... ¡UUUNG!
¡ESTÚPIDO! ¡HE AUMENTADO EL PODER DE MI RAYO DEZINTEGRADOR! ¡EZTA VEZ NO EZCAPARÁZ!
NO PUEDO MOVERME... MI FUERZA... SE DESVANECE... ¿PUEDE SER POSIBLE?... ¿HA... GANADO... EL DOCTOR CANGREJO?

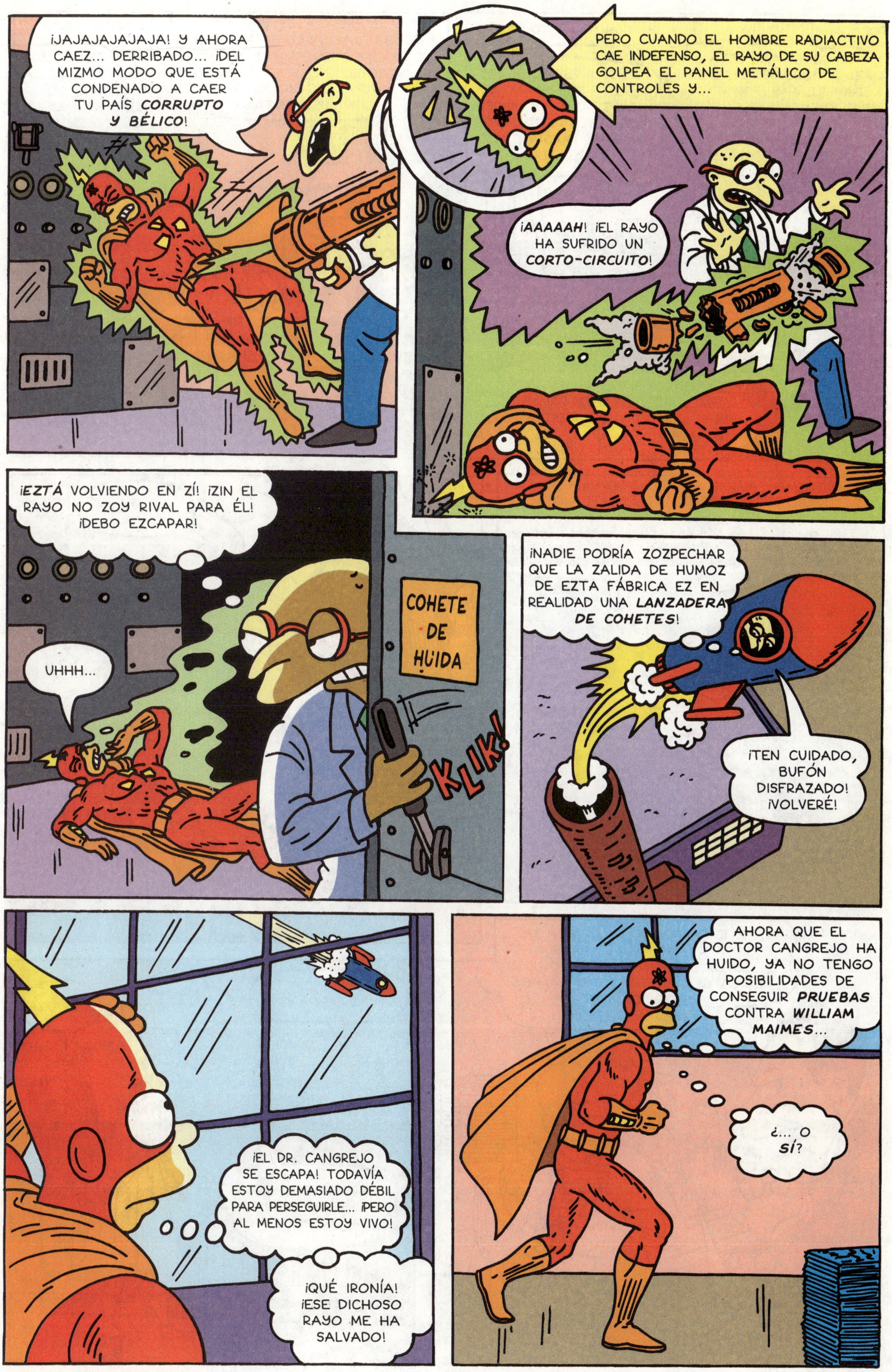
¡JAJAJAJAJAJA! Y AHORA CAEZ... DERRIBADO... ¡DEL MIZMO MODO QUE ESTÁ CONDENADO A CAER TU PAÍS CORRUPTO Y BÉLICO!
PERO CUANDO EL HOMBRE RADIACTIVO CAE INDEFENSO, EL RAYO DE SU CABEZA GOLPEA EL PANEL METÁLICO DE CONTROLES Y...
¡AAAAAH! ¡EL RAYO HA SUFRIDO UN CORTO-CIRCUITO!
¡EZTÁ VOLVIENDO EN ZÍ! ¡ZIN EL RAYO NO ZOY RIVAL PARA ÉL! ¡DEBO EZCAPAR!
UHHH...
COHETE DE HUIDA
KLIK!
¡NADIE PODRÍA ZOZPECHAR QUE LA ZALIDA DE HUMOZ DE EZTA FÁBRICA EZ EN REALIDAD UNA LANZADERA DE COHETES!
¡TEN CUIDADO, BUFÓN DISFRAZADO! ¡VOLVERÉ!
¡EL DR. CANGREJO SE ESCAPA! TODAVÍA ESTOY DEMASIADO DÉBIL PARA PERSEGUIRLE... ¡PERO AL MENOS ESTOY VIVO!
¡QUÉ IRONÍA! ¡ESE DICHOSO RAYO ME HA SALVADO!
AHORA QUE EL DOCTOR CANGREJO HA HUIDO, YA NO TENGO POSIBILIDADES DE CONSEGUIR PRUEBAS CONTRA WILLIAM MAIMES...
¿... O SÍ?

POCO DESPUÉS, EN LA AUDIENCIA DEL COMITÉ DEL CONGRESO...
SEÑOR MAIMES, ESTÁ USTED ACUSADO DE ACTIVIDADES ANTIAMERICANAS, POR VENDER SU VIOLENTA BAZOFIA EN FORMA DE TEBEOS A LA JUVENTUD DE AMÉRICA. ¿DISPONE USTED DE ALGUNA DEFENSA PARA SUS PERVERTIDOS ACTOS?
SEÑOR PRESIDENTE, LOS TEBEOS VIOLENTOS NO SON MALOS PARA LOS NIÑOS... ¡LOS TEBEOS ***ESTÚPIDOS Y NADA IMAGINATIVOS*** SÍ LO SON!
¡NO HAY NADA MALO EN PRESENTAR UN PAR DE ESPELUZNANTES DESTRIPAMIENTOS EN EL CONTEXTO DE NUESTRAS BIEN ILUSTRADAS HISTORIETAS, QUE INCITAN A LA REFLEXIÓN!
ESTA AUDIENCIA ES UNA ***CAZA DE BRUJAS*** INICIADA POR MIS COMPETIDORES PARA ECHARME DEL NEGOCIO. NO SON MIS CÓMICS LO QUE LES MOLESTA... ¡SON MIS ***VENTAS***!
¡TODO LO QUE ESTE ***MANÍACO ROJO*** ACABA DE DECIR ES UNA ***SARTA DE MENTIRAS,*** SEÑOR PRESIDENTE! ¡ES UN AGENTE DEL KREMLIN! ***¡ENCIÉRRENLO!***
DR. HERTZMANN... AUNQUE ESTOS CAZADORES DE BRUJAS... ER... QUIERO DECIR, ESTE **COMITÉ** SIMPATIZA CON SUS PUNTOS DE VISTA, DEBEMOS OPERAR SIGUIENDO ESTRICTAMENTE LAS NORMAS LEGALES. NECESITAMOS ***PRUEBAS*** PARA PODER EMPRENDER ACCIONES CONTRA EL SEÑOR MAIMES. ¿PUEDE PROPORCIONARNOS ALGUNA?
¡YO PUEDO!
CRASH!
¡EL HOMBRE RADIACTIVO!
¡HE ENCONTRADO ESTA PILA DE ***TEBEOS DE MAIMES*** EN LA GUARIDA SECRETA DEL ***DR. CANGREJO***! ¡ESO INDICA CLARAMENTE QUE ***MAIMES*** Y EL ***DR. CANGREJO*** TRABAJAN JUNTOS!
STAB COMICS
¡QUÉ!
¡LA EVIDENCIA ES SUFICIENTE PARA MÍ!
¡ME HA CONVENCIDO!
¡CULPABLE!
¡SARGENTO, PONGA AL SEÑOR MAIMES BAJO CUSTODIA!

¡PERO YO NO SOY COMUNISTA! ¡CREO EN EL CAPITALISMO Y EN EL LIBRE MERCADO! ¡ESTOY EN EL NEGOCIO POR EL *DINERO*!
VALE, VALE... ¡ESO ES LO QUE DICEN TODOS!
BUEN TRABAJO, HOMBRE RADIACTIVO. SIN USTED, TAL VEZ NUNCA LE HABRÍAMOS PILLADO. ¡Y PENSAR QUE LOS *TEBEOS INFANTILES* SE USAN PARA PROPÓSITOS TAN SINIESTROS!
LOS SUBVERSIVOS ESTÁN *EN TODAS PARTES*, SEÑOR, ESPECIALMENTE DONDE MENOS SE LES ESPERA. DEBERÍA VIGILAR A SU PROPIO *PERSONAL*... ¡TAL VEZ, INSTALANDO *GRABADORAS OCULTAS*!
HUMM... UNA IDEA EXCELENTE.
EN EL EXTERIOR DE LA SALA DE AUDIENCIAS...
¡DR. HERTZMANN! Y AHORA QUE HA ELIMINADO A WILLIAM MAIMES, ¿QUÉ OCURRIRÁ A CONTINUACIÓN?
DESDE AHORA MISMO, EL *PROGRAMA DE CÓDIGO DE CONDUCTA PARA TEBEOS* EXAMINARÁ TODOS LOS NUEVOS CÓMICS PARA COMPROBAR QUE ESTÉN LIBRES DE *IDEAS SUBVERSIVAS*... O DE CUALQUIER TIPO DE IDEAS, PARA EL CASO.
ESPERO QUE ALGÚN DÍA VUELVA A MI PROGRAMA, DOCTOR.
EXIT
GRACIAS, PERO... ER... SALGO DE GIRA PARA DAR CONFERENCIAS. ESTARÉ FUERA ALGÚN TIEMPO.
¡DE HECHO, EL DR. HERTZMANN NO VOLVERÁ *NUNCA*!
HA SERVIDO AL PROPÓSITO PARA EL QUE ESTABA CONCEBIDO... ¡EL DE SER EL "*EXPERTO IMPARCIAL*" CAPAZ DE HACER QUE ESOS CRÉDULOS ESTÚPIDOS CREYERAN QUE MAIMES Y EL DR. CANGREJO ERAN *ALIADOS*!
SLAM!
ME HA COSTADO UNA *PEQUEÑA FORTUNA* CONTRATAR A UN DETECTIVE PARA ENCONTRAR LA MADRIGUERA DEL DR. CANGREJO Y *OCULTAR TEBEOS ALLÍ*, PERO HA VALIDO LA PENA.
¡... PORQUE CON MAIMES FUERA DEL NEGOCIO Y CON EL *PCCT* EN MARCHA, HARÉ UNA FORTUNA AÚN *MÁS GRANDE*!
¡YO, *J. J. BELLWETHER*, DOMINARÉ DE NUEVO *EL MERCADO DE LOS TEBEOS*!

DIBUJANTES AYUDANTES ADICIONALES: RAY JOHNSON, ABEL LAXAMANA, PHIL ORTIZ, DOMINIC POLCINO, MIKE POLCINO.

GUIÓN: JAMIE ANGELL ESBOZOS: CARY SCHRAMM LÁPIZ: LUIS ESCOBAR TINTA: TIM BAVINGTON
CAMBIADOR MÍSTICO DE CANAL: MATT GROENING

UN RATO DESPUÉS...
AQUÍ ESTÁ. KRUSTY-DELICIOSA, ¿NO?
MUY BIEN. BUSCANDO UNA COMIDA DECENTE EN MIS VIDAS PASADAS... ¡ESTO ES LO QUE ME OCURRIÓ! ¡PUEDO SER UNA LECCIÓN PARA VOSOTROS!
AMERICANA
"LO MÁS CERCA QUE ESTUVE DE CONSEGUIR UNA COMIDA DECENTE EN LA AMÉRICA DE LA REVOLUCIÓN FUE DURANTE LA RENDICIÓN DE LOS SOLDADOS MERCENARIOS ALEMANES EN LA BATALLA DE TRENTON..."
"... EN MI CONDICIÓN DE UNO DE LOS DIENTES DE MADERA DE GEORGE WASHINGTON."
¡AAAAY!
"LA INGLATERRA VICTORIANA NO FUE MUCHO MEJOR."
¡HAY UNA MANCHA DE MERMELADA EN NUESTRO CORSÉ! ¡QUITADLA INMEDIATAMENTE!

A VECES NO PUEDES SABER EN QUÉ LUGAR EXACTO DE LA CADENA ALIMENTARIA TE HALLAS. ¡A VER SI PODÉIS ENCONTRARME EN ESTA PÁGINA, NIÑOS! NO HAY PREMIO. ¡SÓLO EL PLACER DE HACER LO QUE KRUSTY OS DICE QUE HAGÁIS!
LA ERA MESOZOICA.
"NO, ÉSE NO SOY YO."
"NUEVO ERROR".
"¡QUE NO!"
"AJÁ. AQUÍ ESTOY."
VISTO MÁS DE CERCA. ¡NO HEMOS SIDO GANADORES EN TODAS NUESTRAS VIDAS PASADAS!

COMO VEIS, ES IMPORTANTE ELEGIR CON CUIDADO VUESTRAS VIDAS PASADAS. ¡ESPECIALMENTE CUANDO SE TRATA DE COMIDA!
"PENSÉ QUE ESTA PUERTA SERÍA PERFECTA."
TABLA REDONDA DEL REY ARTURO
SEGURO QUE AQUÍ ENCONTRARÉ PESCADO CON PATATAS FRITAS.
"¡ME ESPERABA UNA BUENA SORPRESA!"
¡YAAAALP!
VIEJA GRANJA DE CERDOS
¡¿QUÉ DEMO...?!
¡UUUF!
KOW-DUNG!
¡POR FIN LA CENA!

SLAM
¡HABÉIS RECIBIDO UNA INVITACIÓN REAL PARA ASISTIR A UN BANQUETE CON EL REY ARTURO EN SU TABLA REDONDA! ¡DEBÉIS APRESURAROS!
Sir Krustalot:
Sois realmente invitado a la Tabla Redonda.
Obsequiadnos con la cortesía de vuestras
alegres bufonadas y vuestras inteligentes mofas.
Sed el centro de nuestras alegres
parrandas y nuestros gloriosos banquetes,
abundantes y grasientos.
Os sentiréis muy complacido.
Indumentaria informal.
Rey Arturo
STUFF STUFF
CRAM
DESPACIO, CHICOS...
KERPLUNK!
Y HE AQUÍ QUE MUCHAS MILLAS VIAJÓ SIR KRUSTALOT...

VELOZMENTE GALOPÓ, PUES GRANDE ERA SU HAMBRE.
GRANDE ERA SU PANZA, Y EXTRAÑOS RUIDOS SONABAN EN SU INTERIOR.
CREAK
FLOOP
¡UH-OH!
¡UAAAAAAH!
SPLAT
SKLURCH

SIR KRUSTALOT, ALEGRADNOS LOS CORAZONES CON VUESTRAS ALEGRES BUFONADAS.
DESESPERADAMENTE HAMBRIENTO, AL FIN SU SALVACIÓN.
¡POR FIN COMIDA!
ESFORZÁNDOSE PODEROSAMENTE, CON LOS NERVIOS A PUNTO DE ESTALLAR, UNOS BOCADOS TAN SABROSOS IMPOSIBLEMENTE CERCA.
WIGGLE! WIGGLE!
SQUEAK!
CLANK
CLUNK
HA HA HA HA
HA HA HA HA
HA HA
SQUEAK!
CLANK!
CLATTER!
GIRANDO CAE, DESTROZANDO LA TABLA RENDONDA, DESTERRADO PARA SIEMPRE, SIN CENAR.
CRACK
¡AAAURGGH!
¡TIRADLE AL *FOSO*!
¡DE MODO QUE SI ESTÁIS BUSCANDO UNA BUENA COMIDA EN VUESTRAS VIDAS PASADAS, SERÁ MEJOR QUE LO *OLVIDÉIS*!

IMPERIO INCA
EL MESOZOICO
PRIMER EPISODIO DE LOS SIMPSON
ANTIGUO EGIPTO
¿POR QUÉ NO LLENAR EL ESTÓMAGO ANTES DEL VIAJE?
¡Y, SABÉIS, NO HAY COMIDA MÁS VIGOROSA O NUTRITIVA PARA LA REGRESIÓN A VIDAS PASADAS QUE LOS ***PRODUCTOS Y SUBPRODUCTOS PORCINOS MARCA KRUSTY***! ¡GARANTIZAMOS QUE PERMANECERÁN EN VUESTRO CUERPO DE POR VIDA!
NUNCA CADUCA
¡OH, INCLUSO MÁS TIEMPO! ¡JA-JA-JA-JA! ¡SÍ!
FIN

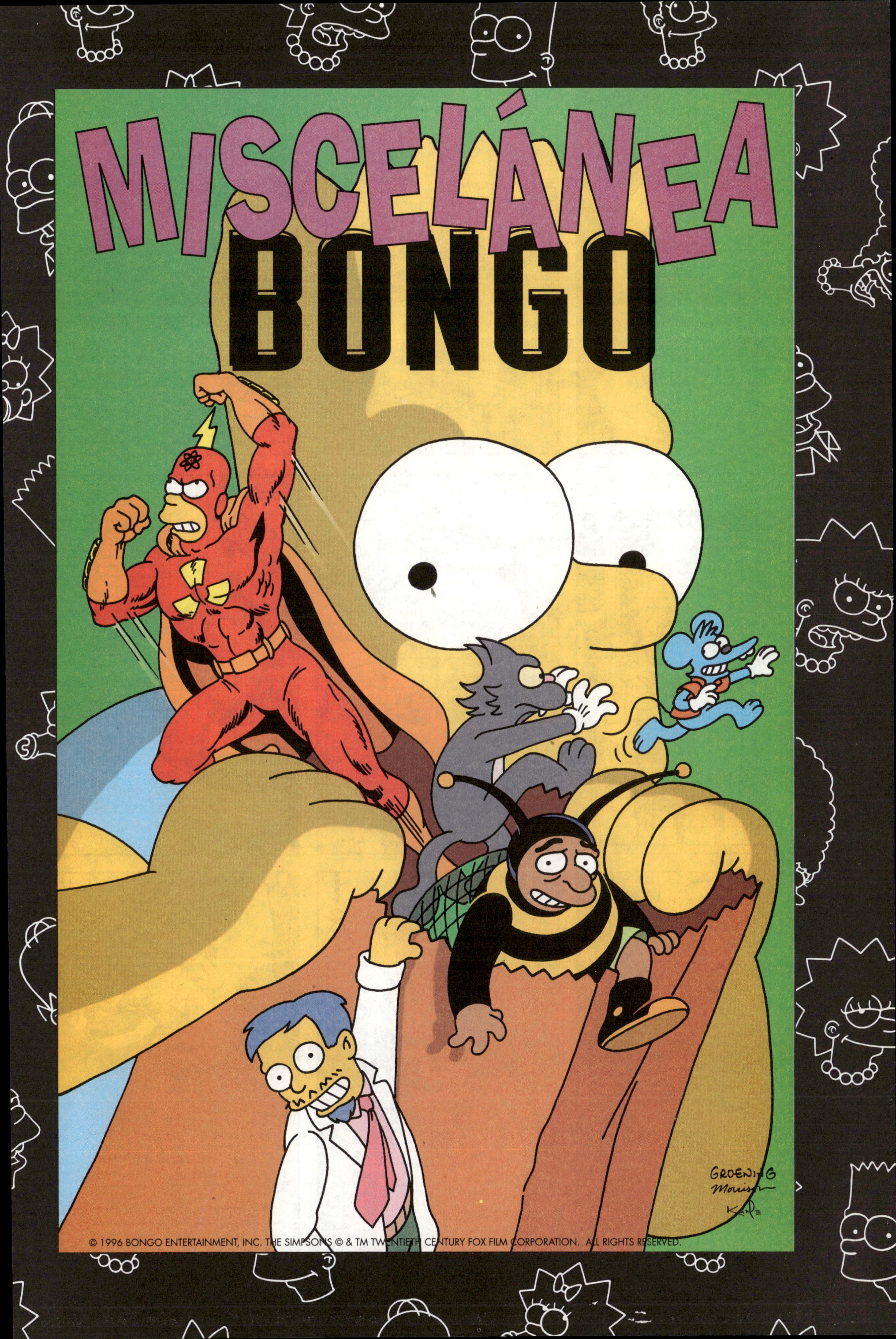
MISCELÁNEA
BONGO
GROENING
© 1996 BONGO ENTERTAINMENT, INC. THE SIMPSONS © & TM TWENTIETH CENTURY FOX FILM CORPORATION. ALL RIGHTS RESERVED.

GUIÓN Y LÁPIZ: SCOTT SHAW

TINTA: BILL MORRISON

COLOR: NATHAN KANE

1. ISAAC WATTS, *AGAINST IDLENESS AND MISCHIEF*
2. WILLIAM SHAKESPEARE *EL REY LEAR,* V.II
3. W.S. *CYMBELINE,* III.II.
4. W.S. *COMO GUSTÉIS,* I.II

PICA Y RASCA
EN
Déjalo
SANGRAR
TWIRL
TWIRL
CLAP! AP! CLAP! CLAP!
WOO-HOO
LAP! CLAP! CLAP!
CRASH!
FLING!
HA HA HA
HA HA
SLURP!
QUEROSENO
CLICK!
CLICK!
CÁMARA DE LA TAZA DE CAFÉ
FWOOSH!
YANK!
SWISH!
¡¡¡H-AA!!!
HA HA HA HA
¡VOLVEMOS ENSEGUIDA!
FIN

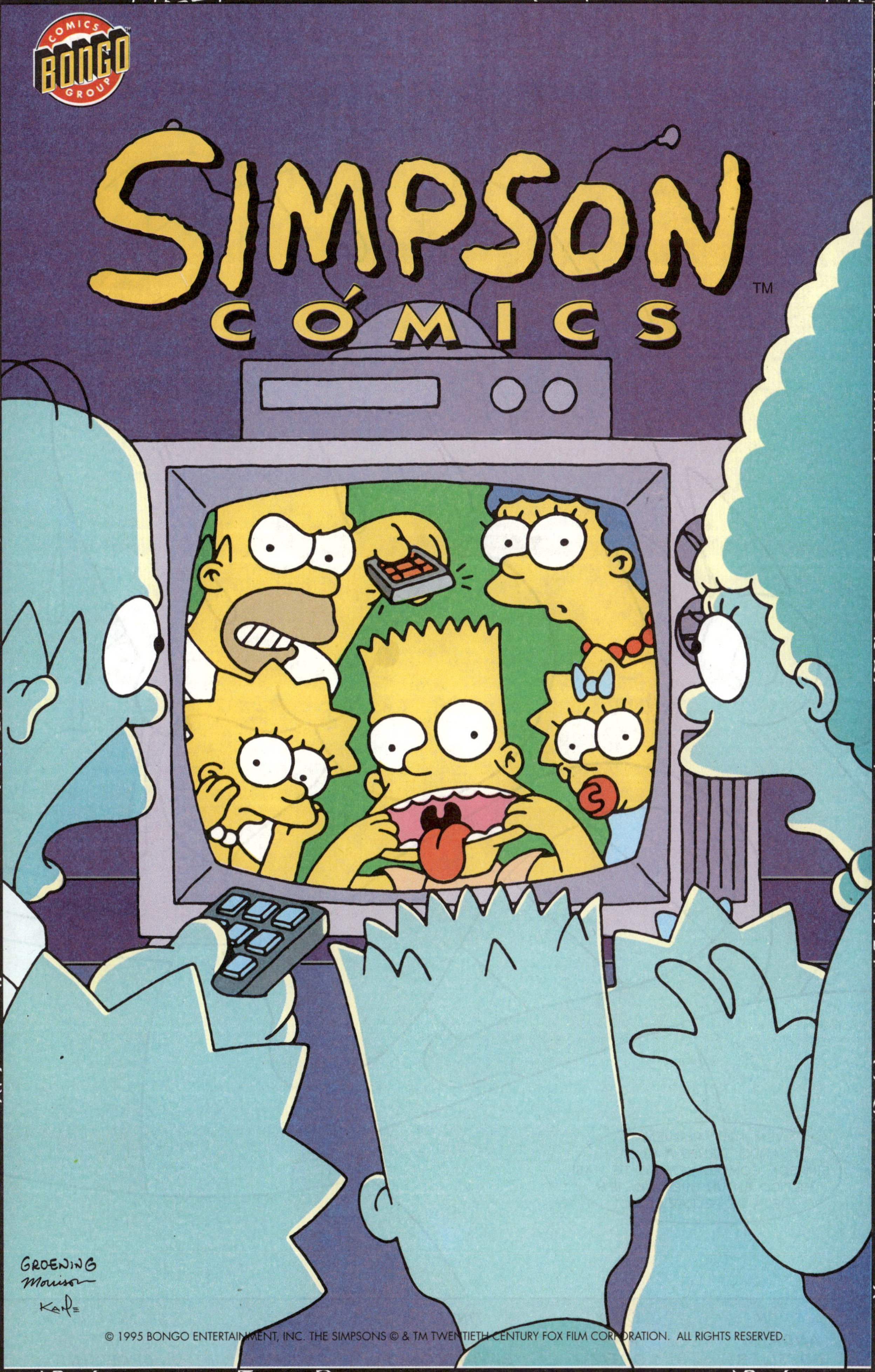
COMICS
BONGO
GROUP
SIMPSON
CÓMICS
TM

¿CUÁL ES LA FRECUENCIA, SIMPSON?
VEN AQUÍ, PEQUEÑA... CUANDO TIENES A HOMER SIMPSON COMO ENEMIGO TE HAS METIDO EN UN BUEN LÍO. ¡EH, DEJA DE PELEAR SUCIO!
GUIÓN ANDREW GOTTLIEB
LÁPIZ PHIL ORTIZ
TINTA TIM BAVINGTON
COLOR NATHAN KANE
SR. TELEVISIÓN MATT GROENING

¡CHICO! ¿TODAVÍA NO SE VE MEJOR?
¡UN POQUITO A LA IZQUIERDA! ¡INTENTA DOBLARLA MÁS!
DEJA DE ATORMENTAR A TU PADRE, BART.
VAMOS MAMÁ. ÉSTE ES EL ÚNICO MODO DE QUE YO PUEDA CONTROLAR EL MANDO A DISTANCIA.
¡CONTROLO LAS RAYAS VERTICALES Y LAS HORIZONTALES!
CLICK!
CLICK!
HOLA, SOY TROY McCLURE. TAL VEZ ME RECUERDEN DE OTROS PROGRAMAS DE VIAJES, COMO "¿DÓNDE DEMONIOS ESTÁ LA REPÚBLICA POPULAR DE CAMPUCHEA?" Y "¡GUAU, CHEBOYGAN!"
EL VIGILANTE DE SPRINGFIEL
CLICK!
LES HABLA KENT BROCKMAN, Y SI NO SUPIERA QUE NO ES ASÍ, DIRÍA QUE LA SENSACIONAL NOTICIA QUE EMITIREMOS A CONTINUACIÓN ES ABSOLUTAMENTE VERÍDICA...
CLICK!
¡HOLA A TODOS!
HOY LES HABLARÉ DE MI ÚLTIMO INVENTO MILAGROSO: ¡H_3O... EL AGUA MÁS HÚMEDA QUE JAMÁS HAN PROBADO...!
¡HOLA, DR. NICK!
¡GUAU! ¿PUEDES ALQUILAR TODO UN CANAL DE TELEVISIÓN? ¿COMO SI FUERA UN COCHE O UNA PISTOLA, O ALGO POR EL ESTILO?
BUENO, PROBABLEMENTE COMO UN COCHE. POSIBLEMENTE SE TRATE DE UNA PEQUEÑA EMISORA QUE SÓLO EMITE EN SPRINGFIELD.
¡TOPE!
CANAL EN ALQUILER

HOLA-HOLITA, VECINITO. VEO QUE POR FIN RETIRAS ESE VIEJO DINOSAURIO, ¿NO ES ASÍ?
¡POR SI NO LO SABES, FLANDERS, ESTO ES UNA ANTENA Y ESTOY INTENTANDO AJUSTAR LA RECEPCIÓN!
¡BUENO, NO ES QUE ME IMPORTE, PERO LLEVAS AÑOS EMPALMADO ILEGALMENTE CON MI LÍNEA DE CABLE!
¡NO NECESITAS UNA ANTENA!
¡OH!
... DE TODOS MODOS, ME GUSTARÍA QUE ME DEVOLVIERAS MIS TENAZAS.
EL NIÑO... TENGO QUE CASTIGAR AL NIÑO...
¡AAAARGHHHH!
¡BART! ¡UN POCO MÁS Y ME MATAS!
¡UH-OH!

CUANDO TE PONGA LAS MANOS ENCIMA...
CANAL OCHO
CLICK!
¿UH?
¡AY, AY, AY! ¡NO ES BUENO!
¡JA, JA! ¡LA COMEDIA ES UN IDIOMA INTERNACIONAL!
BUEN MOVIMIENTO, LISA.
¿ADÓNDE VAS, JOVENCITO?
A LA BIBLIOTECA.
¡GLUP!
VALE, A LA TIENDA DE CÓMICS.
BIEN. PERO LLÉVATE A TU HERMANA.
VAMOS. ESPERO QUE YA TENGAN EL LIBRO ILUSTRADO DE SILVIA PLATH QUE LES ENCARGUÉ.

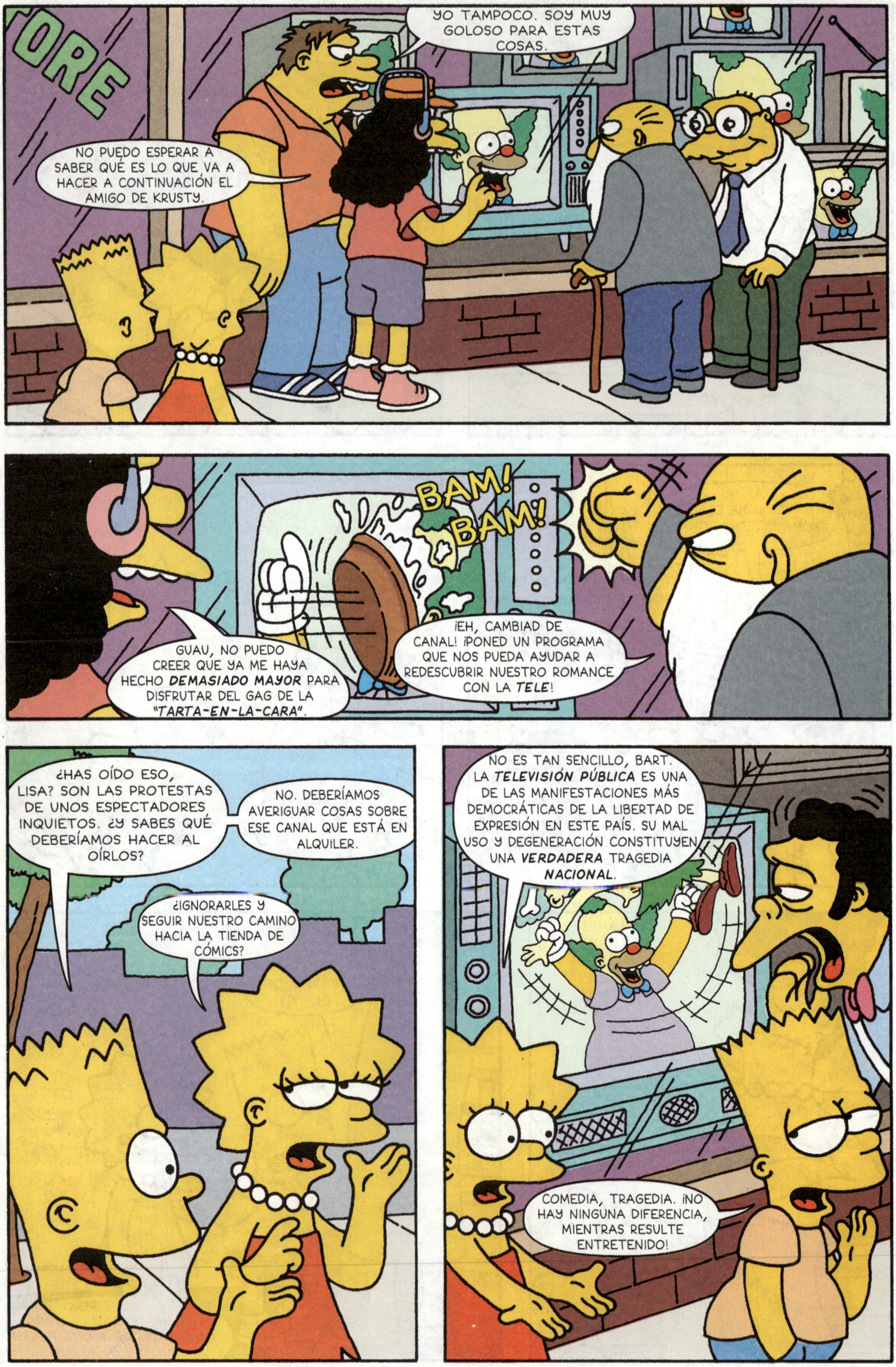
NO PUEDO ESPERAR A SABER QUÉ ES LO QUE VA A HACER A CONTINUACIÓN EL AMIGO DE KRUSTY.
YO TAMPOCO. SOY MUY GOLOSO PARA ESTAS COSAS.
TORE
GUAU, NO PUEDO CREER QUE YA ME HAYA HECHO **DEMASIADO MAYOR** PARA DISFRUTAR DEL GAG DE LA *"TARTA-EN-LA-CARA"*.
BAM! BAM!
¡EH, CAMBIAD DE CANAL! ¡PONED UN PROGRAMA QUE NOS PUEDA AYUDAR A REDESCUBRIR NUESTRO ROMANCE CON LA *TELE*!
¿HAS OÍDO ESO, LISA? SON LAS PROTESTAS DE UNOS ESPECTADORES INQUIETOS. ¿Y SABES QUÉ DEBERÍAMOS HACER AL OÍRLOS?
¿IGNORARLES Y SEGUIR NUESTRO CAMINO HACIA LA TIENDA DE CÓMICS?
NO. DEBERÍAMOS AVERIGUAR COSAS SOBRE ESE CANAL QUE ESTÁ EN ALQUILER.
NO ES TAN SENCILLO, BART. LA ***TELEVISIÓN PÚBLICA*** ES UNA DE LAS MANIFESTACIONES MÁS DEMOCRÁTICAS DE LA LIBERTAD DE EXPRESIÓN EN ESTE PAÍS. SU MAL USO Y DEGENERACIÓN CONSTITUYEN UNA **VERDADERA** TRAGEDIA **NACIONAL**.
COMEDIA, TRAGEDIA. ¡NO HAY NINGUNA DIFERENCIA, MIENTRAS RESULTE ENTRETENIDO!

MANAGER
DISCULPE. ¿ES CIERTO QUE TIENE UN CANAL DE TELEVISIÓN POR ALQUILAR?
DEPENDE... ¿ESTÁS PENSANDO EN PROGRAMAR ALGÚN TIPO DE **GROSERÍA**?
¡POR **SUPUESTO** QUE NO!
OH... VALE. DE TODAS FORMAS, OS LO ALQUILARÉ.
¿CUÁNTO?
¿CUÁNTO TENÉIS?
SEIS DÓLARES Y MEDIO PAQUETE DE CHICLES CON SABOR A FRUTAS TROPICALES.
¿HAY ALGUNO DE FRESA?
CREO QUE SÍ.
PERO ¿QUÉ VAMOS A **HACER**? NO HEMOS PREPARADO NADA.
TRATO **HECHO**. SALDRÉIS AL AIRE DENTRO DE QUINCE MINUTOS.
YOINK!
USAD LO QUE TENÉIS. ZURRAROS EL UNO AL OTRO.
MANAGER
NATA MONTADA
ARINA

SHRACK!
EL PROGRAMA QUE HAN VISTO HA SIDO ESCRITO, PRODUCIDO Y DIRIGIDO POR **BART** Y **LISA SIMPSON**. NO OBSTANTE, LA SIERRA MECÁNICA PERTENECE AL DIRECTOR DE LA EMISORA. HA SIDO EL ESTRENO DE ***TELE-SIMP: SIMPLEMENTE DIVERTIDA***...
¡GUAU! ¡UN ESCABROSO GIRO EN EL GAG DE SIEMPRE!
PWRKING
¡*EH*, LES ESTÁ DANDO NUEVA VIDA A LOS SOBRIOS PARADIGMAS DE ANTAÑO!
SIMPLEMENTE EDUCATIVA...
¡SIMPLEMENTE SIMPSON!
NO PUEDO CREER QUE BART Y LISA HAYAN ALQUILADO EL CANAL Y MONTADO UN PROGRAMA. ME SIENTO MUY ORGULLOSA DE ELLOS.
SÍ. Y YO ESTARÉ AÚN ***MÁS ORGULLOSO*** SI ME TRAEN LA TARTA ***QUE HA SOBRADO***.

AL DÍA SIGUIENTE...
LO QUE OYES, MILHOUSE: HACER TELEVISIÓN ES **MUCHO** MÁS DURO QUE **VERLA**. DESPUÉS DE SEIS HORAS APENAS SI PODÍA ACERTARLES A LAS TARTAS CON LA SIERRA MECÁNICA.
PERO FUE FANTÁSTICO. TU HERMANA TIENE UNOS BRAZOS MUY FUERTES.
¡HA SIDO TAN ESTIMULANTE VER A MIS IGUALES LLEVANDO A CABO TODAS LAS FASES DEL PROCESO DE PRODUCCIÓN! ¿CREÉIS QUE TAL VEZ PODRÍA UNIRME A VUESTRO ALEGRE GRUPO?
¡SIGUE HABLANDO ASÍ Y TE DARÉ UN ALEGRE **ESTIRÓN DE CALZONCILLOS**!
NO ES UNA MALA IDEA, MARTIN. VAMOS, MILHOUSE, LISA... TENGO UNA **GRAN** IDEA PARA UN **NUEVO** PROGRAMA.
¡POR FIN! ¡MUY PRONTO, TODO SPRINGFIELD CONOCERÁ EL NOMBRE DE **MILHOUSE**!
¿Y YO?
Y ANTES DE QUE ME CONTESTES "NO", RECUERDA QUE SI APRIETO, MORIRÁS.
SIEMPRE SUPE QUE ERAS UN TIPO CREATIVO, NELSON. VALE, VALE. PASA POR LA EMISORA DESPUÉS DEL COLE.

DURANTE LOS DÍAS SIGUIENTES...
EN LA COCINA CON WIGGUM
HUMM... ¡ESTA PASTA SABE MUY BIEN!
VAT
VAT #2
¡Y ÉSTE, AMIGOS, ES EL MODO DE USAR EL CÁLCULO ELEMENTAL PARA OBTENER EL VOLUMEN DE UN ESFEROIDE IMPERFECTO!
THUNK!
LA PATRULLA DE LOS COLGADOS CON MARTIN PRINCE
¡EL CHICO MALO! EL CHICO MALO, MALO, MALO, MALO VA A POR TI. ¿QUÉ PIENSAS HACER CUANDO TE MACHAQUE?
¡EL CHICO MALO!
VARIACIÓN DIARIA
LOS GRANDES CANALES SE LAMEN SUS HERIDAS MIENTRAS LOS ÍNDICES DE AUDIENCIA DE TELE-SIMP SE DISPARAN.
ÍNDICE DE AUDIENCIA DE SPRINGFIELD
EL VIGILANTE DE SPRINGFIELD
8%
EL HOMBRE ZUMBÓN
7%
.5%
EL PAYASO KRUSTY
11%
PUBLI-REPORTAJES DE TROY McCLURE
2.5%
ESTÁTICA Y CARTAS DE AJUSTE
71%
TELE-SIMP

VIGILANTE
NGFIELD
¡TIENEN QUE HACER ALGO! ¡TELE-SIMP NOS ESTÁ ZURRANDO! ¡Y YO TENGO UNA HIPOTECA QUE PAGAR!
CÁLMESE, BROCKMAN. ¡HEMOS ENCARGADO EL ASUNTO A NUESTRO MEJOR HOMBRE.
...SÍ, ES CIERTO... TELE-SIMP -ESE HORTERA Y EFÍMERO CANAL NUEVO- PARECE ESTAR CONSIGUIENDO FANS ENTRE LOS MARGINADOS Y LOS PROSCRITOS. PERO ESTE REPORTERO PROFETIZA QUE TELE-SIMP NO SERÁ MÁS QUE UNA TORMENTA DE VERANO.
NO... NO ME DIGAN QUE LES HAN ENVIADO A... ¡LA MÁQUINA!
TENÍAMOS QUE HACERLO. EN ESTOS MISMOS MOMENTOS, EL MÁS DURO NEGOCIADOR DE SPRINGFIELD DEBE ESTAR SENTADO CON NUESTROS AMIGOS DE TELE-SIMP.
ES CASI DEMASIADO CRUEL.
MIENTRAS...
HOLA, SOY LIONEL "LA MÁQUINA" HUTZ, ABOGADO. LAS COSAS ESTÁN ASÍ: LOS CHICOS DE LAS OTRAS EMISORAS QUIEREN QUE ARROJÉIS LA TOALLA Y QUE TELE-SIMP DEJE DE EMITIR. ¿QUÉ ME DECÍS?
NO.
ESCUCHE, TENGO QUE IRME. TENEMOS TODO UN BLOQUE DE PROGRAMAS QUE ESCRIBIR, ENSAYAR Y EMITIR PARA... BUENO, PARA LA HORA DE MÁXIMA AUDIENCIA.
VALE, GRACIAS POR VUESTRO TIEMPO.
LUEGO...
LO SIENTO, AMIGOS. EL CHICO ES DURO.

ESA NOCHE...
DINGDONGDINGDONGDINGDONGDINGDON
¿UH? ¿QUÉ?
ZZZZZZZZZZZZZ
¡YA VOY! ¡YA VOY!
DINGDONGDINGDONGDINGDONGDIN
:GASP:
¡OH, DIOS MÍO! ¡PENSABA QUE ESTABAIS LOS DOS EN LA CAMA!
DINGDONGDINGDONGDING
VOLVEREMOS DESPUÉS DEL IMPORTANTE MENSAJE DE LOS AMIGOS DEL PUESTO DE LIMONADA PARA "GOURMETS" DE WENDELL...
...Y RECUERDEN QUE WENDELL SÓLO EMPLEA LIMONES DE PRIMERA CALIDAD...

EL TÍO HACE 150 PELÍCULAS Y DECIDE EMPEZAR A ACTUAR **AHORA**.
COMPAÑEROS SEMI-FAMOSOS... HA LLEGADO EL MOMENTO DE ACTUAR.
SEA QUIEN SEA, TIENE RAZÓN.
GRACIAS, KRUSTY.
¡NO HAY ALTERNATIVA! ME ESTÁN MATANDO CON LOS ÍNDICES DE AUDIENCIA. Y SI NO HAY **BUENOS ÍNDICES**, NO HAY **PUBLICIDAD**, Y LA FALTA DE **PUBLICIDAD** SIGNIFICA FALTA DE **DINERO**... Y SI NO HAY DINERO... BIEN, ESTO NO HACE FALTA EXPLICARLO. ¿QUÉ VAMOS A HACER CON **TELE-SIMP**?
¿QUÉ TAL SI LES INUNDAMOS CON MI NUEVO PRODUCTO "**H3O**"... EL AGUA MÁS HÚMEDA QUE **JAMÁS** HAN PROBADO?
¿CÓMO SE HA **COLADO** AQUÍ? NI SIQUIERA ES SEMI-FAMOSO.
BUENO, ¿CUÁNTO TINTE PARA EL PELO HAS VENDIDO ÚLTIMAMENTE, **BOBALICÓN**? ¡ESE CHALADO ESTÁ SABOTEANDO MI NUEVA LÍNEA DE **CADERAS ARTIFICIALES**!
Z Z Z Z Z Z Z Z
AL GRANO, CABALLEROS. TENEMOS QUE IDEAR ALGO PARA PARARLES LOS PIES A ESOS TÍOS DE **TELE-SIMP**. HAN CONSEGUIDO UNA SINTONÍA TOTAL CON LO QUE QUIERE EL PÚBLICO. ES COMO SI FUERAN SUPER-GENIOS O ALGO POR EL ESTILO.

MIENTRAS, EN EL ESTUDIO...
¡DESPIERTA, BART! ¡TENEMOS UNA EMERGENCIA!
PEDACITOS DE POLLO DEL CORONEL KRUSTY
¿QUÉ? PON UNA JIRAFA ALLÍ CON UN MICRÓFONO DOBLE. LE DISPARAREMOS CON UNA PISTOLA SOLAR Y LO REDUCIREMOS.
CONCÉNTRATE, BART. SE QUE HAS ESTADO TRABAJANDO DURO, PERO TENEMOS UN PROBLEMA. ¡ÉCHALE UNA OJEADA AL "CHICO-MALO" DE TELE-SIMP!
JE, JE...
EH, ESO NO ESTÁ MAL.
¿DE QUÉ ESTÁS HABLANDO? ES CRUEL Y SÁDICO.
¿ADÓNDE QUIERES IR A PARAR?
BART, ESTE CANAL ESTÁ COMPLACIENDO AL MÍNIMO COMÚN DENOMINADOR DE NUESTRA AUDIENCIA. FUERA DEL DIVERTIDO CONTEXTO DE LOS TEBEOS O LOS DIBUJOS ANIMADOS, ESTE TIPO DE VIOLENCIA RESULTA SIMPLEMENTE DETESTABLE.
¡PERO VENDE, HERMANA, VENDE! ¡ESTOY LLEVANDO A ESTE CANAL A LA CIMA, Y NO ME IMPORTA CUANTAS CABEZAS INOCENTES SEAN REMOJADAS POR EL CAMINO!

EN LA SALA DE REUNIONES...
¡VAMOS, PIENSEN! LA ÚNICA OTRA COSA PARA LA QUE ESTOY CUALIFICADO ES PARA CAVAR ZANJAS, Y ESO RESULTARÍA MUY CRUEL Y DOLOROSO PARA MI ESPALDA.
DISCÚLPENME, CABALLEROS, PERO TAL VEZ PUEDA SERLES DE ALGUNA AYUDA.
¡GASP!
¡AAAAH!
¡USTED!
TAL VEZ TENGA LA MANERA DE DETENER POR COMPLETO A ESOS ENTROMETIDOS CREADORES DE CONFUSIÓN.
¡BURNS! PERO, ¿POR QUÉ HABRÍA DE QUERER AYUDARNOS?
SÍ, ¿NO SERÍA MÁS PROPIO DE SU ESTILO COMPRAR TELE-SIMP Y DESPUÉS INTENTAR ACABAR CON NOSOTROS?
COMENTARIO TERRIBLEMENTE CÍNICO, BROCKMAN. ADEMÁS, EL GOBIERNO ME PROHIBE COMPRAR OTRO CANAL.
ESO ME RECUERDA, SMITHERS, QUE TENEMOS QUE ENCONTRAR A ALGÚN PRIMO QUE COMPRE NUESTRO MINI-ZOO. APARENTEMENTE, NADIE QUIERE VER ANIMALES ENJAULADOS RASCÁNDOSE LAS 24 HORAS DEL DÍA.
LOS MONOS SON DIVERTIDOS...
Y BIEN, ¿CUÁL ES SU PLAN, BURNS?
SÓLO LO REVELARÉ SI TODOS Y CADA UNO DE USTEDES PROMETEN LLEVARME A SUS PROGRAMAS COMO ESTRELLA INVITADA. TAL VEZ NO LO SABÍAN, PERO SOY UN ESTUPENDO BAILARÍN DE CLAQUÉ.
NO PUEDO ESPERAR. DE ACUERDO.
HECHO.
¡VALE, TÍO!
OH, QUÉ RED MÁS ENMARAÑADA TEJEMOS...*
EXCELENTE, CABALLEROS. SABEN, TODO LO QUE NECESITAMOS ES UNA PURA Y SIMPLE LLAMADA TELEFÓNICA...
* SIR WALTER SCOTT "THE LAY OF THE LOST MINSTREL", CANTO IV, ESTROFA 17.

EN CASA DEL REVERENDO LOVEJOY Y SEÑORA...
PERMANEZCAN EN SINTONÍA. A CONTINUACIÓN, "LA TRIBU DE LOS BRADY"
RING-A-RING!
¿HOLA? ¿SÍ? ¿QUÉ? ¡NO PUEDE SER *CIERTO*! ¡ES UN *ESCÁNDALO*!
¡DULCE Y ABRASADOR ISAÍAS, CARIÑO! ¡PON EL CANAL 10!
SLAM!
CLICK!
"LOS DE ALABAMA NOS ALABAN" *¿LO COGÉIS?* ¡LOS DE ALABAMA NO-SE-LAVAN!
¡ESTO ES UNA ABOMINACIÓN! ¡NO SÓLO SE ESTÁ BURLANDO DEL GRAN ESTADO DEL CINTURÓN BÍBLICO DE ALABAMA, SINO QUE ADEMÁS ES LA PEOR IMITACIÓN DE *ALAN ALDA* QUE HE *VISTO* EN MI VIDA! GRACIAS, ANÓNIMO DESCONOCIDO. YO ME ENCARGARÉ DE ESTO.
SIMP-TV
¡SMITHERS! ¡TRÁIGAME MIS *ZAPATOS DE CLAQUÉ*!
THUNK!

EL SERMÓN DE HOY, AMIGOS, TRATA SOBRE LA **DECENCIA**.
LA SIMPLE DECENCIA **HUMANA**.
¡EL TIPO DE DECENCIA QUE SE ECHA A FALTAR **POR COMPLETO** EN ESE PERVERSO Y BLASFEMO NUEVO CANAL, **TELE-SIMP**!
¡AMÉN!
¡DÉLES **DURO**, REVERENDO!
¡EH, DEJE EN PAZ **TELE-SIMP**, TÍO!
¡SÍ, ESE MARTIN PRINCE ES **DE FÁBULA**!
CONCÉNTRESE EN SALVAR NUESTRAS, ER, AH, **ALMAS, REVERENDO**. ¡LO DE LA TELE ES COSA **NUESTRA**!
El Barto
UH, OH. ESTO SE ESTÁ PONIENDO FEO.
VALE, NUEVO TEMA DE SERMÓN. HOY OS HABLARÉ DE CÓMO ENCONTRAR EL **BIEN** EN UN, POR OTRO LADO, **DIABÓLICO** CANAL DE TELEVISIÓN.
¡SÍ!!!

ESA MISMA SEMANA...
BUENO, UN APLAUSO PARA EL INFALIBLE PLAN DE BURNS.
MIRADLO POR EL LADO BUENO, CHICOS. AL MENOS NO TENEMOS QUE INVITARLE A NUESTROS PROGRAMAS DE TELEVISIÓN.
CIERTO. PERO ES POSIBLE QUE NUESTRAS CARRERAS ESTÉN ACABADAS.
ES UNA HISTORIA CONTADA POR UN IDIOTA, RIMBOMBANTE Y REBOSANTE DE FURIA, PERO SIN NINGÚN SIGNIFICADO.*
* WILLIAM SHAKESPEARE, MACBETH, ACTO 5, ESCENA 5.
¡JA, JA!
¿POR QUÉ RESULTA ESTO TAN GRACIOSO?
EN EL ESTUDIO...
ESTOY TOTALMENTE EXHAUSTA. ¿SABES QUÉ ES LO PEOR DE HACER TELEVISIÓN? QUE NO ME QUEDA TIEMPO PARA VERLA
SÍ. NO HE VISTO NADA DESDE "REDADA". HABER QUE HAY EN LA TELE
CLICK!

WHAM!
¡AAAAAAYYY!
WHAM!
TWEAK!
TWEAK!
VROOM!
VROOM!
BEEP
BEEP
BEEP
FLOOOSH!
HACK!
HACK!
SLASH!
SLICE!
SLICE!
HACK!
CUT!
SLICE!

OH, GUAU. "PICA CONSTRUYE SU CASA". ¡TODO UN CLÁSICO!
SÍ, UNA DE ESAS JOYAS QUE SÓLO SE PRESENTAN UNA VEZ EN LA VIDA.
¿ESTÁS PENSANDO EN LO QUE YO PIENSO?
NO SÉ... ¿ACASO CALCULAS CUÁNTOS LAMETONES HACEN FALTA PARA LLEGAR AL CENTRO DE UN POLOKRUSTY?
NO. ¡PIENSO QUE HEMOS ESTADO TRABAJANDO COMO ESCLAVOS EN TELE-SIMP EN VEZ DE DISFRUTAR DE LA VIDA!
SÍ, SUPONGO QUE TIENES RAZÓN. EL EXCESO DE TRABAJO NOS HA HECHO PELEARNOS AÚN MÁS QUE LO DE COSTUMBRE... ¡Y NO HEMOS GANADO NI UN DURO!
¿EN QUÉ DIABLOS ESTÁBAMOS PENSANDO?
SÍ. ¡DEBÍAMOS DE ESTAR CHALADOS, AL PENSAR QUE LOS SIMPSON PODÍAN CAMBIAR LA FAZ DE LA TELEVISIÓN!

UNA SEMANA DESPUÉS...
¿QUÉ ES LO QUE ANDA MAL CONTIGO, TELE? ¿POR QUÉ NO ME OFRECES NADA DECENTE?
CLICK!
TELE-SIMP CIERRA POR RAZONES DESCONOCIDAS. CANCELADOS TODOS LOS PROGRAMAS
EL JEFE WIGGUM ZUMBA AL HOMBRE ABEJA.
HUM, HUMMM... ¡ESTE ENGRUDO SABE A GLORIA!
CLICK!
AY, AY, AY... ¡NO ES BUENO!
¡JA, JA! ¡NO ME GRADUÉ EN EL INSTITUTO, PERO SÉ RECONOCER ALGO DIVERTIDO CUANDO LO VEO! ¡Y ESTO LO ES!
NO SÉ... YO HABRÍA ILUMINADO A RALPH EN CONTRAPICADO Y HABRÍA SACADO UN PLANO GENERAL DE LA COCINA CON UN GRAN ANGULAR.
JA, JA... NO ES BUENO... ¡JO, JA, JA!
OLVÍDALO, BART. OLVÍDALO.
FIN.

KRUSTYCO INC NO INCURRIRÁ EN NINGUNA RESPONSABILIDAD POR HERIDAS OCASIONADOS POR EL USO DE LOS DARDOS CON PUNTA DE ACERO Y MANGO DE VINILITO™ KRUSTYCO. ENTRE ESAS HERIDAS SE INCLUYEN (DE FORMA NO EXCLUYENTE): EMPALAMIENTO, DERMATITIS DE CONTACTO, S.D.E.C. (SÍNDROME DEL DARDO EN LA CABEZA), HERPES, TIFUS LEVE, PINCHAZOS EN LOS PULMONES, VÉRTIGO Y MUTILACIÓN DE ANIMALES DE COMPAÑÍA.

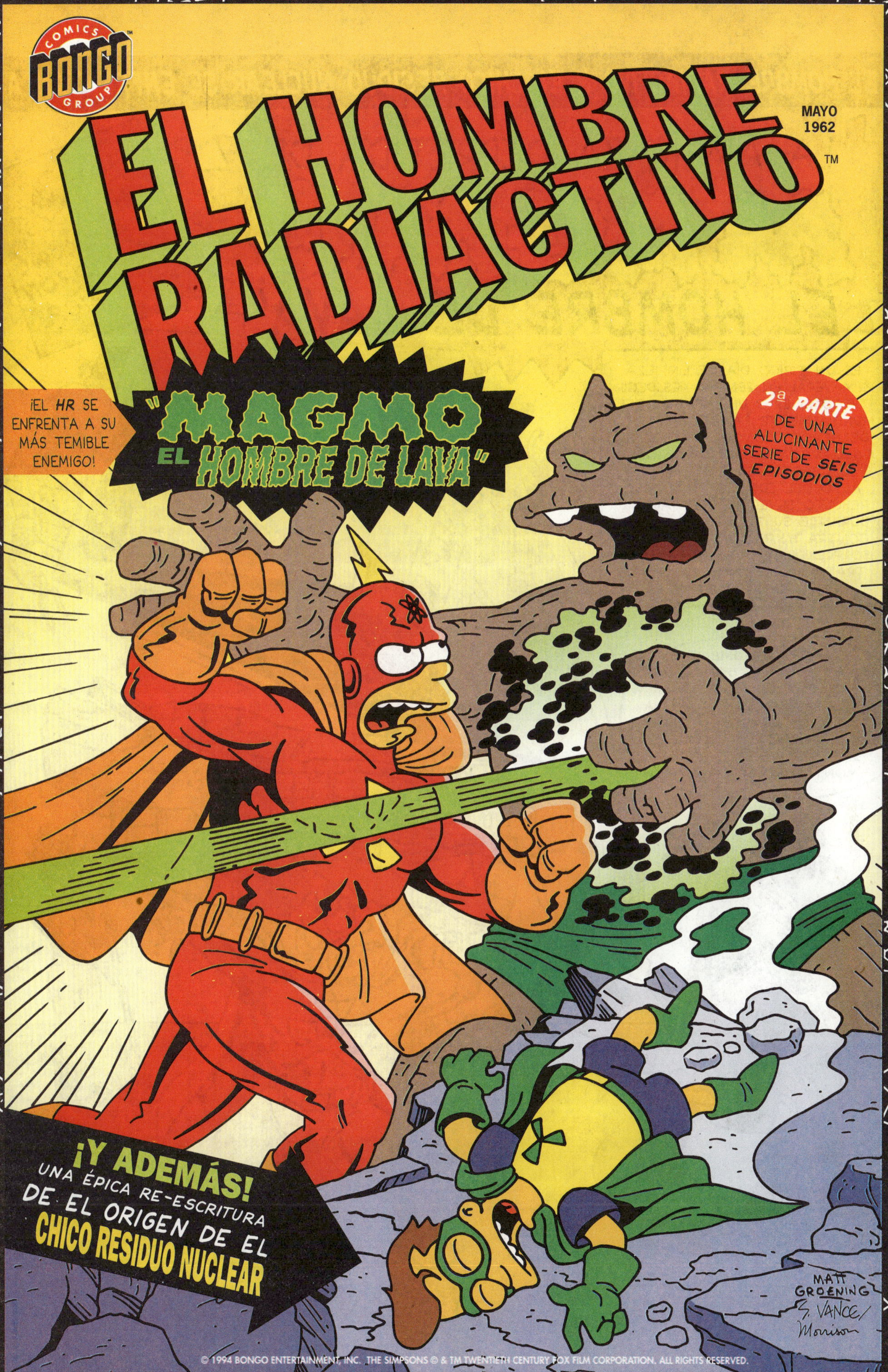
COMICS BONGO GROUP
EL HOMBRE RADIACTIVO
MAYO 1962
TM
¡EL HR SE ENFRENTA A SU MÁS TEMIBLE ENEMIGO!
"MAGMO EL HOMBRE DE LAVA"
2ª PARTE DE UNA ALUCINANTE SERIE DE SEIS EPISODIOS
¡Y ADEMÁS! UNA ÉPICA RE-ESCRITURA DE EL ORIGEN DE EL CHICO RESIDUO NUCLEAR
MATT GROENING
S. VANCE/ Morrison

EL HOMBRE RADIACTIVO Y EL CHICO RESIDUO NUCLEAR SE ENFRENTAN A:
"LA AMENAZA DERRETIDA DE
MAGMO
EL HOMBRE DE LAVA"
ARTISTAS INVITADOS: ¡EL SENSACIONAL ESCUADRÓN SUPERIOR!
ES UN TÍPICO DÍA DE LIMPIEZA PRIMAVERAL EN ZENITH... ¡ES DECIR: TÍPICO SI ERES UN MIEMBRO DEL MUNDIALMENTE FAMOSO SEPTETO DE HÉROES CONOCIDO COMO EL ESCUADRÓN SUPERIOR! ¡Y COMO SU CUARTEL GENERAL, EN LO ALTO DEL EDIFICIO DE MANDO RESULTÓ SEVERAMENTE DAÑADO DURANTE SU TITÁNICA BATALLA CONTRA HYPNO HEAD*, NO OS SORPRENDERÁ SABER QUE NO SE TRATA SIMPLEMENTE DE SACAR UN POCO DE POLVO!
¡ATENTO, HOMBRE RADIACTIVO! ¡ESTE GENERADOR NUCLEAR EN MINIATURA RESULTÓ ALCANZADO POR UNA DE LAS RÁFAGAS MENTALES DE HYPNOHEAD! ¡CREO QUE DEBERÍAS PONERLO EN EL MONTÓN DE LA BASURA!
¡ESPERA, CAP! YO...
UNA VACILANTE PRODUCCIÓN DE MATT GROENING
DESVELADO STEVE VANCE, GUIÓN, LÁPIZ
OJEROSO BILL MORRISON CO-ARGUMENTO, ACABADOS
SONÁMBULA CINDY VANCE CO-ARGUMENTO, COLOR
* VER ESCUADRÓN SUPERIOR ÁLBUM 1962 - S&C

¡POR LA TERCERA ÓRBITA DE THANNAGHAR! ¡VOTO A BRÍOS, LA ENORME MÁQUINA HA DESEQUILIBRADO LA PILA DE ESCOMBROS QUE LLEVABA EL HOMBRE RADIACTIVO! SE ESTÁ TAMBALEANDO...
¡... DIRECTO SOBRE LA SUPER-MOZA Y CORAZÓN PÚRPURA!
NO HAY TIEMPO DE PONERSE A SALVO... ¡SÓLO TENEMOS TIEMPO DE HABLAR DE ELLO!
¡NO TEMÁIS, MIS BRAVOS! ¡CON UN SIMPLE GESTO, PLASMO, EL MÍSTICO PUEDE ALTERAR LA FUERZA DE LA NATURALEZA A SU ANTOJO! ¡NO RESULTARÉIS HERIDOS!
¡CÁSPITA, NUNCA ACABO DE ACOSTUMBRARME A TUS EXTRAVAGANTES PODERES, PLASMO!
¡LOS ESCOMBROS Y LA MÁQUINA FLOTAN SOBRE EL SUELO!
¡HAS SIDO SUAVE COMO UN GUSANO DE SEDA, PLASMO! SERÁ MEJOR QUE COMPRUEBE EL REACTOR, SÓLO PARA ASEGURARME...
KZZAK!
¡CHICO MICROBIO! ¿ESTÁS BIEN?
¡SÓLO ME HE CHAMUSCADO LAS ANTENAS, SUPER-MOZA! ¡PERO EL GENERADOR ESTÁ TAN ENCENDIDO COMO UNA LUCIÉRNAGA ENAMORADA! ¡ESTÁ ALCANZANDO LA MASA CRÍTICA!

¡HOMBRE RADIACTIVO! ¡TIENES QUE LIBRARNOS DE ESA PILA DE BASURA ANTES DE QUE ESTALLE... Y DESTRUYA TODO ZENITH!
¡AHÍ VOY, CH.M.!
¡CÁSPITA! ¡ESTO ES UNA BOMBA DE RELOJERÍA NUCLEAR! TENGO QUE ENCONTRAR UN LUGAR DONDE ARROJARLA... ¡Y RÁPIDO!
DESDE EL DESTROZADO EDIFICIO DE MANDO, LOS COMPAÑEROS DE ESCUADRÓN DEL HOMBRE RADIACTIVO LE OBSERVAN ELEVARSE EN EL CIELO...
¿CREES QUE LO LOGRARÁ, CAPITÁN CALAMAR?
¡TIENE QUE HACERLO, SUPER-MOZA!
ESE TONO DE PREOCUPACIÓN EN SU VOZ... ¿ES SÓLO INQUIETUD DE UNA COMPAÑERA DE EQUIPO... O ES QUE LE IMPORTO?
¡HORROR! ¡SE ESTÁ PONIENDO AL ROJO VIVO! ¡ME QUEDAN POCOS SEGUNDOS! PERO, ¿DÓNDE...?
¡UN MOMENTO! ¡AHÍ ESTÁ LA RESPUESTA!
LAS GRUTAS DE ZENITH... ¡SE INTERNAN MILLAS POR DEBAJO DE LA TIERRA! ¡SI EL REACTOR ESTALLA, LA EXPLOSIÓN QUEDARÁ SOFOCADA EN LAS PROFUNDIDADES!
¡HE LLEGADO A LAS PROFUNDIDADES DE LA GRUTA! ¡AHORA, SÓLO QUEDA UNA COSA...!
BATHOONK!

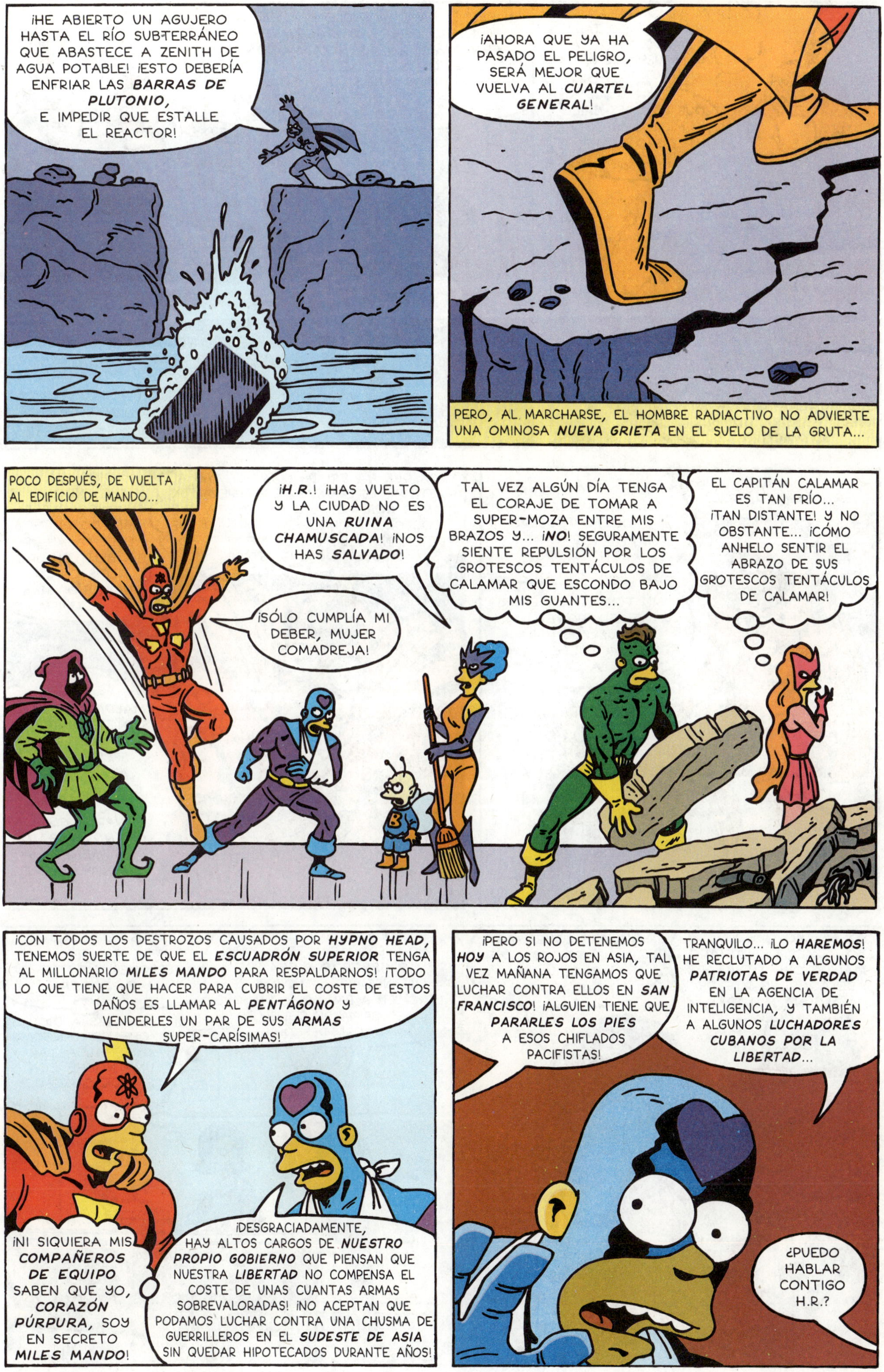
¡HE ABIERTO UN AGUJERO HASTA EL RÍO SUBTERRÁNEO QUE ABASTECE A ZENITH DE AGUA POTABLE! ¡ESTO DEBERÍA ENFRIAR LAS BARRAS DE PLUTONIO, E IMPEDIR QUE ESTALLE EL REACTOR!
¡AHORA QUE YA HA PASADO EL PELIGRO, SERÁ MEJOR QUE VUELVA AL CUARTEL GENERAL!
PERO, AL MARCHARSE, EL HOMBRE RADIACTIVO NO ADVIERTE UNA OMINOSA NUEVA GRIETA EN EL SUELO DE LA GRUTA...
POCO DESPUÉS, DE VUELTA AL EDIFICIO DE MANDO...
¡H.R.! ¡HAS VUELTO Y LA CIUDAD NO ES UNA RUINA CHAMUSCADA! ¡NOS HAS SALVADO!
¡SÓLO CUMPLÍA MI DEBER, MUJER COMADREJA!
TAL VEZ ALGÚN DÍA TENGA EL CORAJE DE TOMAR A SUPER-MOZA ENTRE MIS BRAZOS Y... ¡NO! SEGURAMENTE SIENTE REPULSIÓN POR LOS GROTESCOS TENTÁCULOS DE CALAMAR QUE ESCONDO BAJO MIS GUANTES...
EL CAPITÁN CALAMAR ES TAN FRÍO... ¡TAN DISTANTE! Y NO OBSTANTE... ¡CÓMO ANHELO SENTIR EL ABRAZO DE SUS GROTESCOS TENTÁCULOS DE CALAMAR!
¡CON TODOS LOS DESTROZOS CAUSADOS POR HYPNO HEAD, TENEMOS SUERTE DE QUE EL ESCUADRÓN SUPERIOR TENGA AL MILLONARIO MILES MANDO PARA RESPALDARNOS! ¡TODO LO QUE TIENE QUE HACER PARA CUBRIR EL COSTE DE ESTOS DAÑOS ES LLAMAR AL PENTÁGONO Y VENDERLES UN PAR DE SUS ARMAS SUPER-CARÍSIMAS!
¡NI SIQUIERA MIS COMPAÑEROS DE EQUIPO SABEN QUE YO, CORAZÓN PÚRPURA, SOY EN SECRETO MILES MANDO!
¡DESGRACIADAMENTE, HAY ALTOS CARGOS DE NUESTRO PROPIO GOBIERNO QUE PIENSAN QUE NUESTRA LIBERTAD NO COMPENSA EL COSTE DE UNAS CUANTAS ARMAS SOBREVALORADAS! ¡NO ACEPTAN QUE PODAMOS LUCHAR CONTRA UNA CHUSMA DE GUERRILLEROS EN EL SUDESTE DE ASIA SIN QUEDAR HIPOTECADOS DURANTE AÑOS!
¡PERO SI NO DETENEMOS HOY A LOS ROJOS EN ASIA, TAL VEZ MAÑANA TENGAMOS QUE LUCHAR CONTRA ELLOS EN SAN FRANCISCO! ¡ALGUIEN TIENE QUE PARARLES LOS PIES A ESOS CHIFLADOS PACIFISTAS!
TRANQUILO... ¡LO HAREMOS! HE RECLUTADO A ALGUNOS PATRIOTAS DE VERDAD EN LA AGENCIA DE INTELIGENCIA, Y TAMBIÉN A ALGUNOS LUCHADORES CUBANOS POR LA LIBERTAD...
¿PUEDO HABLAR CONTIGO H.R.?

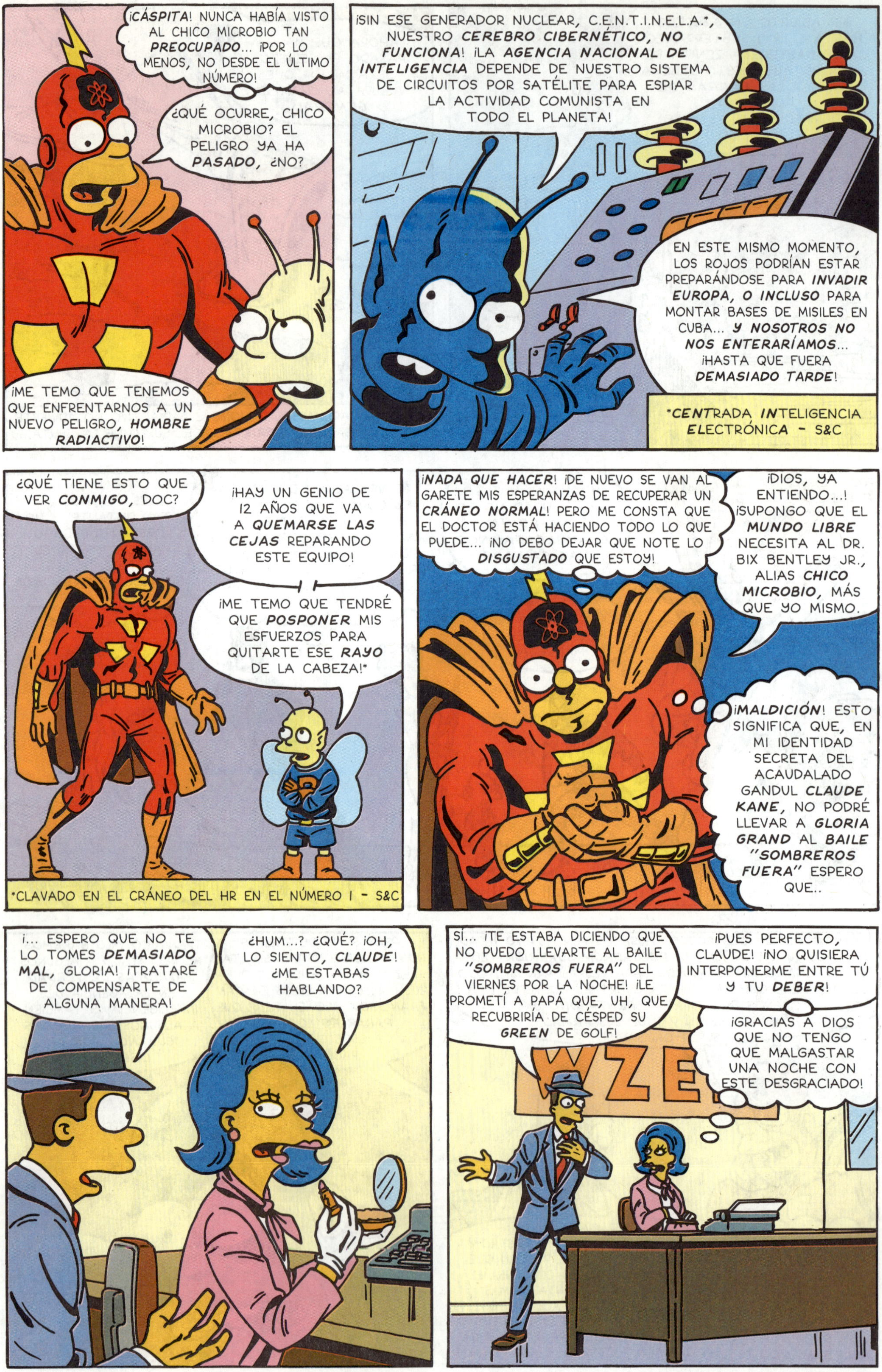
¡CÁSPITA! NUNCA HABÍA VISTO AL CHICO MICROBIO TAN PREOCUPADO... ¡POR LO MENOS, NO DESDE EL ÚLTIMO NÚMERO!
¿QUÉ OCURRE, CHICO MICROBIO? EL PELIGRO YA HA PASADO, ¿NO?
¡ME TEMO QUE TENEMOS QUE ENFRENTARNOS A UN NUEVO PELIGRO, HOMBRE RADIACTIVO!
¡SIN ESE GENERADOR NUCLEAR, C.E.N.T.I.N.E.L.A.*, NUESTRO CEREBRO CIBERNÉTICO, NO FUNCIONA! ¡LA AGENCIA NACIONAL DE INTELIGENCIA DEPENDE DE NUESTRO SISTEMA DE CIRCUITOS POR SATÉLITE PARA ESPIAR LA ACTIVIDAD COMUNISTA EN TODO EL PLANETA!
EN ESTE MISMO MOMENTO, LOS ROJOS PODRÍAN ESTAR PREPARÁNDOSE PARA INVADIR EUROPA, O INCLUSO PARA MONTAR BASES DE MISILES EN CUBA... Y NOSOTROS NO NOS ENTERARÍAMOS... ¡HASTA QUE FUERA DEMASIADO TARDE!
*CENTRADA INTELIGENCIA ELECTRÓNICA - S&C
¿QUÉ TIENE ESTO QUE VER CONMIGO, DOC?
¡HAY UN GENIO DE 12 AÑOS QUE VA A QUEMARSE LAS CEJAS REPARANDO ESTE EQUIPO!
¡ME TEMO QUE TENDRÉ QUE POSPONER MIS ESFUERZOS PARA QUITARTE ESE RAYO DE LA CABEZA!*
*CLAVADO EN EL CRÁNEO DEL HR EN EL NÚMERO 1 - S&C
¡NADA QUE HACER! ¡DE NUEVO SE VAN AL GARETE MIS ESPERANZAS DE RECUPERAR UN CRÁNEO NORMAL! PERO ME CONSTA QUE EL DOCTOR ESTÁ HACIENDO TODO LO QUE PUEDE... ¡NO DEBO DEJAR QUE NOTE LO DISGUSTADO QUE ESTOY!
¡DIOS, YA ENTIENDO...! ¡SUPONGO QUE EL MUNDO LIBRE NECESITA AL DR. BIX BENTLEY JR., ALIAS CHICO MICROBIO, MÁS QUE YO MISMO.
¡MALDICIÓN! ESTO SIGNIFICA QUE, EN MI IDENTIDAD SECRETA DEL ACAUDALADO GANDUL CLAUDE KANE, NO PODRÉ LLEVAR A GLORIA GRAND AL BAILE "SOMBREROS FUERA" ESPERO QUE..
¡... ESPERO QUE NO TE LO TOMES DEMASIADO MAL, GLORIA! ¡TRATARÉ DE COMPENSARTE DE ALGUNA MANERA!
¿HUM...? ¿QUÉ? ¡OH, LO SIENTO, CLAUDE! ¿ME ESTABAS HABLANDO?
SÍ... ¡TE ESTABA DICIENDO QUE NO PUEDO LLEVARTE AL BAILE "SOMBREROS FUERA" DEL VIERNES POR LA NOCHE! ¡LE PROMETÍ A PAPÁ QUE, UH, QUE RECUBRIRÍA DE CÉSPED SU GREEN DE GOLF!
¡PUES PERFECTO, CLAUDE! ¡NO QUISIERA INTERPONERME ENTRE TÚ Y TU DEBER!
¡GRACIAS A DIOS QUE NO TENGO QUE MALGASTAR UNA NOCHE CON ESTE DESGRACIADO!
WZE

¡GRACIAS POR ENTENDERLO, GLORIA! ¡LO MENOS QUE PUEDO HACER ES INVITARTE HOY A COMER!
¡ESTOY MUY OCUPADA, CLAUDE! ESTARÉ EN EL AIRE EN UNOS MINUTOS, Y...
VALE, GLORIA... ¡YA SÉ QUE LOS PERIODISTAS RADIOFÓNICOS TENÉIS UNA AGENDA MUY CARGADA! ¡VOLVERÉ PARA RECOGERTE A LA UNA EN PUNTO!
¡OH...! ¡TE VERÉ MÁS TARDE, CLAUDE! ¡ACABA DE LLEGAR MI INVITADO AL PROGRAMA DE HOY!
¡HOLA, SEÑORITA GRAND!
SEÑOR, ME GUSTARÍA PRESENTARLE A CLAUDE KANE III...
¡GUAU! ¡ME ALEGRO DE VERLE DE NUEVO!
ER... ME TEMO QUE NO RECUERDO...
WZEN
¡OOPS! ¡LE CONOCÍ CON MI PERSONALIDAD DE HOMBRE RADIACTIVO!* ¡CÁSPITA! EL MODO EN QUE ME MIRA... ES TAN INTERROGATIVO... ¿HABRÉ DESVELADO MI IDENTIDAD SECRETA?
¿POR QUÉ LLEVARÁ SOMBRERO EN UN LUGAR CUBIERTO ESTE CRETINO?
* EN NUESTRO HISTÓRICO NÚMERO 1 - S&C
¡BUENA SUERTE EN SU CAMPAÑA ELECTORAL PARA GOBERNADOR, SEÑOR! ¡UNA VEZ TENGA EL CARGO, LA PRENSA YA NO PODRÁ SEGUIR INCORDIÁNDOLE!
¡GRACIAS POR SU APOYO, JOVENCITO!
¡SABE QUE PODRÁ CONTAR SIEMPRE CON EL APOYO DE LOS JÓVENES DE AMÉRICA, SEÑOR!
... DESPUÉS, MIENTRAS CLAUDE SALE DE LA EMISORA...
¡AVANCE INFORMATIVO! NOTICIA DE ÚLTIMA HORA...
¡UN BOLETÍN ESPECIAL! ¡PODRÍA TRATARSE DE UN ASUNTO PARA EL HOMBRE RADIACTIVO!
MOMENTOS MÁS TARDE, EN LO ALTO DE LA TORRE WZEN...
¡DEBO DARME PRISA! ¡EL CHICO RESIDUO NUCLEAR CORRE PELIGRO!
¿QUÉ TERRIBLE PELIGRO ACECHA AL LEAL AMIGO DEL HOMBRE RADIACTIVO? ¡SIGUE LEYENDO, OH ENFEBRECIDO AMIGO, Y TENDRÁS LA RESPUESTA!

CAPÍTULO 2
"SOLO CONTRA EL HOMBRE LAVA"
PERO, PRIMERO, RETROCEDAMOS UNAS HORAS EN EL TIEMPO Y CONTEMPLEMOS LA LLEGADA DE LOS ESTUDIANTES AL INSTITUTO DE ZENITH... ENTRE ELLOS, EL ATILDADO Y TRABAJADOR ESTUDIANTE ROD (CHICO RESIDUO NUCLEAR) RUNTLEDGE...
¿QUIÉN TENDRÁ LA MALA SUERTE DE TENER QUE SENTARSE AL LADO DE ROD RUNTLEDGE EN LA EXCUSIÓN DE HOY?
¿BROMEAS? ¿SENTARME EN EL AUTOBÚS AL LADO DE ROD-ILLO?
¡APUESTO A QUE ESA RATA DE BIBLIOTECA TIENE PIOJOS!
INSTITUT DE ZENITH
DESPUÉS, MIENTRAS LOS ESTUDIANTES SON CONDUCIDOS HACIA EL AUTOBÚS...
...21, 22, 23... ¿DÓNDE ESTÁ EL SEÑOR RUNTLEDGE?
¡LA ÚLTIMA VEZ QUE LE HE VISTO ANDABA COLGADO POR LA ZONA DE LAS TAQUILLAS!
¡JO, JO! ¡BIEN DICHO, BUCK!
¡AY! OTRA VEZ NO, RUNTLEDGE...
¡GRACIAS POR RESCATARME, SEÑOR!
¡MALDITOS MATONES! ¡SI AL MENOS NO TUVIERA QUE ACTUAR COMO UN PATÉTICO CAGADO, A FIN DE IMPEDIR QUE NADIE PUEDA ADIVINAR QUE EN REALIDAD SOY EL CHICO RESIDUO NUCLEAR!

POCO DESPUÉS, LA CLASE VISITA UNA ZONA DE PROSPECCIONES CERCANA...
¡... TOMANDO ESTAS MUESTRAS DEL NÚCLEO PARA APRENDER MÁS SOBRE LA ESTRUCTURA DE LA TIERRA! Y, A FIN DE COMPARAR NUESTROS RESULTADOS CON LOS ESTRATOS CONOCIDOS, ESTAMOS PERFORANDO CERCA DE LAS GRUTAS DE ZENITH...
¡SU VOZ DE PITO NOS PERFORA TAMBIÉN LOS OÍDOS, PROFE!
¡JO, JO!
¡EL ASILO DE TÍA JUNE ESTÁ CERCA DE AQUÍ! ¡TAL VEZ PUEDA PASAR A VERLA!
EN ESE MOMENTO...
¿¡QUÉ DEMO...!? ¡EL TALADRO GIRA HACIA ARRIBA...! ¡COMO SI HUBIÉRAMOS TOPADO CON UNA ENORME GRIETA!
¡CUIDADO! ¡VA A...!
RUMBLE!
VOOSHOOMBA!
¡HA ESTALLADO TODO...! PERO, ¿CÓMO? ¿POR QUÉ?
¡MENOS MAL QUE LOS OBREROS HAN PODIDO HUIR A TIEMPO! VOY A... ¡UN MOMENTO! ¿QUÉ ES ESO?
¡ALGO SE MUEVE ENTRE LAS LLAMAS!
¡UNA ENORME MASA ARRASTRÁNDOSE DESDE EL POZO! ¡¿DE QUÉ PUEDE TRATARSE?!

¡¡¡JAJAJAJAJA!!!
¡CORRED, DIMINUTOS HUMANOS!
¡HUID DE LOS PODERES DE
MAGMO,
EL HOMBRE DE LAVA!
¡GOBIERNO **EL MUNDO SUBTERRÁNEO**! AHORA, HE VENIDO A **CONQUISTAR EL REINO DE LA SUPERFICIE** Y... ¡**BAH**! ¿POR QUÉ ME MOLESTO EN **DAR EXPLICACIONES**? ¡PREPARAOS PARA SER **ESCLAVIZADOS**, MEQUETREFES!
¡GASP! ¡ESTA ASOMBROSA CRIATURA...! ¡H-HABLE EN **NUESTRO IDIOMA**!

ME OCULTARÉ TRAS ESTA OPORTUNA MÁQUINA...
¡CONTEMPLAD A VUESTRO NUEVO AMO!
...Y ME TRANSFORMARÉ RÁPIDAMENTE...
...SI ES QUE PUEDO QUITARME ESTE MALDITO JERSEY...
¡OOOH! ¡ELECTRICIDAD ESTÁTICA! ¡AY!
...ME TRANSFORMARÉ EN...
¡CORRE SI QUIERES! ¡NO PODRÁS ESCAPAR!
¡... EL CHICO RESIDUO NUCLEAR!
¡POSTRAOS ANTE VUESTRO NUEVO AMO! ¡SOIS MIS ESCLAVOS, FEAS CRIATURAS DE CARNE!
¿NOS HAS LLAMADO FEOS? ¡LO SIENTO, CARA GUIJARRO, PERO SEAS EL TIPO DE ROCA QUE SEAS, NO ERES ROCK HUDSON!
SPLEK!
¡AUG! ¡ESTE TÍO ESTÁ CALIENTE!
¿¡QUIÉN OSA DESAFIAR AL NUEVO AMO DE ESTE MUNDO?!

¿QUÉ? ¿HAS OÍDO LO SUFICIENTE DE NUESTRO MUNDO COMO PARA QUERER INVADIRLO... Y NUNCA HAS OÍDO HABLAR DEL CHICO RESIDUO NUCLEAR?
¡VOY A TENER QUE CONTRATAR A UN NUEVO AGENTE DE PRENSA!
¡HORROR! ¡OTRO MALO QUE LANZA IMPACTOS DE ENERGÍA CON LAS MANOS!
¡TENDRÉ QUE ESQUIVARLOS MIENTRAS BUSCO LA MANERA DE DETENER A ESTE MONTÓN DE BOFETADAS ANDANTE! ¡POR LO MENOS LOS OTROS CHICOS ESTÁN A SALVO!
¡GUAU, BUCK! ¡ESTE CHICO RESIDUO NUCLEAR ES TOPE!
¡SÍ! ¡LÁSTIMA QUE EL MEQUETREFE DE RUNTLEDGE NO ESTÉ AQUÍ PARA ENTERARSE DE LO QUE SE NECESITA PARA SER UN HOMBRE DE VERDAD!
¡ES CURIOSO QUE RUNT NO ESTÉ NUNCA PRESENTE CUANDO APARECE EL CHICO RESIDUO NUCLEAR!
SÍ...
¡EH, MIRA! AQUÍ ESTÁ LA ROPA DE RUNTLEDGE... BIEN DOBLADA Y GUARDADA... ¿SABES LO QUE SIGNIFICA ESTO?
¡SÍ! GUAU... ¿QUIÉN LO HUBIERA DICHO?
¡SIGNIFICA QUE EL MEQUETREFE ESTÁ CORRIENDO POR AHÍ DESNUDO!
¡SÍ! ¡JO! ¡JO!
¡JO, JO!
¡JAJAJAJA! RÍNDETE, PEQUEÑAJO, O SERÁS APLASTADO COMO UN MOSQUITO... ¡TÚ ELIGES!
¡DIABLOS, ME SORPRENDE QUE TENGAN MOSQUITOS EN EL MUNDO SUBTERRÁNEO!
PROBARÉ CON ESTA OPORTUNA MANGUERA...
ZIT!

EL CHORRO DE AGUA SE ESTRELLA CONTRA LA SOBRECALENTADA PIEL DEL HOMBRE DE LAVA, LEVANTANDO UNA NUBE DE VAPOR...
SSSSS!
¡AHORA! MIENTRAS ESTÁ CEGADO POR EL VAPOR...
SPOK
¡ARGGGG! ¡ME HA DOLIDO, A PESAR DE QUE SOY CASI INVULNERABLE!
¡ESTO SE ESTÁ PONIENDO FEO! ¡OJALÁ ESTUVIERA AQUÍ EL HOMBRE RADIACTIVO!
IMAGINA... ¡ME TOPO CON UNA BARBACOA HUMANA Y NO LLEVO ENCIMA UNA MISERABLE HAMBURGUESA QUE ASAR!
MAGMO ESTÁ AÚN DEMASIADO CALIENTE COMO PARA AGARRARLE... TENDRÉ QUE INTENTARLO DE OTRA FORMA...
TAL VEZ ESTA OPORTUNA BARRA DE ACERO Y ALEACIÓN SUPER FUERTE...
SPLANG!
¡... O TAL VEZ NO! ¡HORROR!

KREEEK
¡*GLUP*! ¡LA BARRA DE ACERO...
ZAK!
... SOSTENÍA ESA **ENORME MÁQUINA DE ASPECTO DISPARATADO**! ¡CAE **DIRECTAMENTE SOBRE MÍ**!
KRACHOOM!
¡*FÍUU*! HE CONSEGUIDO METERME EN ESTA ABERTURA PARA EVITAR SER APLASTADO... ¡PERO AHORA ESTOY **ATRAPADO**!
KIRBYCO
GIANT EQUIPMENT RENTAL

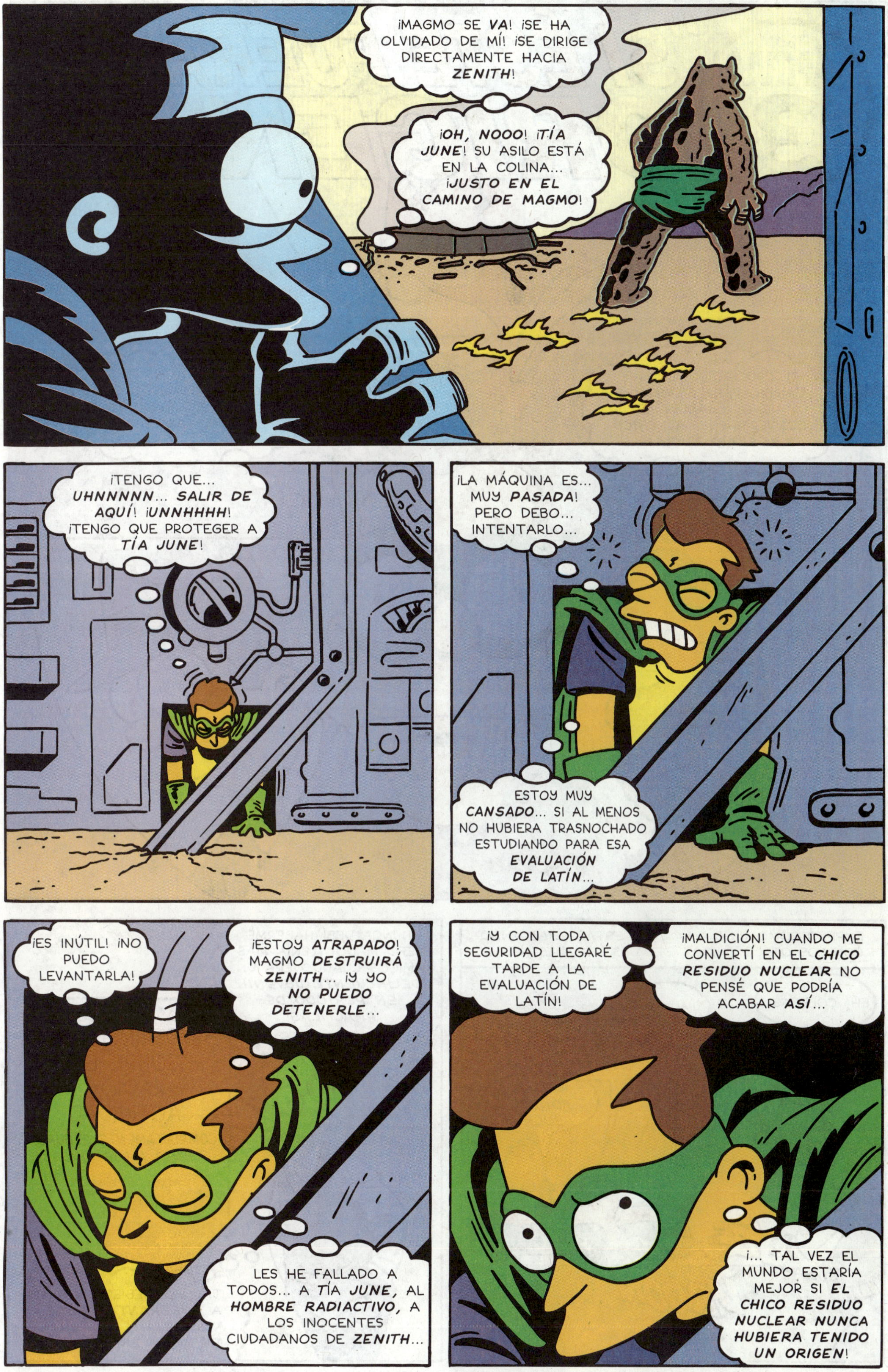
¡MAGMO SE **VA**! ¡SE HA OLVIDADO DE MÍ! ¡SE DIRIGE DIRECTAMENTE HACIA **ZENITH**!
¡**OH, NOOO**! ¡**TÍA JUNE**! SU ASILO ESTÁ EN LA COLINA... ¡**JUSTO EN EL CAMINO DE MAGMO**!
¡TENGO QUE... **UHNNNNN**... **SALIR DE AQUÍ**! ¡**UNNHHHH**! ¡TENGO QUE PROTEGER A **TÍA JUNE**!
¡LA MÁQUINA ES... MUY **PASADA**! PERO DEBO... INTENTARLO...
ESTOY MUY **CANSADO**... SI AL MENOS NO HUBIERA TRASNOCHADO ESTUDIANDO PARA ESA **EVALUACIÓN DE LATÍN**...
¡ES INÚTIL! ¡NO PUEDO LEVANTARLA!
¡ESTOY **ATRAPADO**! MAGMO **DESTRUIRÁ ZENITH**... ¡Y YO **NO PUEDO DETENERLE**...
LES HE FALLADO A TODOS... A **TÍA JUNE**, AL **HOMBRE RADIACTIVO**, A LOS INOCENTES CIUDADANOS DE **ZENITH**...
¡Y CON TODA SEGURIDAD LLEGARÉ TARDE A LA EVALUACIÓN DE LATÍN!
¡MALDICIÓN! CUANDO ME CONVERTÍ EN EL **CHICO RESIDUO NUCLEAR** NO PENSÉ QUE PODRÍA ACABAR **ASÍ**...
¡... TAL VEZ EL MUNDO ESTARÍA MEJOR SI **EL CHICO RESIDUO NUCLEAR NUNCA HUBIERA TENIDO UN ORIGEN**!

CAPÍTULO 3
"¡SI ÉSTE FUERA MI ORIGEN...!"
EL CRUCIAL DÍA EN QUE CAMBIÓ PARA SIEMPRE MI VIDA... CUANDO ME CONVERTÍ EN... ¡EL CHICO RESIDUO NUCLER!
¡CIELOS! LO RECUERDO COMO SI HUBIERA OCURRIDO EN EL ÚLTIMO NÚMERO...
EMPEZÓ COMO UN DÍA NORMAL. ESTABA HABLANDO CON LOS OTROS CHICOS, DESPUÉS DE LA ESCUELA...
EH, COLEGAS...
¡MIRAD!
¡OH, NO! ¡ES RON RUNTLEDGE!
¡GAS A FONDO, BUCK!
VROON
¡NUNCA DEBÍ HABERME REFORMADO! ¡TENÍA MÁS AMIGOS CUANDO ERA UN DELINCUENTE JUVENIL EN PERÍODO DE PRÁCTICAS!
VENID... ¡VENID TODOS!
EXPERIMENTOS SOBRE LA RADIO-ACTIVIDAD
¡COMPLETAMENTE SEGURO! ¡TRAER A LOS NIÑOS!
EL HECHO DE ENTRAR EN ESTE EDIFICIO SUPONE QUE RENUNCIAS AL DERECHO DE RECIBIR CUALQUIER COMPENSACIÓN POR CUALQUIER DAÑO SUFRIDO EN EL INTERIOR DEL MISMO, INCLUYENDO LAS MUTACIONES GENÉTICAS, DESFIGURACIONES HORRIBLES, O LA ADQUISICIÓN DE EXTRAÑOS PODERES QUE ARRUINEN COMPLETAMENTE TU VIDA.
¡TAL VEZ DEBIERA IR A VER A QUEBRANTAHUESOS Y A NAVAJA EL PRÓXIMO DÍA DE VISITA EN LA CÁRCEL!

¡... PRONTO HABRÁ UNO DE ESTOS SALUDABLES GENERADORES DE RADIACIÓN EN TODOS LOS HOGARES!
¡SE NECESITAN COBAYAS HUMANOS!
¡EH! ¡ESE HOMBRE QUE HAY ALLÍ ES...
... CLAUDE KANE! ¡SALE CON MI VECINA, GLORIA GRAND!
¡HOLA, SEÑOR KANE! ¿QUÉ HACE AQUÍ? ¡LA SEÑORITA GRAND DICE QUE UN CRETINO DE CABEZA VACÍA COMO USTED NO SE INTERESARÍA EN LA VIDA POR NADA CIENTÍFICO!
TENGO QUE PENSAR DEPRISA... ¡NO DEBO PERMITIR QUE ESTABLEZCA UNA CONEXIÓN ENTRE MIS INTERESES Y LOS DEL HOMBRE RADIACTIVO!
YO... ER... ¡VI UN LETRERO QUE HABLABA DE RADIO-ACTIVIDAD Y PENSÉ QUE SE TRATABA DE UNA DEMOSTRACIÓN DE APARATOS ESTEREOFÓNICOS, ROD!
PRONTO NOS ASOMBRAMOS CON LOS EXPERIMENTOS...
¡GUAU, ¿NO SERÍA TOPE TENER PODERES ATÓMICOS, COMO EL HOMBRE RADIACTIVO? PERO SUPONGO QUE PARA ESO SE NECESITARÍA ALGÚN MARAVILLOSO Y OMINOSO ACCIDENTE... ¡ESTE TIPO DE COSA QUE JAMÁS OCURRE!
EN ESE MOMENTO...
¡UNA RARA ARAÑA FOSFORENCENTE! ¡HA DESCENDIDO POR EL RAYO Y SE HA POSADO EN MI MANO!
FLICK
¡ADIÓS, INSECTO!
¡JA! ¡HA CAÍDO SOBRE ESA RIDÍCULA RATA DE BIBLIOTECA Y LE HA PICADO!
¡JA, JA!

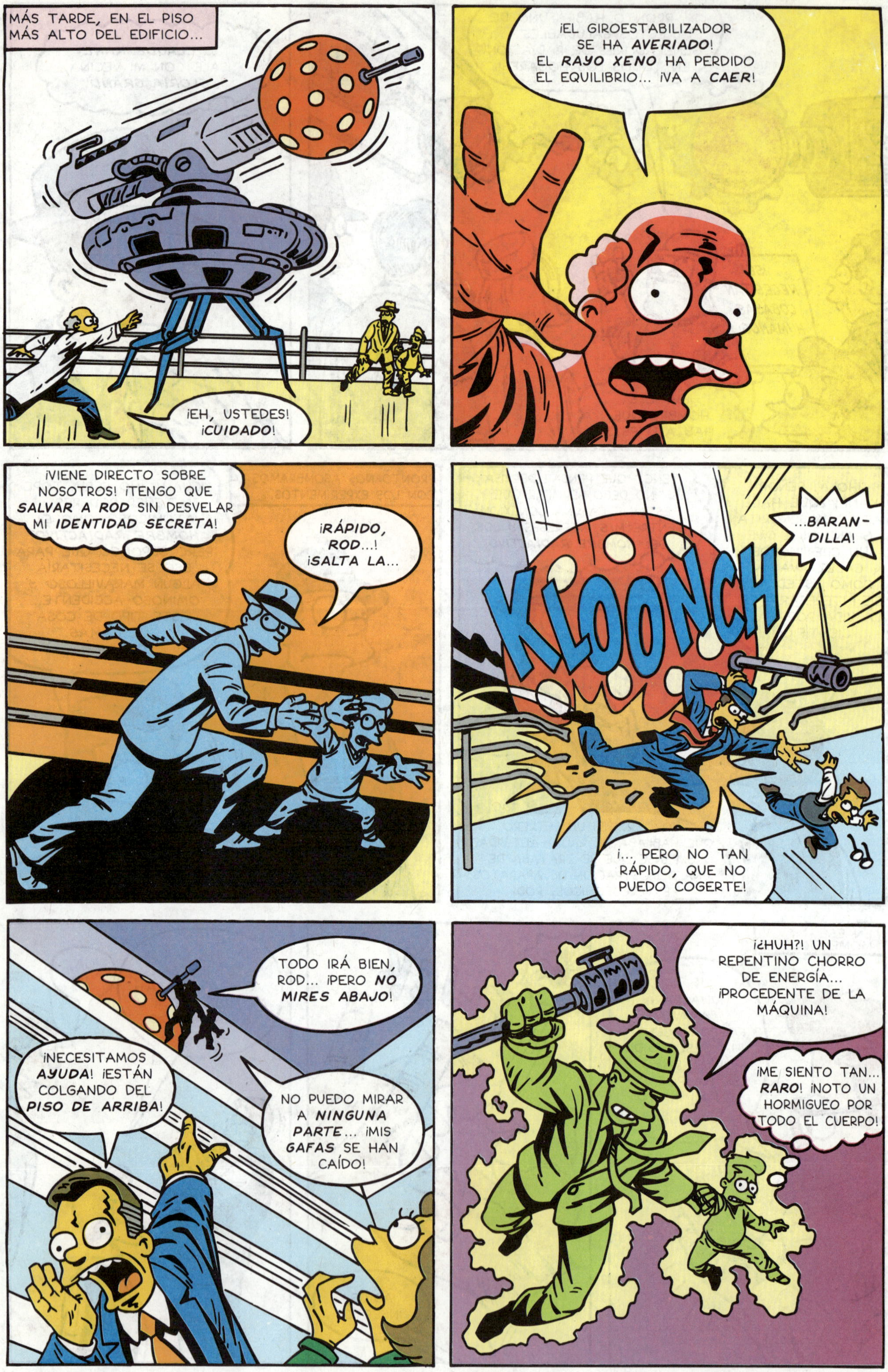

MÁS TARDE, EN EL PISO MÁS ALTO DEL EDIFICIO...
¡EH, USTEDES! ¡CUIDADO!
¡EL GIROESTABILIZADOR SE HA AVERIADO! EL RAYO XENO HA PERDIDO EL EQUILIBRIO... ¡VA A CAER!
¡VIENE DIRECTO SOBRE NOSOTROS! ¡TENGO QUE SALVAR A ROD SIN DESVELAR MI IDENTIDAD SECRETA!
¡RÁPIDO, ROD...! ¡SALTA LA...
KLOONCH
...BARANDILLA!
¡... PERO NO TAN RÁPIDO, QUE NO PUEDO COGERTE!
TODO IRÁ BIEN, ROD... ¡PERO NO MIRES ABAJO!
¡NECESITAMOS AYUDA! ¡ESTÁN COLGANDO DEL PISO DE ARRIBA!
NO PUEDO MIRAR A NINGUNA PARTE... ¡MIS GAFAS SE HAN CAÍDO!
¡¿HUH?! UN REPENTINO CHORRO DE ENERGÍA... ¡PROCEDENTE DE LA MÁQUINA!
¡ME SIENTO TAN... RARO! ¡NOTO UN HORMIGUEO POR TODO EL CUERPO!

¡¡MI CABEZA!! ¡M-ME LATE COMO SI ESTUVIERA A PUNTO DE ESTALLAR COMO UNA PAPAYA DEMASIADO MADURA!
¿Q-QUÉ ME ESTÁ OCURRIENDO?
MIENTRAS NOS PONÍAMOS A SALVO, TUVE UNA SORPRENDENTE REVELACIÓN...
TRANQUILO, ROD... ¡YA TE TENGO! ¿ESTÁS BIEN?
C-CREO QUE SÍ...
¡MIS OJOS PUEDEN VER CLARAMENTE SIN LAS GAFAS!
MÁS TARDE, AQUELLA NOCHE, EN CASA, HICE OTRO ASOMBROSO DESCUBRIMIENTO...
¡GUAU! AUNQUE SIGO SIENDO TAN FLACUCHO COMO SIEMPRE, PUEDO LEVANTAR TODA MI COLECCIÓN DE CÓMICS... ¡CON UNA SOLA MANO!
DEBE DE HABER SIDO ESE RAYO XENO... ¡ME HA DADO PODERES ESPECIALES, COMO UN HOMBRE RADIACTIVO JUNIOR!
¡GUAU! AHÍ VA EL VERDADERO HOMBRE RADIACTIVO... ¡VOLANDO DIRECTAMENTE HACIA ESTE EDIFICIO! ¡VA A ATERRIZAR EN EL TEJADO!
TAL VEZ PUEDA... ¡GASP! ¡BAJANDO LAS ESCALERAS DESDE EL TECHO! ES...
¡... SEÑOR KANE! ¿¡O DEBERÍA DECIR, "HOMBRE RADIACTIVO!?"
¿¡QUÉ...!?

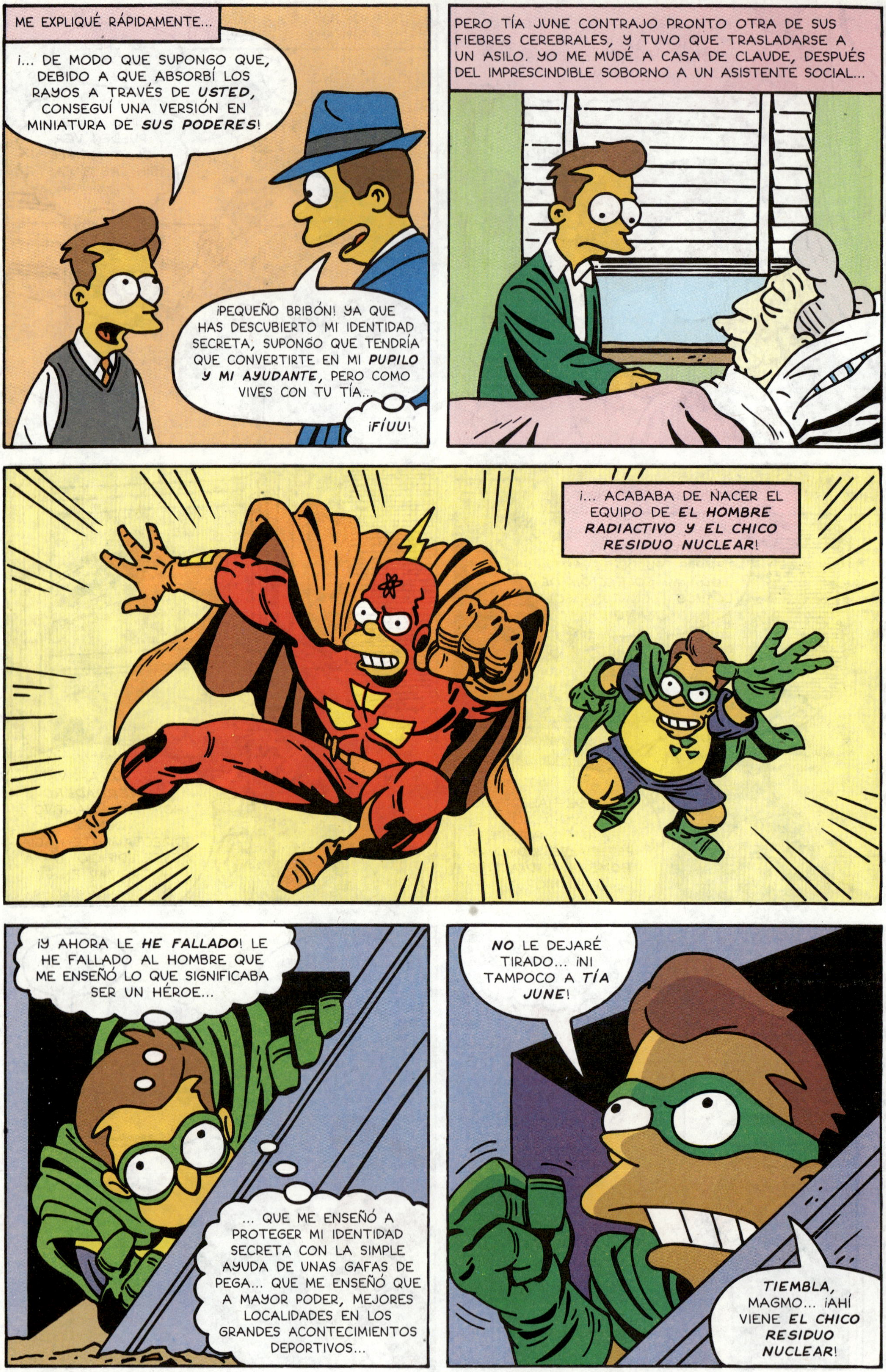

ME EXPLIQUÉ RÁPIDAMENTE...
¡... DE MODO QUE SUPONGO QUE, DEBIDO A QUE ABSORBÍ LOS RAYOS A TRAVÉS DE USTED, CONSEGUÍ UNA VERSIÓN EN MINIATURA DE SUS PODERES!
¡PEQUEÑO BRIBÓN! YA QUE HAS DESCUBIERTO MI IDENTIDAD SECRETA, SUPONGO QUE TENDRÍA QUE CONVERTIRTE EN MI PUPILO Y MI AYUDANTE, PERO COMO VIVES CON TU TÍA...
¡FÍUU!
PERO TÍA JUNE CONTRAJO PRONTO OTRA DE SUS FIEBRES CEREBRALES, Y TUVO QUE TRASLADARSE A UN ASILO. YO ME MUDÉ A CASA DE CLAUDE, DESPUÉS DEL IMPRESCINDIBLE SOBORNO A UN ASISTENTE SOCIAL...
¡... ACABABA DE NACER EL EQUIPO DE EL HOMBRE RADIACTIVO Y EL CHICO RESIDUO NUCLEAR!
¡Y AHORA LE HE FALLADO! LE HE FALLADO AL HOMBRE QUE ME ENSEÑÓ LO QUE SIGNIFICABA SER UN HÉROE...
... QUE ME ENSEÑÓ A PROTEGER MI IDENTIDAD SECRETA CON LA SIMPLE AYUDA DE UNAS GAFAS DE PEGA... QUE ME ENSEÑÓ QUE A MAYOR PODER, MEJORES LOCALIDADES EN LOS GRANDES ACONTECIMIENTOS DEPORTIVOS...
NO LE DEJARÉ TIRADO... ¡NI TAMPOCO A TÍA JUNE!
TIEMBLA, MAGMO... ¡AHÍ VIENE EL CHICO RESIDUO NUCLEAR!

CAPÍTULO 4
"LA MASACRE FINAL"
¡DEBO DARME PRISA! ¡EL BOLETÍN DE NOTICIAS DECÍA QUE EL CHICO RESIDUO NUCLEAR ESTABA LUCHANDO CONTRA UN EXTRAÑO MONSTRUO QUE PRETENDÍA CONQUISTAR EL MUNDO!
CÁSPITA... ¡ES LA TERCERA VEZ EN ESTA SEMANA!
¡SI LE OCURRE ALGO A ROD, NUNCA ME LO PERDONARÉ!
AHÍ ESTÁ EL LUGAR DE LAS PROSPECCIONES...
HAY UN GRAN AGUJERO, UN RASTRO DE DESTRUCCIÓN CHAMUSCADA...
¡... PERO NI SIQUIERA CON MI SUPER-VISIÓN ATÓMICA PUEDO VER AL CHICO RESIDUO NUCLEAR!

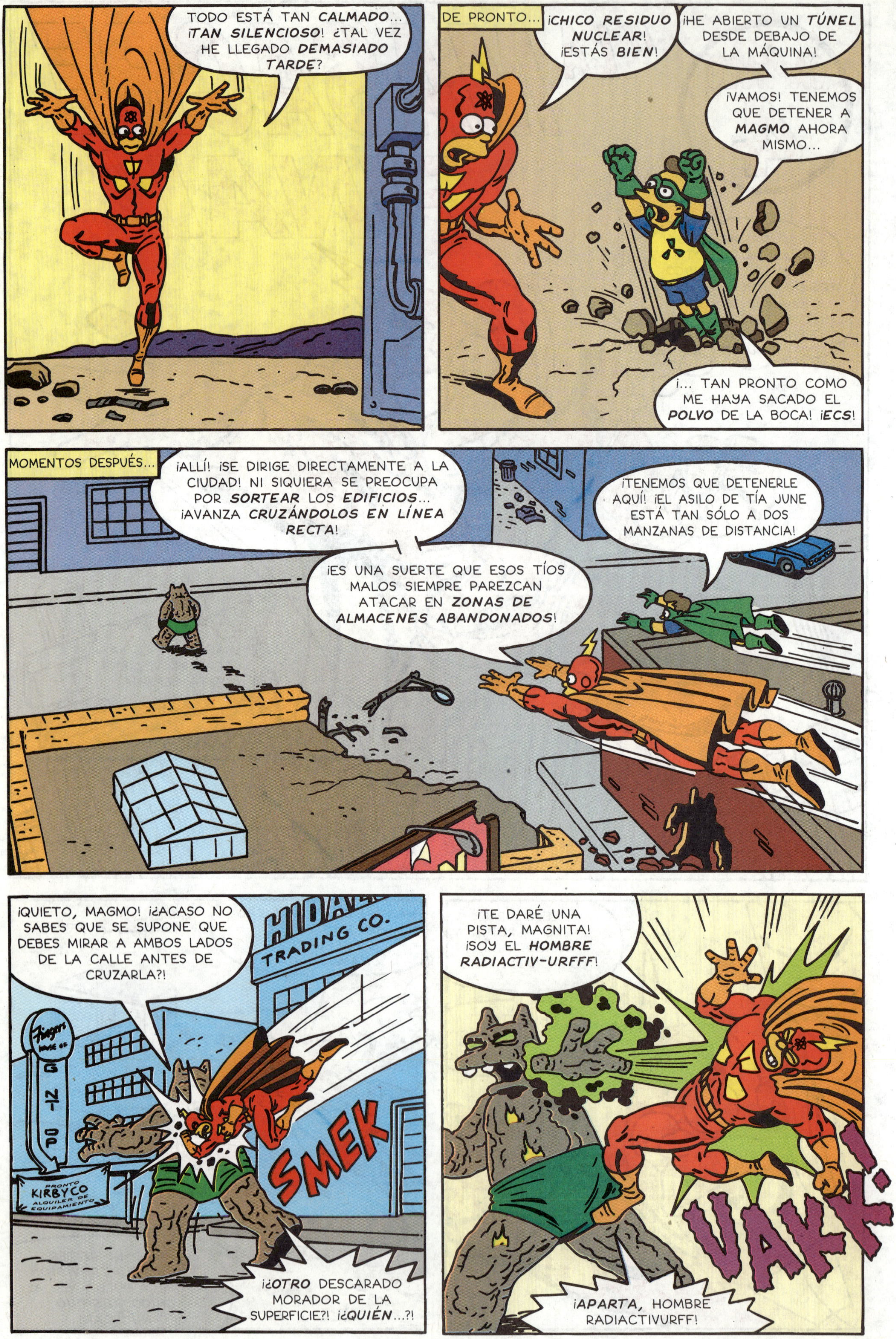
TODO ESTÁ TAN CALMADO... ¡TAN SILENCIOSO! ¿TAL VEZ HE LLEGADO DEMASIADO TARDE?
DE PRONTO...
¡CHICO RESIDUO NUCLEAR! ¡ESTÁS BIEN!
¡HE ABIERTO UN TÚNEL DESDE DEBAJO DE LA MÁQUINA!
¡VAMOS! TENEMOS QUE DETENER A MAGMO AHORA MISMO...
¡... TAN PRONTO COMO ME HAYA SACADO EL POLVO DE LA BOCA! ¡ECS!
MOMENTOS DESPUÉS...
¡ALLÍ! ¡SE DIRIGE DIRECTAMENTE A LA CIUDAD! NI SIQUIERA SE PREOCUPA POR SORTEAR LOS EDIFICIOS... ¡AVANZA CRUZÁNDOLOS EN LÍNEA RECTA!
¡ES UNA SUERTE QUE ESOS TÍOS MALOS SIEMPRE PAREZCAN ATACAR EN ZONAS DE ALMACENES ABANDONADOS!
¡TENEMOS QUE DETENERLE AQUÍ! ¡EL ASILO DE TÍA JUNE ESTÁ TAN SÓLO A DOS MANZANAS DE DISTANCIA!
¡QUIETO, MAGMO! ¡¿ACASO NO SABES QUE SE SUPONE QUE DEBES MIRAR A AMBOS LADOS DE LA CALLE ANTES DE CRUZARLA?!
TRADING CO.
PRONTO KIRBYCO ALQUILER DE EQUIPAMIENTO
SMEK
¡¿OTRO DESCARADO MORADOR DE LA SUPERFICIE?! ¡¿QUIÉN...?!
¡TE DARÉ UNA PISTA, MAGNITA! ¡SOY EL HOMBRE RADIACTIV-URFFF!
VAKK!
¡APARTA, HOMBRE RADIACTIVURFF!

¡FÍUUU! EL CHICO RESIDUO NUCLEAR TENÍA RAZÓN... ¡ÉSTE TIPO ES DURO DE PELAR!
¡TENGO QUE ENCONTRAR LA MANERA DE DETENER A ESTE VOLCÁN ANDANTE!
CORVAIR
ESTOY SEGURO DE QUE EL PROPIETARIO DE ESTE COCHE LO TENDRÁ ASEGURADO...
CHAWHOOM!
¡RECÁSPITA! ¡... HA EXPLOTADO A CONSECUENCIA DEL IMPACTO!
¡TAL VEZ ESTO LE DEBILITARÁ UN POCO!
BRAK
O TAL VEZ NO...
TENEMOS QUE PONER A MAGNITA A BUEN RECAUDO O... ¡HEY!
¡VAMOS, CHICO RESIDUO! ¡CREO QUE YA TENGO LA SOLUCIÓN!

ES EL SOLAR DONDE ESTÁN CONSTRUYENDO LA NUEVA ESCUELA PRIMARIA DE ZENITH...
DONDE SE CONSTRUYE, HAY MATERIALES DE CONSTRUCCIÓN...
¡... Y ESTE ROLLO DE AISLANTE DE AMIANTO ES JUSTO LO QUE NECESITABA!
TENEMOS QUE ESQUIVAR SUS RAYOS... ACERCARNOS...
¡... Y EMPAQUETARLO!
¿LISTO PARA ACABAR EL TRABAJO, CHICO RESIDUO NUCLEAR?
¡LISTO, HOMBRE RADIACTIVO!

¡¡¡GLAAARRRRGHH!!!
SPLUD!

KLUNGE
¡AHORA, MIENTRAS ESTÁ ATURDIDO, ENVIEMOS A ESTE ENGORROSO CANALLA AL LUGAR DE DONDE VINO!
¡GUAU! ¡EL POZO TIENE MILLAS DE PROFUNDIDAD!
SÓLO NOS FALTA ENCONTRAR ALGO CON LO QUE SELLAR LA ENTRADA...
DESPUÉS...
¡PERFECTO! ¡ESTE PESADO TRASTO DE ACERO DEBERÍA MANTENERLE A RAYA!
¿ESTÁS SEGURO DE QUE A LOS DEL AEROPUERTO DE ZENITH NO LES IMPORTARÁ QUE NOS HAYAMOS LLEVADO SU RADAR?
¡BAH, PROBABLEMENTE TIENEN VEINTE COMO ÉSE! ¡NI SIQUIERA SE DARÁN CUENTA DE QUE HA DESAPARECIDO!
¡LA DERROTA DE MAGMO DEJA DEMASIADAS PREGUNTAS SIN RESPUESTA! ¿CUÁNTAS OTRAS CRIATURAS HAY AHÍ ABAJO? ¿CÓMO ES SU CIVILIZACIÓN? ¿Y POR QUÉ LLEVA MAGMO ESE RIDÍCULOS TRAJE DE BAÑO?
¡SUPONGO QUE TENDREMOS QUE ESPERAR A SU INEVITABLE REGRESO PARA DESCUBRIRLO!
¡AVISO! ¡MONSTRUO SUBTERRÁNEO! ¡NO MOLESTAR!

CON EL PELIGRO PASADO, ROD VISITA A SU TÍA JUNE, EN EL ASILO...
¡CIELOS! ¿HAS OÍDO TODO ESE ESTRUENDO FUERA, ROD? ¡PARECÍA COMO SI HUBIERA UN PÉTREO MONSTRUO EN PLENO FRENESÍ!
ES TAN FRÁGIL. ¡NO DEBO PREOCUPARLA CONTÁNDOLE LO CERCA QUE HA ESTADO DE UNA FEROZ Y TERRIBLE MUERTE!
ER... ¡NO HE OÍDO NADA, TÍA JUNE! ¡PROBABLEMENTE SÓLO ERA LA TELE DEL SALÓN!
LO MÁS SEGURO ES QUE TENGAS RAZÓN, DODD... ¡ESE MR. ED PUEDE RESULTAR ESPANTOSAMENTE RUIDOSO!
¡GLUP! ¡ME HA LLAMADO POR EL NOMBRE DE MI HERMANO GEMELO PERDIDO HACE AÑOS!
¿ES QUE SIEMPRE ESTARÉ PRISIONERO DEL RECUERDO DE DODD... Y DE MAMÁ Y PAPÁ?
¡SI NO FUERA POR ESAS HEMORRAGIAS NASALES QUE SOLÍA SUFRIR, YO TAMBIÉN HABRÍA ESTADO EN AQUEL AVIÓN CUANDO SE PERDIÓ EN LA SELVA!
MIENTRAS, CLAUDE SE DIRIGE A TODA VELOCIDAD HACIA LA TORRE WZEN...
¡DIABLOS! ¡POR CULPA DE MAGMO LLEGO DIEZ MINUTOS TARDE A MI CITA PARA COMER CON GLORIA! ESPERO QUE NO SE HAYA ENFADADO...
MOMENTOS MÁS TARDE, CLAUDE LLEGA A LA REDACCIÓN...
¡SIENTO LLEGAR TARDE, GLORIA!
¿HUH? ¿QUÉ HACES AQUÍ, CLAUDE?
¡HE VENIDO A RECOGERTE PARA LLEVARTE A COMER, TAL COMO QUEDAMOS!
¿DE QUÉ ME HABLAS? ¡YO YA HE COMIDO! ¡ADEMÁS, TENGO TRABAJO QUE HACER!
SE LA VE TAN CALMADA POR FUERA... ¡PERO SÉ QUE SE SIENTE HERIDA Y FURIOSA POR DENTRO!
¡OH NO! ¡DE NUEVO MI IDENTIDAD SECRETA SE HA INTERPUESTO ENTRE YO Y LA ÚNICA MUJER QUE HE AMADO! PERO TAL ES EL PRECIO DE SER UNA FIGURA MISTERIOSA Y SIEMPRE PRESENTE QUE EL MUNDO CONOCE COMO... ¡EL HOMBRE RADIACTIVO!
... EN OCASIONES LLAMADO TAMBIÉN EL CRUZADO IRRADIADO...
... O EL VENGADOR ATÓMICO...
... Y, EN OCASIONES, EL CHICO MICROBIO ME LLAMA "CEREBRO DE RAYO"...
FIN

¡UNA ESPECTACULAR PÁGINA DE RELLENO!
MATT GROENING
Morrison

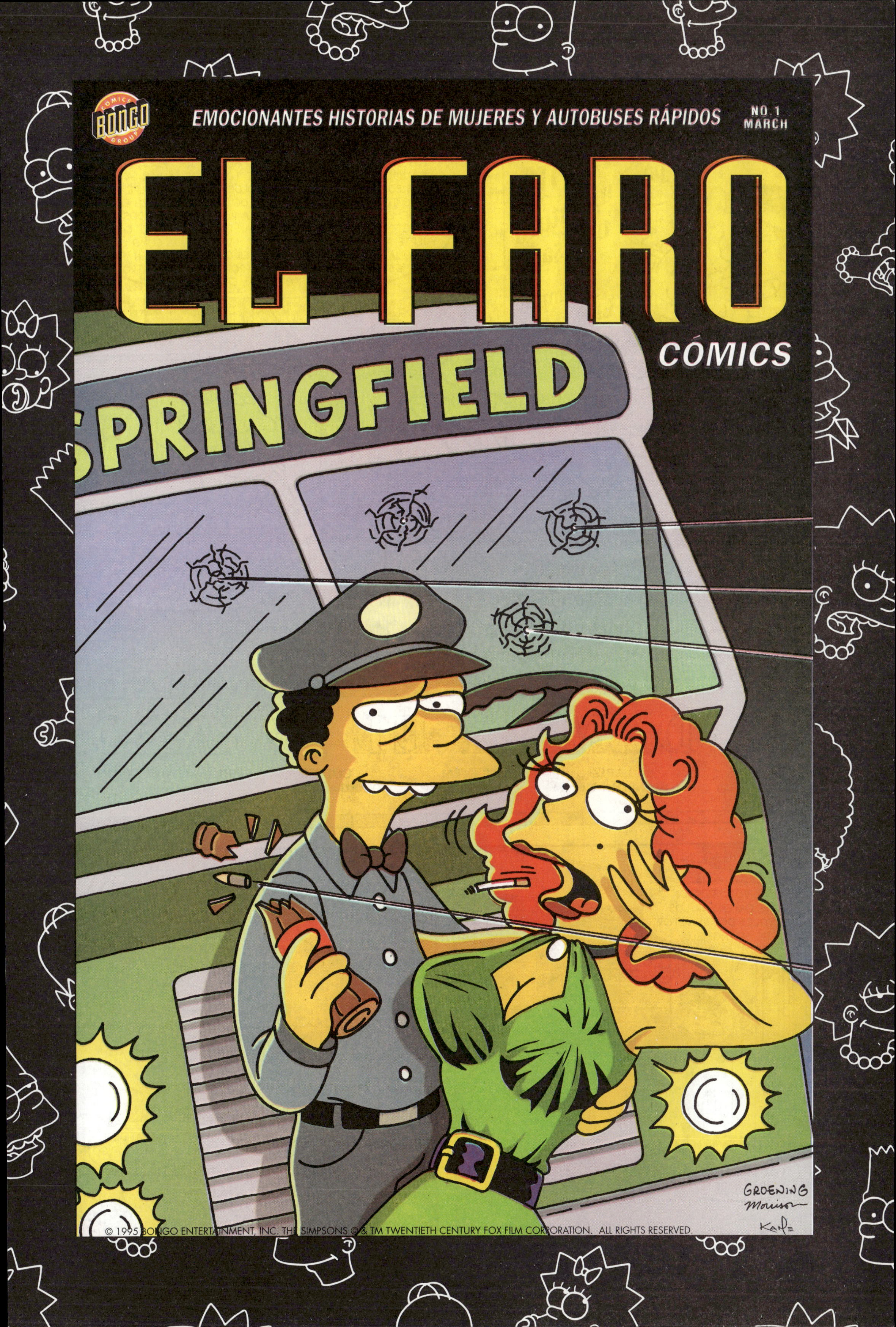
BONGO
EMOCIONANTES HISTORIAS DE MUJERES Y AUTOBUSES RÁPIDOS
NO.1
MARCH
EL FARO
CÓMICS
SPRINGFIELD
GROENING
Morrison
© 1995 BONGO ENTERTAINMENT, INC. THE SIMPSONS © & TM TWENTIETH CENTURY FOX FILM CORPORATION. ALL RIGHTS RESERVED.

PAQUETE AL DÍA
para un futuro
más sano
Compre
LARAMIE:
¡un saber...
...dinario!
MOES
¡EH, AMIGO! ME LLAMO **OTTO**. CONDUZCO UN AUTOBÚS POR LA CARRETERA DE LOS **SUEÑOS ROTOS** Y LAS **ASPIRACIONES DISLOCADAS**, LOS CORAZONES DUROS NO SUELEN ABLANDARSE. PERO, DE VEZ EN CUANDO, OCURRE LO **IMPROBABLE**: LOS NIÑOS SALVAN LA GRANJA O LOS BOXEADORES FRACASADOS COLOCAN UN BUEN GOLPE PESE A TENERLO TODO EN CONTRA. VI CÓMO OCURRÍA UNA VEZ, EN EL BAR DE MOE. ERA LA MEJOR PARADA DE LA RUTA -DONDE TODOS LOS CONDUCTORES DE CACHARROS PARABAN PARA TOMARSE EL CAFÉ MÁS FUERTE A ESTE LADO DEL DIMAGGIO Y UNA COMIDA COMO LA QUE SOLÍA PREPARAR LA ABUELA -SI ES QUE CRECISTEIS EN UNA **ESTACIÓN DE AUTOBÚS**. EL PROPIETARIO DEL ANTRO ERA UN TIPO DE MAL CARÁCTER...
Tarta auténtica
¡EH, OTTO! SIÉNTATE LIBRE DE SEGUIR AQUÍ DURANTE ALGUNAS **HORAS** MÁS SIN CONSUMIR NADA MÁS QUE ESTE PIOJOSO VASO DE SIFÓN.
... TENÍA UN CORAZÓN COMO UN QUESO DANÉS PASADO... **¡RANCIO Y DURO!** PERO ESE QUESO IBA A... OH, TÍOS, NO QUIERO REVELAR EL FINAL. OCURRIÓ TODO EN UNA HISTORIA QUE LLAMO...
LA DAMA Y EL PAYASO
GUIÓN: Clay Griffith
LÁPIZ: Sharon Bridgeman
TINTA: David Mowry
COLOR: Nathan Kane
PELMAZO DEL SIFÓN: Matt Groening
ME VOY. TENGO QUE CALENTAR LOS MOTORES DEL REACTOR DE SPRINGFIELD.
SÍ... ¡GRACIAS POR **DESGASTAR** MI TABURETE!
OH, DISCULPE. LAS LÁGRIMAS ME HAN IMPEDIDO VERLE.
¡GUAU, MUÑECA! DEBE DE HABER COMIDO ALGO MUY **PICANTE**...

CAFÉ, POR FAVOR.
¡AY! VALE.
MUY BIEN, PERO NO QUIERO QUE ME CUENTE SUS **PROBLEMAS**.
Real Pie
SON LAS REGLAS DE LA CASA. **NADA DE PROBLEMAS**.
SOY BUENA REPRIMIENDO MIS SENTIMIENTOS.
OH, DIOS, QUÉ **BELLO** EXPOSITOR DE TARTAS.
¿EN, SERIO?
¿DE VERDAD LE GUSTA? ¡ERA DE MI **SANTA MADRE**!
¡SÍ! ME LO LEGÓ EN SU LECHO DE MUERTE. "MOE", DIJO, "ERES EL ÚNICO QUE ME QUERÍA **DE VERDAD**. QUÉDATE ESA **COSA** PARA TARTAS..."
¡OH, MAMÁ!
VAMOS, VAMOS...
ER... UH... ¡**EH**! NO ME **ABLANDE** ELOGIANDO EL EXPOSITOR DE MAMÁ.
DISCULPE. NO QUERÍA...
¡CARGANDO EL AUTOBÚS DE LAS 11.15!
OH, HOMER. SI PUDIERA COMPRAR UN BILLETE PARA VOLVER A CASA CONTIGO...
¡EH! ¡LA HE **OÍDO**!
¡ESTABA **ADVERTIDA**! ¡GUÁRDESE SUS PROBLEMAS!
Hola de tu Homer
¡EH, **EH**! UH... QUIERO DECIR... ¡**AHÍ** ESTÁS!
¡OH, **NO**! ¡ME HA **ENCONTRADO**!
¡HE QUEMADO MUCHAS **SUELAS DE CUERO** BUSCÁNDOTE, NENA!
ABIE

POR FAVOR, GRAN KRUSTY. NO SOY FELIZ EN CAPITAL CITY.
¿Y QUÉ SÉ YO DE LA FELICIDAD? ¡SOY UN PAYASO!
QUIERO VOLVER A SPRINGFIELD.
LO TIENES CRUDO. ¡AHORA ERES MI CHICA!
BUENO, PUES... YO... YO NO PIENSO VENIR CONTIGO...
¿AH SÍ? ¡ESO LO VEREMOS!
¡HUMPFF! ¡PPPPFFF!
HUM... ME HE MAREADO... TENGO QUE BEBER MÁS GASEOSA.
SQUEAK
SQUEAK
ESTA PIPA HINCHABLE DICE QUE VAS A VENIR CONMIGO, ¿ENTENDIDO?
¡OH, DIOS! ¡QUÉ INTERPRETACIÓN MÁS VIOLENTA DE LA CÁLIDA ARTESANÍA DE LA ESCULTURA CON GLOBOS!
SABÍA QUE ESA DAMA IBA A TRAERME PROBLEMAS.
VALE, VALE... LO QUE TÚ DIGAS...
¿PUEDE SERVIRME UN POCO DE TARTA, POR FAVOR?

¡AH-AH-AAAH! ¡TARTA!
¡OH, MAMÁ!
Tarta auténtica
¡NADIE VA A MALTRATAR A ESTA DAMA ESTA NOCHE! ¡VA POR TÍ, MAMÁ!
¡EH, PAYASO! NO, TÚ NO. EL OTRO.
¿QUÉ QUIERES?
YO... UH... MIRE... ¡AHÍ VA RED SKELTON!
¿QUÉ? ¿DÓNDE? EH, RED, PÍNTAME! ¡PÍNTAME!
¡VAMOS! NECESITA UN BILLETE DE AUTOBÚS.
¡Y RÁPIDO!
POCO DESPUÉS...
GRACIAS POR AYUDARME, PERO... ¿POR QUÉ LO HACE?
¿ACASO ESTÁ ESCRIBIENDO UN LIBRO? ¡SUBA AL AUTOBÚS!
¡ACELERA, OTTO! ¡EL PAYASO DESALMADO VIENE HACIA AQUÍ!
NO PUEDO HACERLO, MOE. SÓLO SON LAS 11.30.
¡SI SALIMOS ANTES DE HORA, EL JEFE ME QUITARÁ ESTA ENROLLADA GORRA Y ME PONDRÁ DE PATITAS EN LA CALLE! ¡PODRÍA ACABAR CONDUCIENDO UN AUTOBÚS ESCOLAR!

¿EH? ¡POR MI ENORME TRASERO AMARILLO...!
¡MARGIE! ¿DÓNDE ESTÁS?
UN MOMENTO, TINTINEANTE AMIGO. NO PUEDE SUBIR AL AUTOBÚS SIN BILLETE.
¿QUÉ? PERO... PERO... OH, MUY BIEN.
¡AY! ¡MENUDO DÍA ESTOY TENIENDO!
DOS MINUTOS MÁS TARDE...
¡EH! ¿QUÉ TAL SI MIRAS POR DÓNDE VAS, MUÑECA?
HASTA LA VISTA, MARGE. BUENA SUERTE.
VROOOM!
¡OH, FANTÁSTICO! ¡AHORA ME HE QUEDADO SIN MUÑECA! ¿QUÉ VOY A HACER? ¡ESTOY DES-MUÑECADO!
¡AAAGHH.
ESTOY LIBRE ESTA NOCHE. ¿QUÉ HACE UNA TITI?
VAMOS. LE SERVIRÉ UNA TAZA DE CAFÉ.
COMO SI ME INTERESARA PERMANECER DESPIERTO.
¡NUNCA MÁS ME SEPARARÉ DE TI, HOMER!
¡EL AMOR EXISTE, TÍO! PERO A VECES NECESITA UN EMPUJONCITO. EN ESTA OCASIÓN, PROCEDÍA DE UN ENDURECIDO Y QUEMADO CONDUCTOR QUE BUSCÓ EN LO MÁS HONDO DE SU ENNEGRECIDO CORAZÓN Y ENCONTRÓ UN PAQUETE LLENO DE COMPASIÓN POR UNA DAMA EN APUROS. ME LLAMO OTTO. CONDUZCO UN AUTOBÚS. VOY A TOMARME UN BOCATA DE FRANKFURT.
OH, MARGE... ¡MI PASTEL DE PLÁTANO! ¡TE HAS ACORDADO!
FIN.

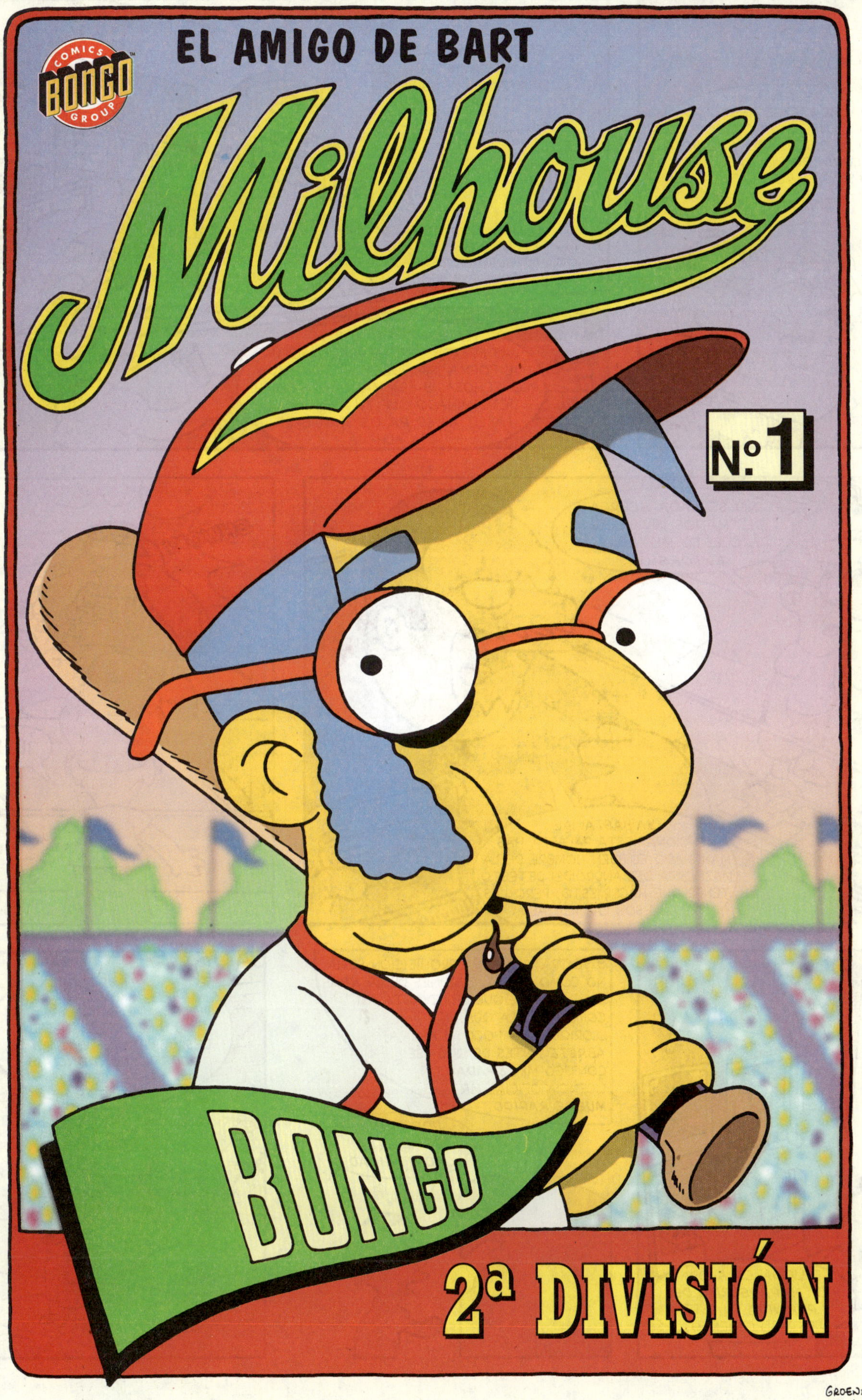
EL AMIGO DE BART
Milhouse
Nº 1
BONGO
2ª DIVISIÓN

Imprime Lifusa, S.L. - Depósito legal: B. 17.417 - 1996

¡HOLA, RALPH! ¿POR QUÉ ESTÁS TAN CONTENTO?
EL MÉDICO DIJO QUE NO TENDRÉ QUE TOMARME MÁS PURGAS.
¡"YAZ BOCA DE CORDERO"! ¡ERES TÚ!
YAZ BOCADECORDERO
OYE, RALPH... ¿POR QUÉ LLEVAS ESO EN LA BICI?
¡ME CAÍA SIEMPRE Y ME HACÍA DAÑO EN LA CABEZA, DE MODO QUE AHORA TENGO CUATRO RUEDAS!
¡NO, NO ME REFIERO A LAS RUEDECITAS, SINO AL CROMO DE BÉISBOL!
LO ENCONTRÉ EN EL ARMARIO DE MI PADRE Y LO PUSE EN MI BICI.
¡PUEDE TRATARSE DE LA ÚNICA POSIBILIDAD EN TU VIDA DE CONSEGUIR UNO DE ESOS CROMOS!
NO LO ECHARÁ EN FALTA.
YOINK!
SÉ QUE NO DEBIERA HACERLO, PERO...
¡ADIÓS, MILHOUSE!
ADIÓS...
¡¡¡... PRIMO!!!

¡GUAUUU! ¡TENGO EL CROMO! ¡ESPERA A QUE BART SE ENTERE! JUNTO CON ESE NIÑO AL QUE LE REGALARON EL CROMO DE WILLIE "CARA DE PEZ" DIPKIN POR NAVIDAD, SOY EL CHICO MÁS FELIZ DE SPRINGFIELD.
¿ES ESO CIERTO?
¿QUIÉN HA HABLADO?
YO. ESTOY AQUÍ... EN EL BOLSILLO DE ATRÁS.
¿YAZ "BOCA DE CORDERO"? ¡GUAU, UN CROMO DE BÉISBOL QUE PUEDE HABLAR!
DE HECHO NO PUEDO HABLAR. SE TRATA TAN SÓLO DE UNA FANTASÍA CAUSADA POR EL SENTIMIENTO DE CULPABILIDAD QUE TE EMBARGA.
PERO YO SÓLO TE HE ROBADO PORQUE SOY TU MAYOR FAN. LLEVABA TODA LA VIDA ESPERÁNDOTE.
NINGÚN FAN MÍO DE VERDAD ROBARÍA PARA CONSEGUIR MI CROMO.
YAZ
BOCA DE CORDERO
BOSTON RED SOX
EL MODO DE CONSEGUIR CROMOS DE BÉISBOL ES COMPRARLOS EN CUALQUIERA DE LAS INNUMERABLES TIENDAS ESPECIALIZADAS, CUYAS DESCARADAS ANSIAS DE BENEFICIOS HAN LLEGADO A SER TAN AMERICANAS COMO LA TARTA DE MANZANA Y LA LIBERTAD DE EMPRESA.
SUPONGO QUE TIENES RAZÓN. SABÍA QUE ALGO ME ESTABA MOLESTANDO, PERO PENSABA QUE, SIMPLEMENTE, SE TRATABA DE QUE HABÍA BEBIDO MI BATIDO AL POLLO CON TANDOORI DEMASIADO DE PRISA. CREO QUE DEBE SER LA CULPA.
SÓLO HAY UN MODO DE DESCARGAR TU CONCIENCIA. DEBES DEVOLVERME A MI LUGAR ENTRE LOS RADIOS DE LA BICI DE RALPH.
MÁS TARDE, EN CASA DE LOS WIGGUM...
SI EL JEFE WIGGUM Y RALPH SIGUEN JUGANDO, NO ME VERÁN ENTRAR POR LA PARTE TRASERA.
CRASH!
¡AUCH!

MUY BIEN. ¿QUIÉN ESTÁ ROBANDO LA CERVEZA Y LOS CIGARRILLOS QUE... HUM... ENCONTRÉ EN ESTA CASA CUANDO ME TRASLADÉ A ELLA...?
ES MILHOUSE, MI MÁS MEJOR AMIGO EN ESTE MUNDO. ¡HA VENIDO A JUGAR CONMIGO!
SÍ, HUM, SOY EL AMIGO DE RALPH.
... LO QUE SEA CON TAL DE DEVOLVER EL CROMO A SU LUGAR.
Laramie
Duff
MALETÍN de
¿PODEMOS JUGAR CON TUS ESPOSAS, PAPÁ?
SÍ, PERO LUEGO NO VENGÁIS LLORIQUEANDO SI OS LAS PONÉIS DEMASIADO APRETADAS Y SE OS PONEN LAS MANOS AZULES.
¡NO! ESPERA...
ESTAS ESPOSAS SIGNIFICAN QUE LOS DOS MÁS MEJORES AMIGOS DEL MUNDO PUEDEN JUGAR JUNTOS TODO EL DÍA.
CLICK!
EH, JA, JA... ES UNA GRAN IDEA.
TRES PARTIDAS DE "EL MONOPOLY DE LOS INSECTOS" DESPUÉS...
HE PERDIDO TODO EL DÍA EN ESTE AGUJERO Y AÚN NO HE VISTO LA BICI. ¡OH, YAZ, TAL VEZ NUNCA CONSIGA DEVOLVERTE AL LUGAR QUE TE CORRESPONDE!
¿QUIERES UN POCO, MILHOUSE?
NO GRACIAS.
¡GURP!
¡ESTOY COMPLETAMENTE LLENO, RALPH!
JUGUEMOS A POLIS DE TRÁFICO. YO SOY PONCH Y TÚ JOHN. MI BICI SERÁ TU MOTO.
¡LA BICI! ¡VAMOS A LA AUTOPISTA, SOCIO!
¿GUARDAS TU BICI EN LA CAMA?
DUERME CONMIGO POR LAS NOCHES. NO TENGO PERRO.

GUIÓN ADAM FEIN | LÁPIZ CHRIS ROMAN | TINTA TIM BAVINGTON | COLOR PETER ALEXANDER | MONSTRUO VERDE MATT GROENING

TELESCOPIO DEL ESPÍA SECRETO
¡Guau! Espía a amigos y enemigos. Informa de actividades subversivas a la policía. Arruina reputaciones, familias enteras. Excelente para mirones, chantaje y otras canalladas. HAZ PASTA GANSA. Conviértete en un rastrero. ¡Montones de carcajadas!
3345. SuperEspía-escopio.....1.75 $

SUPER CONVERTIDOR DE RADIO
¡Oye a la policía, a los bomberos, las conversaciones de los pilotos en cualquier radio! Funciona con una pila de 9 v. ¡También puedes emitir! Interfiere en los asuntos oficiales. Confunde a la policía. Causa pánico en tu ciudad. Provoca estampidas entre tus conciudadanos. Prepara descarrilamientos de trenes. Haz estrellarse aviones. Las posibilidades son ilimitadas. ¡Divertido!!
6124. Convertidor de radio casero.....5.95 $

GLOBO DE HIDRÓGENO DE 3 METROS
Asciende a alturas asombrosas. Contempla el mundo. Duplicado del desastre del Hindenburg. Extremadamente inflamable, estalla fácilmente. Quemaduras desfigurantes o muerte bastante probable. Ideal para clubs científicos, celebraciones o simple diversión. ¡Engatusa a tus amigos!
7077. Divertido Globo Explosivo....3.50 $

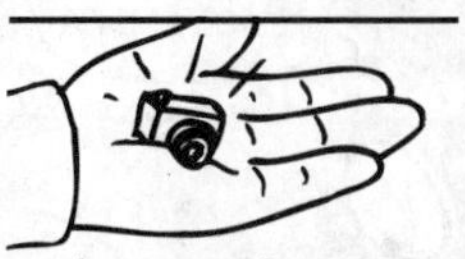

CÁMARA ESPÍA ENANA
Escóndela en la mano. Toma malísimas y desenfocadas fotos con este inservible pedazo de basura. Hazte la fantasía de que eres un agente secreto, y no un niño atontado. No funciona. Te encantará.
No. 4589. Mini-Cámara......1.50 $
No. 4590. Super-Mini Carrete . 1.00 $

Disco Girador Hipnótico

Un fascinante invento del tamaño de una moneda. Sostén el disco de plástico delante de una persona. Di «Te está entrando sueño... mucho... mucho sueño...». Ya están hiptonizados. Ordénales lo que quieras. Hazles bailar charlestón en ropa interior. Compra varios hipno-discos y crea un gran ejército de zombies. ¡Divertido! ¡De hecho, no funciona!
5556. Hipno-Moneda Giratoria.........................85¢

RADIO SECRETA NASAL
La radio más pequeña de todos los tiempos! Escucha a tus DJs favoritos en la cama, en la escuela, en la iglesia, en cualquier parte. Permanentemente oculta en el agujero de la nariz. Una vez allí, sólo una dolorosa, cara y enloquecedora intervención quirúrgica podrá sacarla. No se necesitan auriculares. El cráneo se convierte en altavoz. Llena tu mente de música y parloteos las 24 horas del día. ¡Diversión sin fin!
6392. Radio Nasal................2.95 $

MICRÓ-FONO "PULGA" SECRETO

¡Alud de Carcajadas! ¡Oye conversaciones de otra habitación o de otro edificio! ¡Conviértete en un agente doble! ¡Vende a tu gobierno a los rusos! Es fácil y divertido. ¡Engaña a tus amigos y a tu país!
9899. Pequeño Transmisor CIA........... 3.00 $

EMITE A TRAVÉS DE LOS TELEVISORES TRANSMISOR DE TV SIN HILOS
Habla, canta, chilla, ladra a través de cualquier aparato de TV. Molesta a amigos, familia, desconocidos. Un pequeño transmisor interferirá en la recepción de los televisores de toda la ciudad. Haz que tus estrellas favoritas de TV chillen blasfemias. Diles a todos lo que realmente piensas de ellos. Anuncia que acaba de empezar la III Guerra Mundial. ¡Diviértete!
1946. Transmisor Caos...............8.50 $

EMBLEMAS ATERRADORES
Cósetelos en el jersey, en la camisa, en la frente. Adquiere el aspecto de un pequeño gamberrete.
Divertido........25¢/unidad. 3 por 85¢.
7712. Canalla babeante. 4567. Monstruo grotesco. 8245. Brujo del pantano. 6529. Richard M. Nixon.

Planta carnívora

Muerde los dedos. Hace brotar sangre. Contagia extraños virus tropicales. Observa como se retuercen y caen tus extremidades. Divertido.
4552. Planta mortífera 3.00 $

GENERADOR DE *SHOCKS* ELÉCTRICOS
Ningún uso práctico. Parece seguro, pero vigila. A la que lo tocas, quedas electrocutado. Te saldrá humo de las orejas. Un excelente ragalo. ¡Guau!
2231. Generador Mortal.............Sólo 5.00 $

Paquete sorpresa

¡Guau! ¿Qué contiene? ¿Tal vez 10.000 $ en efectivo, tal vez un arrugado ratón muerto? ¡Venga! ¡Arriésgate! ¡Sabes lo que quieres! ¡Te garantizamos que tendrás lo que te mereces! ¡Guau! ¡Divertido!
6667. Caja sorpresa del Ratón Muerto ....3 $/unidad 2 cajas por 7 $.

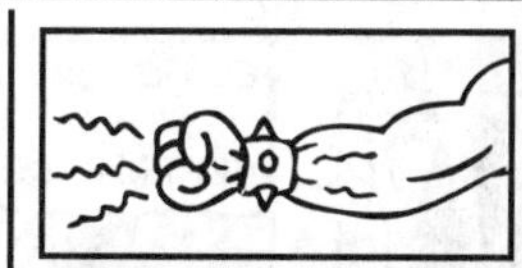

MUÑEQUERA SUPER-PODEROSA
Infunde instantáneamente fuerza en la mano. Libera la tensión del brazo. Concentra los músculos. En una hora, empieza la gangrena. ¡Divertido! Con la compra, regalamos un kit de amputación casera..
4534. Adiós a la manos.........Juego de 2, 4.50 $

KET-ZU-WAZA,

EL ANTIGUO ARTE DE PELEAR SUCIO

Auto defensa invencible. Nuevo folleto con todos los secretos, incluyendo los artes de: meter dedos en los ojos, retorcer orejas, ahogar con almohadas, pinchar con agujas, pegar con toallas, envenenar con coca, apuñalar, lanzar yunques, quemar con ácido, morder en la ingle, aplastar con apisonadora, gemir pidiendo clemencia y huir. ¡Guau!
1005. Perverso librito sobre peleas.........1.00 $

"PROYECTA TU VOZ"

En una caja, bajo la cama, haz hablar a marionetas, les engaña a todos, especialmente a ti. Éste es probablemente el menos convincente de nuestros productos. ¡Venga, primos! ¡NO FUNCIONA EN ABSOLUTO! Es un simple trozo de plástico que, encajado en tu boca, suena vagamente como una chicharra rota. ¡Guau! ¡Divertido! ¡Funciona de verdad! ¡Encárgalo ahora!
3643. Ventríluoco-Primo...........35¢ p/u., 3 por 1.50 $

1001 ARTÍCULOS "GRATIS"
Ahora puedes conseguir "GRATIS" panfletos aburridos, sellos sin valor, folletos, propaganda de venta de terrenos, trastos inútiles, panfletos religiosos perniciosos, cupones para conseguir cosas que no te interesan, ofertas fraudulentas de rebajas, surtido de ofertas fraudulentas de venta por correo, aparatos inútiles y todo tipo de artículos que te harán perder el tiempo. ¡Guau! Pregúntate a ti mismo por qué la palabra "GRATIS" siempre sale entre comillas. ¡Divertido!
1002. 1001 Artículos "Gratis".... 1.00 $

"Cobran vida"

REPUGNANTES CARETAS DE GOMA
Naturales, aspecto real, desagradables. Cuando te las pones, el delgado látex se te queda pegado a la cara. Posibilidad razonable de muerte por asfixia. Te arrancarán la piel a tiras cuando intentes sacártelas. ¡Guau!
3245Z.......Grotesco cavernícola 2.50 $
4690....Criatura repugnante ....de alcantarilla 2.50 $
7813.............J. Edgar Hoover 2.75 $

LAS FEAS ESPINILLAS DESAPARECEN EN CUESTIÓN DE SEGUNDOS
¡Elimina las manchas! Una pistola de succión científicamente diseñada aspira las bacterias causantes del acné, sucios granos, grasa juvenil, glándulas obstruidas, vasos sanguíneos, nódulos linfáticos, médula ósea, pequeños órganos internos, etc. Seguirás teniendo una cara que dará miedo, pero ya nadie te llamará "cara-granos". Se limitarán a huir, aullando.
4563. Pistola de Acné..........2 $

MÁGICO CORTADOR DE DEDOS

Inserta un dedo. La afilada cuchilla lo corta. No hay truco. También funciona con el pulgar. Poco aconsejable para los remilgados. Igual que en el programa de "Pica y Rasca". ¡Sorprende a tus amigos!
7778. Divertida mini-Guillotina.....3.50 $
6577. Guillotina de tamaño natural (con cesta para recoger cabezas).......35 $

¡CHICLE SORPRESA!

Chicle super-enrollado. Parece de verdad. Un mordisco y la boca se queda cerrada como con pegamento, enviando un chorro de ácido caliente por todo el sistema respiratorio superior. Funde la lengua, los dientes, el esófago y más cosas. Muy divertido en las fiestas.
1121. Chicle Divertido...3 paquetes. 75¢.

¡Nuevo motor a reacción que arde como loco!

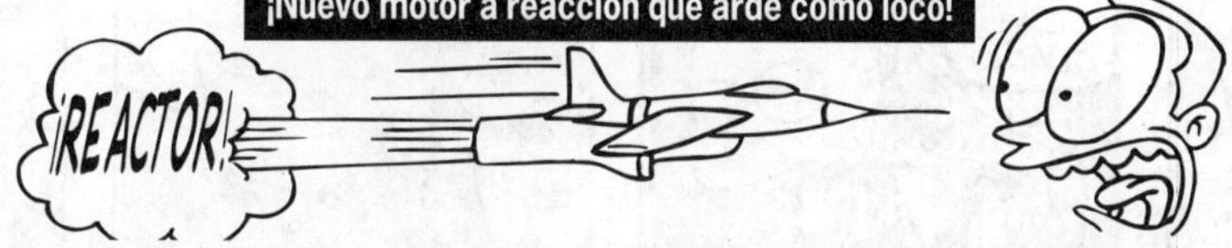

¡Aprende la ciencia de la propulsión a reacción! ¡Se monta facilmente en cualquier maqueta de barco, coche o avión! ¡Convierte los juguetes en armas mortíferas! ¡Mira y diviértete mientras el motor a reacción les arranca la cabeza a tus amigos! ¡Arranca con facilidad! ¡Imposible pararlo! ¡Matará, al menos, a tres personas de cada tacada! ¡Guau!
2346. Motor de Energía Constante .... 1.50. $ 2 por 3.25. $

MARAVILLA CIENTÍFICA GAFAS DE RAYOS X

¡EL MAYOR INVENTO DEL SIGLO!
¡Verás los huesos a través de la piel! ¡Contemplarás la piel a través de las ropas! ¡Contempla los órganos internos de los cuerpos! ¡Divertido! ¡Nauseabundo! ¡Funciona con verdaderas micromáquinas de rayos X! ¡La radiación hará que tus globos oculares rezumen un extraño pus! Es probable que sufras ceguera y una dolorosa y lenta muerte, pero aun así es divertido. ¡Guau!
3763. Gafas de Rayos X.................................95¢

Mascotas-Moscas Apestosas Vivas

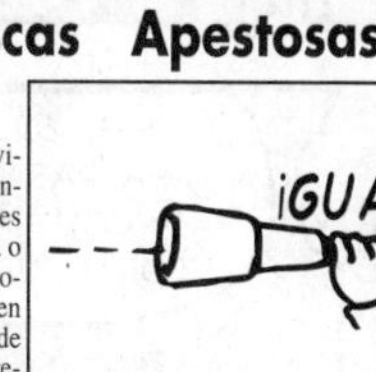

Varios olores únicos. Puedes adivinar su estado de ánimo por la intensidad del hedor. Divertidas. Fáciles de guardar. Llévalas en la solapa o en el pelo. Se multiplican como locas, escapan de cualquier sitio en que las encierres. Imposibles de erradicar. Las más enrolladas rarezas de la naturaleza. Hazte impopular entre tus amigos y con los extraños. ¡Guau!
6766. Moscas apestosas.
Caja de 40................1.95 $

Nuevo Catálogo con 9,000 Novedades *Gratis*

Encarga ahora el atiborrado y mundialmente famoso catálogo de novedades, trucos, adminículos, artefactos, cachivaches, fruslerías, esto y aquello, baratijas, corajinas, huesos de perro, amuletos de la mala suerte, pedruscos, trozos de metal, placebos, guisantes mágicos, cosas raras, minas, trastos, yunkes, esqueletos de perro, tentáculos de goma, artificios, ciénagas de Florida, torpedos excedentes de la Marina, roña, lechugas de mar, mata-sapos, mugre, vómito falso, vómito real, disfraces sosos, parachoques de goma para cochecito de bebé, tierra cenagosa, polvo de amianto, partes corporales de látex, espíritus malignos, instrumentos caseros de cirugía en canal, disparates, bombas fétidas, pelo procedente de desagües atascados, uranio, bagatelas, entrañas, líquido de embalsamar, bodrios, pins terroríficos, toneles de monos, botas de piel de foca, excedentes gubernamentales de plutonio, pajaritas grotescas, cremas apestosas, cojines sonoros, gas mostaza, pesas, pimientos, copas de licor, fuegos artificiales que no estallan, metralla, restos de barcos, restos de aviones, piojos, sustancias pegajosas, roedores hinchables, relleno grasiento para niños, pirañas, levadura, trozos de uñas, trozos de plástico, plantas reversibles, bolas de pelo de animal, gusanos comestibles, toallitas húmedas, zapatos puntiagudos de gnomo, chismes, rosquillas huecas de chocolate, lagartos voladores, gadgets, nitroglicerina, ostras contaminadas, kits para fabricar alcohol, fosas sépticas, patitos feos, trilobitas, grava, ambrosía, pomos de puerta, trastos, cachivaches, tonterías, trocitos enormes de tripa de ardilla, moscas tsé-tsé, amígdalas de famosos, balas de cabeza hueca, bolas de pelusa, termómetros rectales fosforescentes, hongos, restos de sumidero, semillas venenosas, como-se-llame, granjas caseras de gusanos, cera de oídos, emanaciones tóxicas de pantano embotelladas, bolas de porespán, lavados de estómago, pistolas silbantes, feces, peces de colores, figuritas de Burt Ives, sabandijas apestosas, parásitos intestinales, polvos pica-pica, añicos y otras divertidas sorpresas.

MARCA AQUÍ ☐ Soy un niño crédulo que lee tebeos y prometo comprar sus trastos,por muy grotesco y ridículo que suene.

ENVÍA TU PEDIDO A **NOVEDADES KRUSTY SMITH &CO.**

Novedades Krusty Box B, Dept. RM 88, Springfield, USA. CADUCA EL 28 DE FEBRERO DE 1963

PEDIDO URGENTE

Novedades Krusty, Box B, Dept. RM 88, Springfield, USA.
Por favor, envíeme:

Cuántos	Qué	Precio Unidad	Total
Para pedidos de menos de 5 dólares, añadir 7 dólares de gastos postales.			
		TOTAL	

Envía sólo dinero en efectivo. Entrega garantizada entre 6 y 8 años.

Nombre ____________________

Dirección ____________________

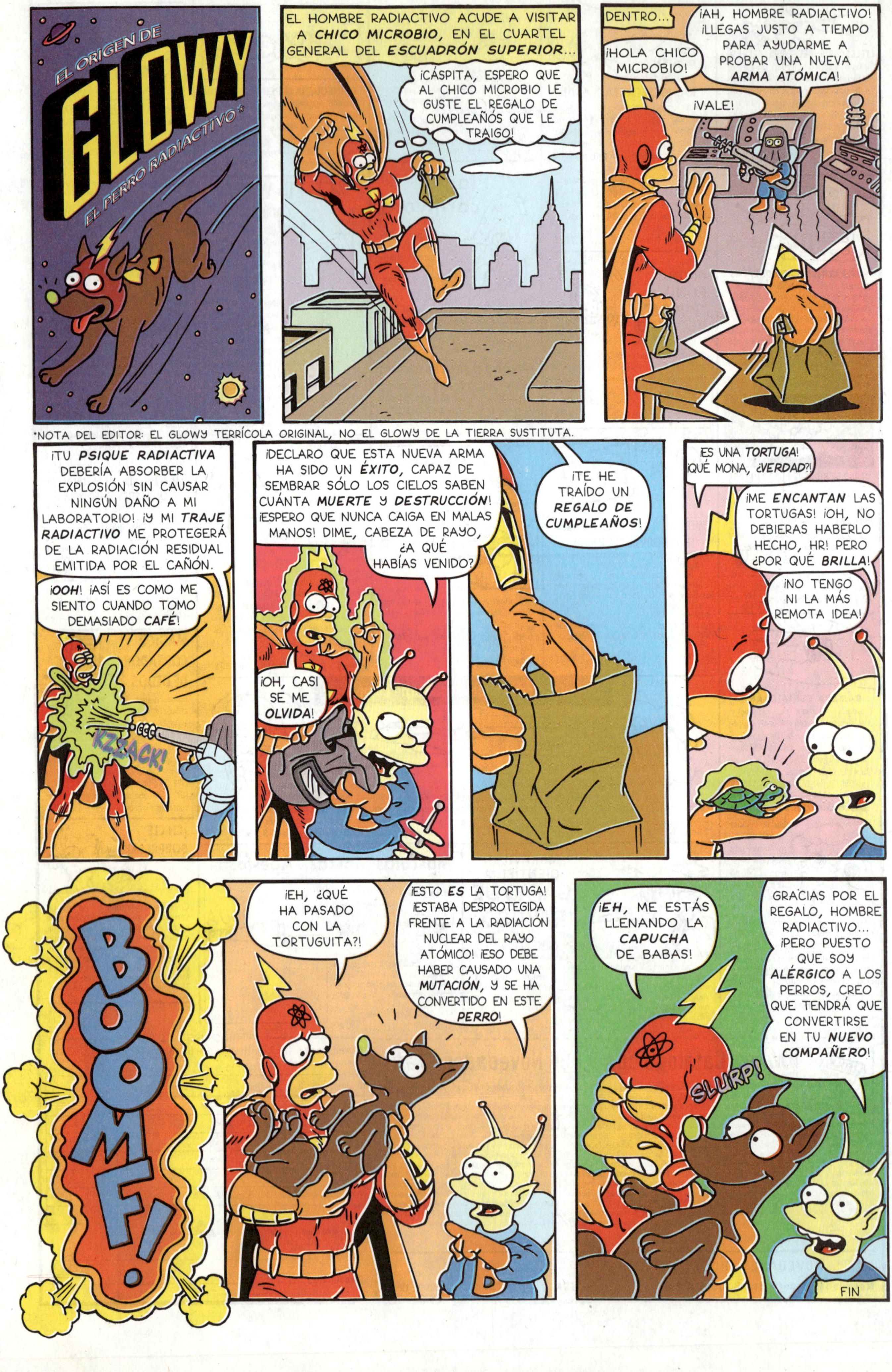

EL ORIGEN DE
GLOWY
EL PERRO RADIACTIVO*
EL HOMBRE RADIACTIVO ACUDE A VISITAR A CHICO MICROBIO, EN EL CUARTEL GENERAL DEL ESCUADRÓN SUPERIOR...
¡CÁSPITA, ESPERO QUE AL CHICO MICROBIO LE GUSTE EL REGALO DE CUMPLEAÑOS QUE LE TRAIGO!
DENTRO...
¡HOLA CHICO MICROBIO!
¡AH, HOMBRE RADIACTIVO! ¡LLEGAS JUSTO A TIEMPO PARA AYUDARME A PROBAR UNA NUEVA ARMA ATÓMICA!
¡VALE!
*NOTA DEL EDITOR: EL GLOWY TERRÍCOLA ORIGINAL, NO EL GLOWY DE LA TIERRA SUSTITUTA.
¡TU PSIQUE RADIACTIVA DEBERÍA ABSORBER LA EXPLOSIÓN SIN CAUSAR NINGÚN DAÑO A MI LABORATORIO! ¡Y MI TRAJE RADIACTIVO ME PROTEGERÁ DE LA RADIACIÓN RESIDUAL EMITIDA POR EL CAÑÓN.
¡OOH! ¡ASÍ ES COMO ME SIENTO CUANDO TOMO DEMASIADO CAFÉ!
KZZACK!
¡DECLARO QUE ESTA NUEVA ARMA HA SIDO UN ÉXITO, CAPAZ DE SEMBRAR SÓLO LOS CIELOS SABEN CUÁNTA MUERTE Y DESTRUCCIÓN! ¡ESPERO QUE NUNCA CAIGA EN MALAS MANOS! DIME, CABEZA DE RAYO, ¿A QUÉ HABÍAS VENIDO?
¡OH, CASI SE ME OLVIDA!
¡TE HE TRAÍDO UN REGALO DE CUMPLEAÑOS!
¡ES UNA TORTUGA! ¡QUÉ MONA, ¿VERDAD?!
¡ME ENCANTAN LAS TORTUGAS! ¡OH, NO DEBIERAS HABERLO HECHO, HR! PERO ¿POR QUÉ BRILLA!
¡NO TENGO NI LA MÁS REMOTA IDEA!
BOOMF!
¡EH, ¿QUÉ HA PASADO CON LA TORTUGUITA?!
¡ESTO ES LA TORTUGA! ¡ESTABA DESPROTEGIDA FRENTE A LA RADIACIÓN NUCLEAR DEL RAYO ATÓMICO! ¡ESO DEBE HABER CAUSADO UNA MUTACIÓN, Y SE HA CONVERTIDO EN ESTE PERRO!
¡EH, ME ESTÁS LLENANDO LA CAPUCHA DE BABAS!
SLURP!
GRACIAS POR EL REGALO, HOMBRE RADIACTIVO... ¡PERO PUESTO QUE SOY ALÉRGICO A LOS PERROS, CREO QUE TENDRÁ QUE CONVERTIRSE EN TU NUEVO COMPAÑERO!
FIN

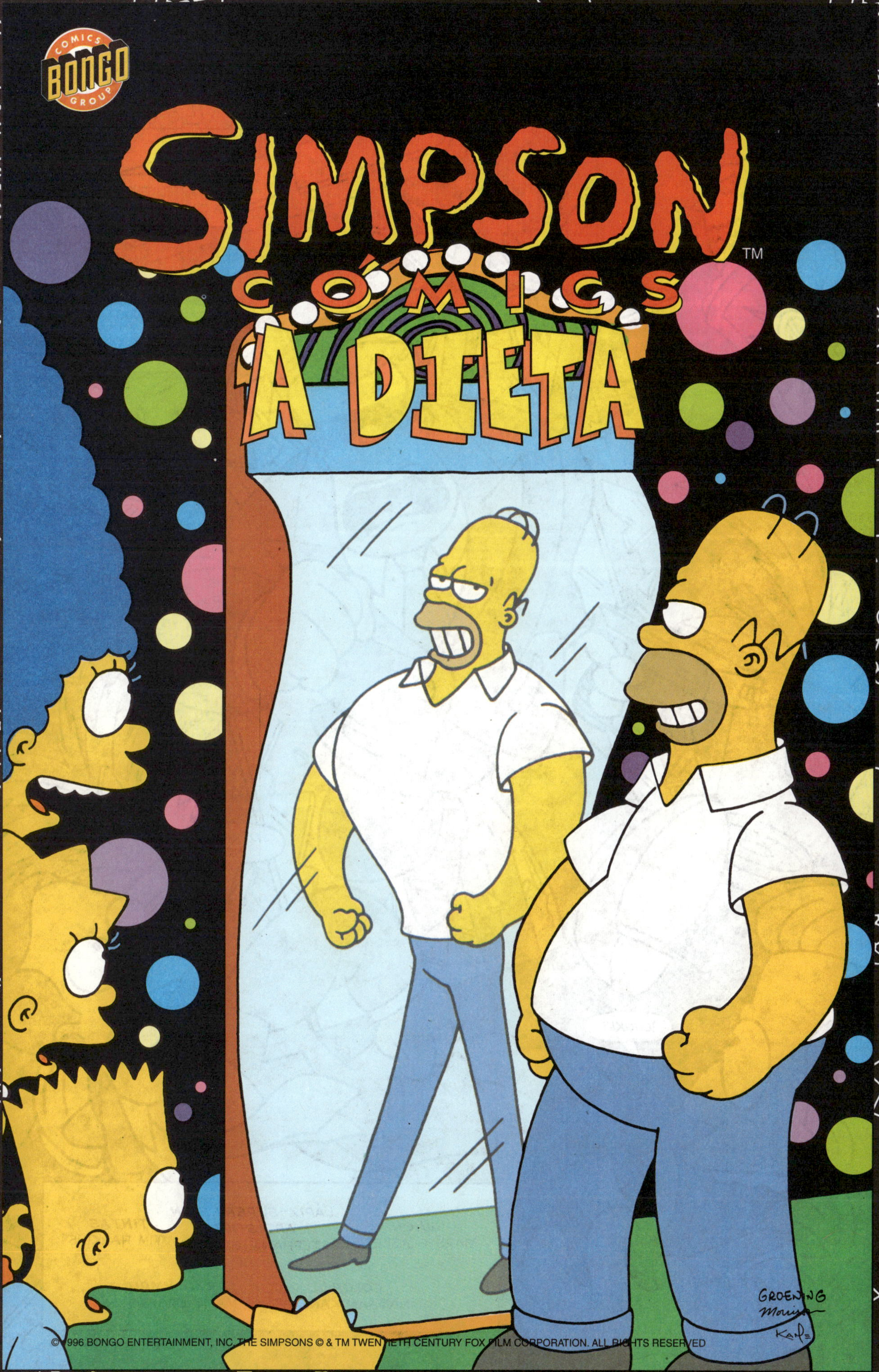

BONGO COMICS GROUP
SIMPSON COMICS™
A DIETA
GROENING
© 1996 BONGO ENTERTAINMENT, INC. THE SIMPSONS © & TM TWENTIETH CENTURY FOX FILM CORPORATION. ALL RIGHTS RESERVED

CUESTIÓN DE GRASA
CUARTEL GENERAL DE LA C.I.A., EN WASHINGTON
¡VAMOS A JUGAR A UN JUEGO! ¡YO SONO ESPIANDO UNA COSA DÉBIL Y PATÉTICA!
¡OTRA VEZ NO!
CHOKE
GUIÓN: GARY GLASBERG
LÁPIZ-SUPERVISIÓN ARTÍSTICA: STEPHANIE GLADDEN
TINTAS: TIM HARKINS
COLOR: NATHAN KANE
SR. OLYMPIA: MATT GROENING

¡YA ESTÁ BIEN DE ENTRADAS TEATRALES, WOLFCASTLE! ¿QUIÉN CREE QUE LIMPIA LA OFICINA CADA VEZ QUE APARECE POR AQUÍ?
NO LO SÉ. ¿LOS DEL EQUIPO?
ENTRE. LE ESTÁ ESPERANDO. PERO RECUERDE, NO DIGA NADA SOBRE SU PESO EN AQUEL INCIDENTE EN EL QUE USTED...
PRESIDENTE
SLAM!
¡HOLA, GORDERAS! ¡NO NOS HABÍAMOS VISTO DESDE LA FIESTA DE OCTUBRE, EN CAMP DAVID, CUANDO TOMMY TUNE Y YO IMPEDIMOS QUE BAILARA "CANTANDO BAJO LA LLUVIA" BAJO IL CHORRO DEL BIDET!
SIÉNTESE, RAINIER. TENEMOS ENTRE MANOS UNA CRISIS QUE SUPONE UNA SERIA AMENAZA A LA SEGURIDAD NACIONAL.
CHOMP! CHOMP!
LA ÚNICA COSA QUE VEO ENTRE LAS SUAS MANOS, ES UNA HAMBURGUESA ESPECIAL.
¡GRACIAS A NUESTROS SATÉLITES DE VIGILANCIA HEMOS DESCUBIERTO ALGO VERDADERAMENTE HORRIBLE EN NUESTRO PROPIO PAÍS!
LO SÉ. ESE MOE ESTÁ TOTALMENTE FUERA DE CONTROLE.
FRITOS DE CERDO

LARD
BUBBA BOO
NUEVO
FRITOS DE CERDO
¡CON MÁS GRASA!
FREIR ES MEJOR QUE HERVIR
PIZZA
BURGER
EN EL CORAZÓN DE ESTE GRAN PAÍS MORA UNA COMUNIDAD CUYOS MIEMBROS PARECEN ESTAR ORGULLOSOS DE SUS EXCESOS...
PERJUDICÁNDOSE A SÍ MISMOS...
¡Y CONTANDO CON LOS PEORES ÍNDICES DE COLESTEROL DE LA HISTORIA MODERNA!
CORTEZAS DE CERDO
BURGER
MANTECA DE CERDO
TÓMESE UN TONEL AL DÍA
¡EN SU CONDICIÓN DE EMBAJADOR DE LA FORMA FÍSICA, RAINIER, LE PIDO QUE VAYA A SPRINGFIELD Y LES PONGA EN FORMA AUNQUE SEA A PATADAS! ¡LA NACIÓN NECESITA SU AYUDA!
NORMALMENTE RECHAZARÍA LA MISIÓNE, PERO ACABAN DE RETRASAR ¡EL ESTRENO DE MI NUEVO MUSICALE "COGE TU PISTOLA, McBAIN!".
QUE MI SECRETARIO RECOJA MIS LLAMADAS... É ARRIVATA LA HORA DE ACABAR CON LA CELULITIS.

MÁS TARDE...
¿ALGUNA LLAMADA PARA MÍ, LYDIA?
SÓLO EL PRESIDENTE, SEÑOR.
¡DILE QUE ME HAGA EL CHEQUE AL PORTADOR!
NO SABEMOS POR QUÉ HA LLAMADO, SEÑOR. SE DIRÍA QUE NOS TENEMOS QUE ENFRENTAR A UNA ESPECIE DE ATAQUE.
LA CIUDAD ESTÁ PRESA DEL PÁNICO, SEÑOR.
HAY UNA REBELIÓN EN LA BOLERA... ¡EL BAR DEL ESTABLECIMIENTO SÓLO SIRVE HORTALIZAS AL VAPOR!
¡SABÍA QUE ALGÚN DÍA SE PRODUCIRÍA UNA REVUELTA VEGETARIANA! ¡MALDITOS PIRADOS DE LA SALUD! QUIERO QUE... ER... LA GUARDIA NACIONAL RODEE TODOS LOS PUESTOS DE BOCADILLOS Y HAMBURGUESAS CON QUESO DE LA CIUDAD. ¡GENTE ROLLIZA SIGNIFICA DONACIONES ROLLIZAS!
Y SI ESO NO FUNCIONA, LLAMEN A...
SMASH!
KRACK!
¡¡WOLFCASTLE!!
¡POR ORDEN DEL PRESIDENTE, QUIMBY, VAMOS A HABLARE DE DIETAS!

MÁS TARDE...
¡ESTOY MUERTO DE HAMBRE, TÍO! ¿QUÉ HAY PARA COMER?
CREO QUE GUISANTES HERVIDOS.
¡AY! ¿...CUÁNDO APRENDERÁN?
UNA RACIÓN DE PATATAS FRITAS. Y NO SE MUESTRE QUISQUILLOSA CON LOS LÍPIDOS, BUENA MUJER.
OLVÍDALO, CHICO. YA NO SERVIMOS ALIMENTOS FRITOS. DE AHORA EN ADELANTE, SÓLO SERVIMOS BATIDOS PROTEÍNICOS DE McBAIN. LOS TOMAS O LOS DEJAS.
GULP GULP GULP
¡BELCH!
HACK
¡GURP!
GAG
EN OTRO LUGAR...
NIVELES DE ENERGÍA... CASI AGOTADOS... EFECTOS DEL DESAYUNO DESVANECIÉNDOSE...
PON LA BASU AQU
EL ENVASE DE EMERGENCIA DE JARABES ES IMPOSIBLE DE ABRIR EN ESTE ESTADO DE DESFALLECIMIENTO...

CARBOHIDRATOS DE LA COMPAÑÍA A MI ALCANCE... TENGO QUE RESISTIR...
¡¡ENSALADA!!
¡De ahora en adelante, ensalada!
MÁS TARDE...
PÁSAME EL MANDO, LISA. ¡EN EL CANAL CINCO DAN UNA ESTUPENDA PELÍCULA EXTRANJERA!
SNATCH!
¿DESDE CUÁNDO TE INTERESAN LAS PELÍCULAS EXTRANJERAS?
DESDE EL ESTRENO ACLAMADO POR LA CRÍTICA DE "COMO AGUA PARA BRATWURST".
Y AHORA, UN COMUNICADO OFICIAL DEL AYUNTAMIENTO.
BUENA GENTE DE SPRINGFIELD. DEJAD VUESTROS GRASIENTOS BOCATAS Y VUESTROS BOLLOS RELLENOS Y... ER... PRESTAD ATENCIÓN...
¡TE ESTOY HABLANDO A TI, TITI!
¡OH!

EL TÍO SAM NECESITA QUE OS ENFRENTÉIS A VUESTRO PEOR ADVERSARIO... LA PODEROSA REGIÓN ABDOMINAL... LOS ASESINOS CELULÍTICOS... ¡LA GRAN BRIGADA DEL CULO!
LA GENTE QUE APARECE EN ESTA LISTA HA HECHO QUE SPRINGFIELD HAYA SIDO VOTADA COMO LA CIUDAD MENOS SALUDABLE DE LA HISTORIA. POR TANTO, LOS PEORES INFRACTORES DEL PESO TIENEN DOS SEMANAS PARA PERDER 5 KILOS. SI LO CONSIGUEN, EL PRESIDENTE RECOMPENSARÁ A NUESTRA CIUDAD CON UN PARQUE ACUÁTICO PARA... PARA QUE SE DIVIERTAN DURANTE EL VERANO... SI FRACASAN...
JEFE CLANCY WIGGUM
BARNEY GUMBLE
DR. JULIUS GUMBLE
DR. JULIUS HIBBERT
RALPH WIGGUM
NELSON MUNTZ
ABE SIMPSON
HOMER SIMPSON
APU NAHASPEEMAPETILON
KRUSTY THE CLOWN
MARTIN PRINCE
KENT BROCKMAN
¡PASARÁN UN AÑO EN LA GRANJA DE GRASA DE MÁXIMA SEGURIDAD DE SHELBYVILLE!
¡OH, QUERIDO! ¡EL LUGAR DONDE OCURRIÓ LA GRAN REVUELTA DE LOS CHURROS DE 1982! ¡TODAVÍA NO HAN LOGRADO SACAR LAS MANCHAS DE GRASA DE LAS PAREDES!
¡SERÁ MEJOR QUE OLVIDES LAS ROSQUILLAS, HOMER, O ACABARÁS SIENDO CONOCIDO COMO "EL GORDO DE ALCATRAZ"!
¡TE VOY A...!
¡GORDERAS, GORDERAS!

PRIMER DÍA...
NO ESTÁN GORDOS, SON MIS HERMANOS
¡REPÁMPANOS! ¡CUÁNTA GENTE!
IO NO HABÍA VISTO TANTO CULI GORDO DESDE QUE ESTUVE EN EL CONCURSO "EL CERDO QUE MÁS SE PARECE AL CAPPO", DE 1981.
YO ESTOY
QUIERO AGRADECEROS QUE HAYÁIS VENIDO A LA CLASE DE AEROBIC DE LOS FIELES DE LA IGLESIA.
¡NO HAY NADA COMO HACER UN POCO DE EJERCICIO CON MÚSICA DE BURL IVES!
OH, JIMMY, NO ME MIRAS Y NO ME IMPORTA...
SEGUNDO DÍA...
MUY BIEN. ¿ESTÁIS PREPARADOS?
¡ACH! ¿A QUÉ ESTAMOS ESPERANDO? ¡VAMOS A ARRESTAR AL CERDO!
El Barto
¡DETENEDLE! ¡ESTÁ DESHACIÉNDOSE DE LAS PRUEBAS!
KVUMP!

TERCER DÍA...
¡AY!
¿TODAVÍA NO SIENTES NADA, SELMA?
ESTOY *AGOTADA*... ¿QUÉ TAL UNA *PAUSA* PARA UN *CIGARRILLO*?
¡NO HAY TIEMPO PARA *FUMARE*, SEÑORAS! ¡LAS DOS TIENEN MÁS *CULO* DEL QUE NECESITAN!
CUARTO DÍA...
¡DIEZ MILLAS MÁS, WIGGUM, PUEDES HACERLO!
¡MANTENGAN LA VISTA FIJA EN LA RECOMPENSA!
0.2 MPH
¡ME ENCANTA EL OLOR DE SUDOR Y ANCHOVAS POR LA MAÑANA! HUELE COMO A... ¡*ANCHOVAS SUDOROSAS*!

SE LO JURO, SEÑOR DIABLO... HE INTENTADO PERDER LOS 5 KILOS... ¡DE VERDAD!
PERO CUANDO VI AQUEL... AQUEL... PASTEL CON MIEL ESCARCHADA...
¡YA BASTA! ¡SIMPSON, QUEDA CONDENADO A SER QUEMADO EN LA HOGUERA! ¿TIENE ALGO QUE ALEGAR?
¡HUMMM...! ¡BISTEC!
POOF!
¡QUÉ SUEÑO MÁS SABROSO! ¡TENGO HAMBRE!
ME PREGUNTO SI HABRÁ QUEDADO ALGUNA CHULETA DE CERDO DE LA CENA...
CLICK!

¡AAAAH!
¡NO HAY NIENTE COMO UNA DIETA DE MANTENIMIENTO, GORDERAS!
¡PIENSA RÁPIDO, SIMPSON!
¡ESTÁ *SONÁMBULO*! ¿DEBEMOS DESPERTARLE?
¿E ARRIESGARNOS A SER *DEMANDADOS* EN CASO DE *INFARTO*? ¡*EL MIO ADVOCATO YA TIENE* BASTANTES *PROBLEMAS*!

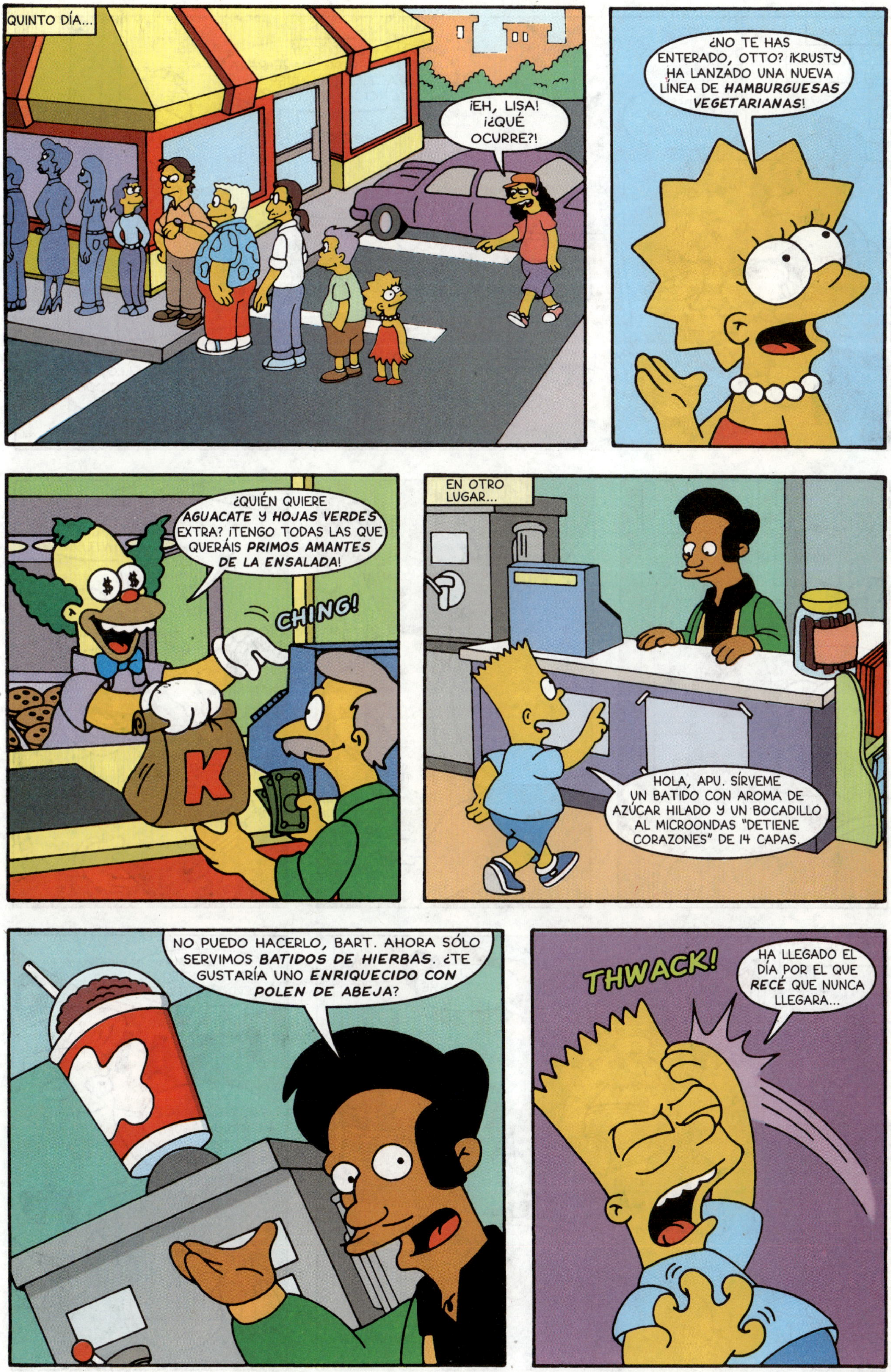
QUINTO DÍA...
¡EH, LISA! ¡¿QUÉ OCURRE?!
¿NO TE HAS ENTERADO, OTTO? ¡KRUSTY HA LANZADO UNA NUEVA LÍNEA DE HAMBURGUESAS VEGETARIANAS!
¿QUIÉN QUIERE AGUACATE Y HOJAS VERDES EXTRA? ¡TENGO TODAS LAS QUE QUERÁIS PRIMOS AMANTES DE LA ENSALADA!
CHING!
EN OTRO LUGAR...
HOLA, APU. SÍRVEME UN BATIDO CON AROMA DE AZÚCAR HILADO Y UN BOCADILLO AL MICROONDAS "DETIENE CORAZONES" DE 14 CAPAS.
NO PUEDO HACERLO, BART. AHORA SÓLO SERVIMOS BATIDOS DE HIERBAS. ¿TE GUSTARÍA UNO ENRIQUECIDO CON POLEN DE ABEJA?
THWACK!
HA LLEGADO EL DÍA POR EL QUE RECÉ QUE NUNCA LLEGARA...

SEXTO DÍA...
¡TE HEMOS GUARDADO UNA SILLA, HOMER!
NO PIENSO COMER, AMIGOS. APROVECHARÉ PARA PRACTICAR MI NUEVO EJERCICIO DE VÍDEO.
¡A POR ELLO, HOMER! ¡ERES TODO UN EJEMPLO!
CLICK!
OOOH... ¡LA TELE-CENA DEFINITIVA!
SÉPTIMO DÍA...
BUENO, ¿CÓMO LO HE HECHO?
NO ESTÁ MAL, JEFE. ES USTED UN CERDO ESBELTO.
UN... ¡UN APLAUSO PARA EL JEFE WIGGUM, AMIGOS!

BIEN, AMIGOS... AHÍ VAN LAS BUONAS NOTICIAS. TODOS HAN PERDIDO PESO. ESO VALE PARA TUTTI, EXCEPTO...
QUE NO PRONUNCIE MI NOMBRE. QUE NO PRONUNCIE MI NOMBRE. QUE NO PRONUNCIE MI NOMBRE.
¿DÓNDE ESTÁ ESE ENFERMO LLAMADO HOMER?
¡OH!
¡NO ES CULPA MÍA! ¡HABÍA DEMASIADAS TENTACIONES!
¡... DEMASIADAS TENTACIONES SABROSAS, CREMOSAS, VISCOSAS, SALADAS, CRUJIENTES Y RECUBIERTAS DE AZÚCAR! ¡MALDITO SEA SU ÁRBOL HUECO!
¡GLUP!
¿Y BIEN?

HA GANADO UN KILO, GORDERAS.
¡FUUUU!
¡BUUUU!
¡BOLA!
¡BUUUU!
¡FUUUU!
¡PERDEDOR!
¡BUUU!
¡LÁRGATE DE LA CIUDAD, HOMER! ¡LO ESTÁS ECHANDO TODO A PERDER!
¡SI VUELVES A ACERCARTE A MI CERVEZA TE MATARÉ!
VAMOS, VAMOS, VECINO. SÉ CÓMO TE SIENTES.
YO MISMO LO HE PASADO FATAL CONTROLANDO MI HÁBITO DE CONSOLAR A LA GENTE EN MOMENTOS INADECUADOS.
¡ACH! ¡DEBERÍAS HABERTE SOMETIDO A MI DIETA DE ASADO DE CARNERO Y UVAS!

¡MENUDO FRACASO, SIMPSON! ¡SI FUERA UNO DE MIS ALUMNOS, LE *EXPULSARÍA*!
ERES UN **DESGRACIADO,** HOMER. ¡INCLUSO YO HE PERDIDO PESO, Y TODO LO QUE HE HECHO HA SIDO **BAÑARME**!
¡ADIÓS AL PARQUE ACUÁTICO LLENO DE TÍAS MATADORAS! ¡NOS HA ECHADO A PERDER LA DIVERSIÓN!
MÁS TARDE...
MÍRATE A TI MISMO. ERES UNA **MOLESTIA**. HAS **HUMILLADO** A TODA TU FAMILIA.
CORTEZAS DE CERDO
TÚ TE LO HAS BUSCADO, SIMPSON. ¡HAS CEDIDO A LA LLAMADA HIPNÓTICA DE LOS CHILLONES PAQUETES DE CEREALES Y LOS ENVASES DE BOCADILLOS PARA MICROONDAS! ¡NO TIENES OTRA ELECCIÓN QUE HACER LAS MALETAS Y DESAPARECER!
¡HOMER!
¡MI FAMILIA! ¡SABÍA QUE PODÍA CONTRA CON VOSOTROS! ¡HABÉIS VENIDO PARA PERMANECER TRAS VUESTRO ROLLIZO VIEJO!

NO TAN DEPRISA, TÍO. ¡POR FÁCIL QUE SEA PERMANECER DETRÁS DE TI, HAY ALGO QUE TENEMOS QUE DECIRTE!
¡LA FAMILIA SIMPSON ES UN EQUIPO, PAPÁ, Y TÚ NOS HAS FALLADO!
¡PONTE EN FORMA, HOMER! ¡SI NO QUIERES HACERLO POR LA CIUDAD, HAZLO POR NOSOTROS!
¡PERO MIRADME! ¿CÓMO PUEDO PERDER SEIS KILOS EN UNA SEMANA? ¡TENDRÍA QUE RECURRIR A ALGÚN TIPO DE PRODUCTO QUE SUPRIMIERA EL APETITO!
¡NO HAY PROBLEMA, TÍO!
¡MIRA! ¡UNA FOTO DE LA TÍA PATTY Y LA TÍA SELMA CUANDO GANARON EL CONCURSO DE CUERPOS MACIZOS EN BIKINI DE LA MARCA DE TABACO LADY LARAMIE!
¡YEAAAAH!
¡BUEN TRABAJO, CHICO!
¡YO, HOMER SIMPSON, PERDERÉ PESO!
¡HARÉ QUE MIS AMIGOS Y MI FAMILIA SE SIENTAN ORGULLOSOS!

MOMENTOS MÁS TARDE...
HOLA, COLIN... NO SE LO DIGAS A LA TUA DONNA PERO, ¿QUÉ TE PARECE SER MI VICE PRESIDENTE EN LAS ELECCIONES DEL 2.000?
KRASH!
SAQUE SUS BÍCEPS ARRUGADOS POR EL AGUA DE LA BAÑERA, McBAIN. ¡TENEMOS UN TRABAJO QUE LLEVAR A CABO!
OCTAVO DÍA...
DESDE ESTE MOMENTO, ES USTED UNA MÁQUINA.
NOVENO DÍA...
BRAAAP!
¡HARÁS EJERCICIO, COMERÁS Y DORMIRÁS...
DÉCIMO DÍA...
¡SIN DOLOR, NO SE CONSIGUE NADA! ¡RETUÉRZASE, CULO GORDO!
ONCEAVO DÍA...
ESTÁ FUERTE...
DOCEAVO DÍA...
ES INVENCIBLE...

TRECEAVO DÍA...
¡... ES HOMER SIMPSON!
¡OLVÍDAME, SABROSO DESAYUNO!
LA CASA DE LAS ROSQUILLAS
CATORCEAVO DÍA...
BIEN... TODOS SE HAN PESADO YA, SIMPSON. ES SU TURNO.
BUENA SUERTE, HOMER.
SI NO FUNCIONA, PUE VENIRE CONMIGO A HOLLYWOOD. ¡NECESITO A ALGUIEN PARA LIMPIARE LAS CUADRAS DE MI RANCHO DE LLAMAS!
¡TAL VEZ ANOCHE NO DEBIERA DE HABER CENADO AQUEL GUISANTE!
¡NO TE PREOCUPES, HOMEY! ¡CREEMOS EN TI!
¡GLUP!
110 115 120
¡GASP!
LO SIENTO... ¡NO LO HA CONSEGUIDO, SIMPSON!

¡OTTO!
¡AQUÍ ESTOY, SEÑOR!
SNAP!
¡INTÉNTELO DE NUEVO, TÍO!
NOTA DEL EDITOR: ¡NO RECOMENDAMOS ESTE SISTEMA PARA PERDER PESO!
110
115
120
¡LO CONSIGUIÓ!
¡YU-JÚUUUUU!

MESES DESPUÉS...
MT. SPLASHMORE
SPRINGFIELD
VIGILANTES DISPONIBLES
Se aceptan Tarjetas de Crédito preguntar al Barman
¡ESTO ES VIDA! ¿NO TE PARECE, MARGE?
¡ES FANTÁSTICO, PERO NO PUEDO EVITAR PREGUNTARME POR QUÉ EL PRESIDENTE HA SIDO TAN GENEROSO!
SPLAT!

BIEN, WOLFCASTLE... GRACIAS A USTED HE VUELTO A GANAR LA APUESTA SOBRE LA PÉRDIDA DE PESO DE TODOS LOS HABITANTES. ¿Y SABE QUIÉN ESTARÁ PAGÁNDOME LAS HAMBURGUESAS DURANTE LOS PRÓXIMOS AÑOS? ¡ADIVINEEE!
AH, SÍ... PARECE QUE TODO HA ACABADO BASTANTE BIEN PARA TODOS. USTED HA GANADO SU INSÍPIDA APUESTA, WOLFCASTLE HA SERVIDO A SU PAÍS Y YO HE CONSEGUIDO FINALMENTE LO QUE ME PROMETIÓ: UNA ENORME PECERA LLENA DE ESPECÍMENES HUMANOS PARA MI DEPARTAMENTO DE INVESTIGACIÓN Y DESARROLLO.
Y TAMBIÉN GRACIAS A USTED, SEÑOR BURNS, POR APORTAR EL DINERO PARA ESTE PARQUE ACUÁTICO.
PARECE QUE HEMOS TENIDO UN ÉXITO COMPLETO, ¿EH BURNSNIE?
¡¿BURNSNIE?! SE LO HE DICHO MIL VECES... ¡PARA USTED ME LLAMO SEÑOR BURNS!
PERDONE, SEÑOR...
FIN.

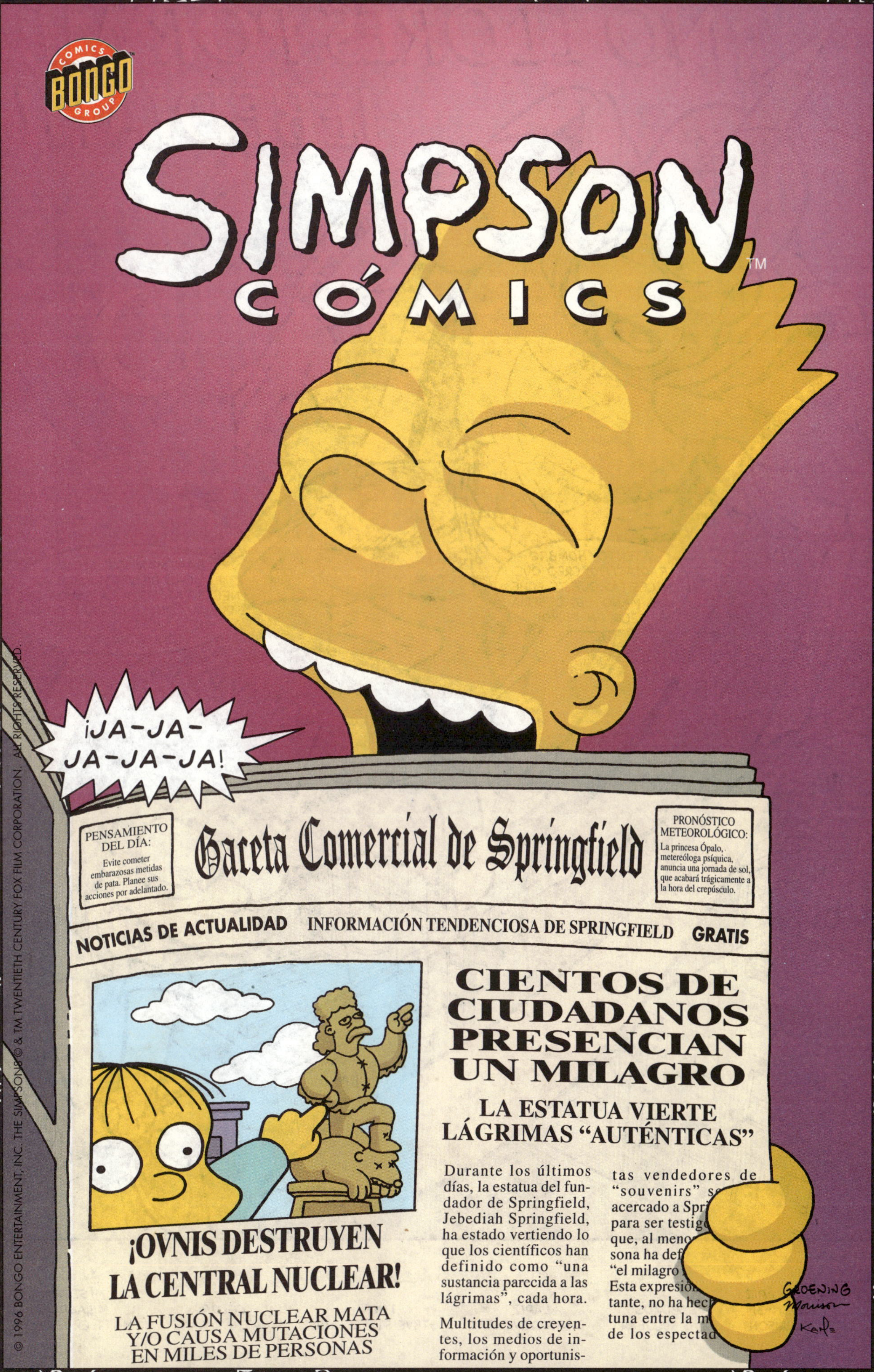

BONGO COMICS GROUP
SIMPSON CÓMICS™
¡JA-JA-JA-JA-JA!
PENSAMIENTO DEL DÍA:
Evite cometer embarazosas metidas de pata. Planee sus acciones por adelantado.
Gaceta Comercial de Springfield
PRONÓSTICO METEOROLÓGICO:
La princesa Ópalo, metereóloga psíquica, anuncia una jornada de sol, que acabará trágicamente a la hora del crepúsculo.
NOTICIAS DE ACTUALIDAD
INFORMACIÓN TENDENCIOSA DE SPRINGFIELD
GRATIS
CIENTOS DE CIUDADANOS PRESENCIAN UN MILAGRO
LA ESTATUA VIERTE LÁGRIMAS "AUTÉNTICAS"
Durante los últimos días, la estatua del fundador de Springfield, Jebediah Springfield, ha estado vertiendo lo que los científicos han definido como "una sustancia parecida a las lágrimas", cada hora.
Multitudes de creyentes, los medios de información y oportunis-
tas vendedores de
"souvenirs" se
acercado a Spri
para ser testig
que, al meno
sona ha def
"el milagro
Esta expresión
tante, no ha hec
tuna entre la m
de los espectad
¡OVNIS DESTRUYEN LA CENTRAL NUCLEAR!
LA FUSIÓN NUCLEAR MATA Y/O CAUSA MUTACIONES EN MILES DE PERSONAS
GROENING

¡NO LLORES POR MÍ, JEBEDIAH!

GUIÓN Y LÁPIZ (PÁGINAS 1-3) BILL MORRISON

ESBOZOS: LUIS ESCOBAR

LÁPIZ CHRIS CLEMENTS

TINTA: STEVE STEERE, ***JR.***

COLOR: NATHAN KANE

MÍSTER MILAGRO MATT GROENING

KRASH!
¡VILLANOS ASOCIADOS!
¡TU CARRERA CRIMINAL HA ACABADO, APLASTADEDOS!
KRAK!
ES BART... ¡UGH!
¡AG, LO QUE HE HECHO! ¡ME HE ENSUCIADO EL PIE CON UNA PORQUERÍA!
¡BUEN TRABAJO, BART-JETA!
¡FUUUU! ¿POR QUÉ TENDRÁN ESOS JOVENCITOS Y ADVENEDIZOS MINI-HÉROES QUE CAMBIAR DE NOMBRE CADA DOS POR TRES?
¡HOMBRE RADIACTIVO! ¡ACABARÉ CONTIGO CON UN DISPARO DE MI CAÑÓN DE PLASMAGEL!
¡PAYAZO ENGREÍDO! ¡ZE NECEZITA MUCHO MÁS QUE TUZ ARMAZ DE CIRCO PARA DERROTARME!
¿ME HAS LLAMADO PAYASO? ¡ESCÚCHAME, CRUSTÁCEO-COMUNISTA! ¡YO SOY UN ARTISTA!
¡CUIDADO, ESTÚPIDO! ¡¡A TU ESPALDA!!
¡GRACIAS POR ENTRETENERLE, CANGREJO!
SWOOP!

¡OH, TÍO! ¡NO VEO NADA!
TRANQUILO, ZIP-GUN. ¡YO SERÉ TUS OJOS! PREPARADOS, LISTOS...
BLAM!
¡¡... FUEGO!!
¡LA GOMA GIGANTE DE ZIP-GUN NOS HA ATRAPADO!
EH, MOLOTOV... ¡ESTO APESTA, TÍO!
¿Y QUÉ QUIERES QUE LE HAGA? ¡ESTAMOS ENGOMADOS!
SSSSSSSSSSSSS
¡ESTO ES INFAME! ¡DÉJAME SALIR DE AQUÍ DE INMEDIATO!
¡BIEN, YA QUE INSISTES...!
KABOOOM!
¡PAYAZO INCOMPETENTE!
¡OH, CIERRA EL PICO, PETIMETRE!
KERRASH!
¡BARTMAN!
¡HA LLEGADO TU HORA!
¡ESTAMOS ACABADOS!
¡ES KRABAPALIPSIS!
¡HE ACABADO CON TODOS TUS PEQUEÑOS COMPINCHES, BARTMAN! ¡AHORA HA LLEGADO TU TURNO!

¡HA LLEGADO TU HORA, BART!
¿¡QUÉ!?
¡HE DICHO QUE HA LLEGADO TU HORA! TAL VEZ RECUERDES QUE, ANTES DE QUE DESPEGARÁS HACIA EL PLANETA, BART, YO ESTABA ASIGNANDO TEMAS DE REDACCIÓN SOBRE PERSONAJES FAMOSOS.
¡OH, SÍIIIII! NINGÚN PROBLEMA, SEÑORITA KRABAPPEL, YA TENGO EL ARGUMENTO PREPARADO.
¡PUEDE SUPONERME MI PRIMERA MATRÍCULA DE HONOR, HOMBRE RADIACTIVO!
¡IMPRESIONANTE, BART, TENIENDO EN CUENTA QUE AÚN NO TE HABÍA ASIGNADO EL TEMA!
¡OH!
TEMA DE HISTORIA para Bart Simpson
Escribir una redacción en estilo reportaje sobre el fundador de nuestra ciudad, JEBEDIAH SPRINGFIELD. Lo siento, no se admiten cambios de tema.
NOTA DEL EDITOR: ESTA HISTORIA OCURRE ANTES DE LA CELEBRACIÓN DEL BICENTENARIO DE SPRINGFIELD.
¡TENIENDO EN CUENTA QUE LO DE LA "SATISFACCIÓN DE UN TRABAJO BIEN HECHO" NO FUNCIONA CON VOSOTROS, PEQUEÑOS HOLGAZANES VOY A OFRECEROS UN INCENTIVO!
EL ALUMNO QUE ESCRIBA EL ARTÍCULO MÁS INTERESANTE RECIBIRÁ COMO PREMIO ESTE CUPÓN, VÁLIDO PARA UN AÑO DE BATIDOS GRATIS EN EL BADULAQUE.
¡GUAU! ¡LAS LEYENDAS SON CIERTAS!
¿CÓMO LO HA CONSEGUDIO?
EDNA... ¡POR FAVOR! NO... ¡AQUÍ NO! UNNGH... ¡LAS BOLSAS DE PATATAS FRITAS CREAN UNA AGOBIANTE SENSACIÓN DE APLASTAMIENTO!
SMOOCH!
SMACK!
SNACKS
LO SENTIMOS, MARTIN. SE TRATA DE UN ANTIGUO SECRETO HINDÚ. ¡JE, JE!

TRAS LA ESCUELA...
¡NO SÉ DE QUÉ TE QUEJAS! ¡YO TENGO QUE ESCRIBIR UN ARTÍCULO SOBRE EL FULANO QUE INVENTÓ LA ***LIPOSUCCIÓN***!
POR LO MENOS TÚ TIENES LA OPORTUNIDAD DE AVERIGUAR ALGÚN HECHO INTERESANTE SOBRE ***ESE*** SUJETO.
MONKEYBOY
LA GENTE DE LA CIUDAD SE SABE ***DE MEMORIA*** LA VIDA DE JEBEDIAH SPRINGFIELD.
¡ES ***IMPOSIBLE*** QUE YO CONSIGA DAR CON UN ENFOQUE NUEVO PARA EXPLICAR ***SU*** VIDA!
KWIK-E-MART
DEBO AFRONTAR LA REALIDAD. PARA BARTHOLOMEW J. SIMPSON NO HAY NADA COMPARABLE A UN BATIDO GRATIS.
ME PREGUNTO SI YA HABRÁ LLEGADO EL NUEVO NÚMERO DE ***LADY FUNGICIDA***.
¡EH, MILHOUSE! ¡MIRA ***ESTO***!
¡SIN DESPRECIAR A LOS CÓMICS, ESTO ES INCLUSO ***MEJOR***!
¡ES TODO ***VERDAD***!
EL CHAFARDERO MUNDIAL
FAMOSO DIBUJANTE DE CÓMICS DECLARA: "¡HE BAILADO CON ALIENÍGENAS!"
EL FANTASMA DEL HOMBRE RADIACTIVO DE LA TELE SIGUE MERODEANDO POR UN ANTRO; AHORA CONVERTIDO EN UN BAR JAPONÉS.
¡JE, JE! ¡ESCUCHA ***ESTO***! "DETROIT. AMANTES DE LAS ROSQUILLAS PEREGRINAN MASIVAMENTE PARA VISITAR LA TIENDA DE ROSQUILLAS EL CHICO GRASIENTO, DONDE UNA ENORME ESTATUA DE FIBRA DE VIDRIO DEL CHICO GRASIENTO HA EMPEZADO A ERUCTAR CADA HORA."
"LOS TESTIGOS DESCRIBEN EL SONIDO DE LA ESTATUA COMO "UN RUIDO CLARAMENTE EQUIPARABLE A UN ERUCTO", Y ALGUNOS HAN DETECTADO INCLUSO UN DÉBIL OLOR A JALEA..."
COLA
¿POR QUÉ NUNCA OCURRE ALGO TAN ENROLLADO EN SPRINGFIELD?
HUMMMM... ¡***UN MOMENTO***! ¡ESTO ME DA UNA ***IDEA***!

AQUELLA NOCHE...
DE FODO QUE LE ÑAM FIJE AL SEÑOR BURNS, ESFUCHE GURP GRAFÍSIMO LADRÓN BLURCH ¡NO FIENFO SEGUIR AGUANTANDO FUS IMFERTINENCIAS!
GLUP... ¡DEBERÍAS HABERLO VISTO, MARGE! ¡FUE FANTÁSTICO! ¡DESPUÉS LENNY ME DESPERTÓ Y YA ERA LA HORA DE SALIR!
ENCANTADOR, HOMEY. ¿CÓMO TE HA IDO LA ESCUELA, BART?
NO PUEDO HABLAR. ESTOY ESTUDIANDO.
Sí, lo hice por Jebediah Springfield
TICK TOCK!
TICK TOCK!
CHREEP! CHREEP! CHREEP!
DRIP! DRIP! DRIP! DRIP!

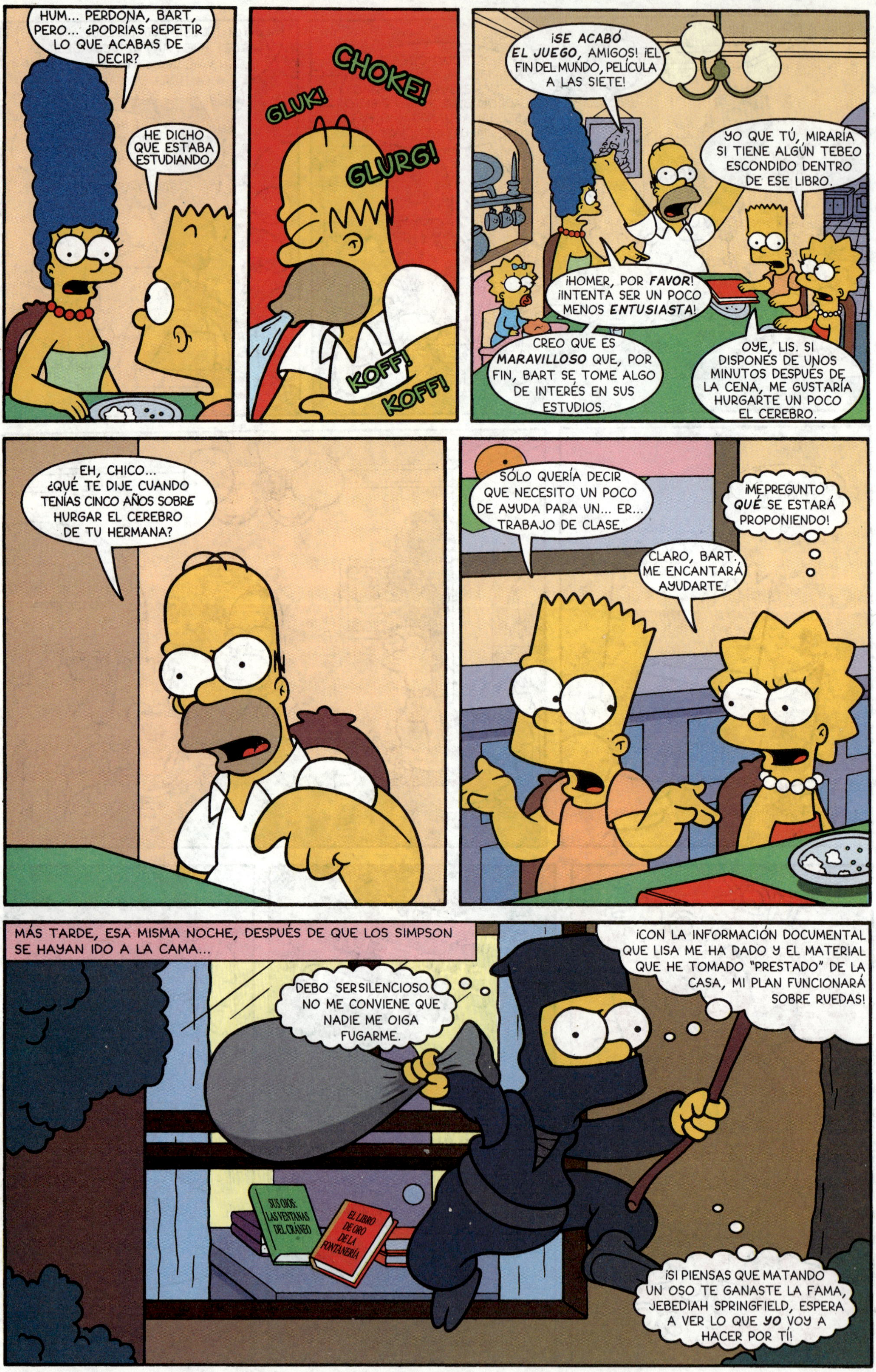

HUM... PERDONA, BART, PERO... ¿PODRÍAS REPETIR LO QUE ACABAS DE DECIR?
HE DICHO QUE ESTABA ESTUDIANDO.
CHOKE!
GLUK!
GLURG!
KOFF!
KOFF!
¡SE ACABÓ EL JUEGO, AMIGOS! ¡EL FIN DEL MUNDO, PELÍCULA A LAS SIETE!
YO QUE TÚ, MIRARÍA SI TIENE ALGÚN TEBEO ESCONDIDO DENTRO DE ESE LIBRO.
¡HOMER, POR FAVOR! ¡INTENTA SER UN POCO MENOS ENTUSIASTA!
CREO QUE ES MARAVILLOSO QUE, POR FIN, BART SE TOME ALGO DE INTERÉS EN SUS ESTUDIOS.
OYE, LIS. SI DISPONES DE UNOS MINUTOS DESPUÉS DE LA CENA, ME GUSTARÍA HURGARTE UN POCO EL CEREBRO.
EH, CHICO... ¿QUÉ TE DIJE CUANDO TENÍAS CINCO AÑOS SOBRE HURGAR EL CEREBRO DE TU HERMANA?
SÓLO QUERÍA DECIR QUE NECESITO UN POCO DE AYUDA PARA UN... ER... TRABAJO DE CLASE.
¡ME PREGUNTO QUÉ SE ESTARÁ PROPONIENDO!
CLARO, BART. ME ENCANTARÁ AYUDARTE.
MÁS TARDE, ESA MISMA NOCHE, DESPUÉS DE QUE LOS SIMPSON SE HAYAN IDO A LA CAMA...
DEBO SER SILENCIOSO. NO ME CONVIENE QUE NADIE ME OIGA FUGARME.
¡CON LA INFORMACIÓN DOCUMENTAL QUE LISA ME HA DADO Y EL MATERIAL QUE HE TOMADO "PRESTADO" DE LA CASA, MI PLAN FUNCIONARÁ SOBRE RUEDAS!
SUS OJOS: LAS VENTANAS DEL CRÁNEO
EL LIBRO DE ORO DE LA FONTANERÍA
¡SI PIENSAS QUE MATANDO UN OSO TE GANASTE LA FAMA, JEBEDIAH SPRINGFIELD, ESPERA A VER LO QUE YO VOY A HACER POR TÍ!

A LA MAÑANA SIGUIENTE...
LES HABLA KENT BROCKMAN, EN DIRECTO DESDE LA PLAZA MAYOR DE SPRINGFIELD...
... UNA MULTITUD SE HA CONGREGADO EN TORNO A LA ESTATUA DEL QUERIDO FUNDADOR DE NUESTRA CIUDAD. TODOS QUIEREN VER LO QUE PARECEN SER...
¡... DONDE ACABA DE OCURRIR UN MILAGRO!
¡... LÁGRIMAS QUE BROTAN DE LOS OJOS DE JEBEDIAH SPRINGFIELD!
¡LOS TESTIGOS PRESENCIALES MIRAN ESTUPEFACTOS ESTE MILAGROSO ACONTECIMIENTO!
¡EH, BROCKMAN, NO VUELES TAN BAJO!
¿A QUÉ HORA SALDRÁ ESTO AL AIRE?

¡LA NOTICIA DEL EXTRAÑO SUCESO SE EXTIENDE Y EMPIEZAN A LLEGAR PEREGRINOS A SPRINGFIELD!
¿Y QUÉ ME DICE DEL MILAGRO OCURRIDO CON UNA FIGURA INANIMADA DE METAL QUE DE PRONTO ADQUIERE UNA FUNCIÓN FÍSICA PROPIA DE SERES HUMANOS?
¡MUY BIEN, VUELVAN A SUS CASAS! ¡AQUÍ NO HAY NADA QUE VER!
BUENO... ¡ESO SÍ!
¡EXCELENTE! ¡MI PLAN FUNCIONA A LA PERFECCIÓN!
¡EL ARTÍCULO SE ESCRIBIRÁ SOLO!
¡... ¿Y DICE QUE HA COMPLETADO UN ANÁLISIS QUÍMICO DE LAS LLAMADAS "LÁGRIMAS", PROFESOR?!
AH... JEM... ASÍ ES, KENT. MI ESTUDIO CONCLUYE QUE LOS LÍQUIDOS EMITIDOS POR LA ESTATUA TIENEN BÁSICAMENTE LA MISMA APARIENCIA QUÍMICA QUE LOS ENCONTRADOS EN UNA LÁGRIMA HUMANA...
POR SUPUESTO, ESTÁ CLARO QUE ESTO NO DEMUESTRA QUE...
BIEN, AHÍ LO TIENEN. LA PRUEBA CIENTÍFICA DE QUE LA ESTATUA DE JEBEDIAH SPRINGFIELD LLORA VERDADERAS LÁGRIMAS HUMANAS.
Y AHORA, BUSQUEMOS UNA OPINIÓN RELIGIOSA.
REVERENDO LOVEJOY... NORMALMENTE, ESTE TIPO DE SUCESOS OCURREN EN REGIONES REMOTAS Y SATURADAS DE PROBLEMAS, COMO NICARAGUA O MICHIGAN. ¿POR QUÉ SPRINGFIELD? ¿Y POR QUÉ AHORA?
¿ES QUE DIOS ESTÁ INTENTANDO DECIRNOS ALGO?
REV. TIMOTHY LOVEJOY
¡SIN NINGUNA DUDA, KENT! CREO QUE EL SEÑOR NOS ESTÁ ENVIANDO UN MENSAJE A TRAVÉS DE ESTA ESTATUA, DE UN MODO MUY PARECIDO A LAS CAMPAÑAS DE EDUCACIÓN CÍVICA QUE EL GOBIERNO EMITE EN FORMA DE ANUNCIOS POR LA TELE.

VALE. ¿Y USTED QUÉ OPINA, RABINO?
¡DIOS NOS ESTÁ DICIENDO QUE LIMPIEMOS ESTA INFORTUNADA CIUDAD!
ME REFIERO A TODA LA BASURA Y A LOS GRAFITIS Y A LOS RESIDUOS TÓXICOS. ¡Y ESO, POR NO MENCIONAR, ESOS NEUMÁTICOS ARDIENDO QUE NO HAY MANERA DE APAGAR! ¡OH, CUÁNTA SUCIEDAD!
RABINO HYMAN KRUSTOFKI
GRACIAS, CABALLEROS. ¡Y AHORA VOLVAMOS CON SCOTT CHRISTIAN, DESDE LA REDACCIÓN DEL TELE-SEIS!
HUM... CURIOSO.
¡PRIMERO BART SE MUESTRA INTERESADO EN UN TRABAJO ESCOLAR, Y AHORA ESTO!
¡DOS "MILAGROS" EN UNA SEMANA!
GRACIAS, KENT. ESTO ES TODO POR AHORA, PERO SINTONÍCENNOS DE NUEVO ESTA TARDE A LAS OCHO, HORA EN LA QUE LES OFRECEREMOS NUESTRO ESPECIAL LÁGRIMAS'96...
¡ME PREGUNTO SI NO HABRÁ ALGUNA CONEXIÓN!

A LA MAÑANA SIGUIENTE, DESPUÉS DEL DESAYUNO...
EH, BART. ¿NO DEBERÍAS ESTAR TRABAJANDO EN TU TEMA DE HISTORIA?
¡MIRA EL CALENDARIO, LISA! ¡HOY ES SÁBADO!
EN EL CORAZÓN DE LA OSCURIDAD
ESCUCHA, BART. TENEMOS QUE HABLAR. ES SOBRE LA ESTATUA DE JEBEDIAH.
¡UH, OH! SABE ALGO. ¡SERÁ MEJOR EVITAR LA CONFRONTACIÓN!
UH... LO SIENTO. NO TENGO TIEMPO. TIENES RAZÓN. DEBERÍA ESTAR TRABAJANDO EN MI ARTÍCULO. ¡CREO QUE IRÉ A BUSCAR DOCUMENTACIÓN A LA BIBLIOTECA!
¡JA-JA-JA! ¡POR LOS PELOS!
CREO QUE VOY A VER CÓMO ANDA MI PROYECTO.
PROBABLEMENTE, A ESTAS ALTURAS, LAS COSAS YA SE HAN CALMADO.
¿QUÉ...?
¿QUÉ DEMO...?
¿CÓMO DIABLOS...?

LIGA ANTI-DIFAMATORIA DE JEBEDIAH SPRINGFIELD
SOCIEDAD PARA LA PRECISIÓN HISTÓRICA DE SPRINGFIELD
LA LÁGRIMA CUBO
$3.50
¡MUY DIVERTIDO EN LAS FIESTAS!
CERVEZA DE LÁGRIMAS
GORRAS AUTÉNTICAS DE ~~DAVY CROCKETT~~ JEBEDIAH SPRINGFIELD
PAÑUELOS MORTAJA DE JEBEDIAH 4,95$
LA PRINCESA ÓPALO LEE SUS LÁGRIMAS
$10.00
TÓNICOS Y UNGÜENTOS MILAGROSOS DE JEBEDIAH.
PERVERSOS HELADOS DE LÁGRIMAS DE OTTO
CEBOLLAS
FOTOS RECUERDO
¡GRACIAS AL MILAGRO DE LAS CEBOLLAS LE HACEMOS LLORAR, IGUAL QUE JEBEDIAH, EN UNA FOTO QUE GUARDARÁ PARA SIEMPRE COMO UN TESORO!
ESTO ES COMPLETAMENTE ENFERMIZO...
¡ME ENCANTA!

CERVEZA DE LÁGRIMAS
¡PRUEBE UNA CERVEZA DE LÁGRIMAS! ¡AUTÉNTICAS LÁGRIMAS MEZCLADAS CON UN REFRESCANTE SUCEDÁNEO DE CERVEZA!
AÚN DISPONIBLE: OSTRAS
¡GUAUUU! ¡ESTO ES MEJOR DE LO QUE PODÍA IMAGINAR! ¡Y YO PUEDO IMAGINAR MUCHAS COSAS!
DE JEBEDIAH $4.95
¡COMPREN LOS GENUINOS PAÑUELOS-MORTAJA DE JEBEDIAH! ¡LLEVAN IMPRESA LA IMAGEN DE NUESTRO AMADO FUNDADOR!
OSITOS
SENTÍ SU DOLOR MILAGRO DE SPRINGFIELD 1997
¡IDEALES PARA LIMPIARSE LOS MOCOS!
¡NO SE LO PIERDA! EL FAMOSO PREDICADOR TELEVISIVO J. VERNON PENTECOSTÉS AUTENTIFICARÁ EL MILAGRO A LAS 3.00 H DE LA TARDE
CARAMELOS DE PALO
COLLARES DE PINO, IGUALES QUE LOS QUE LLEVABA JEBEDIAH
¡CON EL ARTÍCULO QUE VOY A ESCRIBIR SOBRE ESTE CIRCO, NO PUEDO FALLAR!
CÓMICS LA FRONTERA DEL ESPACIO
TENGO UN CÓMIC DE LA FRONTERA DEL ESPACIO PROTAGONIZADO POR JEBEDIAH SPRINGFIELD. ¡LA SUBASTA EMPIEZA A MIL DÓLARES!
¡DEBO CONSEGUIRLO! ¡PAGARÉ DIEZ VECES ESA CANTIDAD!
PERO JOHN... LA OPERACIÓN DE NUESTRO BEBÉ...
¡CASI YA PUEDO SABOREAR ESE AÑO DE BATIDOS GRATIS!

LIGA ANTI-DIFAMATORIA DE JEBEDIAH SPRINGFIELD
SOCIEDAD PARA LA PRECISIÓN HISTÓRICA DE SPRINGFIELD
JEBEDIAH
MUERTO POR UN OSO EN 1838
¡YA ME HA OÍDO, GUMBLE! UNGH ¡LA ESTATUA SE HA ECHADO A LLORAR POR CULPA DE LAS CALUMNIOSAS DIFAMACIONES DE SU GRUPO!
JEBEDIAH
MUERTO POR UN OSO EN 1838
BUURP ¡ACEPTE LOS HECHOS, VEJESTORIO! OUCHHH ¡NUESTROS DATOS HAN SIDO REFRENDADOS POR UNA DOCENA DE HISTORIADORES UNIVERSITARIOS!
¡UH, OH! ¡ESTO SE ESTÁ PONIENDO FEO!
MIENTRAS, EN EL INFIERNO...
VIOLENCIA... AVARICIA.. ¡E INCLUSO LA CREACIÓN DE UN NUEVO TIPO DE CERVEZA! ¡EXCELENTE!
¿QUIÉN ES EL RESPONSABLE DE ESTO?
DEBE TRATARSE DE SIMPSON, BARTHOLOMEW J., SEÑOR.
POOF!
¡EL MISMÍSIMO DIABLO! ¡ESTE CHICO SE ESTÁ SUPERANDO A SÍ MISMO!
¡JA, JA, JA!
NO SE OLVIDE, SEÑOR. TIENE UNA CITA A LA UNA EN EL CAPITOLIO.
¡MALDICIÓN! ¡JUSTO CUANDO LAS COSAS SE ESTABAN PONIENDO INTERESANTES!

EN EL NÚMERO 742 DE LA CALLE EVERGREEN TERRACE...
NO PUEDO EVITAR PENSAR QUE HAY UNA CONEXIÓN ENTRE BART Y ESE PRESUNTO MILAGRO. PERO, ¿CUÁL?
VAMOS, LISA... ¡CONCÉNTRATE! TIENES DEBERES QUE HACER... ¡OLVÍDATE DE BART!
¡MALDICIÓN! ¿QUÉ ES LO QUE ANDA MAL? ¿POR QUÉ ESTOY TAN TENSA?
SNAP!
UN MOMENTO. ESTA HABITACIÓN ESTÁ DEMASIADO SILENCIOSA.
¡POR SUPUESTO! ¡MI FUENTE SE HA PARADO! ¡ESTO EXPLICA LA POCA ENERGÍA QUE HAY EN LA HABITACIÓN! ¡NO ME EXTRAÑA QUE ESTUVIERA TAN AGITADA!
¡LA BOMBA DEL AGUA HA DESAPARECIDO! ¿QUIÉN PUEDE HABER...?
¡¡¡BART!!!

DESPUÉS...
¡ESTO ES AÚN MÁS GROTESCO EN DIRECTO QUE VISTO EN LA TELE! ¡DEBO ACTUAR RÁPIDAMENTE!
DIOS BAJÓ A PRINGFIEL TODO LO QUE YO SAQUÉ UE ESTA PIOJOSA CAMISETA
A MENOS QUE ME EQUIVOQUE, AL MIRAR DETRÁS DE ESTE ARBUSTO, ENCONTRARÉ...
¡...AJÁ! ¡LO SABÍA! BART HA HECHO LAS COSAS BIEN. LÁGRIMAS ARTIFICIALES DE LAS QUE FABRICAN PARA LA GENTE QUE NO PUEDE PRODUCIRLAS DE FORMA NATURAL.
00:30
LÁGRIMAS DE COCODRILO
Lubricante Artificial para Ojos
HA ESTADO BOMBEANDO EL LÍQUIDO A TRAVÉS DE ESTE TUBO...
... HACIA LA CABEZA DE JEBEDIAH Y HACIA SUS OJOS.
¡MUY LISTO, HERMANITO! ¡HAS EMPLEADO INFORMACIÓN DE MI BIBLIOTECA PARA ENGAÑAR A TODA UNA CIUDAD!
¡PERO ESTA LOCURA DEBE TERMINAR ANTES DE QUE ALGUIEN ACABE LASTIMADO! ¡Y, PUESTO QUE HE SIDO, AUN SIN SABERLO, SU CÓMPLICE, DEBO OCUPARME DE ELLO!

ESA MISMA TARDE...
¡SALUDOS, AMIGOS JEBEDIÓFILOS!
¡HOY ESTAMOS COMPLACIDOS DE DARLE LA BIENVENIDA A NUESTRO DISTINGUIDO INVITADO, EL SUPER-CHULI PREDICADOR DE LA TELE, DR. J. VERNON PENTECOSTÉS!
CLAP!
CLAP!
CLAP!
CLAP!
CLAP!
¡YU-JÚUU!
¡BIEN!
¡VERNON MOLA!
Y AHORA, EL DOCTOR PENTECOSTÉS PRESENCIARÁ Y AUTENTIFICARÁ EL MILAGRO... ¡TODOS PREPARADOS! TRES... DOS... UNO...
¡BINGO! ¡¿UH?!
FLOOSH!
¡GLUB!
MUY BIEN... ¡QUIETA, ESTATUA!
¡HAS COMETIDO UNA FLAGRANTE VIOLACIÓN DE LA ORDENANZA MUNICIPAL ANTI-ESCUPITAJOS!
¡ESTÁ VIVA! ¡VIVA!
FWOOP!
¡AAAAH!
HUMM... ¡CERVEZA!
¡¿QUÉ?!
¡ALELUYA! ¡CREO!
BUUURP

UH... QUERÍA DECIR... ¡CERVEZA! ¡ESTO NO ES UN MILAGRO! ¡ESTO ES UN ULTRAJE MORAL!
¡TIENE RAZÓN! EL BUEN DIOS USABA VINO EN SUS MILAGROS PERO, ¿CERVEZA? ¡NUNCA!
¿CERVEZA? PERO NO...
¡LO HE HECHO YO! DESCUBRÍ TU PEQUEÑO TRUCO Y REEMPLACÉ LAS LÁGRIMAS ARTIFICIALES CON CERVEZA DE LA DE PAPÁ.
¡DESPUÉS CONECTÉ UN COMPRESOR DE AIRE DE TRES CABALLOS A LA BOMBA, Y PUSE LA MANGUERA EN LA BOCA DE JEBEDIAH!
LAMENTO HABER TENIDO QUE FRUSTRAR TU BRILLANTE PLAN, BART, PERO LAS COSAS SE ESTABAN SALIENDO DE MADRE.
PERO... EL SUEÑO... MI HERMOSO SUEÑO DE BATIDOS GRATIS...
¡TODO ES UNA GRAN ESTAFA!
CIERTAMENTE. ME PREGUNTO QUIÉN PUEDE HABER PERPETRADO UNA TRAMPA TAN DIABÓLICA.
HMMM...
¡EH, TODOS! ¡MIREN LO QUE HE ENCONTRADO DETRÁS DE LA ESTATUA!
ES UNA ESPECIE DE BOMBA... ¡MUY APROPIADO PARA EL TIPO AL QUE NUNCA NOS PREOCUPAMOS EN REGITRAR EN BUSCA DE TRASTOS O CÓMO-SE-LE-LLAMEN!
¡MIREN ESTO! ¡UNA LATA DE CERVEZA QUE PERTENECE AL PADRE DE BART SIMPSON!
Duff
NO TOCAR PROPIEDAD DE HOMER SIMPSON
CERVEZA

¡YU-JÚUU! ¡ÉSE SOY YO! ¡PÁSEME UNA EXTRA-GRANDE HELADA, SKINNER!
¡ESTÁN VACÍAS, SEÑOR SIMPSON!
¡NOOOOOO! SOB ¡DIOS MÍO, LA CERVEZA NO! ¿POR QUÉ? ¿POR QUÉ YO? AY ¡NO ES JUSTO!
BIEN: TENIENDO EN CUENTA QUE ES EVIDENTE QUE EL SEÑOR SIMPSON NO MALGASTARÍA NI UNA SOLA GOTA DE CERVEZA, EL AUTOR DE TODO ESTO SÓLO PUEDE SER...
¡EEEP!
EL LUNES, DESPUÉS DE CLASE...
BUEN INTENTO, SIMPSON. TU REDACCIÓN ESTÁ SORPRENDENTEMENTE BIEN ESCRITA. DE TODAS FORMAS, VOY A PONERTE UNA "I", NO DE "INSUFICIENTE"...
INTENTARÉ MEJORAR MIS NOTAS
SANDO ALBOROTOS CIVILES
TARÉ MEJORAR MIS
ALBOROTOS
I
¡... SINO DE INVENTADO!
HOO! HO! HO!
HA! HA! HA! HA!
FIN

BONGO COMICS GROUP
SIMPSON CÓMICS™
BART
© 1996 BONGO ENTERTAINMENT, INC. THE SIMPSONS © & TM TWENTIETH CENTURY FOX FILM CORPORATION. ALL RIGHTS RESERVED.
GROENING

El Artista Antes Conocido Como Bart
¡NO CREO QUE PUEDA AGUANTAR MUCHO MÁS! ¡MI ESTÓMAGO! ¡NO PUEDO RESPIRAR!
¡VAN A MATARNOS!
JEFF ROSENTHAL
GUIÓN
PHIL ORTIZ
LÁPIZ
NATHAN KANE
SUPERVISIÓN ARTÍSTICA Y COLOR
MATT GROENING
MR. TAMBOURINE MAN

NO CREO QUE PUEDA RESISTIR VEINTIÚN MINUTOS MÁS DE ESTE PERVERSO GENIO. SÓLO CON LA HILARANTE SECUENCIA INICIAL YA ESTOY A PUNTO DE ESTALLAR DE RISA.
RASCA 3,99$ EL KILO
CÁLMATE, BART. NO OLVIDES QUE EL SÁBADO POR LA NOCHE DAN EL PROGRAMA ESPECIAL DE ANIVERSARIO, DEL PAYASO KRUSTY. EN DIRECTO DESDE EL AUDITORIO DE SPRINGFIELD, CON EL INVITADO MUSICAL ESPECIAL ¡AY!, BIFF WESTWOOD.
ZAP!
EH, UN MOMENTO...
¡MAMÁ! ¡ESTÁBAMOS MIRANDO ESE PROGRAMA!
LO SIENTO, PERO VEIS DEMASIADA TELEVISIÓN. TU PADRE ESTÁ FUERA, EN UNA REUNIÓN IMPORTANTE, ASÍ QUE, LISA, ¿POR QUÉ NO PRACTICAS UN POCO CON TU SAXOFÓN? Y TÚ, BART, ¿NO TIENES QUE PREPARAR TU EXAMEN DE HISTORIA?
VENGA, VAMOS. LA HISTORIA TRATA SOBRE UN HATAJO DE PERSONAS VENIDAS A MENOS. ¿NO DEBERÍA PERMITÍRSEME EXPERIMENTAR EL PRESENTE Y MIRAR AL FUTURO SIN QUEDARME ATRAPADO POR EL PASADO?
TIENES RAZÓN, BART. NO QUIERO QUE TE QUEDES ATRAPADO EN EL PASADO, CUANDO TE PERMITÍA VER LA TELE CON LOS OJOS INYECTADOS EN SANGRE. ¡QUIERO QUE, EN EL PRESENTE, VAYAS A TU HABITACIÓN, Y QUE EN EL FUTURO INMEDIATO, ESTUDIES HISTORIA! DENTRO DE UNA HORA VENDRÉ A COMPROBARLO.
SÍ, MAMÁ.
MENUDA SOY YO CUANDO ME PONGO SERIA.

¡ARG! AHÍ VA: "EL ARCHIDUQUE FRANCISCO FERNANDO FUE ASESINADO POR UN NACIONALISTA SERBIO EN YUGOSLAVIA... BLA, BLA, BLA"... ESTO NO TIENE NINGÚN INTERÉS.
¡EN MI VIDA HE OÍDO HABLAR DE YUGOSLAVIA! SEGURAMENTE YA NI SIQUIERA EXISTE.
ME PREGUNTO QUÉ HARÍA EL HOMBRE RADIACTIVO SI SE VIERA ENCERRADO EN SU HABITACIÓN, OBLIGADO A LEER ESTA BASURA INÚTIL.
¡RECORDAD, NIÑOS! ¡NUNCA DEBÉIS PONER EN ENTREDICHO A LA AUTORIDAD!
¡ARG!
VAMOS, KRUSTY. NO ME FALLES.
¡HEY-HEY-HEY!
SI VUELVES A TIRAR DE LA ANILLA, NI KRUSTY EL PAYASO NI KRUSTY INCORPORATED PODRÁN SER DECLARADOS RESPONSABLES DE CUALQUIER DAÑO...
... REAL O IMAGINARIO QUE PUEDA SUFRIR TU DEDO ÍNDICE, U OTRA PARTE CUALQUIERA DE TU CUERPO O DE ESTE PRODUCTO KRUSTY.
¡AY!
MAMÁ VENDRÁ DENTRO DE UNA HORA A VER QUÉ HAGO.
EL TIEMPO JUSTO PARA IR A TOMAR UN BATIDO Y REGRESAR SIN QUE MI AUSENCIA SEA DETECTADA.
ESTO RESULTA MUY... HUM... SEDANTE, LISA.
¡EH! ¿QUÉ SE PROPONE BART?

MIENTRAS, EN EL AEROPUERTO DE SPRINGFIELD...
¡EN HONOR DE BIFF WESTWOOD, DECLARO QUE EL ESLOGAN DEL DÍA ES "¡APUNTA Y DISPARA!"
EH, SEÑOR, ESTO ERA PARA MAÑANA, CUANDO LE ENTREGUEMOS LA LLAVE DE LA CIUDAD A CLINT EASTWOOD.
EEEEH... POR SUPUESTO... EL ESLOGAN DE HOY ES "¡ROCAS Y ROLLOS DE PRIMAVERA!"
ERTA
15
¡ES ROCK AND ROLL, CRETINO!
¡BIFF PARA SIEMPRE!
I ♥ BIFF!
¡SPRINGFIELD MOLA!
BIFF OS AGRADECE VUESTRO APOYO... VEDLE EN EL PROGRAMA ESPECIAL DE KRUSTY.
Y AHORA, SI NOS DISCULPÁIS, BIFF VA A LLEGAR TARDE A SU SESIÓN DE OXIGENOTERAPIA.
VOLVED A... OOOOH, ESTO PICA.
¡RÁPIDO, BIFF! ¡MÉTETE EN LA LIMUSINA! NOS REUNIREMOS EN EL HOTEL.
¿BIFF WESTWOOD? ¡ESTO ES NOTICIA!
BIENVENID
¡UEEEEEEH!
VROOOM!

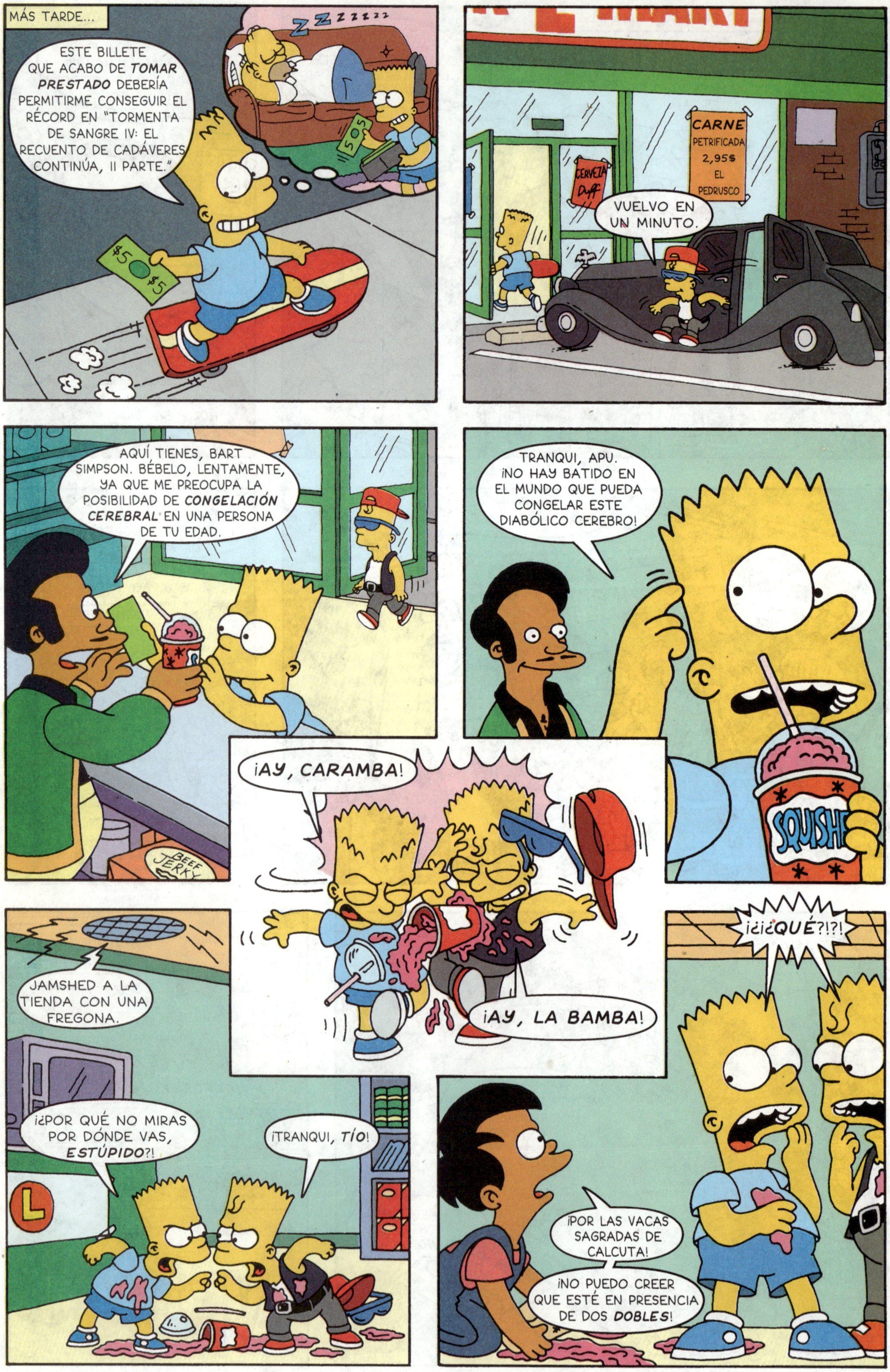
MÁS TARDE...
ESTE BILLETE QUE ACABO DE TOMAR PRESTADO DEBERÍA PERMITIRME CONSEGUIR EL RÉCORD EN "TORMENTA DE SANGRE IV: EL RECUENTO DE CADÁVERES CONTINÚA, II PARTE."
CARNE PETRIFICADA 2,95$ EL PEDRUSCO
CERVEZA Duff
VUELVO EN UN MINUTO.
AQUÍ TIENES, BART SIMPSON. BÉBELO, LENTAMENTE, YA QUE ME PREOCUPA LA POSIBILIDAD DE CONGELACIÓN CEREBRAL EN UNA PERSONA DE TU EDAD.
BEEF JERKY
TRANQUI, APU. ¡NO HAY BATIDO EN EL MUNDO QUE PUEDA CONGELAR ESTE DIABÓLICO CEREBRO!
SQUISHE
¡AY, CARAMBA!
¡AY, LA BAMBA!
JAMSHED A LA TIENDA CON UNA FREGONA.
¡¿POR QUÉ NO MIRAS POR DÓNDE VAS, ESTÚPIDO?!
¡TRANQUI, TÍO!
¡¿¡¿QUÉ?!?!
¡POR LAS VACAS SAGRADAS DE CALCUTA!
¡NO PUEDO CREER QUE ESTÉ EN PRESENCIA DE DOS DOBLES!

¡UN DOBLE! ¡UN DOBLE ES UNA PERSONA EXACTAMENTE IGUAL A UNO. ALGUIEN CUYAS CARACTERÍSTICAS FÍSICAS SON IGUALES A LAS TUYAS. ALGUNOS LO LLAMAN "LA OTRA GOTA DE AGUA."
SE DICE QUE CUANDO DOS DE ESTOS SERES SE ENCUENTRAN, HAY LA POSIBILIDAD DE QUE EL UNIVERSO SE COLAPSE, CREÁNDOSE OTRO UNIVERSO NUEVO EN EL QUE TODAS LAS PERSONAS SE CONVERTIRÁN EN BUEYES TIBETANOS DE TRES CABEZAS.
TOPE.
INQUIETANTE.
CURIOSAMENTE, INCLUSO VUESTRAS VOCES SUENAN IGUAL. Y AHORA, SI ME DISCULPÁIS, DEBO AYUDAR A MI TÍO A ENGRASAR EL EXPEDIDOR DE NACHOS DE QUESO.
LAMENTO HABERTE TIRADO EL BATIDO. ¿PUEDO PAGARTE OTRO?
YO NUNCA RECHAZO LOS REGALOS.
$100
ME ENCANTARÍA VIVIR TU VIDA. SALES POR LA TELE Y HACES MONTAÑAS DE DINERO VENDIENDO TU NOMBRE Y TU IMAGEN. INCLUSO TIENES TU PROPIO TEBEO. NO PUEDO IMAGINAR CÓMO DEBE SER ESA VIDA.
TIENE SUS COSAS BUENAS, CLARO, PERO TAMBIÉN TIENE SUS GAJES. NUNCA ESTOY EL TIEMPO SUFICIENTE EN UNA CIUDAD COMO PARA HACER AMIGOS. NO PUEDO IR A NINGUNA PARTE SIN QUE ME ECHE ENCIMA LA GENTE.
ESTOY TAN OCUPADO DANDO ENTREVISTAS, QUE NO ME QUEDA TIEMPO PARA MI VERDADERO INTERÉS EN LA VIDA: ESTUDIAR HISTORIA.
A VECES DESEARÍA TOMARME UNAS VACACIONES Y SER UN NIÑO NORMAL DURANTE UN PAR DE DÍAS.
¡ME PARECE MUY BIEN! VEN AQUÍ. TENGO UN PLAN.
NAB!

POCOS MINUTOS DESPUÉS...
¡QUÉ HORROR! CREO QUE HE PERDIDO MÁS DE LO QUE CREÍA.
... ASÍ QUE YA SABES: LOS LIBROS DE HISTORIA ESTÁN EN EL ESCRITORIO; TU MEJOR AMIGO ES MILHOUSE... Y NUNCA LLAMES PAPÁ A TU PADRE. SIEMPRE, HOMER.
Y YO LES DIRÉ A LOS ENTREVISTADORES LO MUCHO QUE ME GUSTA CUALQUIER CIUDAD EN LA QUE ESTÉ Y LO AGRADECIDO QUE LE ESTOY A MI COMPAÑÍA DE DISCOS POR DEJARME HACER "EL TIPO DE MÚSICA QUE QUIERO HACER".
NOS ENCONTRAREMOS EN EL HOTEL, EL SÁBADO POR LA NOCHE, ANTES DE LA GALA DE KRUSTY. GRACIAS POR DARME ESTA OPORTUNIDAD DE SER UN DON NADIE DURANTE UN PAR DE DÍAS.
NINGÚN PROBLEMA. Y BUENA SUERTE CON MI EXAMEN DE HISTORIA.
EH, HOMER. ¿ME LLEVAS A CASA?
¿UH? ¿QUÉ HACES AQUÍ?
ME HE ESCAPADO DE CASA... PARA IRTE A BUSCAR ESTO.
¡ESTE CHICO ME QUIERE!
CEBO, ANZUELO Y SEDAL.
AL GRAN HOTEL DE SPRINGFIELD, CHÓFER.

RECUÉRDALO: YO NO LE DIGO A MARGE QUE TE HAS ESCAPADO DE CASA, Y TÚ NO LE CUENTAS A ELLA QUE HE PERDIDO CASI TODO MI SALARIO APOSTANDO A LAS CUCARACHAS GLADIADORAS, EN EL BAR DE MOE. ¿TRATO HECHO?
TRATO HECHO, PA... ER... QUIERO DECIR, HOMER.
MOMENTOS DESPUÉS...
COMO ESO QUE ESTÁS LEYENDO SEA UN TEBEO, BART...
HOLA, SEÑORA... QUIERO DECIR, MAMÁ. ¿SABÍAS QUE LA INVENCIÓN DE LA DESMOTADORA DE ALGODÓN, LLEVADA A CABO POR ELI WHITNEY, ES COMÚNMENTE CONSIDERADA COMO EL HERALDO DE LA REVOLUCIÓN INDUSTRIAL?
HISTORIA
NO, CIELO. YO... UH... NO LO SABÍA. BUENAS NOCHES, CIELO.
BUENAS NOCHES.
UNA DAMA ENCANTADORA. UN PEINADO HORRIBLE.
BART ME HA HECHO SENTIR ORGULLOSA ESTA NOCHE, HOMER.
¿POR QUÉ? ¡OH, NO! ¡TE HA CONTADO QUE NO ESTABA EN UNA REUNIÓN! LA ESPANTOSA VERDAD ES QUE ME HE JUGADO Y PERDIDO MI SALARIO, MARGE. ¿PODRÁS LLEGAR A PERDONARME?
ME REFERÍA A QUE BART ESTÁ ESTUDIANDO DURO PARA SU EXAMEN DE HISTORIA. Y, POR CIERTO, ¿QUÉ ES ESA HISTORIA SOBRE APUESTAS?
NADA... DEBÍA ESTAR... UH... SOÑANDO... PIENSES LO QUE PIENSES, YO SÓLO HE DICHO QUE... JE-JE. BUENAS NOCHES.

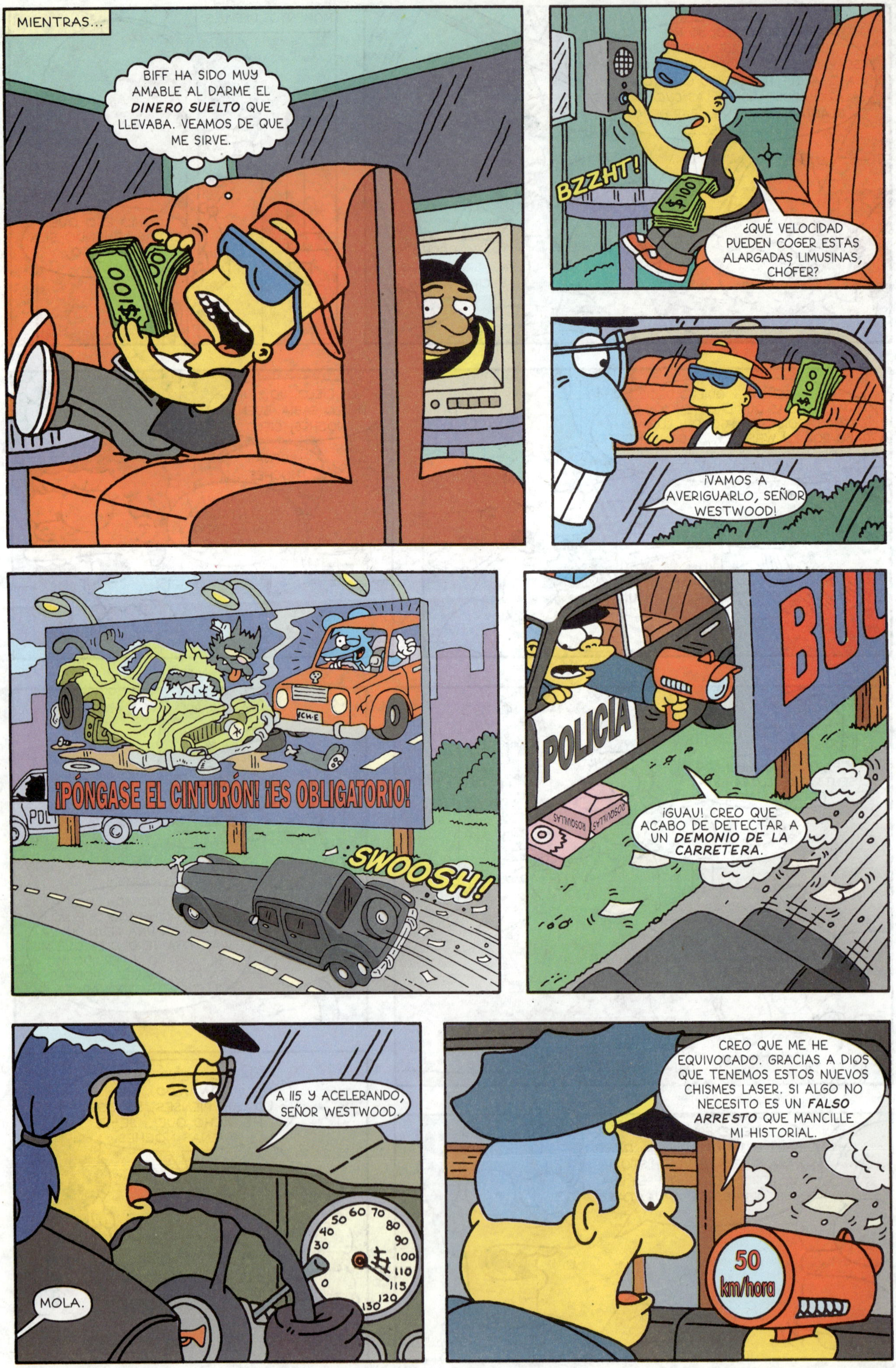
MIENTRAS...
BIFF HA SIDO MUY AMABLE AL DARME EL DINERO SUELTO QUE LLEVABA. VEAMOS DE QUE ME SIRVE.
BZZHT!
¿QUÉ VELOCIDAD PUEDEN COGER ESTAS ALARGADAS LIMUSINAS, CHÓFER?
¡VAMOS A AVERIGUARLO, SEÑOR WESTWOOD!
¡PÓNGASE EL CINTURÓN! ¡ES OBLIGATORIO!
SWOOSH!
POLICIA
¡GUAU! CREO QUE ACABO DE DETECTAR A UN DEMONIO DE LA CARRETERA.
A 115 Y ACELERANDO, SEÑOR WESTWOOD.
MOLA.
CREO QUE ME HE EQUIVOCADO. GRACIAS A DIOS QUE TENEMOS ESTOS NUEVOS CHISMES LASER. SI ALGO NO NECESITO ES UN FALSO ARRESTO QUE MANCILLE MI HISTORIAL.
50 km/hora

EN EL HOTEL...
Springfield GRAND 777
¡BIENVENIDO, SEÑOR WESTWOOD!
SU FIESTA LE ESPERA EN LA SUITE DEL ÁTICO.
ESTO ES TODO UN TUGURIO.
EXCELENTE, BUEN HOMBRE.
EN LA SUITE DE WESTWOOD...
3 DÍAS
FESTIVAL DEL AMOR DEL FIN DE SEMANA.
CON BIFF WESTWOOD (EX-MIEMBRO DE TOODLERS TO TEENS)
Y TAMBIÉN: LAZLO. BANE. TWIG. JOSH CLAYTON. FENTON.
BIFF WESTWOOD GIRA CONGELADA ALASKA '93
EL PSICÓPATA
Artillería antiaérea, la última moda
¡LA DERECHA SOBRE EL VERDE!
BAÑO DE SANGRE
INMORTAL WOMBAT
¡ESTRELLAS DEL ROCK! ¡MCBAIN! ¡SUPERMODELOS!, ¡HAS ENCONTRADO TU LUGAR EN EL MUNDO, BARTHOLOMEW J. SIMPSON!

EMPEZÁBAMOS A PREOCUPARNOS POR TI, BIFF. ¿TE ACUERDAS DE RAINIER?
¿QUIÉN PODRÍA OLVIDAR A LA ESTRELLA DE "UN PUÑADO DE ARTERIAS"?
GRACIAS POR PERMITIRME ACOMPAÑARTE EN TU GIRA. SERÁ UNA DOCUMENTACIÓN VALIOSÍSIMA PARA MI PRÓXIMA PELÍCULA: "MUERTE, ESBIRROS Y ROCK AND ROLL."
A TU DISPOSICIÓN, RAINIER. LOS QUE SOMOS SUPERFAMOSOS DEBEMOS AYUDARNOS.
HEY, BIFFSTER. ME PROMETISTE LA REVANCHA DESPUÉS DE LA PALIZA QUE ME DISTE EN RED ROCKS.
AJEDREZ
TENDRÁS QUE PONERTE A LA COLA. BIFF NOS PROMETIÓ PASAR UN RATITO CONMIGO Y CON SVETLANA.
LO SIENTO, TÍO. CREO QUE TENGO ALGO DE LO QUE OCUPARME... ¡ALGO QUE SE LLAMA CHICAS!
PATATAS FRITAS
COLA
...HE CONCERTADO UNA ENTREVISTA EN "CHARLANDO DE ROCK", Y DESPUÉS OTRA CON KENT BROCKMAN, Y FINALMENTE, LA GALA ESPECIAL DE KRUSTY. INTENTA DESCANSAR UN POCO ESTA NOCHE.
AHÍ VOY, MEDIOS DE COMUNICACIÓN.

A LA MAÑANA SIGUIENTE...
CLANK!
¡OH, CIELOS! ¿QUÉ HA SIDO ESO?
¡DESPIERTA, HOMEY! CREO QUE HE OÍDO ALGO.
¿SONABA COMO SI MILLONES DE VOCES GRITARAN ATERRORIZADAS Y LUEGO FUERAN SILENCIADAS DE REPENTE?
NO, VENÍA DE LA COCINA. ¡Y HUELO A QUEMADO!
¡AAAAGH! ¡ALGUIEN ESTÁ COCINANDO SIN MÍ!
BART... ¿QUÉ ESTÁS HACIENDO?
LO SIENTO. SE ME HA CAÍDO UN CAZO MIENTRAS PREPARABA EL DESAYUNO.
SUPONGO QUE BART NO COCINA NUNCA, PERO TENÍA QUE ASEGURARME DE QUE MI DESAYUNO CONSTARA DE LECHE DE SOJA Y SUCEDÁNEOS DE HUEVO PARA TENER UN COMIENZO DEL DÍA MÁS SALUDABLE.
CHICO, SI ESAS TORTAS SABEN TAN BIEN COMO PARECEN, ME PARECERÁN EL DOBLE DE BUENAS DE LO QUE SABEN.
OYE, BART. NO LE DIJE A MAMÁ QUE TE ESCAPASTE DE CASA, PERO EL HECHO DE QUE PREPARES EL DESAYUNO ES UNA SEÑAL EVIDENTE DE QUE TE PROPONES ALGO.
LA TORTILLA ES DELICIOSA, BART. PARECE QUE MI CHICO ESPECIAL ESTÁ CRECIENDO.
... O NO.

MÁS TARDE...
BART, AMIGO, DI ADIÓS A TUS PREOCUPACIONES.
ESTE DEBE SER MILHOUSE.
TENGO EN MI MANO LA CHULETA *DEFINITIVA* PARA EL EXAMEN DE LA KRABAPPEL.
NO HACE FALTA, MILHOUSE. LO TENGO TODO AQUÍ.
MUY BIEN, BART. PERO SI TE VES EN APRIETOS, LÁNZALE ESTA GOMA A MARTIN.
SUS GIMOTEOS CREARÁN UNA DISTRACCIÓN APROVECHANDO LA CUAL PODRÉ PASARTE MIS CHULETAS.
BART ES UN TIPO AFORTUNADO. ESTE TÍO ES UN AMIGO DE VERDAD.
EN EL AULA...
MUY BIEN, ALUMNOS. SACAD VUESTROS LÁPICES. ES LA HORA DEL EXAMEN DE HISTORIA.
COMO DE COSTUMBRE, ME HE TOMADO LA LIBERTAD DE SEPARAR UN PUPITRE. BART: TU TE SENTARÁS ALLÍ.

ME GUSTARÍA PENSAR QUE SIENTA A BART AQUÍ PARA QUE LOS DEMÁS NO COPIEN DE ÉL.
CUANDO HAYÁIS ACABADO, LEVANTAD LAS MANOS Y PASARÉ A RECOGER VUESTROS EXÁMENES.
POCOS MINUTOS DESPUÉS...
BART: DEBERÍAS HABER IDO AL LAVABO ANTES DE ENTRAR EN CLASE.
NO, NO. ES QUE YA HE ACABADO MI EXAMEN.
¿TE RINDES TAN PRONTO? SINCERAMENTE, BART: ¿NO PODRÍAS, AL MENOS, SIMULAR QUE ACABAS EL EXAMEN?
LECCIÓN DE MAÑANA: PGS. 231-240 PREGUNTAS 5-44.
PERO SI HE ACABADO. HE CONTESTADO A TODAS LAS PREGUNTAS. POR ESO QUIERO ENTREGARLO.
GUAU, POR AQUÍ NO SE ESPERA MUCHO DE BART.
¡ESTO ES IMPOSIBLE! BART HA ACABADO Y YO TODAVÍA ESTOY A MITAD DE MI REDACCIÓN SOBRE EL TRATADO BREST-LITVOSK, MENOS CONOCIDO COMO EL TRATADO DE VERSALLES, PERO NO POR ELLO MENOS APASIONANTE.
YA BASTA, MARTIN. MUCHAS GRACIAS. RECOGERÉ TU EXAMEN... Y LOS OTROS, VOLVED AL TRABAJO.

"NUCLEAR BLUES" THE TOXICS
HAN SIDO OTRAS DOS CANCIONES SEGUIDAS, SIN ANUNCIOS.
Y AHORA OS PRESENTARÉ A NUESTRO INVITADO, LA SENSACIÓN MUSICAL PRE-ADOLESCENTE, BIFF WESTWOOD.
COOL RADIO
GRACIAS. QUISIERA APROVECHAR LA OCASIÓN PARA DECIRLES A TODOS MIS FANS DE SPRINGFIELD QUE NOSOTROS, LA ÉLITE DE LA MÚSICA POP, ESTAMOS DE ACUERDO EN QUE "SPRINGFIELD MOLA Y SIEMPRE MOLARÁ, MIENTRAS QUE SHELBYVILLE ES CUTRE..."
"... Y SIEMPRE LO SERÁ."
ME ENCANTA CUANDO LAS ESTRELLAS DEL ROCK TOMAN PARTIDO POLÍTICO.
NO SÉ LO QUE TE PROPONES, BART, PERO ESTOY SEGURA DE QUE HARÁ CAER EL OPROBIO SOBRE NUESTRO YA MANCILLADO APELLIDO.
NO TIENES DE QUÉ PREOCUPARTE, HERMANITA. HE PASADO PÁGINA EN MI VIDA.
A JUZGAR POR TUS NUEVOS HÁBITOS ESTUDIANTILES, YO DIRÍA QUE HAS PASADO PÁGINA ENSEGUIDA.
Y, AUNQUE TODAVÍA ME DUELE LA HUMILLACIÓN DE VERME SUPERADO POR TI EN CLASE, TODAVÍA SOY CAPAZ DE CREAR UN OPORTUNO Y ERUDITO JUEGO DE PALABRAS PARA CURAR MIS HERIDAS.
VAMOS, LISA. ¡EL PRIMERO QUE LLEGUE A CASA, AYUDA A MAMÁ CON LA COLADA!
EMPIEZO A TEMER POR SU SALUD MENTAL.
¡SÓLO HAS LOGRADO INTENSIFICAR MIS DESEOS DE SOBRESALIR! TE ESTOY ETERNAMENTE AGRADECIDO POR ELLO.
DETÉNGASE CUANDO SE ENCIENDAN LAS LUCES ROJAS

ESA NOCHE...
GRACIAS POR AYUDARME A LIMPIAR LOS PLATOS Y POR ESE DELICIOSO POSTRE, BART.
HA SIDO UN PLACER. HAY ALGO MUY ZEN EN ESO DE LAVAR PLATOS.
¡HUMMM! ¡NATILLAS QUEMADAS!
YA QUE BART HA AYUDADO TANTO, ¿POR QUÉ NO LE PERMITIMOS QUE ELIJA LO QUE VEMOS ESTA NOCHE?
PERO, MAMÁ, YO IBA A VER A BIFF WESTWOOD EN EL PROGRAMA DE FAMOSOS DE KENT BROCKMAN. BART NO QUERRÁ VERLO.
¿POR QUÉ NO? ES UN TÍO ENROLLADO.
PODRÉ VER A BART HACIENDO MI PAPEL.
PERO SI BART PIENSA QUE BIFF WESTWOOD ES UN "GUAPITO PREFABRICADO SIN NINGÚN TALENTO"*... AQUÍ ESTÁ PASANDO ALGO RARO.
*BART LO DIJO EN UNA OCASIÓN, DE VERDAD.
Z Z Z Z Z Z Z
YO LO COGERÉ.
RING-A-RING!
NUESTRO INVITADO DE ESTA NOCHE ES UN JOVEN CANTANTE QUE A MIS HIJOS LES ENCANTA. POR LO MENOS ESO DICE MI EX-ESPOSA Y, DEBE DE SABERLO, YA QUE LE DIERON A ELLA LA CUSTODIA DE LOS NIÑOS.
ENTREVISTA CON UN FAMOSO CON KENT BROCKMAN
CON KENT BROCKMAN
¡POR TODOS LOS SANTOS! ¡BIFF Y BART SON IDÉNTICOS! ¡AHORA LO ENTIENDO TODO! ¡DEBEN DE HABERSE INTERCAMBIADO LOS PAPELES!

ERES BIFF WESTWOOD, ¿NO ES ASÍ? SIEMPRE HABÍA SOÑADO CONOCERTE, PERO NI EN LAS MÁS LOCAS FANTASÍAS DE MI FÉRTIL IMAGINACIÓN HABRÍA PENSADO QUE OCURRIRÍA ASÍ.
Y YO HABÍA SOÑADO EN CONOCER A ALGUIEN COMO TÚ. SIEMPRE HE QUERIDO TENER UNA HERMANA DE LA QUE CUIDAR Y QUE ME CUIDARA.
¿DE VERDAD?
¡ME ENTRISTECE PENSAR QUE TODO ESTO ACABARÁ MAÑANA POR LA NOCHE, ANTES DE LA GALA EN DIRECTO DE KRUSTY, MOMENTO EN EL QUE BART Y YO VOLVEREMOS A CAMBIAR LOS PAPELES!
¡PERO SI LAS GALAS DE ANIVERSARIO DE KRUSTY NO SON NUNCA EN DIRECTO! ¡EL PROGRAMA SE GRABA ESTA NOCHE!
¡TENEMOS QUE ENCONTRAR A BART INMEDIATAMENTE!
LA SEÑORITA KRABAPPEL AL TELÉFONO, BART. QUIERE QUE VAYAMOS INMEDIATAMENTE A LA ESCUELA.
¡DICE QUE COPIASTE EN EL EXAMEN DE HISTORIA!
¿POR QUÉ PIENSA ESTO?
CON TODO LO QUE ESTUDIASTE POR LA NOCHE, SEGURO QUE EL EXAMEN TE SALIÓ PERFECTO. Y BART NUNCA... QUIERO DECIR... TÚ NUNCA HACES BIEN LOS EXÁMENES.
BART ESTÁ EN UN APURO POR CULPA MÍA. PRIMERO HABLAREMOS CON LA SEÑORITA KRABAPPEL Y LUEGO LE BUSCAREMOS.
VAMOS, NIÑOS. NO ESTOY DISPUESTA A QUE NADIE QUE NO SEA YO PONGA EN DUDA LA INTEGRIDAD DE BART.
...TE DIRÉ, KENT... CUANDO ESTÁS CUBIERTO HASTA LAS RODILLAS DE BILLETES DE CIEN DÓLARES, LAS MUSAS VIENEN SIEMPRE.

COMO PUEDE VER, LAS NOTAS DE BART SIEMPRE HAN ESTADO EN ESTA ÁREA...
DISCÚLPEME, DIRECTOR SKINNER, SE HA EQUIVOCADO DE GRÁFICO.
VALOR NUTRITIVO DE LAS COMIDAS DE LA ESCUELA
EXCEPCIONAL
MUY BUENO
BUENO
INADECUADO
MALO
TÓXICO
MIRE, SEÑORA SIMPSON... NO NECESITO GRÁFICOS PARA RECORDARLE QUE SU HIJO ES, Y SIEMPRE SERÁ, UN FRACASO ESCOLAR.
AHORA ESCÚCHEME USTED A MÍ, DIRECTOR SKINNER. PUEDE QUE BART NO HAYA SIDO NUNCA UN MODELO DE ESTUDIANTE, PERO LA GENTE CAMBIA.
EL BART QUE YO HE CONOCIDO DURANTE LAS ÚLTIMAS 24 HORAS ES UN ESTUDIANTE QUE TRABAJA DURO, CON EXCELENTES HÁBITOS DE ESTUDIO Y UN GRAN TALENTO PARA PREPARAR DELICIOSOS POSTRES EXTRANJEROS.
PODRÍA LLEGAR A ACEPTAR ESTA TRANSFORMACIÓN INSTANTÁNEA SI BART CONTESTARA ACERTADAMENTE A UNAS CUANTAS PREGUNTAS DE HISTORIA.
NO VEO NINGUNA RAZÓN POR LA QUE MI HERMANO DEBA SER SOMETIDO A UN EXAMEN DE COMPROBACIÓN, CUANDO YA HA DEMOSTRADO QUE...
NO ME IMPORTA. ADELANTE. DISPARE.
MÁS TARDE...
...Y, EN MAYO DE 1915, ITALIA LE DECLARÓ LA GUERRA A AUSTRIA, ACABANDO DE ESTE MODO CON LA TRIPLE ALIANZA QUE SE HABÍA FORMADO 33 AÑOS ANTES CON...
SÍ, SÍ. ES SUFICIENTE.
CONFÍO EN QUE RECUERDEN ESTO LA PRÓXIMA VEZ QUE CUALQUIERA DE LOS DOS VUELVA A DUDAR DE LA CAPACIDAD DE LOS NIÑOS PARA SUPERARSE A SÍ MISMOS.

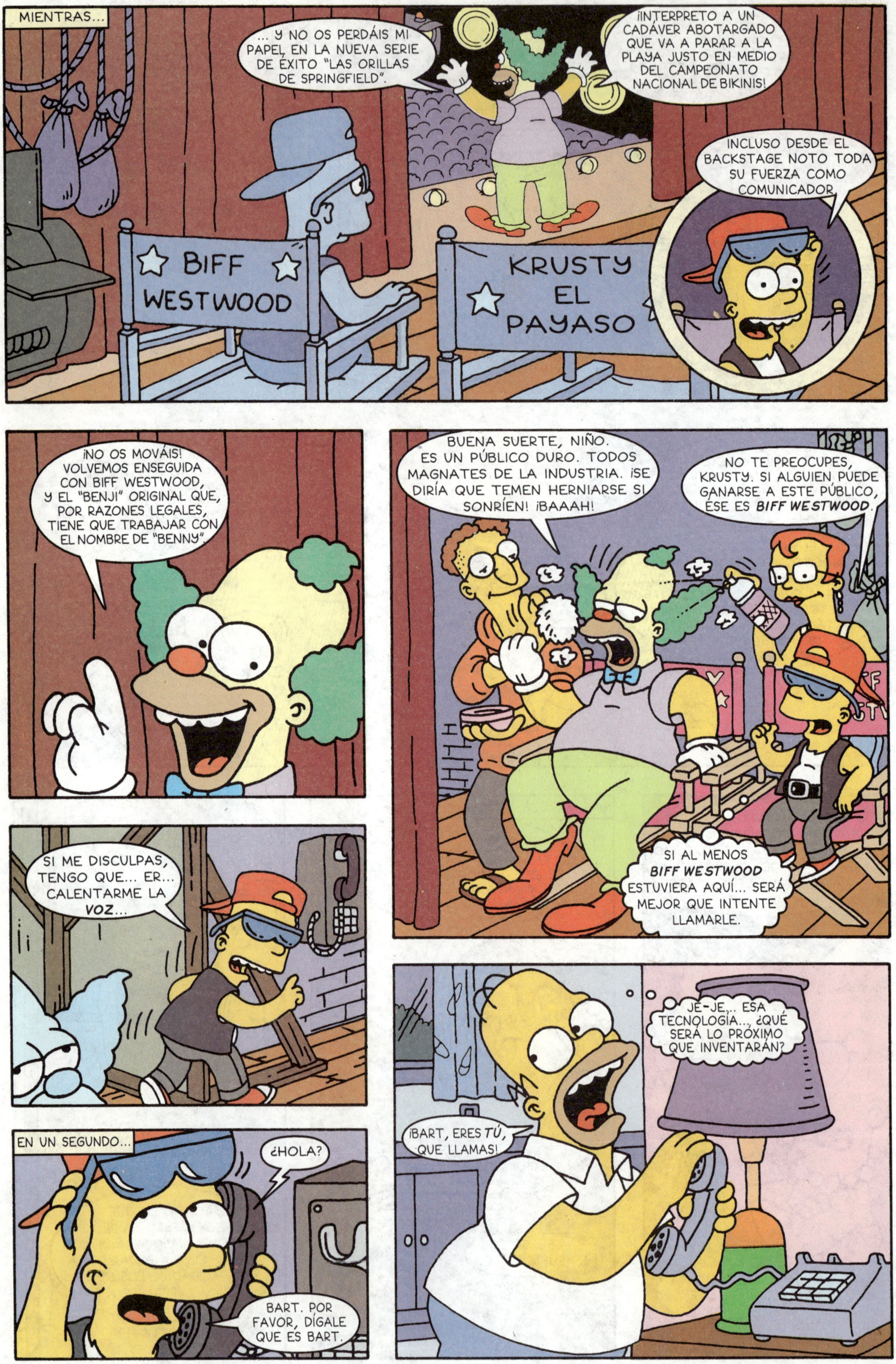
MIENTRAS...
... Y NO OS PERDÁIS MI PAPEL EN LA NUEVA SERIE DE ÉXITO "LAS ORILLAS DE SPRINGFIELD".
¡INTERPRETO A UN CADÁVER ABOTARGADO QUE VA A PARAR A LA PLAYA JUSTO EN MEDIO DEL CAMPEONATO NACIONAL DE BIKINIS!
BIFF WESTWOOD
KRUSTY EL PAYASO
INCLUSO DESDE EL BACKSTAGE NOTO TODA SU FUERZA COMO COMUNICADOR.
¡NO OS MOVÁIS! VOLVEMOS ENSEGUIDA CON BIFF WESTWOOD, Y EL "BENJI" ORIGINAL QUE, POR RAZONES LEGALES, TIENE QUE TRABAJAR CON EL NOMBRE DE "BENNY".
BUENA SUERTE, NIÑO. ES UN PÚBLICO DURO. TODOS MAGNATES DE LA INDUSTRIA. ¡SE DIRÍA QUE TEMEN HERNIARSE SI SONRÍEN! ¡BAAAH!
NO TE PREOCUPES, KRUSTY. SI ALGUIEN PUEDE GANARSE A ESTE PÚBLICO, ÉSE ES BIFF WESTWOOD.
SI AL MENOS BIFF WESTWOOD ESTUVIERA AQUÍ... SERÁ MEJOR QUE INTENTE LLAMARLE.
SI ME DISCULPAS, TENGO QUE... ER... CALENTARME LA VOZ...
JE-JE,.. ESA TECNOLOGÍA..., ¿QUÉ SERÁ LO PRÓXIMO QUE INVENTARÁN?
EN UN SEGUNDO...
¿HOLA?
BART. POR FAVOR, DÍGALE QUE ES BART.
¡BART, ERES TÚ, QUE LLAMAS!

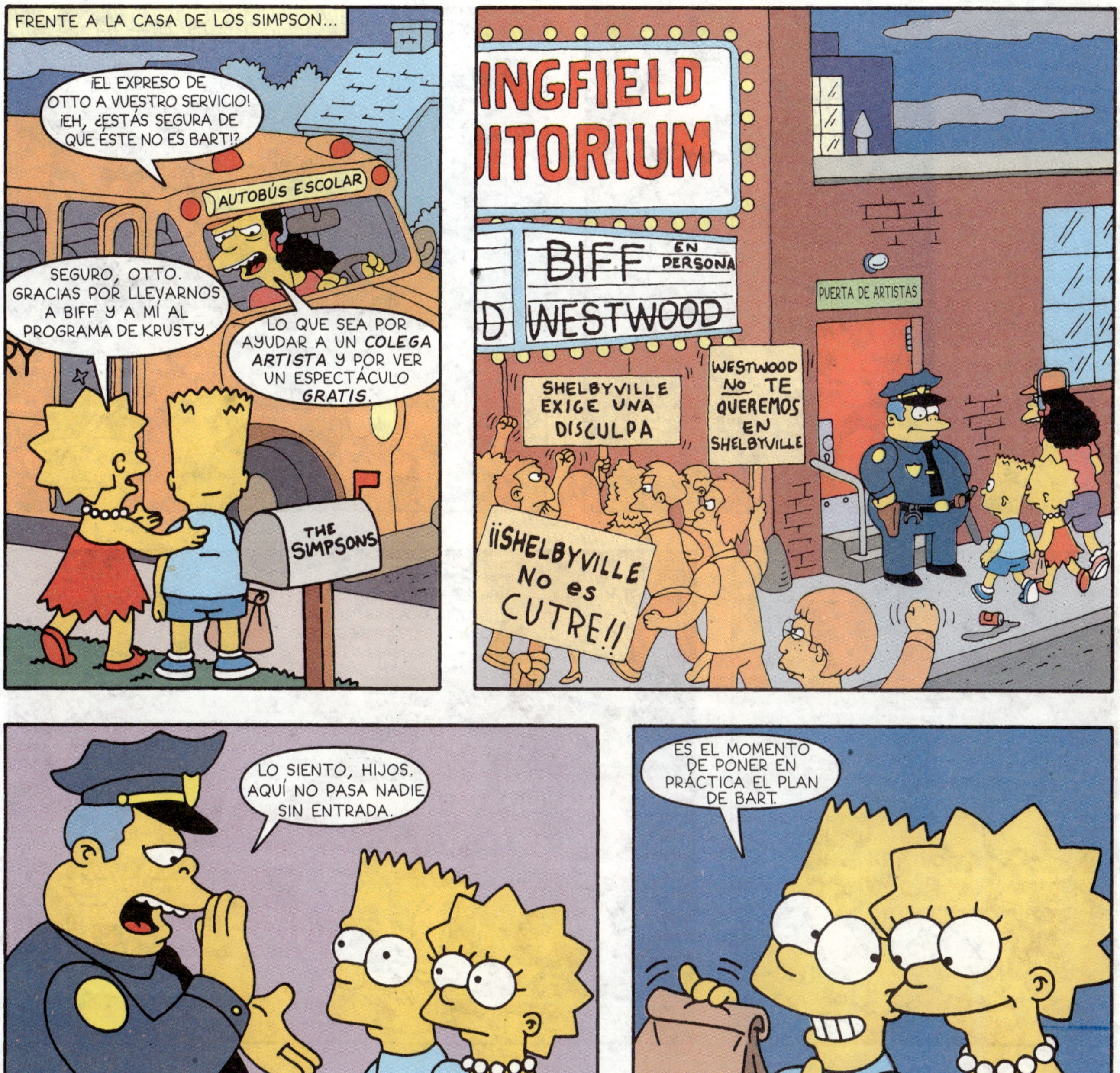
FRENTE A LA CASA DE LOS SIMPSON...
¡EL EXPRESO DE OTTO A VUESTRO SERVICIO! ¡EH, ¿ESTÁS SEGURA DE QUE ÉSTE NO ES BART!?
AUTOBÚS ESCOLAR
SEGURO, OTTO. GRACIAS POR LLEVARNOS A BIFF Y A MÍ AL PROGRAMA DE KRUSTY.
LO QUE SEA POR AYUDAR A UN COLEGA ARTISTA Y POR VER UN ESPECTÁCULO GRATIS.
THE SIMPSONS
INGFIELD
DITORIUM
BIFF EN PERSONA
D WESTWOOD
PUERTA DE ARTISTAS
SHELBYVILLE EXIGE UNA DISCULPA
WESTWOOD NO TE QUEREMOS EN SHELBYVILLE
¡¡SHELBYVILLE No es CUTRE!!
LO SIENTO, HIJOS. AQUÍ NO PASA NADIE SIN ENTRADA.
ES EL MOMENTO DE PONER EN PRÁCTICA EL PLAN DE BART.
OH, PARECE QUE TENÉIS UNA DE LAS NUEVAS ENTRADAS... SÍ... ESTO VALE. ENTRAD.
ES AHORA CUANDO MIS AÑOS DE ROADIE DE MILLI VANILLI ME VAN A SERVIR DE ALGO.
¿QUÉ VAMOS A HACER?
¡OH, NO. ¡YA ESTÁ EN EL ESCENARIO! ¡LLEGAMOS TARDE!

¿DÓNDE ESTARÁN?
VALE, PUES A CANTAR.
¡HOLA, SPRINGFIELD! ¿ESTÁIS LISTOS?
¡O.K.! ¡AHÍ VOY!
MICRO DE LA SALA
OFF
ON
MICRO INTERNO
OFF
ON
CLICK!
TÚ ERES MI ÚNICO AMOR, COMO LAS ESTRELLAS QUE BRILLAN ALREDEDOR...
SUS LETRAS SON SIMPLONAS, PERO BIFF PODRÍA HACER PARECER ROMÁNTICO EL *LISTÍN TELEFÓNICO*.
AL DÍA SIGUIENTE...
NO ME BURLARÉ DE LOS OTROS ALUMNOS CON MIS CONOCIMIENTOS DE HISTORIA.
NO ME BURLARÉ DE LOS ALUMNOS CON
El Biffo
¿SABES, OTTO? CREO QUE AMBOS HAN APRENDIDO UNA IMPORTANTE LECCIÓN.
YO TAMBIÉN. IRÉ A CAPITAL CITY CON ESTA CAJA DE ROSQUILLAS Y ONCE AMIGOS Y CONSEGUIREMOS PASES PARA LA ZONA DE ARTISTAS DEL CONCIERTO DE LOLLAPALOOZA.
FIN

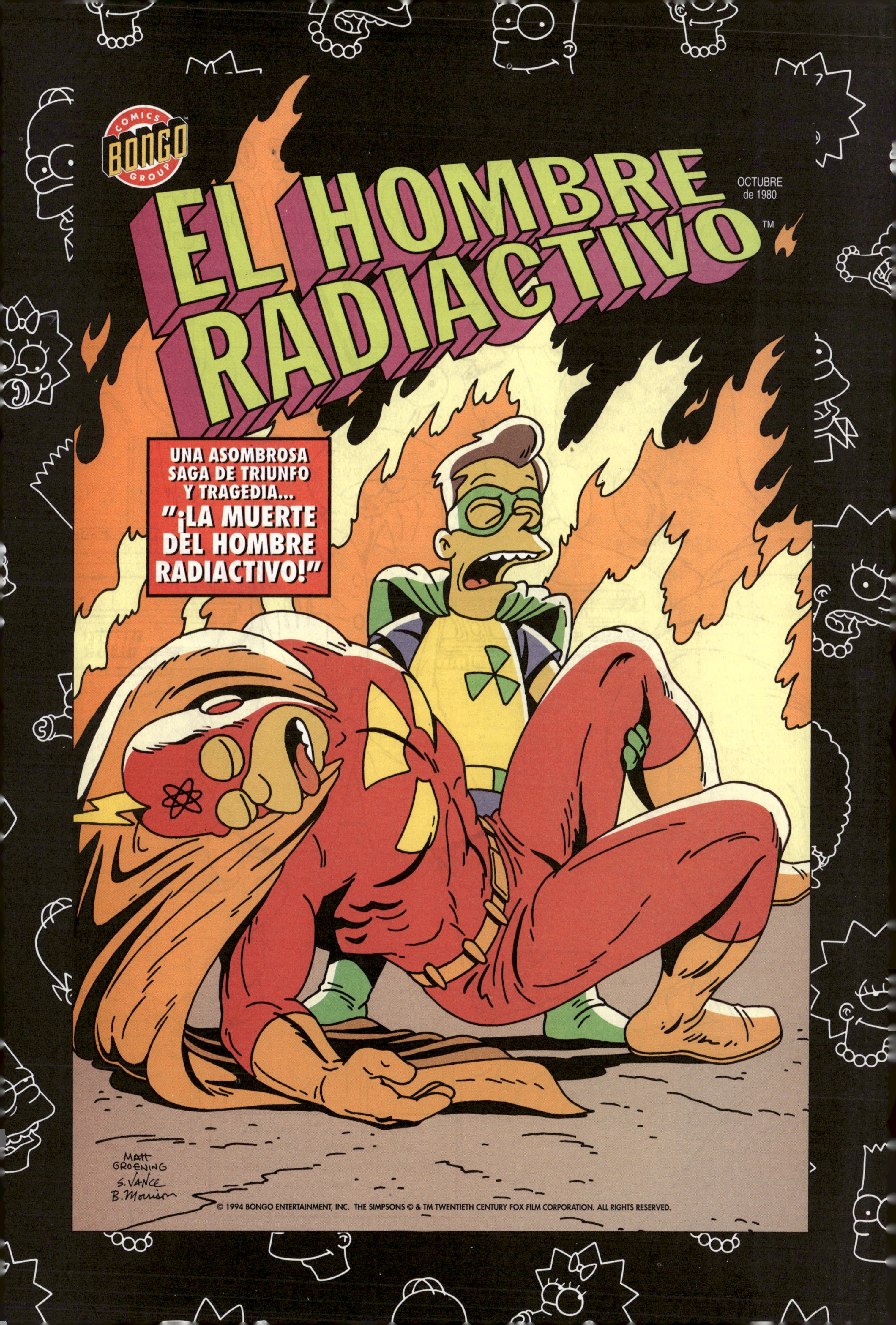

BONGO COMICS GROUP
EL HOMBRE RADIACTIVO™
OCTUBRE de 1980
UNA ASOMBROSA SAGA DE TRIUNFO Y TRAGEDIA... "¡LA MUERTE DEL HOMBRE RADIACTIVO!"
MATT GROENING
S. VANCE
B. Morrison

HACE UNOS INSTANTES, EL HOMBRE RADIACTIVO Y EL CHICO RESIDUO NUCLEAR, SIGUIENDO UNA FALSA LLAMADA DEL ESCUADRÓN SUPERIOR HAN LLEGADO A LA GUARIDA DEL DR. CANGREJO... SÓLO PARA ENCONTRAR...
¡POR FIN! ¡EL HOMBRE RADIACTIVO UND EL CHICO REZIDUO NUCLEAR EZTÁN EN LAZ GARRAZ DEL DR. CANGREJO!
STEVE VANCE: GUIÓN, ESBOZOS
BILL MORRISON: ACABADOS
TIM BAVINGTON: TINTAS ADICIONALES
CINDY VANCE: COLOR
MATT GROENING: CONSEJERO POLÍTICO

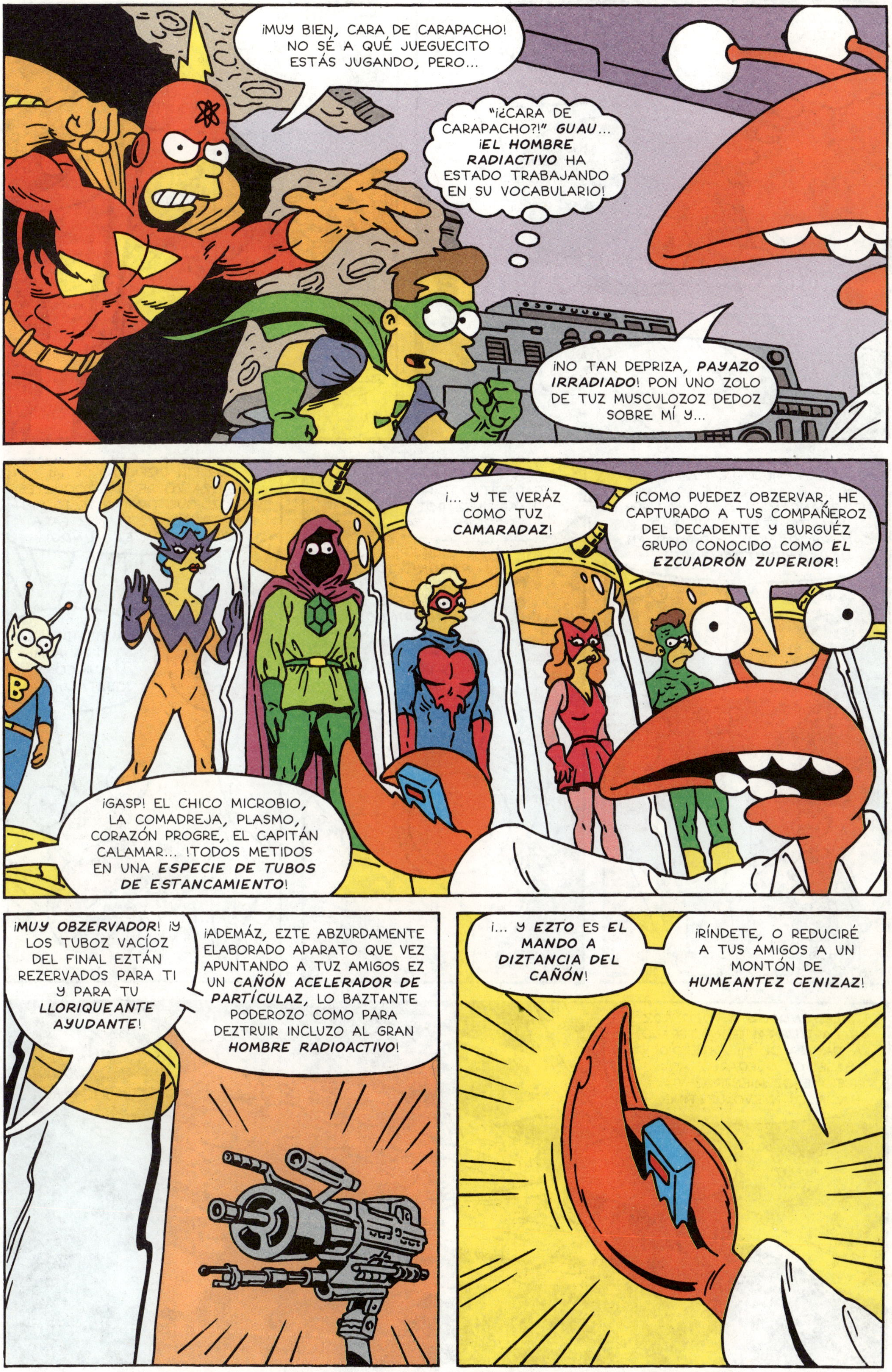

¡MUY BIEN, CARA DE CARAPACHO! NO SÉ A QUÉ JUEGUECITO ESTÁS JUGANDO, PERO...
"¿¡CARA DE CARAPACHO?!" GUAU... ¡EL HOMBRE RADIACTIVO HA ESTADO TRABAJANDO EN SU VOCABULARIO!
¡NO TAN DEPRIZA, PAYAZO IRRADIADO! PON UNO ZOLO DE TUZ MUSCULOZOZ DEDOZ SOBRE MÍ Y...
¡... Y TE VERÁZ COMO TUZ CAMARADAZ!
¡COMO PUEDEZ OBZERVAR, HE CAPTURADO A TUS COMPAÑEROZ DEL DECADENTE Y BURGUÉZ GRUPO CONOCIDO COMO EL EZCUADRÓN ZUPERIOR!
B
¡GASP! EL CHICO MICROBIO, LA COMADREJA, PLASMO, CORAZÓN PROGRE, EL CAPITÁN CALAMAR... !TODOS METIDOS EN UNA ESPECIE DE TUBOS DE ESTANCAMIENTO!
¡MUY OBZERVADOR! ¡Y LOS TUBOZ VACÍOZ DEL FINAL EZTÁN REZERVADOS PARA TI Y PARA TU LLORIQUEANTE AYUDANTE!
¡ADEMÁZ, EZTE ABZURDAMENTE ELABORADO APARATO QUE VEZ APUNTANDO A TUZ AMIGOS EZ UN CAÑÓN ACELERADOR DE PARTÍCULAZ, LO BAZTANTE PODEROZO COMO PARA DEZTRUIR INCLUZO AL GRAN HOMBRE RADIOACTIVO!
¡... Y EZTO ES EL MANDO A DIZTANCIA DEL CAÑÓN!
¡RÍNDETE, O REDUCIRÉ A TUS AMIGOS A UN MONTÓN DE HUMEANTEZ CENIZAZ!

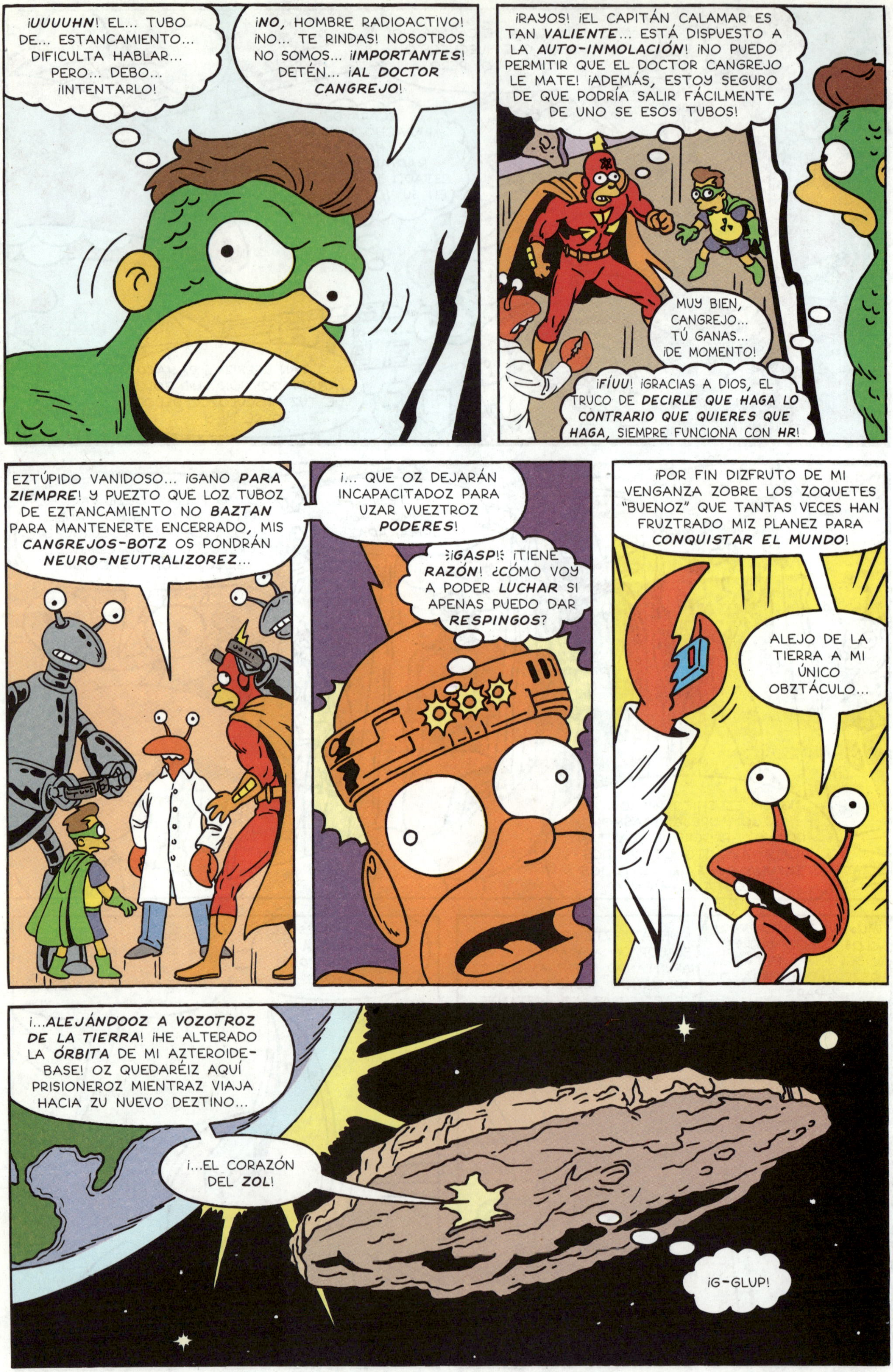
¡UUUUHN! EL... TUBO DE... ESTANCAMIENTO... DIFICULTA HABLAR... PERO... DEBO... ¡INTENTARLO!
¡NO, HOMBRE RADIOACTIVO! ¡NO... TE RINDAS! NOSOTROS NO SOMOS... ¡IMPORTANTES! DETÉN... ¡AL DOCTOR CANGREJO!
¡RAYOS! ¡EL CAPITÁN CALAMAR ES TAN VALIENTE... ESTÁ DISPUESTO A LA AUTO-INMOLACIÓN! ¡NO PUEDO PERMITIR QUE EL DOCTOR CANGREJO LE MATE! ¡ADEMÁS, ESTOY SEGURO DE QUE PODRÍA SALIR FÁCILMENTE DE UNO SE ESOS TUBOS!
MUY BIEN, CANGREJO... TÚ GANAS... ¡DE MOMENTO!
¡FÍUU! ¡GRACIAS A DIOS, EL TRUCO DE DECIRLE QUE HAGA LO CONTRARIO QUE QUIERES QUE HAGA, SIEMPRE FUNCIONA CON HR!
EZTÚPIDO VANIDOSO... ¡GANO PARA ZIEMPRE! Y PUEZTO QUE LOZ TUBOZ DE EZTANCAMIENTO NO BAZTAN PARA MANTENERTE ENCERRADO, MIS CANGREJOS-BOTZ OS PONDRÁN NEURO-NEUTRALIZOREZ...
¡... QUE OZ DEJARÁN INCAPACITADOZ PARA UZAR VUEZTROZ PODERES!
¡¡GASP!! ¡TIENE RAZÓN! ¿CÓMO VOY A PODER LUCHAR SI APENAS PUEDO DAR RESPINGOS?
¡POR FIN DIZFRUTO DE MI VENGANZA ZOBRE LOS ZOQUETES "BUENOZ" QUE TANTAS VECES HAN FRUZTRADO MIZ PLANEZ PARA CONQUISTAR EL MUNDO!
ALEJO DE LA TIERRA A MI ÚNICO OBZTÁCULO...
¡...ALEJÁNDOOZ A VOZOTROZ DE LA TIERRA! ¡HE ALTERADO LA ÓRBITA DE MI AZTEROIDE-BASE! OZ QUEDARÉIZ AQUÍ PRISIONEROZ MIENTRAZ VIAJA HACIA ZU NUEVO DEZTINO...
¡...EL CORAZÓN DEL ZOL!
¡G-GLUP!

POCO DESPUÉS, YA PRISIONEROS EN LOS TUBOS DE ESTANCAMIENTO DEL DOCTOR CANGREJO.
¡NO PUEDO LIBRARME DEL NEUTRALIZADOR NEURONAL DEL DOCTOR CANGREJO! SÓLO PUEDO HACER UNA COSA... ¡TENER UN FLASH-BACK!
TODO HA EMPEZADO HACE APENAS UNAS HORAS....
EN MI IDENTIDAD SECRETA COMO CLAUDE KANE, MILLONARIO HOLGAZÁN, ESTABA ESPERANDO A QUE GLORIA GRAND SALIERA DEL TRABAJO... ESTABA ENCARGADA DE CUBRIR LOS INMINENTES DEBATES PRESIDENCIALES...
¡CLAUDE! ¿QUÉ DEMONIOS...? ¡ESTA FIESTA BENÉFICA ES FORMAL!
¡LO SÉ! ¿NO ES FANTÁSTICA LA MANERA EN QUE ESTE EQUIPO DE COWBOY URBANO LIGA CON CUALQUIER ACONTECIMIENTO?
¡...GRACIAS A DIOS! ¡SE ME ESTABAN ACABANDO LAS EXCUSAS PARA LOS SOMBREROS QUE ME VEO OBLIGADO A LLEVAR PARA OCULTAR EL RAYO QUE TENGO INCRUSTADO EN LA CABEZA!
TENGO QUE IR A BUSCAR MI ABRIGO... ¡VUELVO ENSEGUIDA!
¡AY! ¡MENUDO ZOQUETE! ¡LO QUE HAY QUE HACER POR CARIDAD! TAL VEZ SI CAYERA Y ME TORCIERA EL TOBILLO...
SEPTIEMBRE 1980
¡TE ESPERO AQUÍ!
SALA DE ENSAYOS DE DEBATES
SÓLO PERSONAL DEL EQUIPO DEL PRESIDENTE
CREAK
GUAU... ¡CREO QUE FINALMENTE ESTOY EMPEZANDO A GUSTARLE A GLORIA! CREO QUE... ¿UH?
DISCULPE, SEÑOR... ¡SE LE HA CAÍDO ALGO!
¡¿QUÉ?!
SALA DE ENSAYOS DE DEBATES
SÓLO PERSONAL DEL EQUIPO DEL PRESIDENTE
WHAP!
PERMÍTAME QUE LE AYU...
¡DAME ESO, CHICO! ¡TENGO QUE COGER UN AVIÓN!
YANK
LIBRO DE RESÚMENES DE DEBATES DE 1980
PROPIEDAD DEL PRESIDENTE DE LOS ESTADOS UNIDOS
VALE, CLAUDE, ESTOY LISTA... VÁMONOS.
¡... ACABEMOS DE UNA VEZ CON ESTO!
¡ESTÁS MUY ELEGANTE, GLORIA!

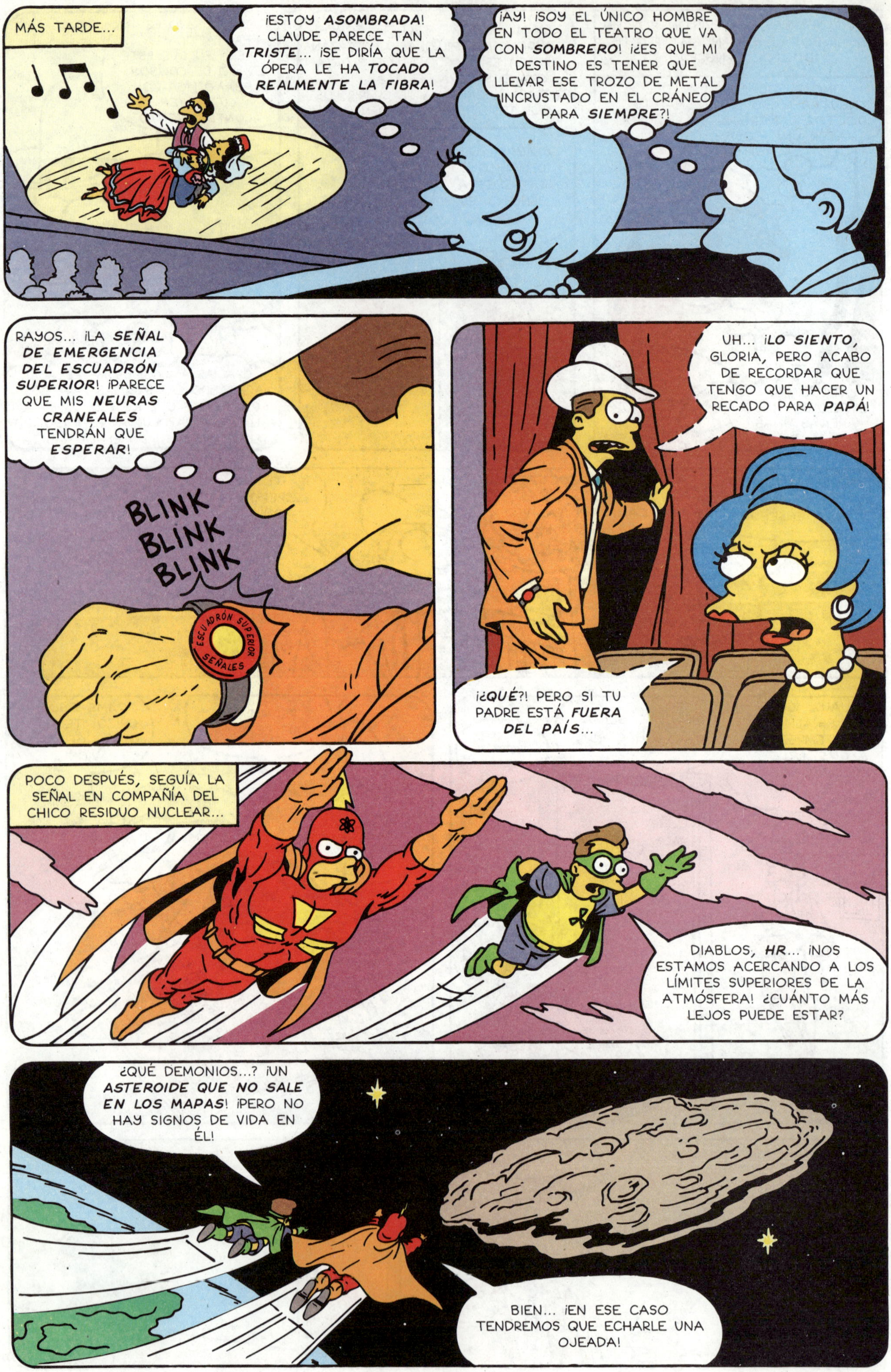
MÁS TARDE...
¡ESTOY ASOMBRADA! CLAUDE PARECE TAN TRISTE... ¡SE DIRÍA QUE LA ÓPERA LE HA TOCADO REALMENTE LA FIBRA!
¡AY! ¡SOY EL ÚNICO HOMBRE EN TODO EL TEATRO QUE VA CON SOMBRERO! ¿ES QUE MI DESTINO ES TENER QUE LLEVAR ESE TROZO DE METAL INCRUSTADO EN EL CRÁNEO PARA SIEMPRE?!
RAYOS... ¡LA SEÑAL DE EMERGENCIA DEL ESCUADRÓN SUPERIOR! ¡PARECE QUE MIS NEURAS CRANEALES TENDRÁN QUE ESPERAR!
BLINK BLINK BLINK
ESCUADRÓN SUPERIOR SEÑALES
UH... ¡LO SIENTO, GLORIA, PERO ACABO DE RECORDAR QUE TENGO QUE HACER UN RECADO PARA PAPÁ!
¡¿QUÉ?! PERO SI TU PADRE ESTÁ FUERA DEL PAÍS...
POCO DESPUÉS, SEGUÍA LA SEÑAL EN COMPAÑÍA DEL CHICO RESIDUO NUCLEAR...
DIABLOS, HR... ¡NOS ESTAMOS ACERCANDO A LOS LÍMITES SUPERIORES DE LA ATMÓSFERA! ¿CUÁNTO MÁS LEJOS PUEDE ESTAR?
¿QUÉ DEMONIOS...? ¡UN ASTEROIDE QUE NO SALE EN LOS MAPAS! ¡PERO NO HAY SIGNOS DE VIDA EN ÉL!
BIEN... ¡EN ESE CASO TENDREMOS QUE ECHARLE UNA OJEADA!

¡INMEDIATAMENTE, NOS ABRIMOS PASO HACIA EL INTERIOR DEL ASTEROIDE DE PEGA Y ENCONTRAMOS AL DR. CANGREJO CON TODO EL ESCUADRÓN SUPERIOR EN SU PODER! TUVIMOS QUE RENDIRNOS, Y CANGREJO NOS COLOCÓ ESOS NEUTRALIZADORES...
LUEGO EMPECÉ A TENER EL FLASH-BACK, Y...
TODO EMPEZÓ HACE UNAS HORAS...
TODO EMPEZÓ HACE UNAS HORAS...
...BUENO, CREO QUE CON ESO QUEDA TODO EXPLICADO.
¡LAS COSAS SE HAN PUESTO FEAS! ¿SERÁ POSIBLE QUE EL DR. CANGREJO, POR CUYA CULPA ME CONVERTÍ EN EL HR SE VAYA A CONVERTIR TAMBIÉN EN LA CAUSA DE MI RUINA?
COMO SE VIO EN EL NÚMERO 1 DE LA SERIE, AUNQUE EL HR NO SE ENTERÓ HASTA NUESTRO IMPORTANTE EPISODIO Nº 400.
¡EL HR PODRÍA LIBERARNOS SI NO FUERA POR ESE NEUTRALIZADOR! AFORTUNADAMENTE, EL DOCTOR CANGREJO NO SABE NADA DE LOS EXTRAVAGANTES TENTÁCULOS DE CALAMAR QUE OCULTO BAJO MIS GUANTES!
¡VOY A DESTRUIR ESTE TUBO DE ESTANCAMIENTO! ¡EXTENDEOS... COMO NUNCA POR LOS CONDUCTOS DE VENTILACIÓN!
¡APREZURAOS CON LAS REPARAZIONES DEL AGUJERO EN EL CAZCO, MIS LEALES CANGREJO-BOTZ! ¡EL CAMPO DE FUERZA NO MANTENDRÁ INDEFINIDAMENTE NUEZTRA ATMÓZFERA!
UN POCO MÁS...
¡YA ESTÁ!
¿¡UH?!
KLIK!

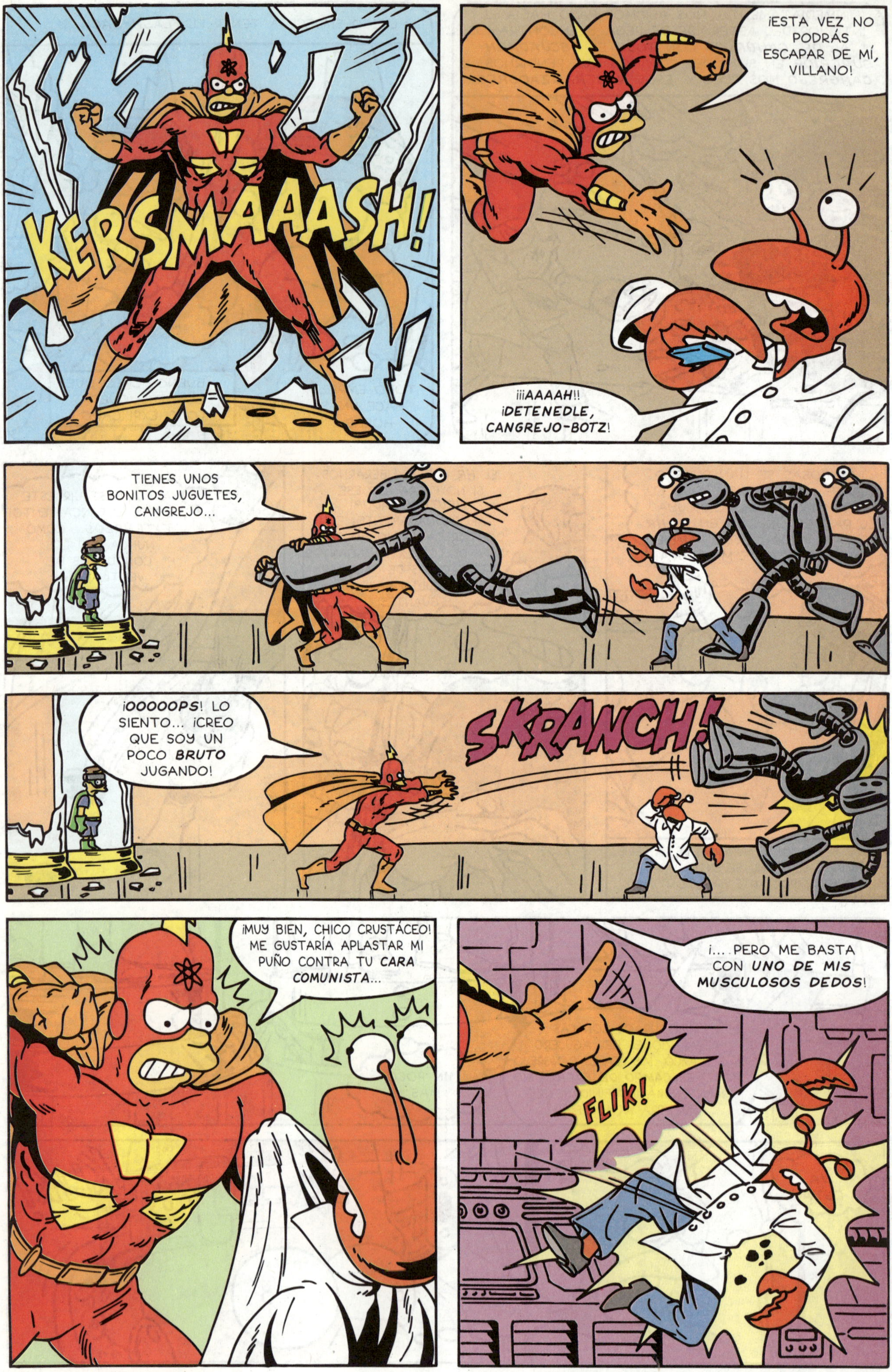
KERSMAAASH!
¡ESTA VEZ NO PODRÁS ESCAPAR DE MÍ, VILLANO!
¡¡¡AAAAH!! ¡DETENEDLE, CANGREJO-BOTZ!
TIENES UNOS BONITOS JUGUETES, CANGREJO...
¡OOOOOPS! LO SIENTO... ¡CREO QUE SOY UN POCO BRUTO JUGANDO!
SKRANCH!
¡MUY BIEN, CHICO CRUSTÁCEO! ME GUSTARÍA APLASTAR MI PUÑO CONTRA TU CARA COMUNISTA...
¡... PERO ME BASTA CON UNO DE MIS MUSCULOSOS DEDOS!
FLIK!

INSTANTES DESPUÉS...
GRACIAS POR RESCATARNOS, **HR**... ¡Y TAMBIÉN POR **SALVAR EL MUNDO**!
¡NO TIENE IMPORTANCIA, **CHRN**!
¡CUIDADO! VAS A PISAR EL MANDO...
¡...**DEL CAÑÓN DE PARTÍCULAS DE CRAB**!
KRUNCH!
KKZZZZT
UUUUH...
¡¡¡HORROR!!!
ZZZZAAAAAK!

¡EL CAÑÓN LE HA DADO DE LLENO!
UUHN... APROVECHARÉ QUE EZTÁN DISTRAÍDOZ PARA EZCAPAR...
ESTÁ INMÓVIL...
NO TIENE PULSO...
¡...NO RESPIRA!
!ESTÁ MUERTO!
¡NUMERERO! ¡APUESTO A QUE VOLVERÁ EN EL PRÓXIMO EPISODIO!

¡ODIO TENER QUE INTERRUMPIR EN ESTE MELODRAMÁTICO MOMENTO, PERO LA EXPLOSIÓN HA **DESTRUIDO** EL LUGAR! ¡DE HECHO, SI NO FUERA PORQUE EL **CUERPO DEL HR** HA ABSORBIDO LA MAYOR PARTE DE LA FUERZA, YA SERÍAMOS HISTORIA!
SERÁ MEJOR QUE SIGAMOS EL CAMINO DE CANGREJO Y NOS HAGAMOS CON UNA NAVE DE SALVAMENTO...
¡...ANTES DE QUE TODO **SALTE EN PEDAZOS**!
DESPUÉS, A BORDO DE LA NAVE DE SALVAMENTO...
NO PUEDO HACER NADA POR ÉL... ¡HA PASADO A **MEJOR VIDA**!
¡SNIF!
DÉJALO, CHICO RESIDUO NUCLEAR... ES INÚTIL...
¡... EN EL ESPACIO NADIE PUEDE OÍR TUS **SOLLOZOS**!
LOS DÍAS SIGUIENTES TRANSCURREN BORROSOS PARA EL CHICO RESIDUO NUCLEAR. FINALMENTE, LLEGA EL MOMENTO DEL FUNERAL DE SU QUERIDO AMIGO Y PROTECTOR...
TODAVÍA NO PUEDO CREER QUE HAYAS ...**MUERTO**. HAS HECHO TANTO POR MÍ DURANTE LOS AÑOS EN QUE HE SIDO TU AYUDANTE...
... QUE SUPONGO QUE AHORA YO PODRÉ HACER UNA ÚLTIMA COSA POR TÍ.
MIENTRAS ESTABAS **VIVO**, NO PUDIMOS ENCONTRAR NINGUNA MANERA SEGURA DE QUITÁRTELO. PERO AHORA QUE DESCANSAS EN PAZ PARA SIEMPRE...
¡... POR LO MENOS NO TENDRÁS QUE LLEVAR ESTE ESTORBO DENTRO DE TU **HALO** DE SANTIDAD!

UNA HORA MÁS TARDE, EL CHICO RESIDUO NUCLEAR ASISTE AL ENTIERRO...
AH, MIRAD AL **ESCUADRÓN SUPERIOR**. TODOS TAN TRISTES, TAN HUNDIDOS MIENTRAS CONTEMPLAN A SU LÍDER CAÍDO ENTRANDO EN SU ÚLTIMA MORADA...
...CADA UNO DE ELLOS PERDIDO EN SUS PROPIAS ENSOÑACIONES PRIVADAS, SIN DUDA REMEMORANDO SUS LAZOS PERSONALES CON ESTE GRAN HÉROE.
LA CHICA-CEBO ESTÁ TAN ABATIDA... ¡TAN **SOLEMNE**! ¡E-ESPERO QUE NO TUVIERA NINGÚN **ASUNTO** CON EL **HOMBRE RADIACTIVO**!
EL CAPITÁN CALAMAR ESTÁ TAN ABATIDO... ¡TAN **SOLEMNE**! ¡E-ESPERO QUE NO TUVIERA NINGÚN **ASUNTO** CON EL **HOMBRE RADIACTIVO**!
¡LA LLUVIA ME ESTÁ **ECHANDO A PERDER** LA **CAPA**!
ESPERO QUE ALGUIEN SE HAYA ACORDADO DE CONTRATAR UN SERVICIO DE COMIDAS PARA CELEBRAR EL ACONTECIMIENTO.
¡**POR FIN**! ¡CON ESE PEDAZO DE ASNO FUERA DE CIRCULACIÓN, PODRÉ ASUMIR LA POSICIÓN DE **LÍDER** DEL GRUPO QUE ME CORRESPONDE!
HOMBRE RADIACTIVO
¡POR LO MENOS NO SEGUIRÁ INCORDIÁNDOME PARA QUE ENCUENTRE UNA MANERA DE QUITARLE ESE ESTÚPIDO **RAYO** DE LA CABEZA!
... Y SUS COLEGAS SE HAN REUNIDO PARA RENDIR UN ÚLTIMO TRIBUTO A ESTE LEGENDARIO CAMPEÓN DE LA JUSTICIA, UN HOMBRE QUE... QUE... ¡SNIFF!
LLUVIA, S.A.
EL AMBIENTE ADECUADO PARA SU FUNERAL
WZEN
¡ERA UN HOMBRE MUY HOMBRE! ¿QUÉ IMPORTA LO QUE SE PUEDA DECIR AHORA DE ÉL? ¡BUA!
WZEN
CONMOVEDOR, SEÑORITA GRAND...

...ZEGURO QUE ZUZ ÍNDICEZ DE AUDIENCIA ZE DIZPARARÁN COMO CONSECUENCIA DE EZTE NUMERITO.
EN EL CORAZÓN DE LOS BOSQUES DE CALIFORNIA, EN UN COMPLEJO PRIVADO, SEDE DEL ULTRA-EXCLUSIVO Y ULTRA PODEROSO CLUB DE LA HOGUERA...
EN ESTA CÁMARA SECRETA SUBTERRÁNEA, CONOCIDA TAN SÓLO POR UN PUÑADO DE HOMBRES, LOS MIEMBROS MÁS PODEROSOS DEL CLUB.
AQUÍ, A SALVO DE MIRADAS INDISCRETAS, HACE SUS PLANES... ¡PLANES PARA LA CONQUISTA DEL MUNDO!
AZÍ QUE YA VEN, ZEÑORES... ¡HE NEUTRALIZADO EL PRIMER OBZTÁCULO PARA NUEZTRO PERVERZO PLAN DE DOMINAR EL MUNDO!
PERO... ¿QUÉ OCURRE CON EL ESCUADRÓN SUPERIOR, CANGREJO? ¡TU TRAMPA NO LOGRÓ DESTRUIRLES!
¡AHORA NO TIENEN LÍDER Y ZU MORAL EZTÁ ROTA! ¡CAERÁN ANTE MÍ COMO CAE EL TRIGO ANTE LA HOZ EN UNA PELÍCULA DE DOVZHENKO!
¡ASEGÚRATE DE QUE SEA ASÍ, "CANGREJUELO"! SOMOS LA ÉLITE POLÍTICA Y FINANCIERA DEL PAÍS... ¡NO JUEGUES CON NOSOTROS!
¡UNA SIMPLE LLAMADA MÍA, Y LOS DE HACIENDA TE INVESTIGARÁN DESDE EL DÍA DE HOY HASTA EL JUICIO FINAL!
¡BAH! ¡TRABAJO CONTIGO PORQUE ME RESULTA ÚTIL PARA MIS PROPIOZ FINEZ, EZTÚPIDO BLANDENGUE! ¡PERO UNA VEZ HAYAMOZ ELIMINADO A NUEZTROZ ENEMIGOZ COMUNEZ, YA VEREMOZ QUIÉN EZ EL JEFE!
¡HUM, ESTO ESTÁ REALMENTE OSCURO! ¡TENIENDO EN CUENTA LO MILLONARIOS QUE SOMOS, CREO QUE PODRÍAMOS PERMITIRNOS UN PAR DE BOMBILLAS!

MÁS TARDE...
¡LA VERDAD ES QUE ESPERABA UNA MAYOR ASISTENCIA AL FUNERAL DEL MAYOR HÉROE DE AMÉRICA! ¡NI SIQUIERA HABÍA OTROS REPORTEROS! ¡PERO, AL MENOS, CLAUDE KANE HA TENIDO EL BUEN GUSTO DE NO ASISTIR!
¡LA ÚLTIMA VEZ QUE MURIÓ EL HOMBRE RADIOACTIVO, SE CELEBRÓ UN FUNERAL MAJESTUOSO! ¡EL PRESIDENTE DECLARÓ UN MES DE DUELO NACIONAL! ¡NIÑOS DE TODO EL PAÍS RECOLECTARON DINERO PARA CONSTRUIR UNA ENORME ESTATUA EN SU MEMORIA!
DESPUÉS, CLARO, RESULTÓ QUE HR SE HABÍA LIMITADO A FINGIR SU MUERTE PARA TENDERLES UNA TRAMPA A UNA BANDA DE LADRONES DE TAPACUBOS. Y LA VEZ ANTERIOR...
HOLA, SEÑORITA GRAND.
TAL COMO SE VIO EN EL HR N. 375.
YO... YO SABÍA LO QUE USTED Y EL HOMBRE RADIACTIVO SENTÍAN EL UNO POR EL OTRO. CREO QUE LE HUBIERA GUSTADO QUE TUVIERA...
¡...ESTO!
¡SU RAYO!
¡FÍUUU! ¡ESPERO QUE ESTE CRÍO LO HAYA ENJUAGADO!
MUCHAS GRACIAS, CHICO RESIDUO NUCLEAR.
HOMBRE RADIOACTIVO
...LO GUARDARÉ COMO UN TESORO...
"...SERÁ UN RECUERDO DEL HOMBRE AL QUE YO... ER... APRECIABA TANTO..."
"...EL HOMBRE QUE FUE UN HÉROE PARA TODOS SUS COMPATRIOTAS..."
"¡...EL HOMBRE AL QUE NUNCA VOLVERÉ A VER!"
KZZZK

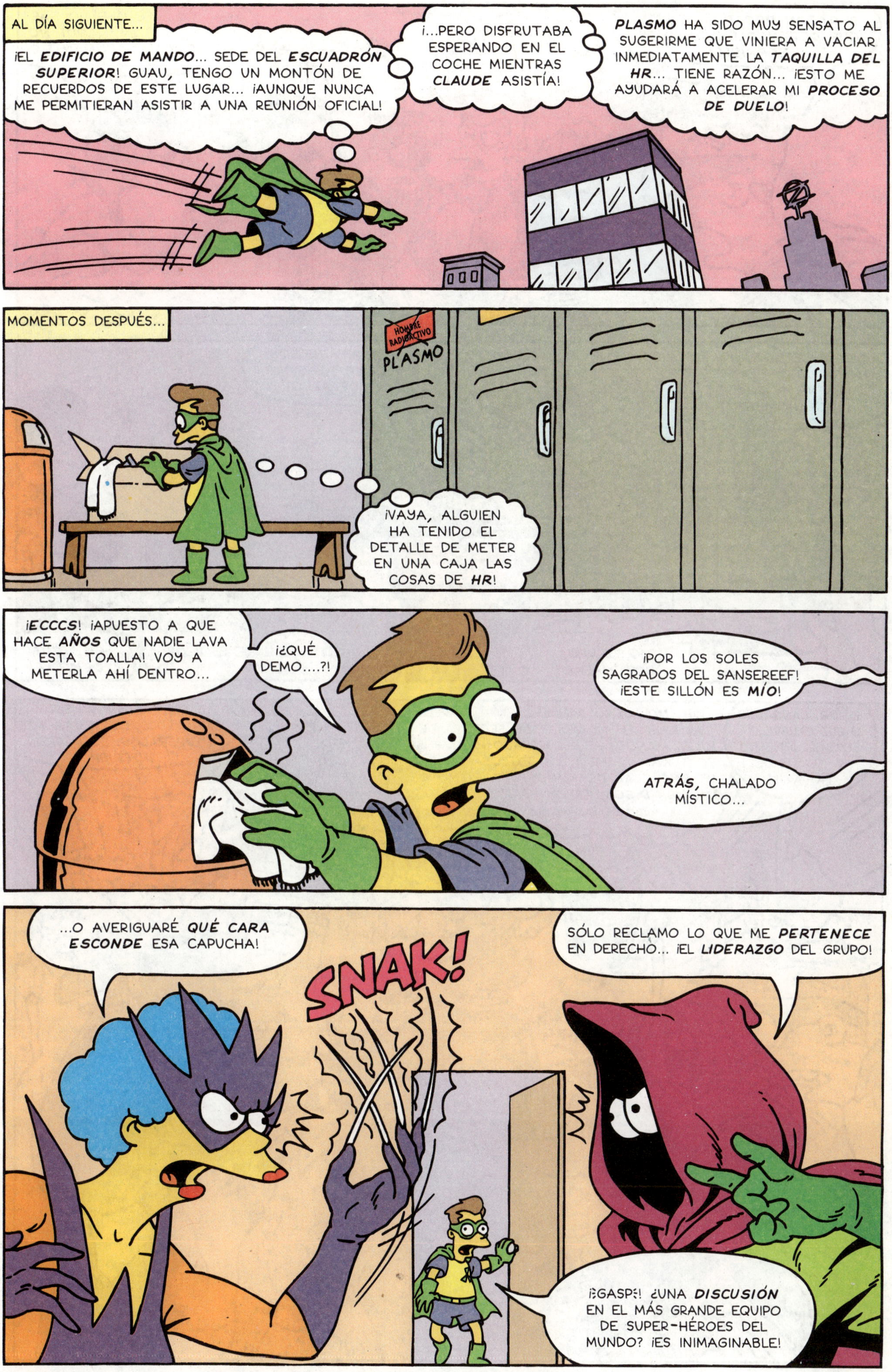
AL DÍA SIGUIENTE...
¡EL EDIFICIO DE MANDO... SEDE DEL ESCUADRÓN SUPERIOR! GUAU, TENGO UN MONTÓN DE RECUERDOS DE ESTE LUGAR... ¡AUNQUE NUNCA ME PERMITIERAN ASISTIR A UNA REUNIÓN OFICIAL!
¡...PERO DISFRUTABA ESPERANDO EN EL COCHE MIENTRAS CLAUDE ASISTÍA!
PLASMO HA SIDO MUY SENSATO AL SUGERIRME QUE VINIERA A VACIAR INMEDIATAMENTE LA TAQUILLA DEL HR... TIENE RAZÓN... ¡ESTO ME AYUDARÁ A ACELERAR MI PROCESO DE DUELO!
MOMENTOS DESPUÉS...
HOMBRE RADIACTIVO
PLASMO
¡VAYA, ALGUIEN HA TENIDO EL DETALLE DE METER EN UNA CAJA LAS COSAS DE HR!
¡ECCCS! ¡APUESTO A QUE HACE AÑOS QUE NADIE LAVA ESTA TOALLA! VOY A METERLA AHÍ DENTRO...
¡¿QUÉ DEMO....?!
¡POR LOS SOLES SAGRADOS DEL SANSEREEF! ¡ESTE SILLÓN ES MÍO!
ATRÁS, CHALADO MÍSTICO...
...O AVERIGUARÉ QUÉ CARA ESCONDE ESA CAPUCHA!
SNAK!
SÓLO RECLAMO LO QUE ME PERTENECE EN DERECHO... ¡EL LIDERAZGO DEL GRUPO!
¡GASP! ¿UNA DISCUSIÓN EN EL MÁS GRANDE EQUIPO DE SUPER-HÉROES DEL MUNDO? ¡ES INIMAGINABLE!

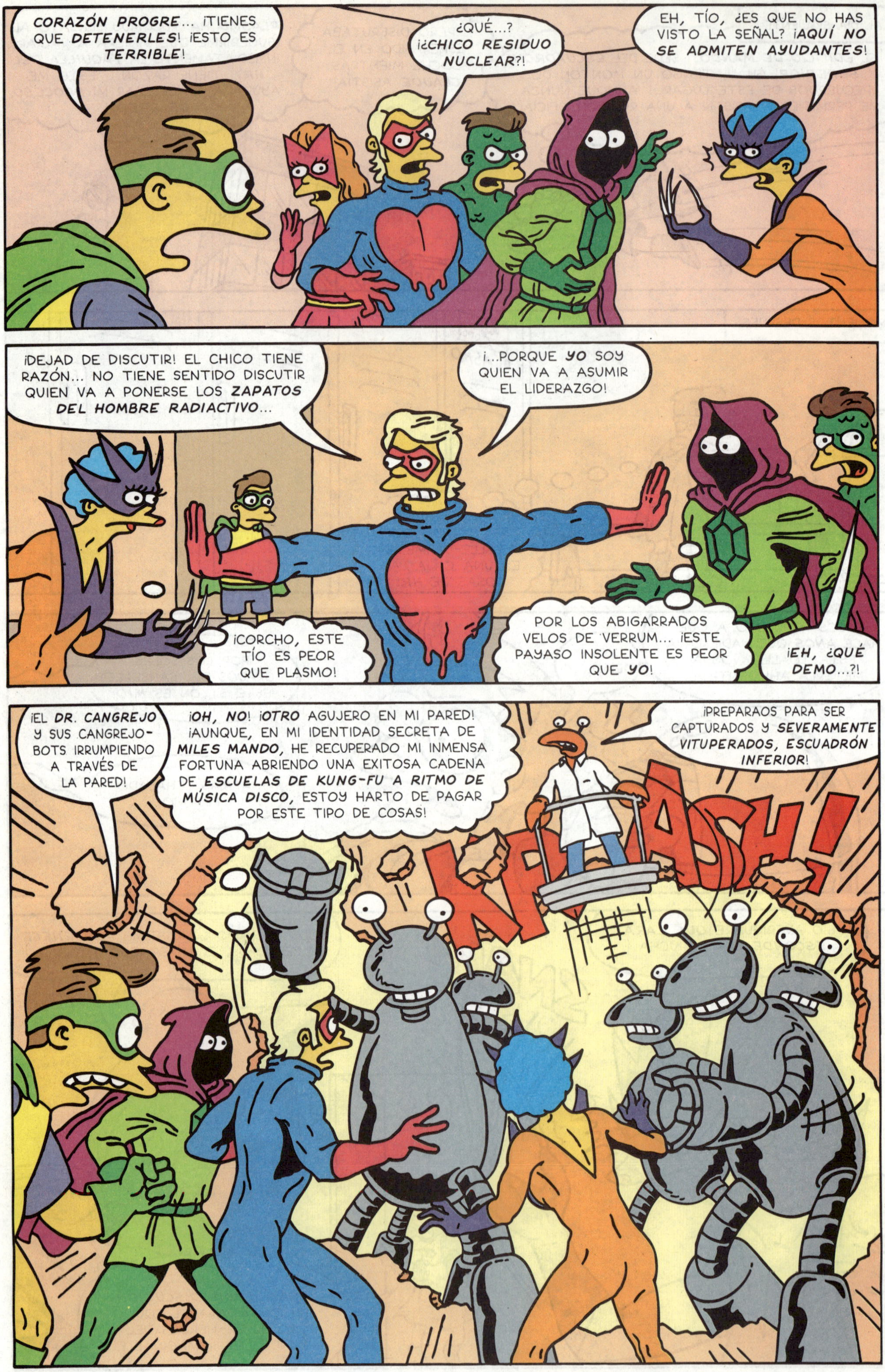
CORAZÓN PROGRE... ¡TIENES QUE DETENERLES! ¡ESTO ES TERRIBLE!
¿QUÉ...? ¡¿CHICO RESIDUO NUCLEAR?!
EH, TÍO, ¿ES QUE NO HAS VISTO LA SEÑAL? ¡AQUÍ NO SE ADMITEN AYUDANTES!
¡DEJAD DE DISCUTIR! EL CHICO TIENE RAZÓN... NO TIENE SENTIDO DISCUTIR QUIEN VA A PONERSE LOS ZAPATOS DEL HOMBRE RADIACTIVO...
¡...PORQUE YO SOY QUIEN VA A ASUMIR EL LIDERAZGO!
¡CORCHO, ESTE TÍO ES PEOR QUE PLASMO!
POR LOS ABIGARRADOS VELOS DE VERRUM... ¡ESTE PAYASO INSOLENTE ES PEOR QUE YO!
¡EH, ¿QUÉ DEMO...?!
¡EL DR. CANGREJO Y SUS CANGREJO-BOTS IRRUMPIENDO A TRAVÉS DE LA PARED!
¡OH, NO! ¡OTRO AGUJERO EN MI PARED! ¡AUNQUE, EN MI IDENTIDAD SECRETA DE MILES MANDO, HE RECUPERADO MI INMENSA FORTUNA ABRIENDO UNA EXITOSA CADENA DE ESCUELAS DE KUNG-FU A RITMO DE MÚSICA DISCO, ESTOY HARTO DE PAGAR POR ESTE TIPO DE COSAS!
¡PREPARAOS PARA SER CAPTURADOS Y SEVERAMENTE VITUPERADOS, ESCUADRÓN INFERIOR!
KRAASH!

¡ES MI OPORTUNIDAD DE DEMOSTRAR LO QUE PUEDO HACER SIN LA AYUDA DE ESE CABEZA DE CHORLITO IRRADIADO!
ATENCIÓN TODOS. SEGUID MIS ÓRDENES... ¡PLAN DELTA!
HUMMM... ¿SE TRATA DEL PLAN EN EL QUE TODOS ATACAMOS DE UNA FORMA TOTALMENTE DESCOORDINADA RIÑENDO CONSTANTEMENTE ENTRE NOSOTROS O SE TRATA DE TODO LO CONTRARIO?
¡DEBO DETENER A ESOS GANSOS METÁLICOS ANTES DE QUE CAUSEN MÁS DAÑOS!
THOK
¡URK!
THOK!
IGUAL QUE LA ÚLTIMA VEZ QUE NOS CAPTURÓ CANGREJO... ¡SÓLO QUE EN ESTA OCASIÓN NO TENEMOS AL HR PARA SALVARNOS!
¡UNNH! ¡NI SIQUIERA MIS SUPER-PODERES DEL FONDO EL MAR SON SUFICIENTES PARA ABRIR ESTAS LATAS DE SARDINAS ANDANTES!
SPOINK!
MIS PODERES DE SEDUCCIÓN NO SIRVEN CONTRA ESTOS ROBOTS... ¡Y DESDE QUE MUTÓ A ESTA ASQUEROSA FORMA SEMI-CRUSTÁCEA, INCLUSO EL DOCTOR CANGREJO SE ME RESISTE!
CHUK

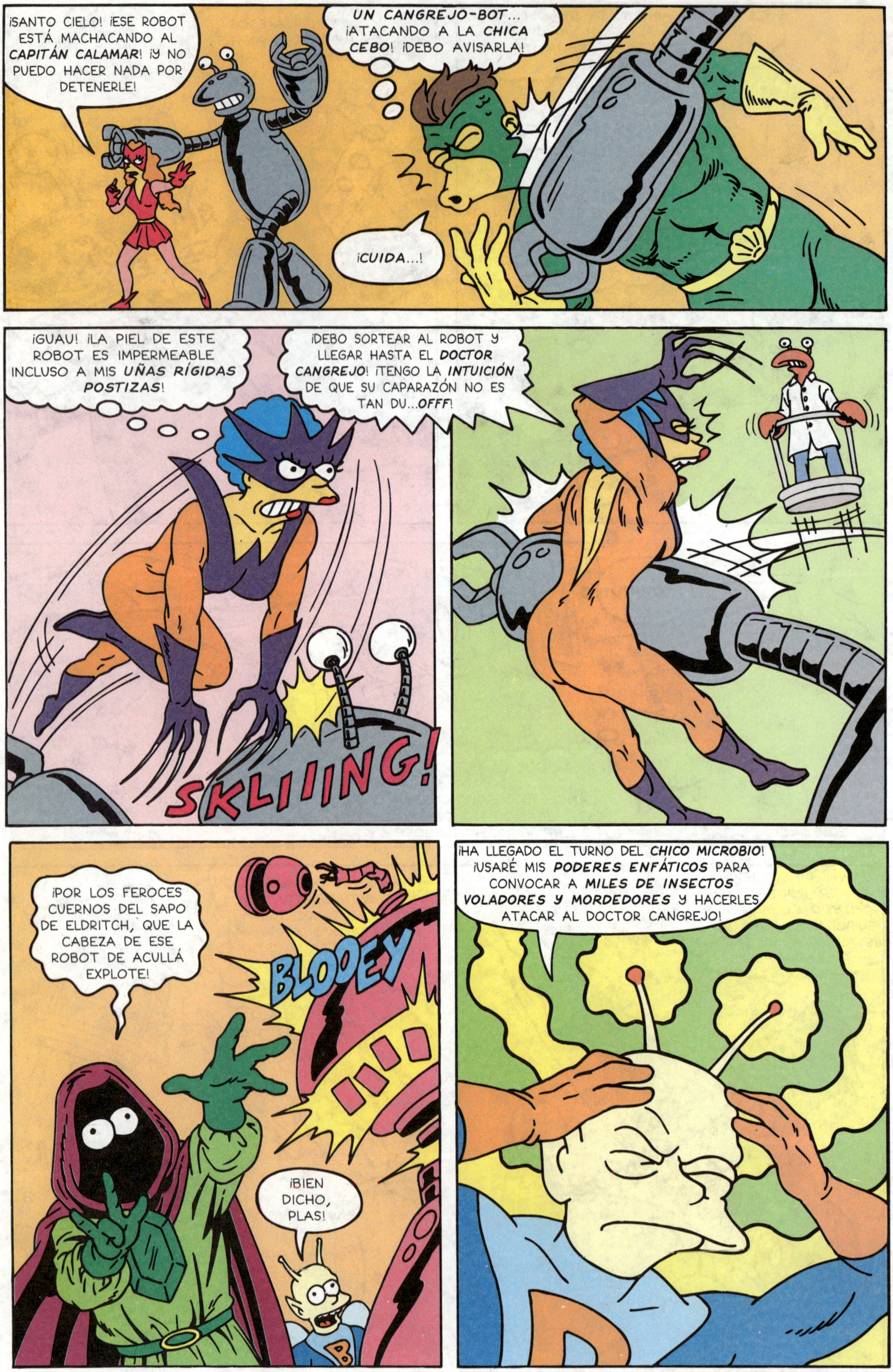
¡SANTO CIELO! ¡ESE ROBOT ESTÁ MACHACANDO AL CAPITÁN CALAMAR! ¡Y NO PUEDO HACER NADA POR DETENERLE!
UN CANGREJO-BOT... ¡ATACANDO A LA CHICA CEBO! ¡DEBO AVISARLA!
¡CUIDA...!
¡GUAU! ¡LA PIEL DE ESTE ROBOT ES IMPERMEABLE INCLUSO A MIS UÑAS RÍGIDAS POSTIZAS!
¡DEBO SORTEAR AL ROBOT Y LLEGAR HASTA EL DOCTOR CANGREJO! ¡TENGO LA INTUICIÓN DE QUE SU CAPARAZÓN NO ES TAN DU...OFFF!
SKLIIING!
¡POR LOS FEROCES CUERNOS DEL SAPO DE ELDRITCH, QUE LA CABEZA DE ESE ROBOT DE ACULLÁ EXPLOTE!
BLOOEY
¡BIEN DICHO, PLAS!
¡HA LLEGADO EL TURNO DEL CHICO MICROBIO! ¡USARÉ MIS PODERES ENFÁTICOS PARA CONVOCAR A MILES DE INSECTOS VOLADORES Y MORDEDORES Y HACERLES ATACAR AL DOCTOR CANGREJO!

¡OH, NO! ¡CANGREJO USA EL TUBO DE ESCAPE DE SU PLATAFORMA VOLANTE PARA DESVIAR A MIS INSECTOS HACIA PLASMO! ¡Y NO PUEDO COMUNICARME DE NUEVO CON ELLOS...!
VOOOOSH
BZZZZZ!
¡POR EL NAUSEABUNDO MUNDO DE RIGEL! ¡NO SE ME OCURRE NINGÚN HECHIZO PARA ALEJAR A ESTOS INSECTOS! ¡AGG! ¡OOOH! ¡AAAY!
¡TODOS ESTÁN VENCIDOS...! ¡EL DOCTOR CANGREJO HA DERROTADO AL ESCUADRÓN SUPERIOR! ¡SOY EL ÚNICO QUE SE INTERPONE ENTRE ÉL Y EL DOMINIO DEL MUNDO! SEGURAMENTE NO PODRÉ DETENERLE...
¡...PERO CAERÉ LUCHANDO!
¡JAJAJAJAJA! ES INÚTIL REZIZTIRZE, CHICO EZTÚPIDO NUCLEAR...
SNIT
¡...PERO REZULTA MUY DIVERTIDO! ¡ACABAD CON ÉL, CANGREJO-BOTZ!
¡ARGGG! SON DEMASIADOS... ¡NO PUEDO LIBRARME DE ELLOS! ¡ESTO ES... EL FINAL!
¡CREO QUE ME REUNIRÉ CON EL HR MUCHO ANTES DE LO QUE PENSABA...!

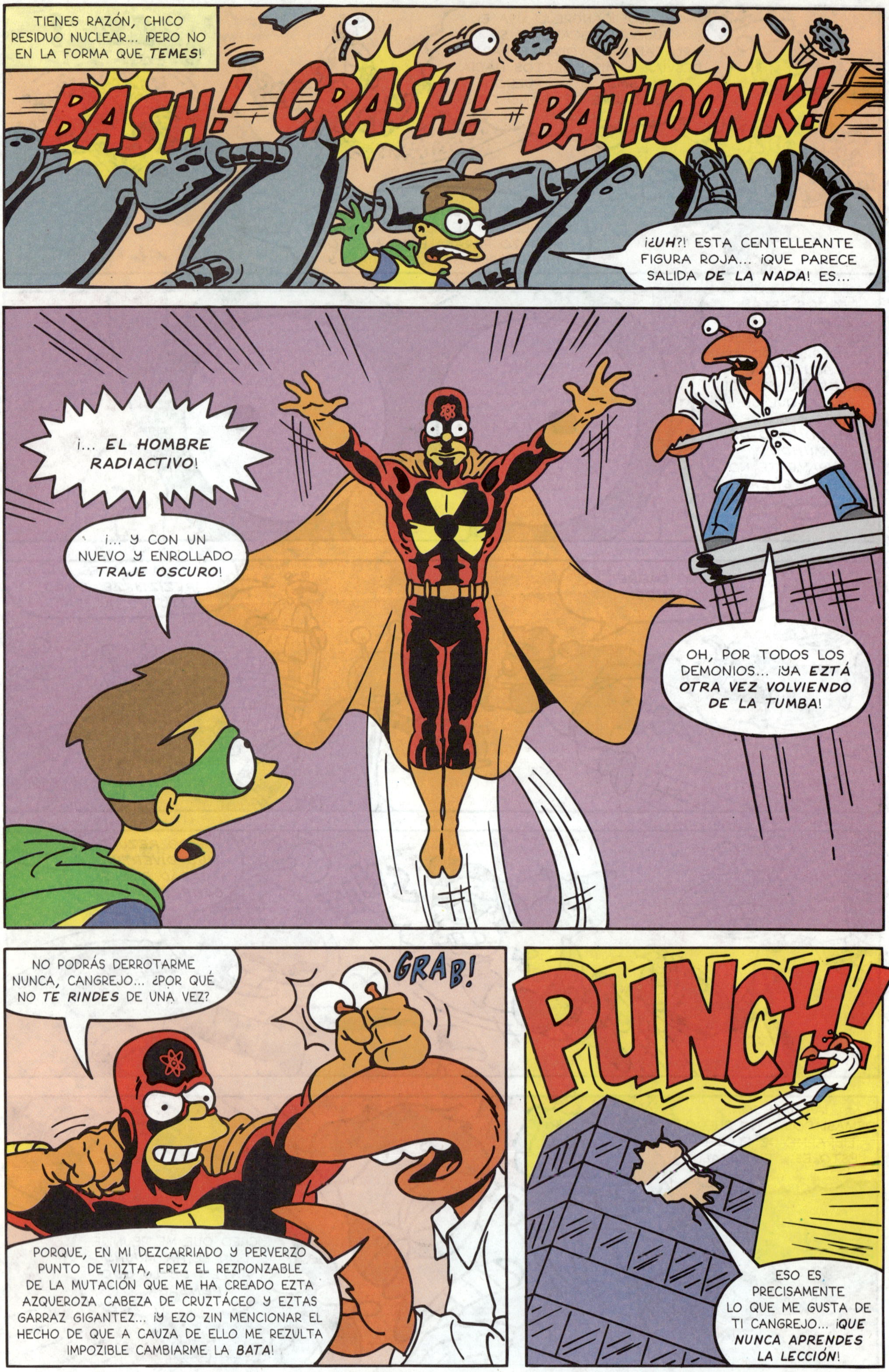
TIENES RAZÓN, CHICO RESIDUO NUCLEAR... ¡PERO NO EN LA FORMA QUE TEMES!
BASH! CRASH! BATHOONK!
¡¿UH?!! ESTA CENTELLEANTE FIGURA ROJA... ¡QUE PARECE SALIDA DE LA NADA! ES...
¡... EL HOMBRE RADIACTIVO!
¡... Y CON UN NUEVO Y ENROLLADO TRAJE OSCURO!
OH, POR TODOS LOS DEMONIOS... ¡YA EZTÁ OTRA VEZ VOLVIENDO DE LA TUMBA!
NO PODRÁS DERROTARME NUNCA, CANGREJO... ¿POR QUÉ NO TE RINDES DE UNA VEZ?
GRAB!
PORQUE, EN MI DEZCARRIADO Y PERVERZO PUNTO DE VIZTA, FREZ EL REZPONZABLE DE LA MUTACIÓN QUE ME HA CREADO EZTA AZQUEROZA CABEZA DE CRUZTÁCEO Y EZTAS GARRAZ GIGANTEZ... ¡Y EZO ZIN MENCIONAR EL HECHO DE QUE A CAUZA DE ELLO ME REZULTA IMPOZIBLE CAMBIARME LA BATA!
PUNCH!
ESO ES, PRECISAMENTE LO QUE ME GUSTA DE TI CANGREJO... ¡QUE NUNCA APRENDES LA LECCIÓN!

MIENTRAS, UN FAMILIAR GRUPO DE ESPECTADORES LO CONTEMPLA TODO...
HUMMM... ¡NUESTRA CÁMARA ACCIONADA POR CONTROL REMOTO NO PUEDE SEGUIR A CANGREJO! ¡ESE PUÑETAZO DEBE DE HABERLE PUESTO EN ÓRBITA!
¡EL DOCTOR CANGREJO NOS HA FALLADO! ¡OJALÁ ATERRICE SOBRE ALGO PUNTIAGUDO!
AAAAAA
?
¡DE TODAS FORMAS, NUNCA HE ENTENDIDO POR QUÉ UN GRUPO CRIPTO-AUTORITARIO COMO EL NUESTRO TRABAJABA CON ESE PIOJOSO COMUNISTA TOTALITARIO!
PORQUE COMPARTÍA NUESTRA BÚSQUEDA DEL DEFINITIVO Y AFRODISÍACO... ¡PODER!
¡DEJA LA FILOSOFÍA PARA EL EQUIPO DE DEBATES DEL INSTITUTO! TENEMOS QUE CONCENTRARNOS EN EL PLAN B... ¡LOGRANDO QUE NUESTRO EQUIPO SEA ELEGIDO ESTE OTOÑO!
POR SUPUESTO, OBTENER EL PODER A TRAVÉS DE UNAS ELECCIONES, AUNQUE SE TRATE DE UNAS ELECCIONES AMAÑADAS, NUNCA ES TAN DIVERTIDO COMO CONQUISTARLO POR LA FUERZA...
¡... PERO MANEJAR SECRETAMENTE EL PODER ES MEJOR QUE NO MANEJARLO EN ABSOLUTO!
¡Y, ADEMÁS, UNA VEZ ESE BOTARATE SEA NOMBRADO PRESIDENTE, COMPARADO CON ÉL YO PARECERÉ UN SANTO!
MIENTRAS...
¿QUÉ HA OCURRIDO? ¡PENSÁBAMOS QUE ESTABAS MUERTO!
¿QUÉ...? ¿OTRA VEZ? ¡ESTO LO EXPLICA TODO! ¡CUANDO DESPERTÉ EN AQUEL ATAÚD, ME PREGUNTÉ QUÉ PODÍA HABER OCURRIDO!

POCO DESPUÉS, EN EL LABORATORIO DEL DR. BIX (CHICO MICROBIO) BENTLEY...
¿CÓMO TE ENCUENTRAS, HOMBRE RADIACTIVO?
¡EXTRAORDINARIAMENTE BIEN, CHICO RESIDUO NUCLEAR! ¡DE HECHO, ME SIENTO MÁS PODEROSO QUE NUNCA!
¡NO SABÍA QUE MORIRSE FUERA TAN BUENO PARA LA SALUD!
¡Y LO MEJOR DE TODO ES QUE FINALMENTE ME HE LIBRADO DE ESE MALDITO RAYO! ¡POR PRIMERA VEZ EN MUCHOS AÑOS, CLAUDE KANE PODRÁ PRESENTARSE EN PÚBLICO SIN SOMBRERO!
VALE, HOMBRE RADIACTIVO, AHORA PUEDES RELAJARTE... ¡YA HE HECHO TODAS LAS PRUEBAS QUE NECESITABA!
NO LO ENTIENDO, CHICO MICROBIO... ¿CÓMO HA VUELTO A LA VIDA EL HR?
¡BIEN, COMO HEMOS AVERIGUADO A LO LARGO DE ESTOS AÑOS, EL CUERPO DEL HR SE CONVIRTIÓ EN UNA ESPECIE DE REACTOR NUCLEAR A CAUSA DE LA EXPLOSIÓN ATÓMICA QUE LE CREÓ!
APARENTEMENTE, ESA PIEZA METÁLICA EN FORMA DE RAYO QUE LE QUEDÓ EN LA CABEZA, ACTUABA COMO UNA ESPECIE DE BARRA DE CONTROL, QUE IMPEDÍA EL SOBRE-CALENTAMIENTO DEL REACTOR!
¡CUANDO SACASTE EL RAYO, ESO PERMITIÓ QUE LA DIMINUTA CHISPA QUE QUEDABA DE SU COMBUSTIBLE RADIACTIVO EMPEZARA DE NUEVO UNA REACCIÓN EN CADENA!
VER HR NÚMERO 1.
¡Y LA REACCIÓN CRECIÓ HASTA QUE, FINALMENTE, LE DEVOLVIÓ A LA VIDA!
¡ESTÁS MUY BIEN, HR!
¡TIENE UNA EXPRESIÓN TAN RARA! ¡COMO SI LE DOMINARA UN HAMBRE INSACIABLE...!
HOMBRE RADIACTIVO... ¡ESPERA! ¡SI VAS A LA PIZZERIA, TE ACOMPAÑO!
¡OH, NO! ¡LO QUE ME TEMÍA...!

¡... SE HA CONVERTIDO EN UNA BOMBA ATÓMICA ANDANTE Y VOLANTE...!
¡JEJEJEJEJEJEJEJEHUUUJAAAA!
¡... Y, A JUZGAR POR SU REACCIÓN, TAMBIÉN LE HA AFECTADO A LA MENTE!
¡SU PODER AUMENTA A UNA VELOCIDAD CADA VEZ MÁS GRANDE!
¡SEGÚN MIS CÁLCULOS, ALCANZARÁ LA MASA CRÍTICA EN CUESTIÓN DE MINUTOS!
¿Y QUÉ OCURRIRÁ ENTONCES?
ESTALLARÁ... ¡CON LA FUERZA DE UNA BOMBA DE CIEN MEGATONES!
¡NUESTRA ÚNICA ESPERANZA ES REINSERTAR DE ALGUNA MANERA EL RAYO EN SU CRÁNEO, A TIEMPO PARA CONTROLAR LA REACCIÓN NUCLEAR!
¡P-PERO SI LE CLAVAMOS ESA PIEZA DE METAL EN LA CABEZA PODEMOS MATARLE!
SI NO LE DETENEMOS, TODO ZENITH RESULTARÁ DESTRUIDO... ¡TÚ INCLUIDO!
ENTENDIDO... ¡VOY A POR EL RAYO!
MIENTRAS, YO LIDERARÉ EL ESCUADRÓN SUPERIOR EN UNA FÚTIL, PERO AUN ASÍ, HEROICA LUCHA CONTRA EL HR... ¡SI SOMOS CAPACES DE HACERLE GASTAR ALGO DE SU ENERGÍA, PODRÍAMOS GANAR UN POCO DE TIEMPO!

POCO DESPUÉS, EN EL APARTAMENTO DE GLORIA GRAND...
¡AY! ES INÚTIL... INCLUSO AHORA, PAGANDO MIS FACTURAS...
BY THE TIME I GET TO PHOENIX
¡... NO PUEDO DEJAR DE PENSAR EN EL HOMBRE RADIACTIVO!
SKRINCH
PAGADO
¿QUÉ...? ¡¿EL CHICO RESIDUO NUCLEAR?!
EEEP... ¡LO SIENTO POR EL CRISTAL!
KRASH
TRAS UNA APRESURADA EXPLICACIÓN...
¡BUENA SUERTE EN TU MISIÓN DE SALVAR LA CIUDAD, CHICO RESIDUO NUCLEAR!
¡GRACIAS, SEÑORITA GRAND!
EL HOMBRE RADIACTIVO HA VUELTO... ¿SÓLO PARA VERSE ALEJADO NUEVAMENTE DE MÍ?
¿Y QUIÉN VA A PAGAR EL CRISTAL?
POCO DESPUÉS...
AHÍ ESTÁ EL HOMBRE RADIACTIVO... ¡EN EL PARQUE! ¡PARECE QUE YA HA DERROTADO AL ESCUADRÓN SUPERIOR!
¡SE HA VUELTO REALMENTE LOCO! HARÁ VOLAR POR LOS AIRES ZENITH... ¡Y TODO POR CULPA MÍA! ¡SI NO LE HUBIERA QUITADO EL RAYO...!
TENGO QUE INTENTAR ATACARLE POR LA ESPALDA... ¡Y PONER FIN A ESTO DE UNA VEZ POR TODAS!

MIRA... ¡AHÍ VIENE EL CHICO RESIDUO NUCLEAR!
¡TENEMOS QUE DISTRAER AL HOMBRE RADIACTIVO, PARA QUE EL CHICO RESIDUO PUEDA TENER SU OPORTUNIDAD!
NINGÚN PROBLEMA... ¡ME ESTOY PONIENDO EN FORMA!
SNAK!
¿QUÉ ESTÁIS ESPERANDO, SUPER-CEROS...?
VAMOS... ¡EMPLEAD VUESTRAS MEJORES HABILIDADES!
PODÍAS HABERNOS MATADO SIN NINGUNA DIFICULTAD, HR... ¡PERO DECIDISTE NO HACERLO! ¡MUY EN EL FONDO DE TU CORAZÓN SIGUES SIENDO UN BUEN CHICO!
¡TE EQUIVOCAS, COMADREJA! ¡SOLÍA PREGUNTARME POR LA RAZÓN DE QUE LOS VILLANOS HABLARAN Y HABLARAN CUANDO NOS TIENEN EN SUS GARRAS, EN VEZ DE ACABAR DE UNA VEZ CON NOSOTROS MIENTRAS TENÍAN LA OPORTUNIDAD! AHORA SÉ...
¡... QUE RESULTA DEMASIADO DIVERTIDO COMO PARA RESISTIRSE A ELLO!
ESCÚCHAME, HR... ¡POR TU PROPIO BIEN! ESTÁS EN PELIGRO... ¡PERMITE QUE TE AYUDEMOS!
ME CONMUEVE TU DELICADEZA, MICROBIEJO... ¡PERO MI PODER CRECE A CADA MINUTO QUE PASA! ¡NADA PUEDE HERIRME!
SU CAMPO DE ENERGÍA ESTÁ RESPLANDECIENDO... ¡PUEDE ESTALLAR EN CUALQUIER MOMENTO! OH, HOMBRE RADIACTIVO... ¡A MÍ ME CORRESPONDE DETENERTE! ¡PERO, ¿POR QUÉ TENGO QUE MATARTE PARA SALVARTE?!

SKLUTCH!
¡LO HAS HECHO, CHICO RESIDUO NUCLEAR! Y MIRAD... ¡SU TRAJE ESTÁ VOLVIENDO A ADQUIRIR SU COLOR NORMAL!
LAS LECTURAS SE SITÚAN DE NUEVO EN LA ZONA SEGURA... ¡LA EXPLOSIÓN HA SIDO ABORTADA!
BEEP BEEP BEEP
PERO ¿A QUÉ COSTE? ¡¿QUÉ PASA CON EL HR?! ¿ESTÁ...
¡ESTÁ VIVO!
ARGGG
AY, MAMÁ... ¿YA TENGO QUE LEVANTARME? PERO SI HOY ES FIESTA...

POCO DESPUÉS, EN EL EDIFICIO DE MANDO...
DIME LA VERDAD, DOC... ¿CÓMO ESTOY?
ESTÁS ESTUPENDAMENTE, HR... ¡ESPECIALMENTE TRATÁNDOSE DE ALGUIEN A CUYO FUNERAL ASISTÍ AYER! ¡EL RAYO MANTIENE TU REACCIÓN EN CADENA INTERNA BAJO CONTROL SIN DETENERLA POR COMPLETO!
Y AHORA, ¿QUÉ SABOR DE PIRULÍ PREFIERES?
¡NINGUNO, GRACIAS! CREO QUE IRÉ A DAR UNA VUELTA... UN VUELO DE PRUEBA... ¡ES DECIR, SI ESTÁS DE ACUERDO!
¡PARECE UNA BUENA IDEA!
¡GUAU! ¡EL HR NUNCA HABÍA RECHAZADO UN PIRULÍ!
¡FÍUUU! ¡DESPUÉS DE TODO LO OCURRIDO, NECESITABA SALIR AL AIRE LIBRE Y ACLARARME LAS IDEAS!
¡QUÉ IRÓNICO QUE YO, EL CAMPEÓN DE LA GENTE, LLEGARA A CONVERTIRME EN UNA AMENAZA TAN GRANDE COMO LA QUE SUPONE CUALQUIER VILLANO DE LOS QUE HE CONOCIDO! ¡TENGO QUE OLVIDARME DE MIS SUEÑOS DE TENER UN CRÁNEO NORMAL Y MANTENER EL RAYO EN LA CABEZA PARA SIEMPRE EN BENEFICIO DE LA SEGURIDAD DE LA HUMANIDAD! ¡LO ÚNICO QUE ESPERO ES QUE EL ESTILO COWBOY SIGA DE MODA!
¡OJALÁ PUDIERA HABLAR DE ESTO CON PAPÁ, PERO SE HALLA AÚN EN EL PACÍFICO SUR CON AQUEL DELFÍN VIDENTE, CONTINUANDO SU OBSESIVA BÚSQUEDA DE MAMÁ Y SU AEROPLANO PERDIDO!
AUNQUE AHORA QUE PIENSO EN ELLO, PAPÁ NO ES LA PERSONA MÁS RACIONAL CON LA QUE UNO PUEDE DISCUTIR...
MÍRALO... VOLANDO SIN NINGUNA PREOCUPACIÓN...
¡PERO ESPERA A QUE DESCUBRA LO QUE LE HEMOS PREPARADO!
¡LAMENTARÁ EL DÍA EN EL QUE SU CAMINO SE CRUZÓ CON EL DEL CLUB DE LA HOGUERA!
¿FIN?

LA INCREÍBLEMENTE ESTIMULANTE VIDA DEL
AYUDANTE MEL
STOP
PARTE 1: EN LA CIUDAD
Compra
Venta
de
EMPUJAR
CONTINUARÁ...

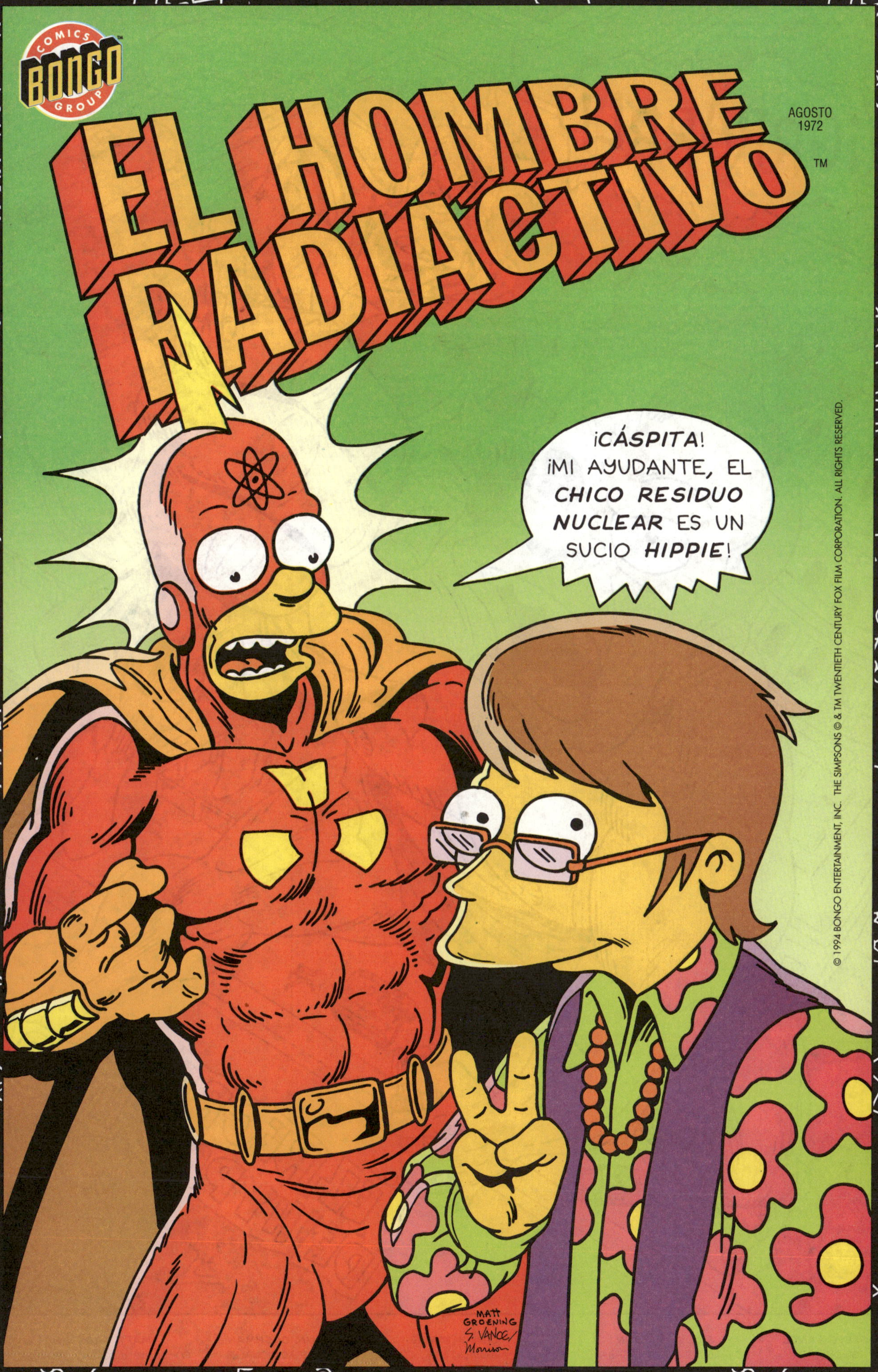
EL HOMBRE RADIACTIVO
AGOSTO 1972
¡CÁSPITA! ¡MI AYUDANTE, EL CHICO RESIDUO NUCLEAR ES UN SUCIO HIPPIE!
© 1994 BONGO ENTERTAINMENT, INC. THE SIMPSONS © & TM TWENTIETH CENTURY FOX FILM CORPORATION. ALL RIGHTS RESERVED.

STEVE VANCE GUIÓN-LÁPIZ · BILL MORRISON CO-ARGUMENTISTA, ACABADOS · CINDY VANCE CO-ARGUMENTISTA, COLOR · SHAUN CASHMAN TINTAS ADICIONALES · MATT GROENING CO-CONSPIRADOR NO PROCESADO

¡VAYA! ¿DE DÓNDE DEBEN SACAR SUS LOCAS IDEAS ESOS GUIONISTAS DE CÓMIC?
¡EL PRESIDENTE JAMÁS HA TENIDO ESTE TAMAÑO TAN ENORME!
1972
¿AÚN SIGUES POR AQUÍ, KANE?
¡UH, SÍ! ESTOY ESPERANDO PARA LLEVAR A GLORIA A CE...
¡HAZ ALGO ÚTIL, PLAYBOY HOLGAZÁN! ¡DALE ESTA NOTA CUANDO REGRESE! ¡ES IMPORTANTE!
POR SUPUESTO...
¡DIABLOS, SEGURO QUE NO ME TRATARÍA COMO UN BOTONES SI SUPIERA QUE SOY EL HOMBRE RADIACTIVO!
SLAM!
"GLORIA... ¡CHIVATAZO! ¡ROBO PREVISTO PARA ESTA NOCHE EN EL CUARTEL GENERAL DEL PARTIDO DEMÓCRATA, EN WATERGATE!" HUMMM...
¡GLORIA ES UNA PERIODISTA GANADORA DEL PREMIO PULITZER! ¡NO HA VENIDO A WASHINGTON PARA CUBRIR UN ROBO DE TRES AL CUARTO!

PRONTO...
WZEN
DELEGACIÓN DE WASHINGTON, D.C. BUREAU
¡SUPONGO QUE GLORIA ESTÁ EN ESA RUEDA DE PRENSA DE LA CASA BLANCA! ¡IRÉ A VER QUÉ LE ESTÁ RETRASANDO!
¡AMIGOOO! ¡MI PEOR PESADILLA SE HA CONVERTIDO EN REALIDAD! ¡EL VIENTO SE ME LLEVA EL SOMBRERO!
¡EL RAYO QUE TENGO EMPOTRADO EN LA CABEZA HA QUEDADO AL DESCUBIERTO!
¡TENGO QUE CUBRIRME LA CABEZA ANTES DE QUE ALGUIEN ME VEA! ¡MI IDENTIDAD SECRETA ESTÁ EN PELIGRO!
PLOP
OTRO SOMBRERO... ¡COMO SALIDO DE NINGUNA PARTE!
¡DESPUÉS DE TODO VOY A CONSEGUIRLO!
?
PERO CUANDO CLAUDE SE ACERCA A LA CASA BLANCA...
¡CÁSPITA...!

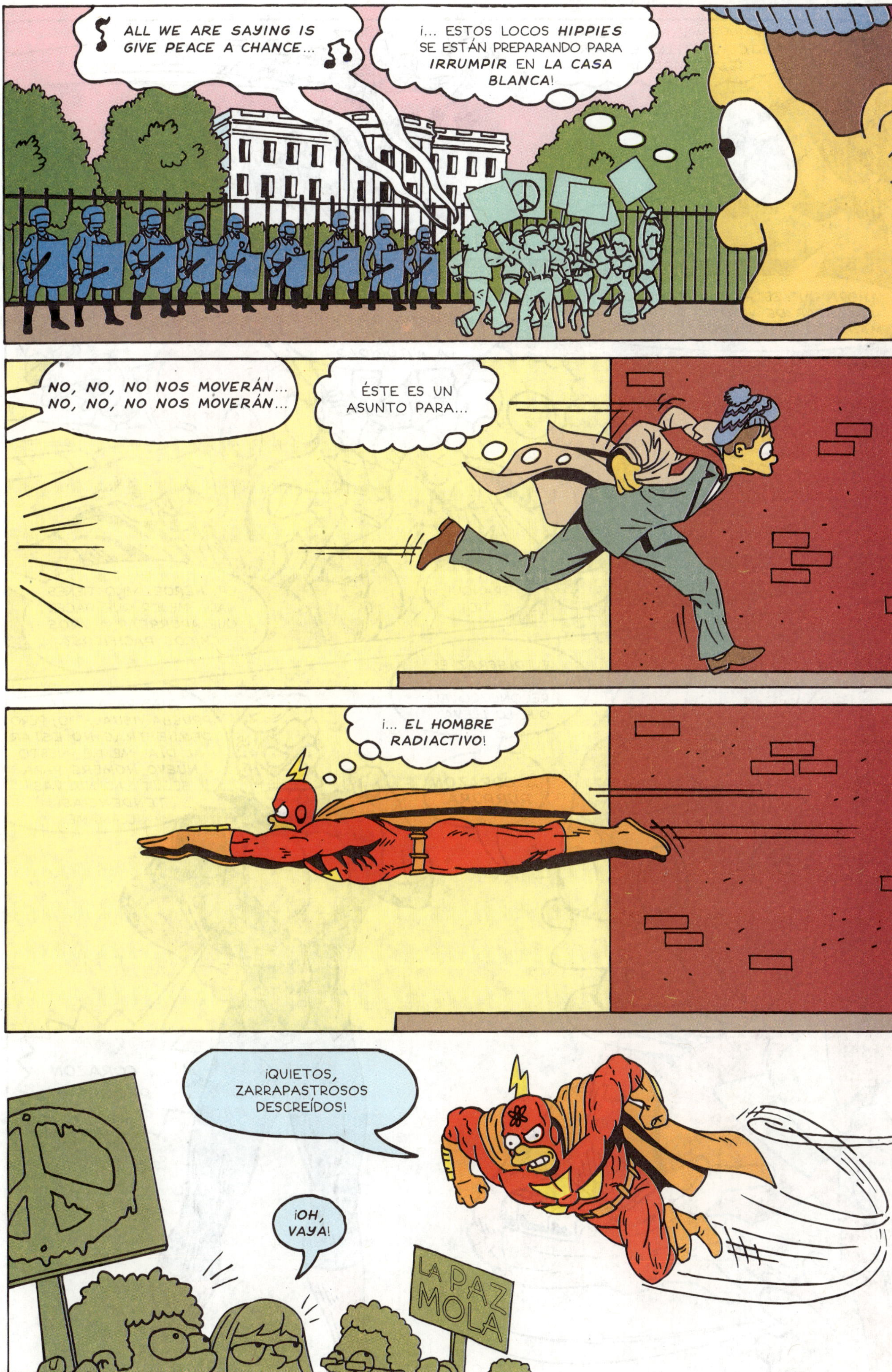
ALL WE ARE SAYING IS GIVE PEACE A CHANCE...
¡... ESTOS LOCOS HIPPIES SE ESTÁN PREPARANDO PARA IRRUMPIR EN LA CASA BLANCA!
NO, NO, NO NOS MOVERÁN... NO, NO, NO NOS MOVERÁN...
ÉSTE ES UN ASUNTO PARA...
¡... EL HOMBRE RADIACTIVO!
¡QUIETOS, ZARRAPASTROSOS DESCREÍDOS!
¡OH, VAYA!
LA PAZ MOLA

¡PARA EMPEZAR, ME LIBRARÉ DE ESTOS CARTELES EN FAVOR DE LA *ESTREMECIMIENTO* PAZ!
¡MIRAD! ¡ES EL HOMBRE RADIACTIVO!
¡AHORA QUE ESTÁ AQUÍ PODREMOS APLASTAR DE VERDAD A ESTOS MANIFESTANTES PROGRESISTAS!
¡MUY BIEN, HIPPIE MELENUDO! ¡ESTO TE ENSEÑARÁ A TENER UN POCO DE RESPETO POR LA AUTORIDAD!
KRAK
¡T-TRANQUI, TÍO!
EH, HÉROE... ¿NO TIENES NADA MEJOR QUE HACER QUE APORREAR A UNOS CHICOS PACÍFICOS?
¡¡TÚ!!
EL DISFRAZ ES NUEVO, PERO RECONOZCO AL QUE LO LLEVA...
¡... CORAZÓN PÚRPURA!
¡HAS PASADO LA PRUEBA VISUAL, TÍO, PERO DEMUESTRAS NO ESTAR AL DÍA! ¡ME HE PUESTO NUEVO NOMBRE PARA SEGUIR LAS NUEVAS TENDENCIAS! LLÁMAME...
¡¡... CORAZÓN PROGRE!!

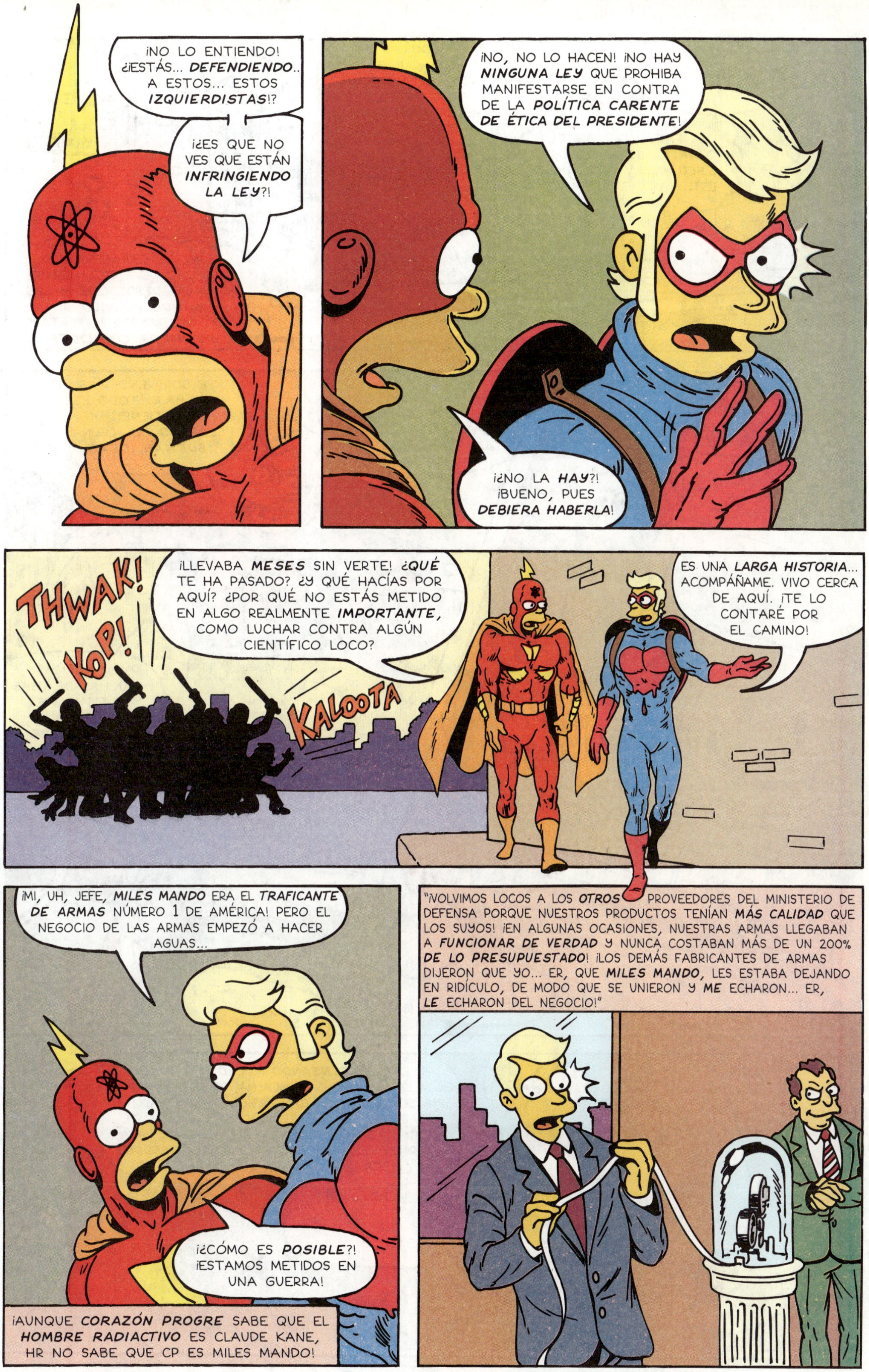

¡NO LO ENTIENDO! ¿ESTÁS... DEFENDIENDO... A ESTOS... ESTOS IZQUIERDISTAS!?
¡¿ES QUE NO VES QUE ESTÁN INFRINGIENDO LA LEY?!
¡NO, NO LO HACEN! ¡NO HAY NINGUNA LEY QUE PROHIBA MANIFESTARSE EN CONTRA DE LA POLÍTICA CARENTE DE ÉTICA DEL PRESIDENTE!
¡¿NO LA HAY?! ¡BUENO, PUES DEBIERA HABERLA!
THWAK!
KOP!
KALOOTA
¡LLEVABA MESES SIN VERTE! ¿QUÉ TE HA PASADO? ¿Y QUÉ HACÍAS POR AQUÍ? ¿POR QUÉ NO ESTÁS METIDO EN ALGO REALMENTE IMPORTANTE, COMO LUCHAR CONTRA ALGÚN CIENTÍFICO LOCO?
ES UNA LARGA HISTORIA... ACOMPÁÑAME. VIVO CERCA DE AQUÍ. ¡TE LO CONTARÉ POR EL CAMINO!
¡MI, UH, JEFE, MILES MANDO ERA EL TRAFICANTE DE ARMAS NÚMERO 1 DE AMÉRICA! PERO EL NEGOCIO DE LAS ARMAS EMPEZÓ A HACER AGUAS...
¡¿CÓMO ES POSIBLE?! ¡ESTAMOS METIDOS EN UNA GUERRA!
¡AUNQUE CORAZÓN PROGRE SABE QUE EL HOMBRE RADIACTIVO ES CLAUDE KANE, HR NO SABE QUE CP ES MILES MANDO!
"¡VOLVIMOS LOCOS A LOS OTROS PROVEEDORES DEL MINISTERIO DE DEFENSA PORQUE NUESTROS PRODUCTOS TENÍAN MÁS CALIDAD QUE LOS SUYOS! ¡EN ALGUNAS OCASIONES, NUESTRAS ARMAS LLEGABAN A FUNCIONAR DE VERDAD Y NUNCA COSTABAN MÁS DE UN 200% DE LO PRESUPUESTADO! ¡LOS DEMÁS FABRICANTES DE ARMAS DIJERON QUE YO... ER, QUE MILES MANDO, LES ESTABA DEJANDO EN RIDÍCULO, DE MODO QUE SE UNIERON Y ME ECHARON... ER, LE ECHARON DEL NEGOCIO!"

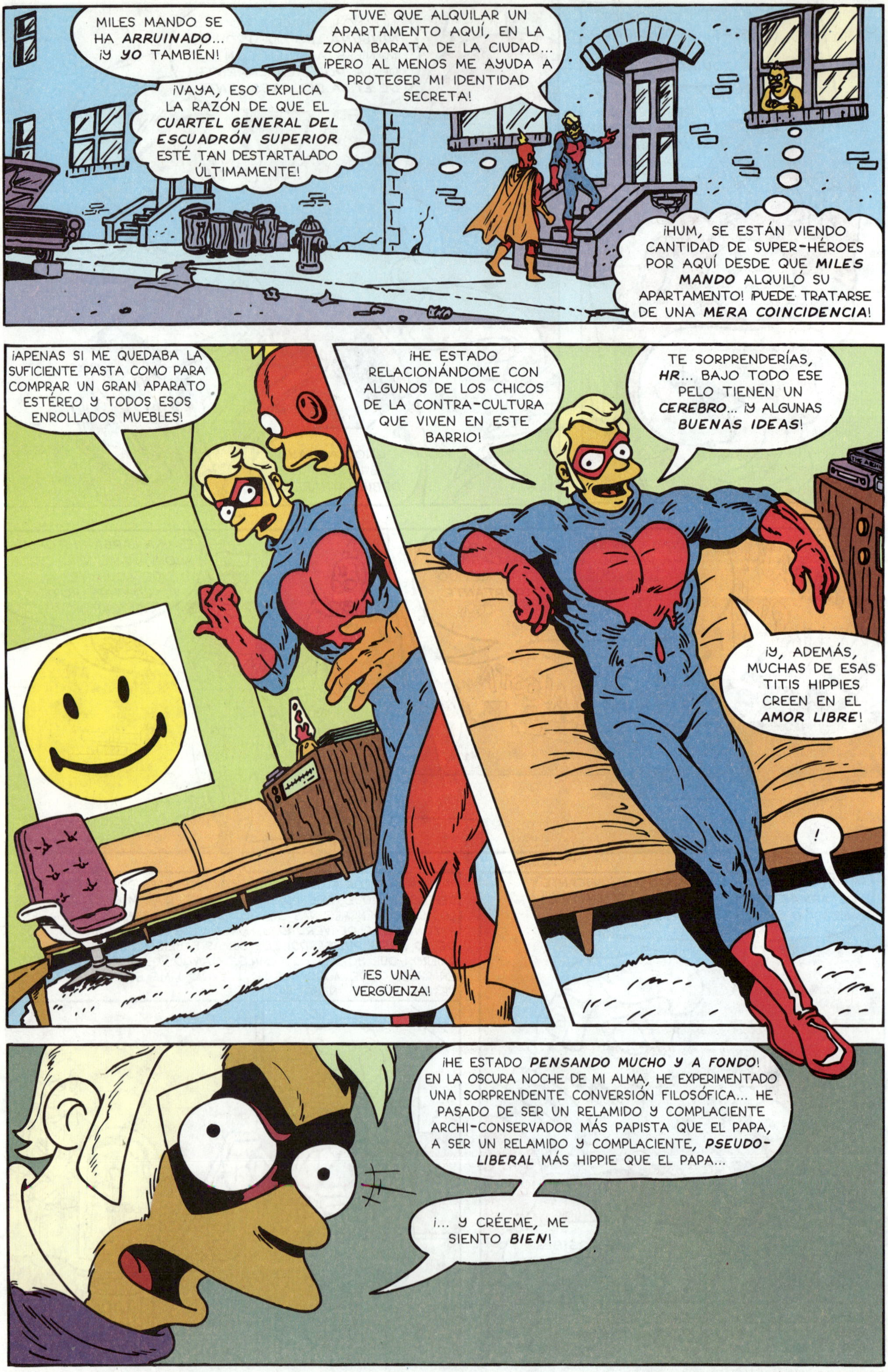
MILES MANDO SE HA ARRUINADO... ¡Y YO TAMBIÉN!
TUVE QUE ALQUILAR UN APARTAMENTO AQUÍ, EN LA ZONA BARATA DE LA CIUDAD... ¡PERO AL MENOS ME AYUDA A PROTEGER MI IDENTIDAD SECRETA!
¡VAYA, ESO EXPLICA LA RAZÓN DE QUE EL CUARTEL GENERAL DEL ESCUADRÓN SUPERIOR ESTÉ TAN DESTARTALADO ÚLTIMAMENTE!
¡HUM, SE ESTÁN VIENDO CANTIDAD DE SUPER-HÉROES POR AQUÍ DESDE QUE MILES MANDO ALQUILÓ SU APARTAMENTO! ¡PUEDE TRATARSE DE UNA MERA COINCIDENCIA!
¡APENAS SI ME QUEDABA LA SUFICIENTE PASTA COMO PARA COMPRAR UN GRAN APARATO ESTÉREO Y TODOS ESOS ENROLLADOS MUEBLES!
¡ES UNA VERGÜENZA!
¡HE ESTADO RELACIONÁNDOME CON ALGUNOS DE LOS CHICOS DE LA CONTRA-CULTURA QUE VIVEN EN ESTE BARRIO!
TE SORPRENDERÍAS, HR... BAJO TODO ESE PELO TIENEN UN CEREBRO... ¡Y ALGUNAS BUENAS IDEAS!
¡Y, ADEMÁS, MUCHAS DE ESAS TITIS HIPPIES CREEN EN EL AMOR LIBRE!
!
¡HE ESTADO PENSANDO MUCHO Y A FONDO! EN LA OSCURA NOCHE DE MI ALMA, HE EXPERIMENTADO UNA SORPRENDENTE CONVERSIÓN FILOSÓFICA... HE PASADO DE SER UN RELAMIDO Y COMPLACIENTE ARCHI-CONSERVADOR MÁS PAPISTA QUE EL PAPA, A SER UN RELAMIDO Y COMPLACIENTE, PSEUDO-LIBERAL MÁS HIPPIE QUE EL PAPA...
¡... Y CRÉEME, ME SIENTO BIEN!

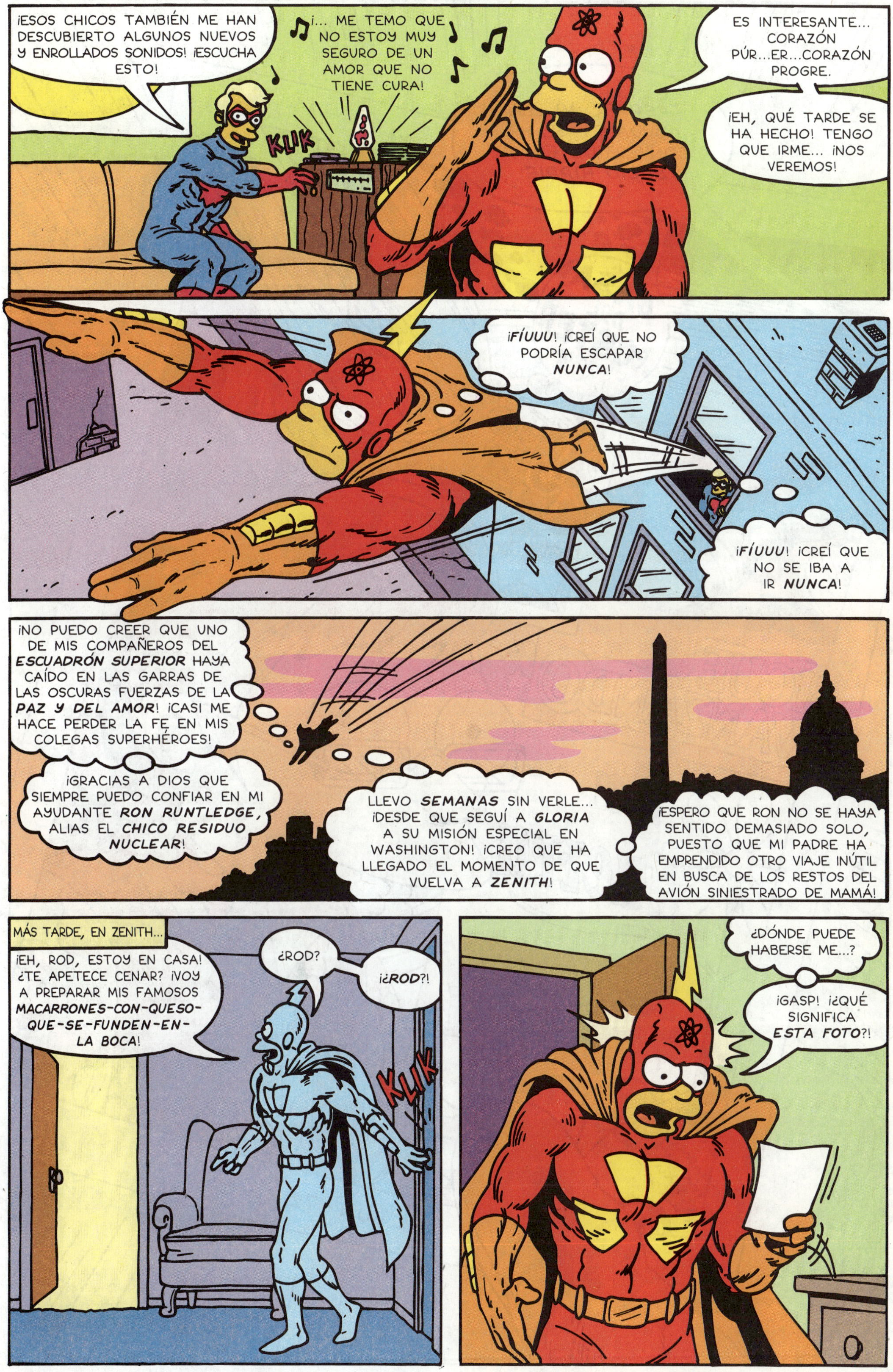

¡ESOS CHICOS TAMBIÉN ME HAN DESCUBIERTO ALGUNOS NUEVOS Y ENROLLADOS SONIDOS! ¡ESCUCHA ESTO!
KLIK
¡... ME TEMO QUE NO ESTOY MUY SEGURO DE UN AMOR QUE NO TIENE CURA!
ES INTERESANTE... CORAZÓN PÚR...ER...CORAZÓN PROGRE.
¡EH, QUÉ TARDE SE HA HECHO! TENGO QUE IRME... ¡NOS VEREMOS!
¡FÍUUU! ¡CREÍ QUE NO PODRÍA ESCAPAR NUNCA!
¡FÍUUU! ¡CREÍ QUE NO SE IBA A IR NUNCA!
¡NO PUEDO CREER QUE UNO DE MIS COMPAÑEROS DEL ESCUADRÓN SUPERIOR HAYA CAÍDO EN LAS GARRAS DE LAS OSCURAS FUERZAS DE LA PAZ Y DEL AMOR! ¡CASI ME HACE PERDER LA FE EN MIS COLEGAS SUPERHÉROES!
¡GRACIAS A DIOS QUE SIEMPRE PUEDO CONFIAR EN MI AYUDANTE RON RUNTLEDGE, ALIAS EL CHICO RESIDUO NUCLEAR!
LLEVO SEMANAS SIN VERLE... ¡DESDE QUE SEGUÍ A GLORIA A SU MISIÓN ESPECIAL EN WASHINGTON! ¡CREO QUE HA LLEGADO EL MOMENTO DE QUE VUELVA A ZENITH!
¡ESPERO QUE RON NO SE HAYA SENTIDO DEMASIADO SOLO, PUESTO QUE MI PADRE HA EMPRENDIDO OTRO VIAJE INÚTIL EN BUSCA DE LOS RESTOS DEL AVIÓN SINIESTRADO DE MAMÁ!
MÁS TARDE, EN ZENITH...
¡EH, ROD, ESTOY EN CASA! ¿TE APETECE CENAR? ¡VOY A PREPARAR MIS FAMOSOS MACARRONES-CON-QUESO-QUE-SE-FUNDEN-EN-LA BOCA!
¿ROD?
¡¿ROD?!
KLIK
¿DÓNDE PUEDE HABERSE ME...?
¡GASP! ¡¿QUÉ SIGNIFICA ESTA FOTO?!

¡CÁSPITA! ¡MI LEAL AYUDANTE SE HA CONVERTIDO EN UN SUCIO HIPPIE!
LA CASA DEL POSTER PRECIO: 1,90 $
SIGUE AVANZANDO
La guerra no mola
JUN • 72

TRAS UN RÁPIDO REGISTRO DE LA CASA...
¡ROD HA **DESAPARECIDO**! TENGO QUE **ENCONTRARLE**... ¡SÓLO DIOS SABE EN QUÉ LÍO PUEDE HABERSE METIDO VESTIDO COMO UN SUCIO MELENUDO! ¿DÓNDE PUEDE ESTAR?
OOOH... ¡QUÉ GANAS TENGO DE METERME EN UNA **PELEA** POR TODO LO ALTO! ¡ESTOS MISTERIOS ME PRODUCEN **JAQUECA**!
¡ES **TERRIBLE**! ¡PRIMERO **CORAZÓN PROGRE** Y DESPUÉS **EL CHICO RESIDUO NUCLEAR**! ¿QUIÉN PUEDE HABER HECHO ESTO?
¡DIABLOS, DESPUÉS DE TODO, TAL VEZ HAYA ALGO DE VERDAD EN TODAS ESAS HISTORIAS QUE SE CUENTAN SOBRE EL **AGUA FLUORADA**!
¡EMPEZARÉ INVESTIGANDO EN ALGUNOS DE LOS SITIOS DONDE SE REÚNEN ESOS COLGADOS! ¡ESTOY SEGURO DE QUE SABRÉ PERSUADIRLOS PARA QUE **COOPEREN**!
POCO DESPUÉS...
¡**ÁBRETE, CERDO**!
¡**MUÉRETE**, TÍO!
¡VUELVE A **VILLACARCA, INTEGRADO**!
HUMM... ¡NO HE ENTENDIDO NADA DE LO QUE ME DECÍAN, PERO SU **TONO** ERA CLARO!
NECESITARÉ **AYUDA**... NECESITO A ALGUIEN QUE CONOZCA BIEN A ESA GENTE RARA... ¡Y CREO QUE YA SÉ A **QUIÉN** RECURRIRÉ!

LA MAÑANA SIGUIENTE...
¡... DE MODO QUE ES POR ESTO QUE TE LLAMÉ! ¡GRACIAS POR VENIR!
¡LO QUE ME PIDAS, AMIGO! ADEMÁS, ES UNA BUENA OPORTUNIDAD DE VISITAR ZENITH... ¡SIEMPRE Y CUANDO TÚ PAGUES EL BILLETE DE AVIÓN!
¡DÉJAME VER LAS PRUEBAS!
¡EH, CONOZCO EL LUGAR DONDE FUE TOMADO LA FOTO! ¡VAMOS!
EN OTRO PUNTO DE LA CIUDAD...
LA CASA DE LOS POSTERS
¿
¡AJÁ! SIEMPRE QUE VENGO A LA CIUDAD ME PASO POR AQUÍ... ¡LA TITI QUE DIRIGE EL NEGOCIO ESTÁ COLADA POR MÍ!
¡OH, NO! ¡OTRA VEZ ESE CRETINO ENMASCARADO! DISTRÁELE UN MINUTO... ¡ESTA VEZ VOY A LIBRARME DEFINITIVAMENTE DE ÉL!
EXPERIENCE
EH, TÍO... ¿DÓNDE ESTÁ BRENDA BOYLE? YA SABES, TU JEFA RUBIA...
P-PUES...
UH, CP. CREO QUE LA HE ENCONTRADO...
¡OS EQUIVOCÁIS, CERDOS! ¡YO OS HE ENCONTRADO A VOSOTROS! AFRONTAD LA IRA DE...

¡... LA PERDIZ NEGRA!

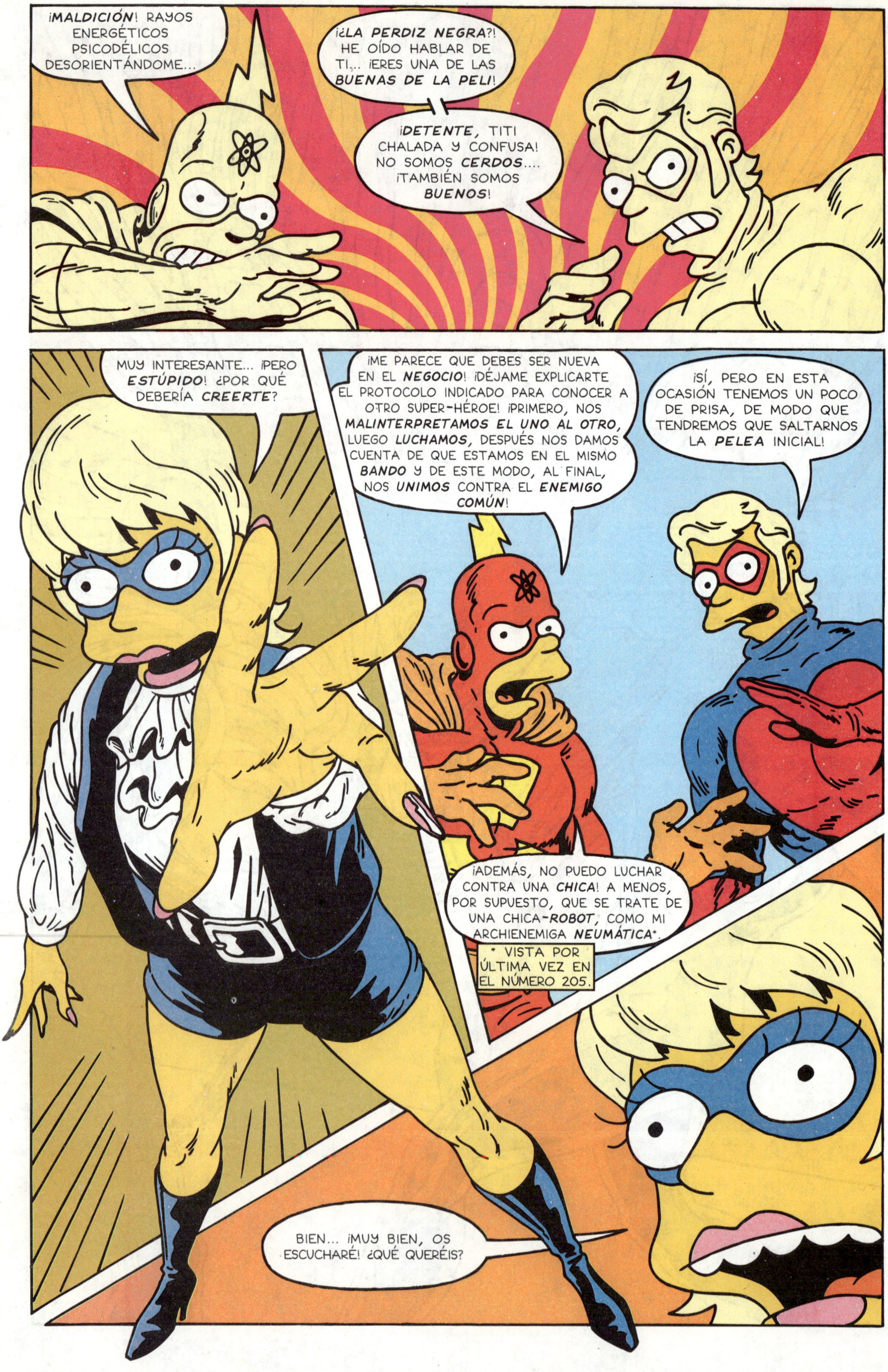
¡MALDICIÓN! RAYOS ENERGÉTICOS PSICODÉLICOS DESORIENTÁNDOME...
¡¿LA PERDIZ NEGRA?! HE OÍDO HABLAR DE TI... ¡ERES UNA DE LAS BUENAS DE LA PELI!
¡DETENTE, TITI CHALADA Y CONFUSA! NO SOMOS CERDOS.... ¡TAMBIÉN SOMOS BUENOS!
MUY INTERESANTE... ¡PERO ESTÚPIDO! ¿POR QUÉ DEBERÍA CREERTE?
¡ME PARECE QUE DEBES SER NUEVA EN EL NEGOCIO! ¡DÉJAME EXPLICARTE EL PROTOCOLO INDICADO PARA CONOCER A OTRO SUPER-HÉROE! ¡PRIMERO, NOS MALINTERPRETAMOS EL UNO AL OTRO, LUEGO LUCHAMOS, DESPUÉS NOS DAMOS CUENTA DE QUE ESTAMOS EN EL MISMO BANDO Y DE ESTE MODO, AL FINAL, NOS UNIMOS CONTRA EL ENEMIGO COMÚN!
¡SÍ, PERO EN ESTA OCASIÓN TENEMOS UN POCO DE PRISA, DE MODO QUE TENDREMOS QUE SALTARNOS LA PELEA INICIAL!
¡ADEMÁS, NO PUEDO LUCHAR CONTRA UNA CHICA! A MENOS, POR SUPUESTO, QUE SE TRATE DE UNA CHICA-ROBOT, COMO MI ARCHIENEMIGA NEUMÁTICA*.
* VISTA POR ÚLTIMA VEZ EN EL NÚMERO 205.
BIEN... ¡MUY BIEN, OS ESCUCHARÉ! ¿QUÉ QUERÉIS?

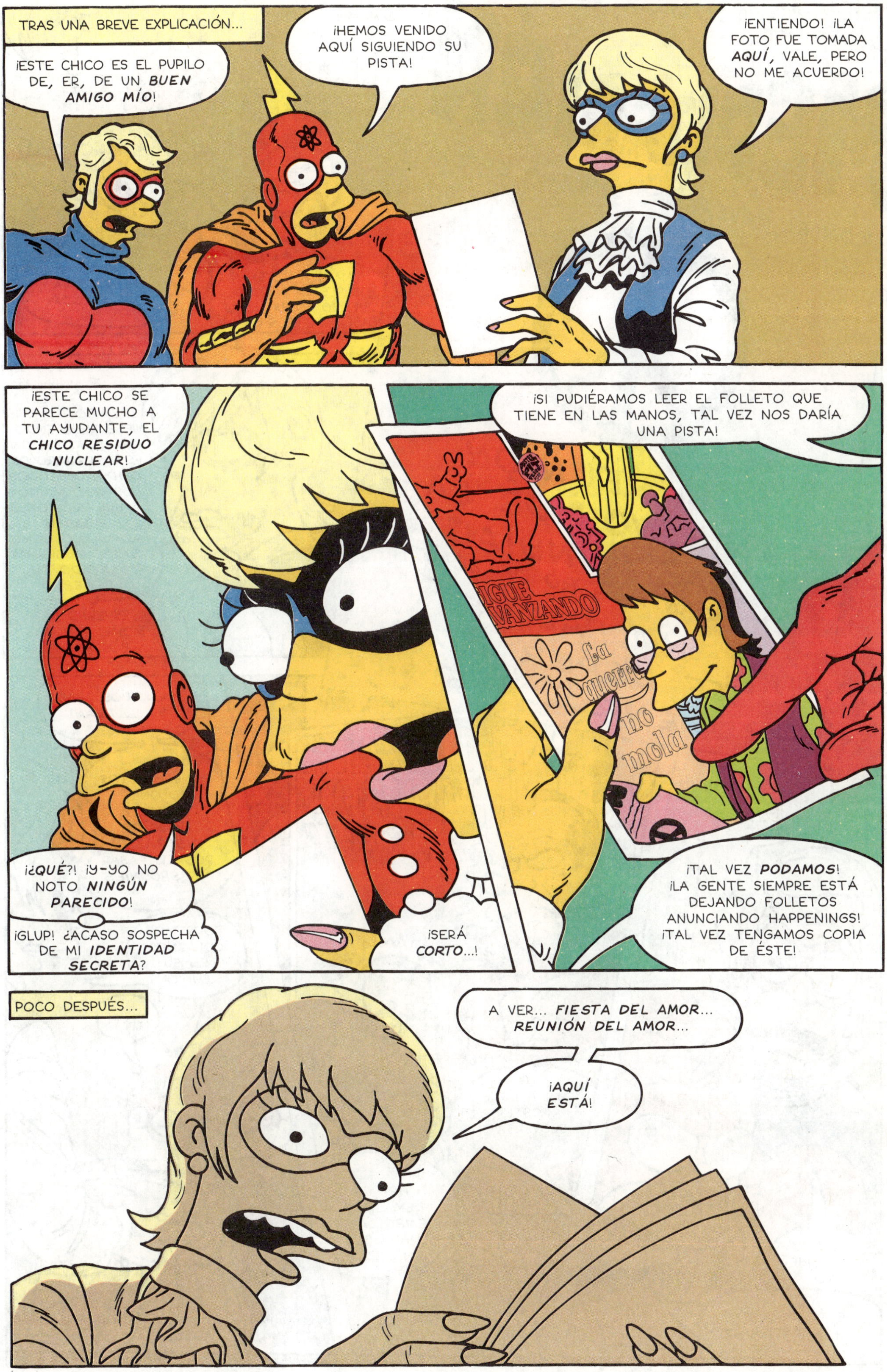
TRAS UNA BREVE EXPLICACIÓN...
¡ESTE CHICO ES EL PUPILO DE, ER, DE UN BUEN AMIGO MÍO!
¡HEMOS VENIDO AQUÍ SIGUIENDO SU PISTA!
¡ENTIENDO! ¡LA FOTO FUE TOMADA AQUÍ, VALE, PERO NO ME ACUERDO!
¡ESTE CHICO SE PARECE MUCHO A TU AYUDANTE, EL CHICO RESIDUO NUCLEAR!
¡SI PUDIÉRAMOS LEER EL FOLLETO QUE TIENE EN LAS MANOS, TAL VEZ NOS DARÍA UNA PISTA!
SIGUE AVANZANDO
La guerra no mola
¡¿QUÉ?! ¡Y-YO NO NOTO NINGÚN PARECIDO!
¡GLUP! ¿ACASO SOSPECHA DE MI IDENTIDAD SECRETA?
¡SERÁ CORTO...!
¡TAL VEZ PODAMOS! ¡LA GENTE SIEMPRE ESTÁ DEJANDO FOLLETOS ANUNCIANDO HAPPENINGS! ¡TAL VEZ TENGAMOS COPIA DE ÉSTE!
POCO DESPUÉS...
A VER... FIESTA DEL AMOR... REUNIÓN DEL AMOR...
¡AQUÍ ESTÁ!

MEDITACIÓN
¡CON EL REVERENDO DIM SUM SPOON!
UNA REUNIÓN EN FAVOR DE LA PAZ MUNDIAL
EN EL ANFITEATRO DE ZENITH
¡NO FALTES!
¡TE ESPERAMOS!
¡ENRÓLLATE!
"¿¡PAZ MUNDIAL?!" ¡ESTO NO ES MÁS QUE UNA FRASE EN CLAVE CON LA QUE LOS ROJOS SE REFIEREN A LA CONQUISTA DEL MUNDO!
¡VAMOS A METER A GOLPES UN POCO DE SENTIDO COMÚN EN LA CABEZA DE ESOS ROJOS!
¡TENGO UNA IDEA MEJOR!
¡TENÉIS RAZÓN EN LO DE UNIRNOS CONTRA EL ENEMIGO COMÚN! ¡ESE REVERENDO DIM SUM SPOON ES UN PÁJARO DE CUIDADO! ¡TODOS LOS QUE ACUDEN A SUS REUNIONES VUELVEN ACTUANDO COMO SI LES HUBIERAN LAVADO EL CEREBRO!
ESPERAD UN MOMENTO. ¡VOY A BUSCAR ALGO!
¡NO SÉ SI DEBEMOS FIARNOS DE ELLA, CP!
¿UH? ¿Y POR QUÉ NO?
¡ME TEMO QUE ES UNA SIMPATIZANTE COMUNISTA!
EL CRUZADO IRRADIADO
¡AL DESCUBIERTO!
¡MIRA ESTE POSTER SUBVERSIVO!
¡RELÁJATE, HR! ¡ES DEMASIADA ENROLLADA PARA SER UNA ROJA!
BIEN, TÍOS... ¡AHÍ VA EL PLAN!
¡PONEOS ESTOS MOLONES TRAPOS A MODO DE DISFRAZ, Y PODRÉIS PASAR POR SPOONIES!
¡PODREMOS COLARNOS EN SU REUNIÓN!
¡GLUP!

POCO DESPUÉS...
¡ME SIENTO RIDÍCULO! ¿CÓMO PUEDEN IR POR AHÍ CON SEMEJANTES ROPAS ESTOS CHICOS?
¡ADEMÁS, LA CAPA SE ME ESTÁ ARRUGANDO!
¡FLIPAS UN KILO! ¡CON ESTOS TRAPOS FARDAS CANTIDAD!
¡OJALÁ CP HABLARA MI IDIOMA!
HONK HONK
¡PARECE QUE HA LLEGADO NUESTRO BUGA!
¡VALE! ¡TENÉIS EL ASPECTO DE DOS TRONCOS SUPERENROLLADOS! ¡SUBID!
RÁPIDO... ¡ANTES QUE ALGUIEN NOS VEA!
¡AHÍ VAMOS, REVERENDO SPOON!
EL CONJUNTO AL QUE LE COMPRÉ EL AUTOBÚS DEJÓ LAS HACHAS EN LA PARTE TRASERA. ¡PODÉIS HACER UNA JAM-SESSION!
VARIAS HORAS DESPUÉS...
¡ESPERO QUE EL PERRITO ESTÉ EN VENTA!
¡GUAU, GUAU!
¡AY! MENOS MAL QUE YA LLEGAMOS...
¡... TOMÉMONOS CINCO MINUTOS! ¡NECESITO UN DESCANSO!
O'NEIL'S CAFE
¡SUENA BIEN! ¡ME TOMARÉ UN CAFÉ!
¡PUES YO, TARTA DE MANZANA Y UN VASO DE LECHE!

¡ENTRAD! ¡YO IRÉ A ESTIRAR LAS PIERNAS!
¡ESPERO QUE ESTO NO SE CONVIERTA EN UN MAL VIAJE! ¡LA IDEA DE QUE LOS SUPERHÉROES PUEDAN VIAJAR POR EL PAÍS CUMPLIENDO TAREAS RELEVANTES Y MEZCLÁNDOSE ANÓNIMAMENTE CON LA GENTE ME PARECE EXTRAVAGANTE!
MINUTOS MÁS TARDE...
¡GUAU! ¡A PESAR DE LA VIL CORRUPCIÓN DEL GOBIERNO EN EL PODER, ESTE PAÍS TIENE PAISAJES REALMENTE FLIPANTES!
¡CONTEMPLAR ESTE ESPLENDOR ME AYUDA A ORDENAR MIS IDEAS!
¡EH, HEROÍNA! ¿¡HAS TENIDO UN DÍA DURO!?
¡PARECES UN POCO CANSADA!
QUIÉN...
¡DULCES SUEÑOS, CIELO!
SOK!

¡¡... *Y NO VOLVÁIS A ENTRAR*!! ¡AQUÍ NO SERVIMOS A *GENTUZA* COMO VOSOTROS!
¡CÁSPITA!
DIABLOS... ¡VIVIR EN UN PAÍS DONDE SE NIEGAN A *SERVIR A LA GENTE* SÓLO POR SU ASPECTO!
¡TIENES RAZÓN, TÍO! ¡Y PENSAR EN TODOS ESOS CHICOS QUE SON GOLPEADOS *CADA DÍA* POR LAS MISMAS *ESTÚPIDAS RAZONES*!
SÍ... FANTÁSTICO, ¿NO TE PARECE? ¡ME HACE SENTIR *ORGULLOSO* DE SER *AMERICANO*!
¡ME PREGUNTO QUÉ HABRÁ SIDO DE LA *PERDIZ NEGRA*! ¡NO LA VEO POR NINGUNA PARTE!
EH... ¡AQUELLOS CHICOS SE DIRIGEN AL ANFITEATRO! ¡TAL VEZ SE HAYA ADELANTADO! ¡VAMOS!
¡*GUAU*! ¡MIRA A TODOS ESOS JÓVENES! DEBEN SER CIENTOS... ¡*MILES*!
¡¿ES QUE NO TIENEN *DEBERES* QUE HACER?!
HOY MEDITACIÓN

POCO DESPUÉS...
¡ESTE LUGAR ES ENORME! ¿CÓMO DIABLOS VAMOS A ENCONTRAR A LA PERDIZ NEGRA?
¡... O AL CHICO RESIDUO NUCLEAR!
¡BIENVENIDOS, HERMANOS Y HERMANAS! OS PRESENTAMOS A NUESTRO AMADO GURU, SU SAGRADA COSMICIDAD...
¡... EL REVERENDO DIM SUM SPOON!
SPOOOON!
¡BIENVENIDOS, MIS SOLÍCITOS BUSCADORES DE LA LUZ! ¡ESTOY AQUÍ PARA MOSTRAROS EL VERDADERO CAMINO HACIA LA PLENITUD ESPIRITUAL!
DEBÉIS LIBERAROS DE VUESTRAS MENTES MATERIALISTAS... ABDICAR DE LAS LIGADURAS QUE OS IMPONE EL EGO... ¡ALIGERAROS DEL PESO DE LA LIBERTAD DE ELECCIÓN!
¡OBEDE-CEDME!
GUAU... ¡ES CAUTIVANTE! ¡C-CASI ENTIENDO LO QUE DICE!
¡AHORA QUISIERA PRESENTAROS A ALGUNOS DE MIS MÁS CERCANOS DISCÍPULOS!
¡MIRA! ESTÁ SALIENDO AL ESCENARIO... ES...

¡¡... EL CHICO RESIDUO NUCLEAR!!
¡CÁSPITA! ¡TENEMOS QUE RESCATARLE!
"¿CÁSPITA?" ¡PARECE QUE UN PAR DE INTEGRADOS SE HAN COLADO EN LA FIESTA! ¡SERÁ MEJOR QUE AVISE AL JEFE!
MOMENTOS DESPUÉS...
NIÑOS MÍOS... ¡SIENTO LA PRESENCIA DE INFIELES ENTRE NOSOTROS!
¡NO SIGUEN EL ÚNICO CAMINO VERDADERO DE LA PAZ Y EL AMOR!
¡¡ARRANCADLES LAS EXTREMIDADES DE CUAJO!!
¡MENUDO APRIETO, TÍO!
¡HORRIBLE!

¡EH, TÍO! ¿POR QUÉ ESTAMOS LUCHANDO?
¡GLUP! ESA GENTE SON INOCENTES ESCLAVOS MENTALES... ¡NO DEBO USA TODA MI FUERZA, PORQUE PODRÍA MATARLES!
¡OH, NO! ¡MI SOMBRERO!
NO ME LO PREGUNTES A MÍ... ¡ME IMPORTA UN COMINO!
HOMBRE RADIACTIVO... ¡MI VIEJO ENEMIGO! ¡HA LLEGADO LA HORA DE PASAR DE DISFRACES! ¡YA NO TENGO POR QUÉ ESCONDER MI VERDADERA IDENTIDAD SECRETA!
¡HYPNO-HEAD! ¡POR SUPUESTO! ¿QUIÉN SI NO EL MALÉVOLO MAESTRO DEL CONTROL MENTAL PODÍA ESTAR DETRÁS DE ESTO?
VISTO POR ÚLTIMA VEZ EN EL NÚMERO 197.
¡NO PUEDES RESISTIR MIS RAYOS MENTALES MESMERIZANTES, HOMBRE RADIACTIVO! ¡BIENVENIDO A MI EJÉRCITO DE ESCLAVOS MENTALES!

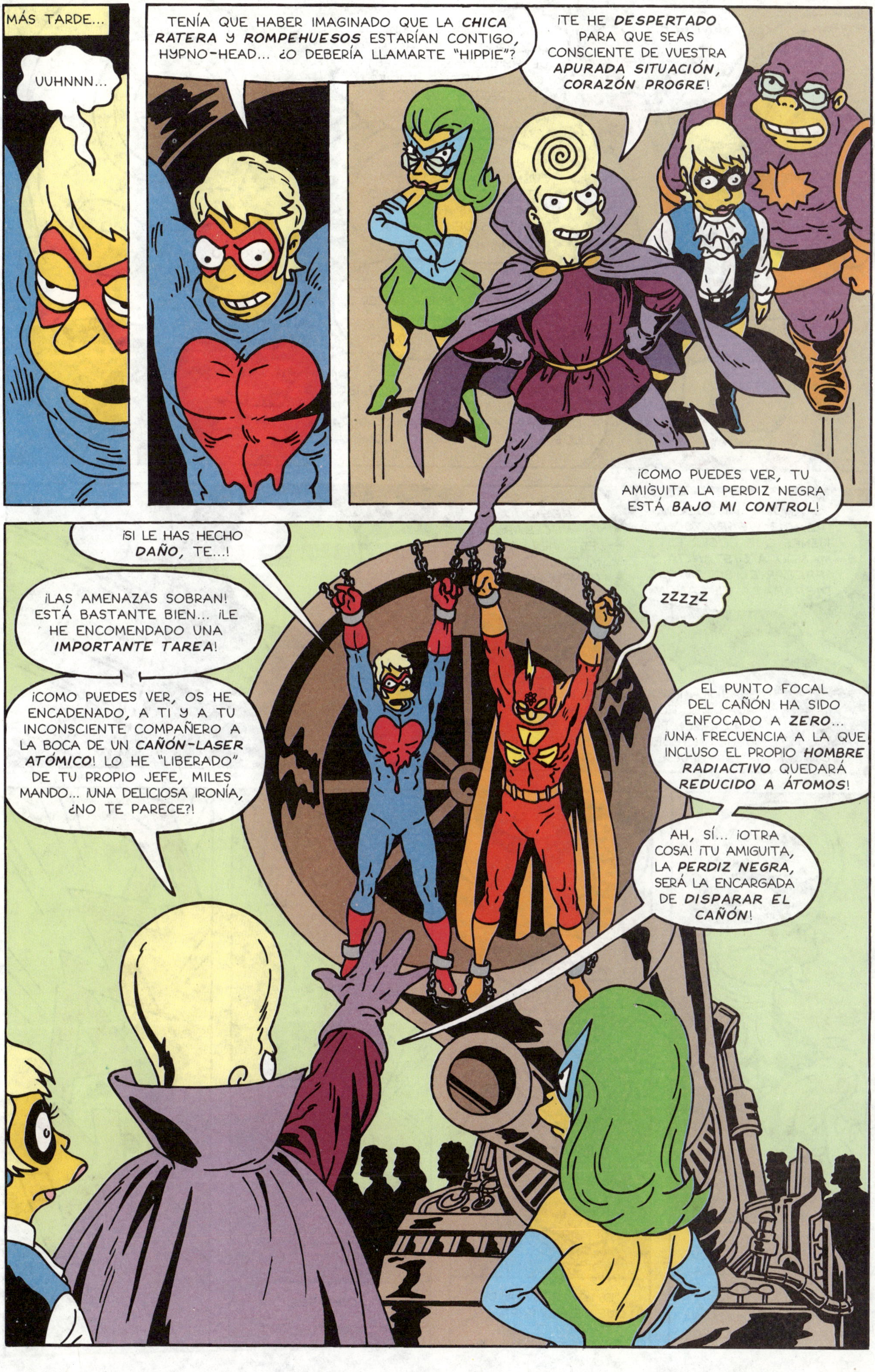

MÁS TARDE...
UUHNNN...
TENÍA QUE HABER IMAGINADO QUE LA CHICA RATERA Y ROMPEHUESOS ESTARÍAN CONTIGO, HYPNO-HEAD... ¿O DEBERÍA LLAMARTE "HIPPIE"?
¡TE HE DESPERTADO PARA QUE SEAS CONSCIENTE DE VUESTRA APURADA SITUACIÓN, CORAZÓN PROGRE!
¡COMO PUEDES VER, TU AMIGUITA LA PERDIZ NEGRA ESTÁ BAJO MI CONTROL!
¡SI LE HAS HECHO DAÑO, TE...!
¡LAS AMENAZAS SOBRAN! ESTÁ BASTANTE BIEN... ¡LE HE ENCOMENDADO UNA IMPORTANTE TAREA!
¡COMO PUEDES VER, OS HE ENCADENADO, A TI Y A TU INCONSCIENTE COMPAÑERO A LA BOCA DE UN CAÑÓN-LASER ATÓMICO! LO HE "LIBERADO" DE TU PROPIO JEFE, MILES MANDO... ¡UNA DELICIOSA IRONÍA, ¿NO TE PARECE?!
ZZZZZ
EL PUNTO FOCAL DEL CAÑÓN HA SIDO ENFOCADO A ZERO... ¡UNA FRECUENCIA A LA QUE INCLUSO EL PROPIO HOMBRE RADIACTIVO QUEDARÁ REDUCIDO A ÁTOMOS!
AH, SÍ... ¡OTRA COSA! ¡TU AMIGUITA, LA PERDIZ NEGRA, SERÁ LA ENCARGADA DE DISPARAR EL CAÑÓN!

UNNHHH...
¡HR ESTÁ EMPEZANDO A DESPERTAR! ¡EL HECHIZO DE HYPNO-HEAD SE ESTÁ DEBILITANDO! SI PUDIERA DISTRAERLE UN RATO...
UH... TENIENDO EN CUENTA QUE ESTAMOS INDEFENSOS, ¡¿POR QUÉ NO NOS CUENTAS TODOS LOS DETALLES DE TU PLAN MAGISTRAL?!
HUMMM... ¡SÍ, SUPONGO QUE ES LO QUE SE SUELE HACER EN MOMENTOS COMO ESTOS! MUY BIEN...
¡UNA VEZ HAYA ACABADO CON VOSOTROS, EMPLEARÉ A MI EJÉRCITO DE JÓVENES ESCLAVOS MENTALES PARA DERRIBAR LA OPRESIVA DICTADURA DE LOS ESTADOS UNIDOS Y NOMBRARME A MÍ MISMO PRESIDENTE!
¡Y AHORA, MI QUERIDA PERDIZ NEGRA, SÓLO TIENES QUE COGER ESTE MANDO A DISTANCIA Y APRETAR EL BOTÓN QUE DISPARARÁ EL CAÑÓN!
¡AH, SI EL CHICO RESIDUO NUCLEAR ESTUVIERA AQUÍ MI TRIUNFO SERÍA COMPLETO! ¡PERO YA LLEGARÁ EL MOMENTO!
¡GUAU! ¡LA PERDIZ NEGRA TIENE LAS VIDAS DEL HOMBRE RADIACTIVO Y DE CORAZÓN PROGRE EN SUS MANOS! ¡DEBO DETENERLA ANTES DE QUE PULSE EL BOTÓN!
"PERO, PENSÁNDOLO BIEN, SERÁ MEJOR QUE DEJE QUE SEA ELLA QUIEN SE NIEGUE A HACERLO... ¡SI NO, SIEMPRE SE PREGUNTARÍA QUE HABRÍA HECHO!"
"ESTOY SEGURA DE QUE DESPERTARÁ DE SU TRANCE, Y..."
PUSH!
¡...OOOPSSS!
KZAK!

¡LA LUZ! ¡¿QUÉ HA OCURRIDO?!
¡EL CAÑÓN HA PROVOCADO UN CORTOCIRCUITO Y HA FUNDIDO UN FUSIBLE, HYPNO-HEAD! ¡APROVECHANDO LOS SEGUNDOS DE OSCURIDAD, EL CHICO RESIDUO NUCLEAR, QUE ESTABA ESPIANDO DESDE LAS SOMBRAS, NOS HA LIBERADO!
¡ES LA PRIMERA VEZ QUE ME ALEGRO DE QUE UNA DE MIS... ER... DE QUE UNA DE LAS ARMAS DE MILES MANDO NO HAYA FUNCIONADO!
¡BAH! ¡VUESTRA HUIDA ES SÓLO TEMPORAL! NO TENGO MÁS QUE HACER UNO DE MIS GESTOS HIPNÓTICOS Y...
LO SIENTO, HH... EL CHICO RESIDUO NUCLEAR NOS HA DADO GAFAS QUE LES HA QUITADO A TUS GUARDIAS... ¡LAS GAFAS QUE BLOQUEAN TUS ÓRDENES HIPNÓTICAS!
¡¡AAAAAH!!

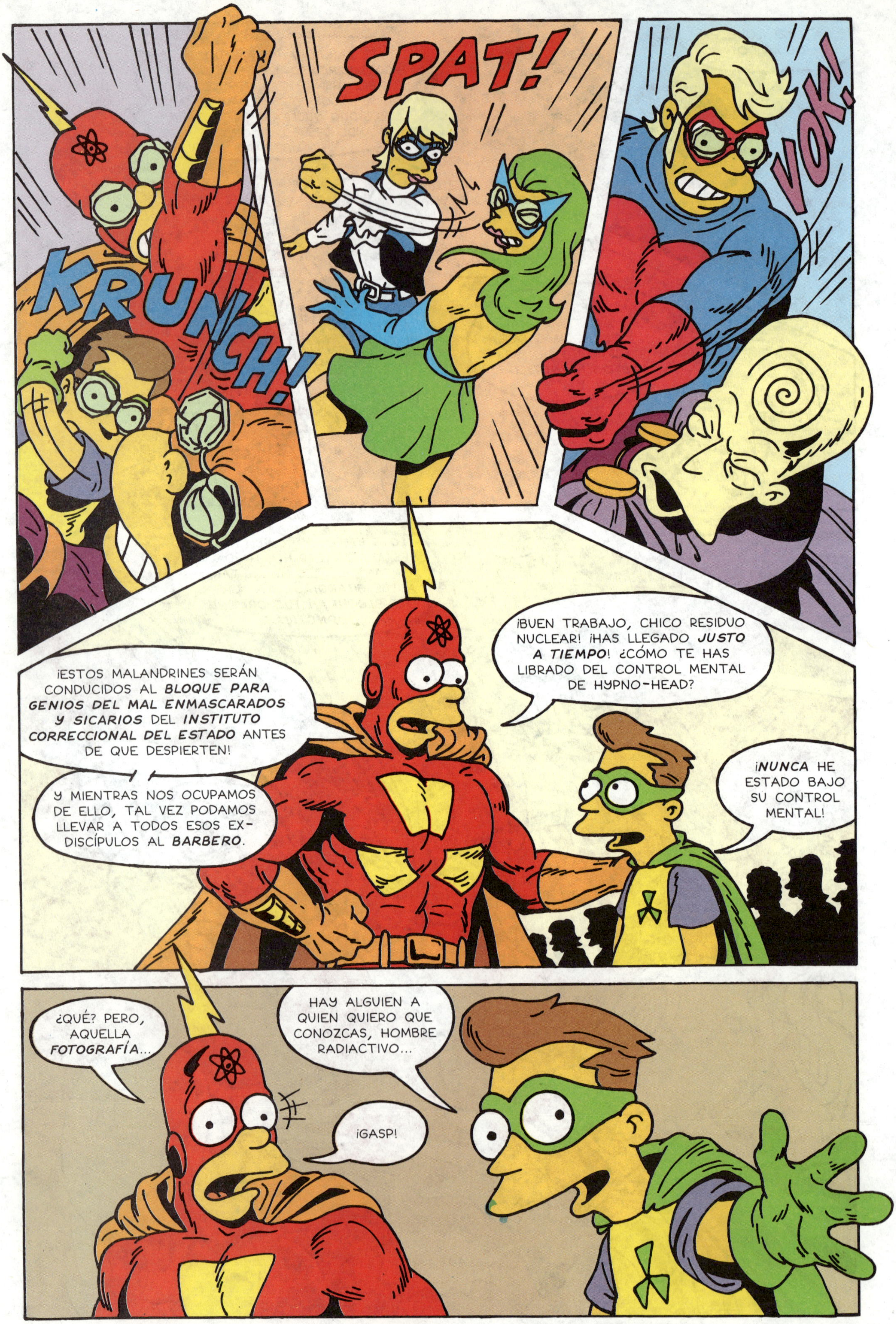
KRUNCH!
SPAT!
VOK!
¡ESTOS MALANDRINES SERÁN CONDUCIDOS AL BLOQUE PARA GENIOS DEL MAL ENMASCARADOS Y SICARIOS DEL INSTITUTO CORRECCIONAL DEL ESTADO ANTES DE QUE DESPIERTEN!
Y MIENTRAS NOS OCUPAMOS DE ELLO, TAL VEZ PODAMOS LLEVAR A TODOS ESOS EX-DISCÍPULOS AL BARBERO.
¡BUEN TRABAJO, CHICO RESIDUO NUCLEAR! ¡HAS LLEGADO JUSTO A TIEMPO! ¿CÓMO TE HAS LIBRADO DEL CONTROL MENTAL DE HYPNO-HEAD?
¡NUNCA HE ESTADO BAJO SU CONTROL MENTAL!
¿QUÉ? PERO, AQUELLA FOTOGRAFÍA...
HAY ALGUIEN A QUIEN QUIERO QUE CONOZCAS, HOMBRE RADIACTIVO...
¡GASP!

MI, HACE MUCHOS AÑOS HERMANO GEMELO PERDIDO, DODD... ¡HA ESTADO BAJO EL HECHIZO DE HIPNO-HEAD, PERO DESDE QUE HEMOS ELIMINADO A HH, ÉL Y LOS DEMÁS ESTÁN SALIENDO DE SU TRANCE!
¡DODD, TE PRESENTO AL HOMBRE RADIACTIVO!
ROD... ¿ERES TÚ? ¿D-DÓNDE ESTOY? ¿POR QUÉ LLEVO ESTAS EXTRAÑAS ROPAS?
¡ESTÁS ENTRE AMIGOS, HIJO! ¡BIENVENIDO A LA FAMILIA!
¡GRACIAS!
¡CUANDO LA SEMANA PASADA FUI A LA TIENDA A RECOGER LAS FOTOS DE LA BARBACOA DEL DÍA DE LAS FUERZAS ARMADAS, SE CONFUNDIERON Y ME DIERON LAS FOTOS DE DODD! ¡LE SEGUÍ LA PISTA HASTA AQUÍ, IGUAL QUE HAS HECHO TÚ, HR!
¡LO ÚLTIMO QUE RECUERDO ES QUE ESTABA EN UN AVIÓN CON PAPÁ Y MAMÁ! VOLÁBAMOS SOBRE LA SELVA... Y DESPUÉS... ¡NADA!
¡GUAU! ¡TIENES AMNESIA!
¡ESTOY CONFUSO! ¡M-ME SIENTO COMO SI MI VIDA FUERA UN GRAN AGUJERO NEGRO! SIN IDENTIDAD... SIN RECUERDOS... ¡SIN HOGAR!
¡HÁBLAME DE TI, NENA! ¿DE QUÉ SIGNO ERES? ¿QUÉ PIENSAS DEL AMOR LIBRE?
¡VAYA UN CRETINO!
¡NO TE PREOCUPES, DODD! SÉ DE UN LUGAR QUE PODRÁS LLAMAR HOGAR... ¡UN LUGAR DONDE TENDRÁS EL AMBIENTE ESTRUCTURADO DE APOYO QUE NECESITAS!
¿TE REFIERES A...?
¡ESO ES! ¡VAMOS A ENVIAR A DODD A LA ACADEMIA MILITAR!
TOPE... QUERÍA DECIR... ¡A LA ORDEN!
FIN.

LA INCREÍBLEMENTE ESTIMULANTE VIDA DEL
AYUDANTE MEL
STOP
PARTE II: ALLÍ MISMO
ON
1
MONEDAS DE 25
AÑADIR SUAVIZANTE
ACLARADO EXTRA
TIRAR
CONTINUARÁ...

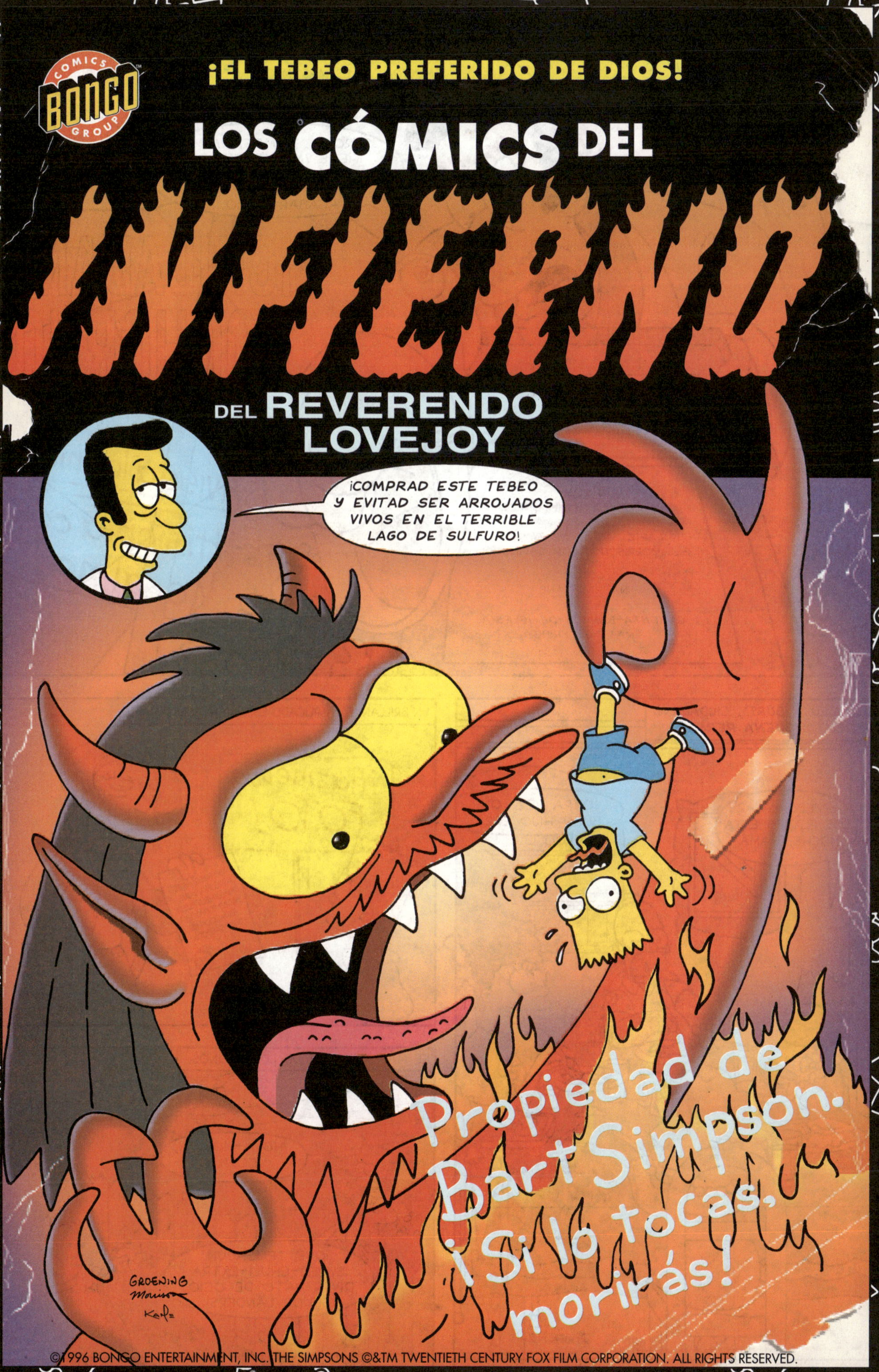

BONGO COMICS GROUP
¡EL TEBEO PREFERIDO DE DIOS!
LOS CÓMICS DEL INFIERNO
DEL REVERENDO LOVEJOY
¡COMPRAD ESTE TEBEO Y EVITAD SER ARROJADOS VIVOS EN EL TERRIBLE LAGO DE SULFURO!
Propiedad de Bart Simpson. ¡Si lo tocas, morirás!
GROENING
©1996 BONGO ENTERTAINMENT, INC. THE SIMPSONS ©&TM TWENTIETH CENTURY FOX FILM CORPORATION. ALL RIGHTS RESERVED.

¡BIENVENIDOS, NIÑOS DE SPRINGFIELD! LOS CAMINOS DEL SEÑOR SON MISTERIOSOS... ¡Y AHORA, MUY OPORTUNOS, EN FORMA DE TEBEO!
UNA PLAGA ASOLA NUESTRA COMUNIDAD, UNA ARRASADORA PESTILENCIA CONOCIDA COMO GAMBERRISMO... RUFIANES QUE CONSIDERAN QUE "VIVIR EMOCIONES" ES MÁS IMPORTANTE QUE SER BUENOS Y REVERENTES CIUDADANOS.
PERO EL GAMBERRISMO TIENE IMPREVISIBLES CONSECUENCIAS. ESCUCHAD MI RELATO, Y EVITARÉIS ACABAR COMO...
¡CIUDADANO BOCHORNO!
Aviso a los niños: ¡Historia con Moralina!
GUIÓN
DAN STUDNEY Y JIM LINCOLN
LÁPIZ
BILL MORRISON
TINTA
TIM BAVINGTON
COLOR
NATHAN KANE
CALIENTA-BANCOS-DE-IGLESIA
MATT GROENING
CONOCED A BURT*, CIUDADANO MODELO Y BUENA PERSONA...
¿PUEDO LAVAR LOS PLATOS ESTA NOCHE, MAMÁ?
¿OTRA VEZ? QUÉ BUEN HIJO ERES.
¡DIOS NOS BENDIGA A TODOS!
UNA HISTORIA DIVERTIDA
* CUALQUIER SIMILITUD CON ~~CIUDADANOS DE SPRINGFIELD~~ ES ACCIDENTAL.
UN BRILLANTE Y APLICADO ESTUDIANTE...
¡Hazme una FOTO!
"NO PREGUNTES QUÉ ES LO QUE SPRINGFIELD PUEDE HACER POR TI" UNA REDACCIÓN DE BURT SAMPSON.
10
EL MÁS AMIGABLE DE LOS VECINOS...
¡HOLA-HOLITA, VECINITO!
¡QUE TENGA UN SUPER-CHULI-EXTRA DIVER RATO DE OCIO, SEÑOR LANDERS!
¡Si lo dices lo bastante alto, suena precioso!

¡PERO CUIDADO! INCLUSO LA OVEJA BLANCA SE ARRIESGA A DEJARSE ENGAÑAR POR LOS CANTOS DE SIRENA DEL GAMBERRISMO...
Qué frase tan pobremente construida. ¡Mezcla las metáforas!
2.95
¿QUÉ HACES, NEWTON?
Nota a Lisa: ¡Por favor, mira en la portada las reglas referentes al hecho de tocar este tebeo!
ESTAMOS GASTANDO BROMAS TELEFÓNICAS. ¿QUIERES HACER UNA?
¿Es la Morgue? ¡Tenemos un surtido de cadáveres en oferta!
PERO... ESO DE LAS BROMAS TELEFÓNICAS ES COSA DE GAMBERROS.
VENGA, VAMOS... LA PRIMERA DOSIS ES GRATIS...
Sólo si me dejáis llamar al reverendo Lovejoy para decirle que su tebeo supone un desperdicio de grapas.
PREGUNTO POR EL SEÑOR PULLO. LA INICIAL DE SU NOMBRE DE PILA ES LA "K"...
¿No era ese el nombre del dinosaurio que montaba el tipo que contó este chiste por primera vez?
¿HAY ALGUIEN AQUÍ LLAMADO K. PULLO?
¡Es un aficionado! ¿Qué tal Ana Conda? ¿O P. Dorrero? ¿O B.T. Alcarajo?
HA HA HA HA HA HA HA HA HA HA HA HA
¡PEQUEÑO BRIBÓN! ¡SI ALGUNA VEZ TE PILLO, TE COGERÉ LAS MANOS, TE OBLIGARÉ A JUNTARLAS Y LOS DOS NOS PONDREMOS DE RODILLAS Y REZAREMOS POR TU ALMA INMORTAL!
¡Diría que Moe ha estado empinando el codo con whisky irlandés!

POCO DESPUÉS, EL NUEVO GAMBERRO HACE YA DE LAS SUYAS, ENSUCIANDO LA PROPIEDAD PRIVADA...
PARED EN MEMORIA DE LOS HÉROES DE LA ISLA DE GRANADA
PHIL SMITH
No ensuciaré Monumentos Nacionales
No ensuciaré Monumentos Nacionales
No ensuciaré Monumentos Nacionales
EL BURTO
EXHIBIENDO UN *FLAGRANTE DESPRECIO* POR LA SEGURIDAD PÚBLICA...
¡Yo no lo hice!
Patrulla Tenebrosa
¿¡¡Qué!!? ¡Te extendido el brazo, para avisar de que giraba!
¡PROVOCA UN GIGANTESCO LÍO EN UN CRUCE, QUE ACABA EN TRAGEDIA!
¡Ya era hora! ¡Hemos tardado tres páginas en ver algo de acción!
¡Gamberro insolente!
Que te zurzan!
¡Menudo tijeretazo! ¡Si esta historieta no la hubiera escrito un CURA, veríamos al bebé!
BEBÉ A BORDO
golpe
¡Consígueme un millón, Lionel Hutz!
¡Y, LO PEOR DE TODO, EXHIBE UNA CONDUCTA DESCONSIDERADA HACIA LA SANIDAD PÚBLICA!
¡Que alguien me detenga antes de que lo recoja!
LAMENTO AMARGAMENTE LA PROGRESIVA DEGRADACIÓN DE MI PAÍS ADOPTIVO.

PRONTO, EL GAMBERRO, DESESPERADO POR CONSEGUIR SU DOSIS DE EMOCIONES, ESTÁ DISPUESTO A HACER LO QUE SEA...
¡HASTA A SOMETERSE A UNO DE LOS AMUERMANTES SERMONES DEL REVERENDO LOVEJOY!
DÓLAR PARA DIOS
... INCLUSO A SISARLE UN DÓLAR A DIOS.
¡Pero si debe estar forrado de pasta!
LLEGA UN MOMENTO EN EL QUE YA NADIE PUEDE DETENERLE. NI SUS AMIGOS...
ANTES ERAS ENROLLADO... ¡PERO AHORA NO ERES MÁS QUE UN SIMPLE GAMBERRO!
Prefiero el término "Enfant Terrible".
... NI SIQUIERA SUS COMPINCHES DE CORRERÍAS.
¡HAS PERDIDO EL CONTROL, TÍO!
¡HAS IDO DEMASIADO LEJOS!
SOIS UNOS FLOJOS... SIMPLE CALDERILLA. VOY A METERME EN ASUNTOS MEJORES.
A ver si puedo colarme en los cómics de super-héroes. Me pregunto si la criatura necesitará un ayudante.
¡HASTA NUNCA, ZOQUETES!
¡Venga, vamos! ¡El diablo iría en una Harley!

GUIÓN REV. TIMOTHY LOVEJOY (RATO) · TINTA Y COLOR SEYMOUR SKINNER · DISEÑO TODD Y ROD FLANDERS (RITAS) · SUPERVISIÓN BART FOREVER HELEN LOVEJOY · ESPECIALISTA EN ARGOT CALLEJERO NED FLANDERS

(¡Y SUS CHACHI AMI-AMIGUITAS!)

LA INCREÍBLEMENTE ESTIMULANTE VIDA DEL
AYUDANTE MEL
STOP
EPISODIO 3: HUIDA
DESHUMIDIFICADOR 3000
FIN

¡El Show de Pica y Rasca!
¡Esta temporada, 3 episodios COMPLETAMENTE NUEVOS!
Sábado por la mañana, a las 5:30, después del Informe Agropecuario en el UHF del canal 91 de Springfield.